Joachim Schiller

DER SCHATZ DER WELTEN

UNTERGANG

SPICA
VERLAG GMBH

www.spica-verlag.de

1. Auflage, 2021

Coverillustration: Gerd Altmann

Autor: Joachim Schiller
Für den Inhalt des Werkes zeichnet der Autor selbst verantwortlich.
Die Handlung und die handelnden Personen sind frei erfunden.
Ähnlichkeiten mit lebenden Personen wären zufällig und unbeabsichtigt.

Gesamtherstellung: Spica Verlag GmbH

Printed in Europe
ISBN 978-3-98503-014-9

Für meine Großeltern

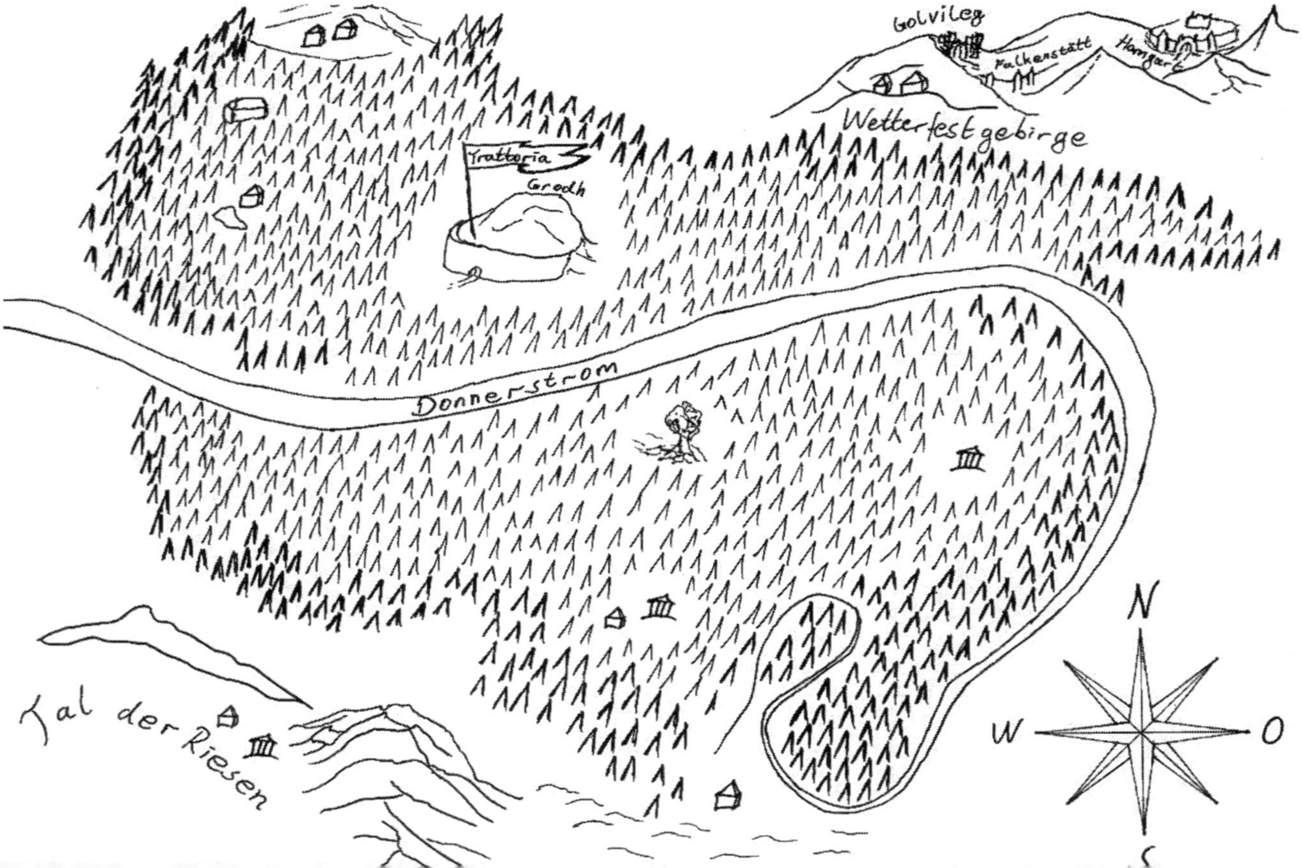

Golvileg
Falkenstätt
Hamgart
Wetterfestgebirge
Trattoria
Grodh
Donnerstrom
Tal der Riesen
N
W
O
S

Charaktere:

Tim, Finn	Verirrte Abenteurer aus dem Westen des Durabors
Adelgar, Ambros	Brüder aus dem Durabor
Herodil, Grendowild	Händler aus dem Wetterfestgebirge
Dragomir, Linhart	Krieger aus dem Wetterfestgebirge
Heroffad	Magier aus Norskom
König Ferdinand	Herrscher über Norskom
Königin Otalia	Gemahlin von König Ferdinand
Katherina	Prinzessin von Norskom
Ephnies	Magier aus Unterwelt, Widersacher von Heroffad
Thorgk, Zokh	Krieger aus Unterwelt
Tethrin	Ein Urvater der gefallenen Elben
Zyriu	Sohn von Tethrin

Orte:

Der Durabor	Großer Wald, der den gesamten Süden überspannt
Norskom	Reich im Wetterfestgebirge
Unterwelt	Düsteres Reich des Bösen
Falkenstätt	Alte, einst stark umkämpfte Stadt in Norskom
Golvileg	Verfallene Stadt unter den Bergen
Horngart	Stadt der Könige in Norskom
Trattoria	Stadt der Reichen und Schönen im Durabor

Prolog

Tim war ein gewöhnlicher Junge. Normal groß, normal nett, mittelmäßig schlau. Kein Genie, aber auch nicht dumm. Nicht anders, nicht besonders. Bis er eines Jahres, während der Pause der Feldarbeit, einen Mann kennenlernte, der ihm etwas von Portalen und fremden Welten erzählte. Ein Mann mit einem weißen, struppigen Bart, nur noch wenigen Zähnen und einer wilden Frisur, die die Narben in seinem Gesicht verdeckte. Ihm fehlte ein Auge und seine Kleidung war löchrig, genauso wie er selbst. Geheimnisse flossen aus ihm heraus wie aus einem undichten Fass, dem er wirklich ähnlichsah.

An einem dicken Ledergürtel trug er ein Schwert und unzählige kleine Trophäen. Kleine Knochen und aller möglicher Krimskrams zierten das Lederstück und schienen allein schon Tausende unglaubliche Dinge zu erzählen. Die eigentlichen Geschichten wusste allerdings der Mann selbst zum Besten zu geben.

Er erzählte von Welten, wie sie Tim sich nicht vorstellen konnte. Der Mann berichtete von Monstern, Burgen, Schlössern, Drachen und Magiern. Von Räubern war die Rede. Sie würden alles Mögliche stehlen, einschließlich der Seelen verlorener Menschen. Mit ausladenden Gesten versuchte der alte, dicke Mann, ihm begreifbar zu machen, was für Reichtümer in der weiten Welt zu warten schienen. Von riesigen Bergen voll Gold und Silber schwafelte er. Große Stapel von Münzen und allen nur erdenklichen Schätzen sollten dort draußen liegen. Und man müsse sie nur suchen, erzählte er. Würde man ein Räuber, könnte man große Reichtümer erwerben, aber man sollte sich immer zu schützen wissen. Man würde sich in große Gefahr begeben. Er schwärmte mit wohlklingenden Worten von Diamanten, Juwelen, Gold und der allbezwingenden Macht.

Tim war begeistert. Neugierig hatte er damals diesem Mann zugehört. Nur allzu gerne wäre er reich und mächtig, wie viele dieser Abenteurer. Nur allzu gerne würde er aus dieser verdammten Welt ausbrechen, die ihn schon seit all den Jahren enttäuscht hatte. Nur allzu gerne wollte er alles über diese Welten und Räuberbanden wissen und etwas Großartiges aus seinem Leben machen.

Sie waren in einem Gebirge in der Nähe des Ackers seines Vaters. Der Mann führte ihn über das Feld an das andere Ende ihres kleinen Tales. Mit seiner rauen Stimme sagte er: „Dort, hinter diesen Hügeln liegt ein großer Wald, der *Durabor.* Voller Mythen und Geheimnisse ist dieser Ort. Auch dort gibt es einen solchen versteckten Schatz." Mit ausgestrecktem Arm und einer Glasflasche voll Wein wies er über die Bäume hinweg und starrte in die weite Ferne, während Tim seinen Worten mit großen Augen aufmerksam folgte. „Geh über diesen Pfad und suche ihn. Ich selbst bin dafür schon etwas zu rund, ich würde oben ankommen und wieder runterrollen. Doch", er hielt Tim am Ärmel fest und lachte über seinen eigenen Witz, „ich kann nicht garantieren, dass du es alleine überlebst. Suche dir einen Begleiter. Ich habe meinen Stolz als Gefährten und all meine erworbenen Erfahrungen. Aber ich sehe niemanden bei dir." Der Mann griff in seine Tasche und kramte darin. „Hier nimm!" Er warf Tim ein Buch zu. „Ein gutes Buch. Es stehen viele wichtige Dinge darin, die du wissen solltest, wenn du dich auf die Reise begibst. Viele kluge Gedanken über Monster und dergleichen."

Entschlossen nickte Tim eifrig und sah dem alten Mann schweigend hinterher, der laut lachend über den Hügel lief, bis dieser endlich zwischen den dicht gewachsenen Bäumen verschwand. Er selbst machte dann sofort kehrt und eilte zurück in das Dorf, in dem er lebte. Verborgen in einem kleinen Tal, eingeschlossen zwischen einigen Bergen, wohnten sie in großen Holzhäusern.

Rasch eilte Tim hinüber zu dem Haus seines Freundes. So schnell er konnte, rannte er den Sandweg entlang. Der Staub wirbelte unter seinen Füßen auf und zog eine gewaltige Staubspur durch das Dorf. Wütend rief ihm eine alte Frau hinterher, die all den Dreck abbekam. Doch ihm war das egal. Schließlich war er nun mal der kleine Nichtsnutz aus ihrem Dorf. Und dafür war er bekannt.

Mit einem großen Sprung gelangte er auf die Weide und rannte quer über den halb vertrockneten Rasen durch das Vieh hindurch. Sein Vater arbeitete hier und versorgte die Tiere mit Wasser und Futter.

Darunter war eine junge Ziege, die für seinen Vater das Ein und Alles war. Auch er selbst mochte dieses Tier. Frieda, die Ziege, war ein wildes ungestümes Zicklein. Das letzte, welches das Licht der Welt erblickt hatte, bevor sein Großvater umgekommen war. Und deshalb hegte und pflegte man dieses Tier nun ohne Ende, um sich dieses Andenken zu bewahren.

Insbesondere sein Vater maß Frieda sehr viel Bedeutung zu und schien nichts anderes für heilig zu halten. Alles drehte sich um dieses kleine Haustier, dem er auch jetzt gerade wieder eine Sonderfütterung zukommen ließ. Sie sollte groß und stark werden.

Eilig rannte Tim über das Feld und zog an seinem Vater vorüber, der ihn lauthals anbrüllte: „Wo rennst du schon wieder hin, Junge?“ Man hörte ihm regelrecht an, wie er schon zu erahnen versuchte, was sein Sohn wieder ausheckte. Er musste sich wohl etwas sehr Schlimmes ausmalen, das war offensichtlich.

Doch Tim ignorierte das. Er schnappte sich einen Stein vom Boden und warf ihn provokant auf seinen wütenden Vater, der noch erboster zu ihm blickte, Frieda losließ und ebenso schnell hinter seinem Sohn herrannte.

Laut brüllend, stampfte sein Vater über den Boden, während Tim lauthals lachend über den zweiten Zaun sprang und hinter einem Strauch verschwand. Zeternd folgte ihm sein Vater bis zum Rand der Weide, wo er stehen blieb und laut rufend und fluchend Tim hinterher brüllte. „Du verdammter Bengel! Wenn ich dich in die Finger bekomme, dann kannst du dir schon denken, was geschehen wird!“ Laut schnaubend trat er auf einen Stein und ließ eine Staubwolke aufwirbeln. „Du kannst dir ja schon mal ausdenken, wie viele Schläge angemessen sind!“ Dann drehte er sich um und kehrte zu Frieda zurück.

Erleichtert machte Tim sich wieder auf und setzte seinen Weg zu Finn, seinem besten und vermutlich einzigen Freund, fort. Mit schnellen Schritten rannte er den Weg entlang und erreichte schließlich den Hof seines Freundes. Vor ihm stoben die Hühner auseinander und gaben wild gackernd die Tür frei. Tim klopfte laut gegen das Holz und wartete. Von drinnen waren Geräusche zu hören. Es war also wenigstens jemand da.

Nur Momente später fand er sich mit Finn auf einem umgekippten Trog sitzend wieder und sprach mit ihm über all das, was ihm gerade erzählt worden war. Er berichtete von den wilden Geschichten, während sie dort zusammensaßen und den Sommer genießen konnten.

„Und du glaubst einem Fremden solche seltsamen Geschichten?“, spottete Finn.

Tim zuckte nur mit den Schultern. „An jedem gesprochenen Wort ist doch irgendwas Wahres dran.“ Verträumt blickte er gen Himmel und beobachtete die Wolken.

„Du bist so ein verdammter Idiot“, lachte Finn. „Das ist doch völliger Schwachsinn, was der Alte erzählt hat.“

Schnell hob Tim das dicke Buch vom Boden auf und zeigte es seinem Freund. Er wischte den Dreck beiseite und schlug es auf. „Das hat er mir gegeben.“

Mit skeptischem Blick betrachtete Finn die Seiten. Noch immer war er nicht überzeugt. Das sah Tim. Doch es dauerte nur wenige Minuten, dann war das Eis gebrochen. Die vielen unverständlichen Symbole und Bilder machten selbst seinen widerspenstigen Freund neugierig.

Bald trafen sie sich jeden Tag nur noch, um darin zu blättern. Hier und da standen viele interessante Dinge in dem Buch. Da waren sie sich sicher. Doch lesen konnte keiner von ihnen. Also durchstöberten sie die Seiten und sahen sich die vielen verworrenen Zeichnungen an. Überall fanden sich Skizzen von bestialischen Kreaturen. Höhlen waren dort abgebildet. Seltsame Muster und wirre Linien durchzogen viele der Seiten und überall fanden sich Randnotizen.

Über die Jahre brachte Tim es nicht weit. Er verstand nicht viel von dem, was dort niedergeschrieben war. Nur wenige Worte lernte er zu lesen und zu schreiben, jedoch reichte das bei Weitem nicht aus, um auch nur eine Zeile in diesem dicken verstaubten Wälzer zu lesen, geschweige denn zu verstehen.

Doch um ein Abenteuer anzutreten, waren sie nicht gewillt genug. Sie saßen wie faule Kinder herum und durchstöberten das Buch. Bis sie damit fertig waren. Dann gaben sie es auf. Sie trafen sich kaum noch und versanken beide in ihren eigenen Problemen. Die Reise und die unglaublichen Geschichten rückten wieder in den Hintergrund.

Aus den wilden Monstern aus dem Buch wurden wieder die Probleme des Lebens, die großen erträumten Abenteuer wurden zu überstürzten Fluchtversuchen aus dem Alltag und die großen Bauten wurden zu immer größeren Problemen mit der Familie. Alles verschärfte sich. Und die erträumte Zukunft verschwand hinter unendlichen Hindernissen.

Untergang

Als Tim gerade einunddreißig geworden war, zwang ihn sein Vater, endgültig aus dem Haus auszuziehen. Er solle sich doch endlich eine feste Arbeit suchen und seine Bestimmung finden.

Noch am selben Tag packte er wütend seine Sachen und fand dabei an der Wand hinter seinem Bett, unter der Wolldecke versteckt, einige Kratzer an der Wand: Ein großer Drache mit scharfen Zähnen war in die Wand geritzt. Daneben standen zwei Personen. Ein Pfeil zeigte auf die kleine Gestalt – *Ich*, stand dort geschrieben, eines der wenigen Worte, das er in seinem Leben zu schreiben gelernt hatte.

Sofort kam ihm die Erinnerung an diesen Tag wieder. Im Süden des Tales waren sie gewesen, er und ein alter Mann, der ihm den Pfad über die Hügel gezeigt hatte und … ja was eigentlich?

Tim stand seufzend von dem Bett auf und verließ den Raum. Mit einem letzten Blick begutachtete er sein Zimmer. Unordentlich wie immer, allerdings nun ohne seinen Kram. Er durchquerte die Wohnstube, in der es tagein, tagaus nach Tabak stank. Schnell wie ein Fuchs huschte er am Zimmer seines Vaters vorbei, öffnete die Tür und stand im Freien.

Er atmete tief ein und ging los. Es war gerade Erntezeit, wie damals. Der Tagstern stand hoch oben am Himmel und erwärmte das Tal, in dem das Dorf lag. Über dem See im Osten des Tals sammelten sich einige Vögel, um Jagd auf Fische zu machen, die bei dieser Trockenheit, die hier herrschte, nur knapp unter der Wasseroberfläche des einzigen Teiches in diesem Tal schwammen. Die Bäume hatten begonnen, ihre Blätter abzuwerfen. Des Öfteren sah man kleine Nagetiere über den Boden huschen, die sich für die kältere Zeit des Jahres Nahrung suchten, genauso wie es die Menschen taten.

Aus einigen Schornsteinen der Häuser stieg Rauch auf, es war wohl bald Mittagszeit. Doch das interessierte Tim nicht mehr. Weder seine Mutter noch sonst irgendwer in diesem Dorf würde ihm nach all den Jahren der Faulheit noch eine Mahlzeit zubereiten. Er wusste, was das für eine Arbeit war, um in diesem Dorf auch nur die nötige Nahrung heranzuziehen. Das Gras rings um das Dorf war über die warme Jahreszeit hinweg beinahe vertrocknet und begann erst jetzt, wieder auszutreiben, da es dieses Jahr besonders heiß gewesen war. Der staubige Boden unter der Pflanzendecke war karg und bot kaum einem größeren Baum Halt. Nur nach jahrelangem Umpflügen konnte ein Stück Feld nutzbar gemacht werden. Es war ein Kampf gegen die Natur, sich hier mit dem Nötigen zu versorgen.

Doch er kehrte langsam zu anderen Gedanken zurück, während er sich seine kleine Tasche über den Rücken warf, die nur ein zerlumpter Beutel voll mit unnützem Kram war. Mehr besaß er nicht.

Was war damals noch geschehen? Tim hatte nach diesem Erlebnis vor einigen Jahren sofort seinen Freund Finn besucht. Vielleicht wusste der mehr.

Finn war mittlerweile neunundzwanzig Jahre alt. Früher hatte er sich eine ganze Zeit lang über ihn lustig gemacht und ihn verspottet, dass er als Sohn eines Bauers nicht besonders hell sei. Das mochte nicht ganz so weit hergeholt sein, denn er wusste selbst, dass er wahrscheinlich zu den dümmsten Menschen in dieser Welt gehörte. Finns Eltern waren hingegen bedeutende Kaufleute, die in kurzer Zeit großen Reichtum angehäuft hatten. Letzten Endes waren sie dem Wahnsinn verfallen und im Glauben fliegen zu können von einer Klippe gestürzt. Nun flogen sie im Himmel umher oder, was wahrscheinlicher schien, in der Unterwelt. Zuvor hatten sie in langwierigen Suchen ein großes Weinlager gefüllt. Weine aus den entlegensten Gebieten der

Welt hatten sie gekauft. Es hieß, die beiden wären so gut wie überall gewesen. In den Bergen. In Tälern. In Wäldern. Und sogar bei Riesen und noch völlig anderen Kreaturen, die sich kein Mensch vorstellen konnte. Doch nie waren sie bei ihrem Sohn gewesen.

Zeitweilig hatten sie Schafe gezüchtet, die Finn nach ihrem Tod sofort für den läppischen Preis von neun Goldstücken an einen Großhändler verkauft hatte. Dieser nutzte die Tiere nun zur Wollproduktion und hatte sich damit in kürzester Zeit ein kleines Vermögen verdient, auf dem er sich ausruhen konnte.

Finn selbst hatte es, genauso wie Tim, nie zu einem richtigen Beruf gebracht. Er saß in seiner Wohnung, trank des Öfteren eine Flasche Wein und verprasste jeden Samstag viel Geld beim Glücksspiel. Bisher hatte er viele Tausend Münzen verloren und vielleicht zehn gewonnen. Würde er noch einige Jahre so weiterspielen, wäre der Reichtum seiner Eltern bald aufgebraucht. Ursprünglich waren es angeblich einige Zehntausend Goldmünzen und noch mehr Silbermünzen gewesen, jetzt war nicht einmal ein Fünftel davon übrig.

Tim hatte das alte Steinhaus am Rand der Siedlung erreicht. Die Tür war wie immer nicht verschlossen. Langsam drückte Tim die Tür auf und betrat die Wohnung. Wie üblich saß Finn am Kamin mit einer großen Flasche Wein, die schon fast geleert war.

„He, Finn!", grüßte Tim seinen Freund, während er die knarrende Tür hinter sich ein Stück weit wieder schloss. Ein wenig musste sie offen bleiben, damit der Alkoholgestank dieses Haus verließ.

Schwerfällig stellte sein alter Freund erst die Flasche ab, dann ein halbleeres Glas. Daraufhin drehte er sich um und stierte hinter der Sessellehne hervor. Sein gequältes Gesicht verwandelte sich in eine grinsende Fratze.

„Hallo!", murrte er zurück.

„Sag mal“, begann Tim zu erzählen, während er sich auf einen Stuhl setzte, „weißt du noch, damals als ich dir von dem Räuber erzählt habe, weißt du noch, was ich da genau gesagt habe?“

Finn runzelte die Stirn. „Nein“, gab er zur Antwort. „Aber du hast mir da was gegeben, wir haben es uns zusammen angesehen, keine Ahnung, was da drinstand.“

„Was war das?“, fragte Tim weiter.

„Ein altes dickes Buch. Etwas löchrig, aber immer noch in Ordnung!“, brummte Finn.

„Wo? Wo hast du dieses Buch?“, fragte Tim plötzlich laut.

„Gleich hinten, im Weinlager“, entgegnete Finn gleichgültig.

Tim stand sofort auf und stürmte zu der Tür, die in den Raum mit den Weinregalen führen sollte, und riss sie auf. Vor sich sah er die Regale, die sonst immer voll mit allen möglichen Flaschen waren. Der Großteil war schon ausgetrunken. Nur in den hinteren Regalen lagen vereinzelt noch einige volle.

Langsam betrat er den Raum, spähte nach links und nach rechts. Ringsherum kahle Regale, weiter nichts. Auf dem Boden lagen Scherben ohne Ende, die von einem kleinen Wutanfall zeugten.

„Wo soll das Buch sein?“, rief er zur Tür hinaus. In dem leeren Raum hallte seine Stimme. Eine Fledermaus erhob sich und huschte durch die offene Tür hinaus in die Freiheit, nur um festzustellen, dass es zu hell und warm draußen war. Sofort machte sie kehrt und flog zurück in den dunklen kühlen Raum.

„Weiß nicht. Irgendwo hinter einem Regal“, meinte Finn zu der Frage. „Ich stolpere ständig drüber. Da hab’ ich’s vor wenigen Tagen mal beiseitegetreten.“

„Du wolltest die leeren Regale doch verkaufen“, sagte Tim, aber es kam keine Antwort mehr.

Also ging er weiter in den Raum hinein, um nach dem Buch zu suchen. Vorsichtig spähte er hinter die eingewebten verwaisten Holzgestelle und fand schließlich unter einem von ihnen ein dickes, eingestaubtes Buch. Ja, das musste es sein. Mehr Bücher hatte Finn wahrscheinlich in seinem gesamten Leben nicht gesehen.

„Ich hab's!", rief er. Tim verließ das Weinlager und betrat die Wohnstube. „Hier ist es." Er pustete den Staub und die Spinnweben vom Buchdeckel und hustete laut.

Finn sah sich das Buch an. „Ja, das muss es sein." Vorsichtig öffnete er das Buch. „Ja, das ist es. Daran kann ich mich erinnern." Er schwenkte mit seinem Weinglas über die Seiten und deutete mit einem Finger auf die verschiedenen Zeichnungen. Seltsame Kreaturen, ein Pentagramm und allerlei Gekritzel – ja, das musste es sein.

„Weißt du", begann Tim zu erzählen, „da wir beide in diesem Dorf nichts mehr haben, das uns irgendwie weiterbringt, könnten wir uns doch auf eine Reise begeben. Einfach los. Nichts weiter. Wir gehen fort und kommen nie wieder zurück. Hm, was hältst du davon?" Fordernd blickte er seinem Gegenüber in die Augen und wartete geduldig auf eine Antwort.

Auf Finns Stirn zeichneten sich Falten ab, die deutlich darauf schließen ließen, dass er wirklich darüber nachdachte. Er öffnete den Mund, um etwas zu sagen, brachte aber keinen Ton hervor, schloss seinen Mund wieder und dachte erneut nach. Wieder holte er Luft, um zu antworten, und sagte klar entschlossen: „Ja. Ich komme mit."

Tim war erleichtert. Oft dauerte es Stunden, bis sich sein Freund mal für irgendetwas entschied. Wobei es dann meistens nur um irgendwelche Kleinigkeiten ging, die jeder normal denkende Mensch in wenigen Sekunden entschieden hätte. Aber sie waren ja beide nicht wirklich normale Menschen. Vor allem, weil Finn anscheinend nur noch in seiner Wohnung saß und trank. Wenn das so weiterging, dann würde er genauso ein frühes Ende finden, wie es bei seinen Eltern der Fall gewesen war.

Tims Mutter fand es damals sehr deprimierend, als sie sich beide als Taugenichtse herausstellten. Sie wären ja immer so aufgeweckte und kreative Kinder gewesen, hatte sie gesagt. Doch das war ihnen herzlich egal gewesen. Sie hatten Besseres zu tun gehabt, als sich mit irgendetwas zu beschäftigen, was Arbeit auch nur ähnlichsah oder irgendeine Anstrengung mit sich bringen konnte. Nun ja, vielleicht nichts Besseres – aber Anderes. Doch das sollte sich jetzt ändern, dachte sich Tim. Es wurde Zeit für einen Neuanfang, der möglichst weit weg von ihrer Heimat stattfinden sollte.

Noch am selben Tag brachen sie auf. Jeder packte zusammen, was er brauchte. So lief Tim zum Norden des Dorfes hinaus. Es gab etwas Kostbares, das er nicht zurücklassen wollte. Ein steiniger Weg führte ihn ein Stück weit in die Berge hinaus, bis er schließlich auf einer Anhöhe ankam. Der Wind wehte über ihn hinweg. Eine angenehme Brise.

Kurz ließ er seinen Blick schweifen. Vor sich erkannte er in einiger Ferne das unendlich große Moor, das sich rings um ihre Welt zog, so hieß es. Leichter Nebel lag über dem Horizont und waberte im sanften Lufthauch vor sich hin. Und vor ihm führten die schweren Felsmassen hinauf zu ihm, die jedem Wind und Wetter trotzten.

Tim bückte sich und schob einige schwere Steine beiseite. Schon tat sich ein schmaler Schacht im Boden auf, in dem sich etwas Funkelndes verbarg. Angestrengt streckte er seinen Arm in die Tiefe und Kniff die Augen zu, um sich ganz auf das zu konzentrieren, was sich dort unten verbarg.

„Komm schon“, presste er angespannt hervor und streckte sich noch ein bisschen weiter in die Tiefe. „Ha!“ Er griff nach der dünnen goldenen Kette und zog sie hervor.

Vorsichtig ließ er das teure Schmuckstück in die Höhe gleiten und auf seine linke Hand sinken. Es war ein Talisman, den ihm sein Großvater vor langer Zeit vermacht hatte. Weder er noch sein Großvater wussten um die Bedeutung und die Herkunft dieses Talismans. Es war ein kleines goldenes Schmuckstück. Vermutlich ein altes Geschenk. Dieses kleine bisschen Heimat wollte er sich nicht nehmen lassen. Es war eine Erinnerung an die einzige Person aus seiner Familie, die wirklich an ihn geglaubt zu haben schien. Wirklich sicher war er sich dabei nicht, da es Jahre her und er ein kleines Kind gewesen war. Höchstwahrschienlich trübte seine Erinnerung die Realität.

Trotzdem hatte er immer das Gefühl gehabt, dass sein Großvater in ihm einen klugen Burschen gesehen und an ihn geglaubt hatte. Und deshalb nahm er ihn mit, diesen kleinen, offensichtlich kaputten Talisman. In der Mitte war ein Loch, bei dem sich jeder immer gefragt hatte, woher es bitteschön stammen sollte. Es war einfach da, ohne anscheinend einen gestalterischen Wert zu besitzen. Doch für Tim war es dieser vertraute Makel, der dieses kleine bisschen Luxus an ihn band. Es war sein Talisman. Sein einziger wertvoller Besitz. Und von wirklich niemandem würde er sich das nehmen lassen, genauso wenig wie den Entschluss, sich nun auf diese Reise in die Fremde zu begeben und nie wieder zurück in dieses Tal zu kommen.

Vorsichtig legte er die Kette an und versteckte das glänzende Gold unter seinem Hemd. Dann griff er wieder nach dem Beutel, den er mit sich trug. Das Buch und ein wenig Proviant hatte er bereits hineingepackt. Brauchte er noch etwas? Nein. Nichts weiter sollte ihn je wieder an seine Heimat erinnern.

Also eilte er schnell zurück zum Dorf und stieß wieder zu Finn. Gemeinsam gingen sie in Richtung Süden. Die Sonne würde zwar bald untergehen, aber bis dahin würden sie sicherlich schon eine Siedlung erreicht haben, in der sie in Sicherheit wären. So groß konnte der Wald nicht sein. Da standen schließlich nur ein paar Bäume. Und Tim konnte sich gut daran erinnern, dass man von den Bergen hinter ihrem Dorf über den Wald hinweg schon die schmalen Rauchsäulen aus Schornsteinen hatte erkennen können. Es konnte wirklich nicht weit sein bis zum nächsten warmen Herd.

Ein schmaler Pfad führte seit vielen Jahren über die Hügel hinüber in den Wald. Händler und Reisende verirrten sich aber trotzdem nur sehr selten hierher. Das Dorf war praktisch komplett vom Wald abgeschottet. Man konnte von innen nicht einmal die Baumkronen sehen, da in allen Richtungen Berge oder Hügel die Sicht versperrten.

In den meisten Nächten war dieser Pfad hell erleuchtet, da er über die höchste Stelle auf den Hügeln verlief und so nie im Schatten lag. Hin und wieder verschwand der Mond aber für einige Nächte. Danach wurde er langsam wieder größer, bis er so hell war, dass man in ihrem beinahe baumlosen Tal nachts nicht schlafen konnte. Begleitet wurde der Mond von vielen kleinen leuchtenden Punkten, über die man sich angeblich in anderen Teilen ihrer Welt die verrücktesten Geschichten erzählte, allerdings hatte Tim das nie wirklich verstanden. Es waren doch nur leuchtende Punkte. Warum dachte man sich nur solche seltsamen Geschichten aus?

Da war ihm der Tagstern doch viel lieber. Über den erzählte man sich wenigstens nicht so viel, da die meisten Menschen am Tag zu arbeiten hatten und sich über dieses Licht am Himmel keine Gedanken machten. Das Einzige, worüber man seit kurzer Zeit nachdachte, war die These, dass das Heranwachsen und Zusammenschrumpfen des Tagsterns etwas mit der Wärme und der Kälte zu tun hatten, die zyklisch über ihre Heimat hereinbrachen.

Es gab Leute, die meinten, dass sich der Tagstern in der kalten Zeit von ihnen wegbewegen und während der warmen Zeit wieder nähern würde. Es wäre wie bei einem Feuer, das in der Nähe warm und deutlich erkennbar, und aus der Ferne kalt und kaum zu sehen sei.

Doch dazu meinte man, dass sich so ein großer Himmelskörper nicht bewegen könne. Er würde einfach schrumpfen.

Bei Kälte würde sich doch auch sonst alles zusammenziehen, warum denn nicht der Tagstern. Diese Diskussionen führten oft dazu, dass irgendeiner der Ketzerei wegen auf dem Scheiterhaufen landete, worüber man sich besonders während der kalten Zeit freute, da es selten so große Feuer gab. Es war jedes Mal ein riesiger Aufwand, der dafür betrieben wurde. Bäume wurden gefällt, dann errichtete man einen großen Haufen und jagte den Delinquenten quer durch das Dorf, um ihn ein letztes Mal bloßzustellen und ihm die Chance zu geben, seine Worte zu widerrufen – was ihn trotzdem nicht gerettet hätte.

Tim und Finn hatten den Anfang des Pfades erreicht und gingen den Hügel hinauf. Der weiche Sand hatte sich in der Sonne stark erhitzt, weshalb sie sich beeilten, zu den Bäumen zu gelangen. Sie erreichten nach wenigen Minuten den Waldrand. Tim blickte noch einmal zurück. Dies sollte wohl der Abschied von seiner Heimat werden. Eine neue Zukunft wartete auf sie. Hoffentlich war es eine bessere Zeit, die nun auf sie zukam. Er blickte in den Wald. Bäume. Nur Bäume. Nichts anderes war dort erkennbar. Lediglich ein Pfad führte zwischen ihnen hindurch.

Tim atmete laut ein und aus. Dann machte er einen Schritt und betrat den Wald. Finn beäugte ihn verunsichert und wunderte sich nur, was das Ganze sollte. Tim, der nun merkte, dass er die ganze Zeit von ihm angestarrt worden war, erwiderte für einen kurzen Moment den fragenden Blick. Die gleichgültige und zweifelnde Miene seines Kumpanen verunsicherte ihn kurz. Ob es wirklich so eine gute Idee war, mit diesem Schwachkopf allein durch die Welt zu laufen? Aber dieser Gedanke verschwand so schnell, wie er gekommen war. Tim strich über seine Kleidung, zog seine Weste gerade, nickte und ging los in den Wald. Es war so weit, sein Abenteuer konnte beginnen. Durabor, so hatte der Mann diesen Ort damals genannt.

* * *

Es war dunkel in dem Wald. Dunkel und ruhig. Sie waren beide noch nie so weit weg von ihrem Dorf gewesen. Doch sie wollten fort, denn umso weiter sie von ihrer Heimat entfernt waren, desto mehr konnten sie ihre Vergangenheit loslassen. All die Strafen, die kleinen Streiche und Dummheiten und all die sinnlosen und vergeudeten Stunden und Tage und sogar Jahre. Das lag hinter ihnen. Nun waren sie bereit für ihr eigenes Abenteuer.

Durch die Baumkronen schimmerte das Licht des Tagsterns. Der Wald war hier sehr dicht gewachsen und ließ es praktisch nicht zu, dass man sich verlief, da man den Pfad durch die Büsche nicht verlassen konnte. Rings um sie herum gab es nur dicht verwachsene Pflanzen, die jeden Ausweg versperrten. Nur der eine Weg würde sie weiterführen. Nach Süden sollte es gehen. Immer dem fahlen Licht hinterher.

Erst nach einiger Zeit erreichten sie den tieferen Wald. Dicht an dicht standen hier nun nur noch Bäume. Allerdings waren nur wenige wirklich groß. Viele waren sehr jung und erst gut ein Jahr alt. Sie würden hier am Waldboden nicht lange wachsen können, da die hohen Bäume fast das gesamte Licht schluckten. Büsche und Gräser suchte man hier vergebens. Die Blätter raschelten im Wind, der über den Wald hinweg wehte und bestimmt bald auch hier dafür sorgen würde, dass die Bäume ihre Blätter fallen ließen. Diese waren bereits bunt gefärbt, darum leuchteten die Baumkronen gelblich orange. Vögel zwitscherten zwischen den Ästen. Mal wirkte die Atmosphäre so bedrohlich, mal friedlich. Je nachdem, welcher Vogel unheilvoll sang oder fröhlich sein Lied anstimmte.

Obwohl die Blätter fast das gesamte Licht schluckten, war es warm im Wald. Es war eine beruhigende Umgebung, die von sich aus Sicherheit und Geborgenheit ausstrahlte. Und durch das rötlich orangene Licht wirkte es, als würden sie durch ein buntes Feuer laufen.

Dann geschah es. Der Pfad endete. Sie hatten es bisher nicht gemerkt, aber anscheinend hatten sie ihn schon vor einer ganzen Weile aus den Augen verloren und sich nur eingebildet, dass es sich hier immer noch um einen Trampelpfad handeln würde.

Inzwischen wurde es dunkler. Wahrscheinlich versank der Tagstern gerade hinter dem Horizont. Der Himmel verdunkelte sich zunehmend, während sich die rötlich glänzenden Blätter der Baumkronen im frischen Abendwind vor die Silhouetten der bedrohlich glitzernden Wolken schoben. Das brausende Rauschen durchdrang Mark und Bein, während im Wald die Stille Einzug hielt, die Vögel verstummten und die Raubtiere der Nacht aus ihren Verstecken zu kriechen schienen.

Augenblicklich verwandelte sich die bis eben noch angenehme Atmosphäre in eine bedrohliche Situation. Wie sollten sie in der aufziehenden Dunkelheit durch den Wald finden?

Vorsichtig schlichen sie durch das Unterholz und versuchten, auf sich aufmerksam zu machen. „Hallo!", riefen sie gemeinsam durch den Wald. Dabei war ihnen klar, dass sie hier nachts keiner aufsammeln würde. „Hallo." Trotz dieser Rufe verließ sie langsam die Hoffnung, sich wieder orientieren zu können. „Hallo?" Nach einiger Zeit gaben sie das Rufen auf und wanderten schweigend durch das Unterholz. Angst und Panik übermannten sie langsam und ließen sie immer und immer schweigsamer werden.

Sie gelangten an einen Bachlauf, über den ein Baum gefallen war. Vorsichtig kletterten sie über das Holz und erreichten auf der anderen Seite nach einigen Metern eine Anhöhe. Eine kleine Lichtung. Von dort aus schauten sie knapp unter den Baumkronen entlang.

„Da!", rief Tim plötzlich und wies mit dem Finger durch die Baumkronen.

In der Ferne war ein Schimmern zu erkennen. Licht. Da musste ein Haus sein. Sie liefen weiter geradeaus, von der Anhöhe herunter und durch das Dickicht.

Immer mehr näherten sie sich dem Waldrand und liefen weiter nach Westen. Bald mussten sie die Stelle erreicht haben, wo sie das Licht gesehen hatten. Doch es kam kein Licht. *Verdammt!*, dachte Tim. Anscheinend war es nur jemand mit einer Fackel gewesen, ein Reisender, wie sie es waren.

Es schien sinnlos, nun noch weiter durch den Wald zu wandern. Wenn sie mitten in der Nacht ziellos umherlaufen würden, dann würde das darin enden, dass sie sich noch mehr verliefen. Darum beschlossen sie letztendlich, mitten im Wald zu schlafen und zu hoffen, dass sie niemand auffressen würde.

* * *

Sie wachten ruckartig auf. War da eben ein Geräusch?

Gerade war Tim noch der Meinung gewesen, er hätte ein lautes Knacken gehört, doch anscheinend hatte er sich geirrt. Vielleicht war ja irgendwo ein Eichhörnchen vom Baum gefallen.

Hinter den Zweigen über ihnen konnte man den Tagstern erahnen, der über dem dichten Blätterdach wohl sehr hell leuchten musste. Es war wohl schon Morgen.

Sie standen beide auf und sahen sich um. Nichts als Bäume weit und breit.

„Wir müssen es nur schaffen, immer geradeaus zu laufen", meinte Tim aufmunternd. Immerhin schien das eine ganz einfache Aufgabe zu sein. „Wir werden schon irgendwann den Waldrand erreichen."

Finn blickte skeptisch zu ihm hinüber. „Also ich habe einmal gehört, dass man immer unbewusst im Kreis läuft."

Tim stöhnte. „Natürlich."

„Nein!", warf Finn ein, „es stimmt! Unzählige Wanderer und Reisende sind so schon im Nirgendwo verschwunden und nie wieder zurückgekehrt. Du glaubst nicht, wer auf diesem Weg schon alles im Unterholz umgekommen ist."

Tim ignorierte die Worte und setzte sich in Bewegung. Widerwillig folgte ihm sein Freund. Jedoch ließ er es sich nicht nehmen, alle paar Minuten immer wieder seine mahnenden Worte zu wiederholen. Immer wieder blieb Tim stehen und versuchte, sich zu orientieren. Von wo waren sie gekommen? Wohin ging es weiter?

„Du kannst es aufgeben", keuchte Finn irgendwann. „Wir sind bestimmt schon drei- oder viermal an der gleichen Stelle vorbeigelaufen."

Wieder schwieg Tim zu dieser Aussage und folgte einfach weiter seinem Weg.

„Deine Eltern haben es doch auch geschafft, durch diesen Wald zu reisen", merkte Tim schließlich an, „dann werden *wir* das doch wohl auch schaffen."

Mürrisch musste sich Finn fügen. Aber an seiner Meinung änderte das nichts mehr. Anscheinend hatte er bereits genug von ihrem kleinen Abenteuer. „Die beiden sind auch wahnsinnig geworden und von einer Klippe gesprungen. Soll uns das etwa auch bevorstehen?", motzte er.

Trotzdem beschlossen sie, weiter durch den Wald zu laufen. Vielleicht hatten sie ja Glück und fanden wenigstens einen Weg oder sowas in der Art. Man konnte ja nie wissen, auf was man so treffen würde. Das konnte von Vorteil und von Nachteil sein. Entweder man fand den rettenden Weg oder man geriet in die Klauen eines wilden Tieres. Doch dann war sowieso alles egal.

Sie schlugen sich weiter durch das Dickicht. Die Äste knackten unter ihren Füßen und das Laub raschelte in den Baumkronen über ihren Köpfen. Mittlerweile mussten sie schon sehr weit von ihrer Heimat entfernt sein. Und wenn nicht, dann liefen sie hoffentlich wirklich im Kreis und würden schon bald wieder in ihrem Dorf angelangt sein.

Nachdem die Hälfte des Tages verstrichen war, erreichten sie den Waldrand. Sie hatten wirklich Glück gehabt.

Sie setzten sich auf einen Baumstumpf und kramten aus ihrem Beutel etwas Proviant hervor. Eine dicht vernähte Ledertasche war mit Wasser gefüllt, das sie jetzt mehr als nötig hatten. Ansonsten hatten sie nur zwei Brote eingepackt und einen großen Beutel voll mit einigen Edelsteinen und Münzen aus Finns Erbe. Sie hatten keine Ahnung, wie viel das alles wert war, andererseits war ihnen das in dieser Situation auch egal. Zuerst kam das Überleben.

Erschöpft ließ Tim seinen Blick über die Landschaft gleiten. Vor ihnen lag eine riesige freie Fläche. Hügelig und feucht. Es schien ein geradezu endlos langes Moor zu sein. Bis zum Horizont sah man nichts Anderes. Nur schlammiges Land.

„Ist ja echt langweilig, dieses Abenteuer“, murmelte Finn, der auf seinem Stück Brot kaute. Müde starrte er in die Ferne und suchte erfolglos nach irgendwelchen anderen Dingen als Morast.

Zustimmend brummte Tim. „Ja. Du hast Recht. Einfach überhaupt nichts los hier. Nur Schlamm.“

„Und ein bisschen Nebel“, fügte Finn an, „dort hinten. Siehst du?“ Langsam deutete er mit einer Hand in die Ferne, während er vor Erschöpfung kaum den Arm heben konnte und erntete ein zustimmendes Knurren seines Begleiters.

Nach einigen Minuten Pause gingen sie weiter nach links entlang des Waldrandes. So vermieden sie wenigstens, dass sie sich erneut verliefen. Inzwischen war es schon längst Mittag und ihnen schien das helle Tageslicht ins Gesicht. Die Wärme machte ihnen bereits nach kurzer Zeit ein wenig zu schaffen, nachdem sie sich lange Zeit im Wald aufgehalten hatten. Trotzdem blieben sie halbwegs konzentriert und versuchten, nach möglichen Gefahren Ausschau zu halten.

Plötzlich hörten sie ein lautes Knacken aus dem Unterholz. War da jemand?

„Hallo?", rief Finn unsicher in den Wald.

„Ruhe!", unterbrach ihn Tim sofort alarmiert. „Wer weiß, was dort lauert." Mahnend zog er seinen Freund am Ärmel ein Stück weit zurück und stierte vorsichtig zwischen den Bäumen hindurch.

Zu spät. Aus dem Geäst kroch eine Person hervor und beäugte die beiden Männer aufmerksam. Es war ein hagerer Mann mit krausem Haar, der wie ein neugieriges Tier immer näher an sie herankam. Er trug nur noch einige Fetzen von Kleidung und bewegte sich in gebückter Haltung.

„Was sucht ihr hier, so am Ende der Welt?", fragte er mit kratziger Stimme und musterte die beiden zum dritten oder vierten Mal von oben nach unten, von links nach rechts und umgekehrt.

Vorsichtig antwortete Tim: „Wir haben uns verlaufen. Bereits seit einem Tag irren wir nun durch den Wald und …"

Der Mann unterbrach ihn laut. „Verlaufen. Verlaufen sagt ihr? Verlaufen im Wald? Aha. – Versteh ich nicht. Verlaufen habt ihr euch?"

Ein seltsamer Mensch, dachte Tim. „Wir sind einem Pfad gefolgt und haben dann die Orientierung verloren. All diese Bäume, sie sehen so …"

„… gleich aus. Nicht?", unterbrach ihn der fremde Mann erneut. „Ja, das sagen sie alle. Alle Bäume sind gleich. Sie wachsen nach oben und tun sonst nichts." Erneut fühlte sich Tim überrannt. „Aber nein. Die sind keineswegs alle gleich. Dort hinten, vierzig Schritte von hier, ist eine Buche, so dick wie der größte Bär des Waldes, und dort steht eine junge Birke, kaum zwei Jahre alt. – Nein, sie sind keineswegs alle gleich", erzählte der Mann begeistert und leicht erzürnt.

„Lass uns weitergehen", schlug Finn skeptisch vor.

Mahnend bremste ihn der Mann: „Halt! Geht nicht. – Ihr werdet Euch nur wieder verlaufen, zwischen all den Bäumen und Sträuchern. Ihr werdet kein Ziel erreichen. Niemals."

„Ach ja? Und was schlagt *ihr* vor?", erwiderte Finn spöttisch.

„Folgt mir, werte Herren, folgt mir. Wohin, müsst nur ihr mir sagen, denn ich kann euch nirgends hinführen, wenn es kein Ziel gibt, nicht?", schlug der Mann vor.

Kritisch überdachte Tim den Vorschlag. Alleine würden sie sicherlich nicht sehr weit kommen. Da war er sich sicher. Sie sollten besser diesem Waldläufer folgen und sein Wissen nutzen, um irgendwie in bewohntes Gebiet vorzustoßen.

„Ja sicher", kam ihm Finn mit sarkastischem Ton zuvor, doch glücklicherweise schien der Mann das nicht zu verstehen.

„Gut. Sehr gut. Dann folgt mir", meinte dieser.

Tim nickte. „Dann führe uns zu anderen Menschen. Lichtern. Häusern. Irgendwohin, wo wir uns nicht verlaufen können." Finn schüttelte derweil lediglich den Kopf.

So streiften sie durch das Dickicht, während der Mann dauerhaft von *seinem* Wald redete. Sie kletterten über umgefallene Bäume, schlängelten sich zwischen einigen Felsen hindurch und gelangten zu einer Felsspalte.

„Dort entlang. Immer geradeaus. Verliert nie diese Spalte aus den Augen, sonst verliert ihr euch im Wald. – Folgt mir, folgt mir." Zu jeder kleinen Besonderheit im Wald hatte der Mann einen Ratschlag parat. „Doch seid leise. Tiere lauern überall. Wilde, böse Tiere. Überall. Links, rechts. Über uns. Unter uns. Überall." Schnell und ausdrucksvoll sprach der Fremde. Es schien, als würden sich seine Gedanken durchgängig überschlagen und als würde er sie genauso schnell in Worte fassen können. Doch letzten Endes waren das alles Dinge, die sie selbst wussten.

Tim trat auf ein Erdloch. Sofort rutschte er mit einem Bein hinein und versuchte, sich an einem Ast festzuklammern, der laut von dem Baum abbrach. „Ruhe!", flüsterte der Mann, „Ruhe sollt Ihr bewahren, nicht laut sein!" Hektisch sah er sich nach wilden Tieren um, während Finn seinen Freund aus dem Loch zog. „Sie sehen uns. Sie sehen uns. Sie sehen uns die ganze Zeit schon. Dort und dort. Sie stehen hinter den Bäumen und warten auf den richtigen Moment!"

„Jetzt hör aber auf!", brüllte ihm Finn entgegen. „Sei ruhig und hilf mir lieber!"

„Nein!", sagte der Mann langgezogen, „zu helfen ist euch doch längst nicht mehr. Zu helfen ist nur dem, der die Tiere nicht lockt. Zu helfen ist euch nicht. Nein nicht mehr. – Genauso wie allen diesen Leuten, die mit ihren Karren hier entlanggezogen sind. Vor Jahren war es. Dort, dort führte ein Weg entlang und brachte sie stets in ein Tal hier in der Nähe, wo sie ihre Karren leerten und gegen glitzernde Steine eintauschten. – Sie alle sind tot! Sie waren nicht aufmerksam und wurden alle gefressen! Ja! Gefressen wurden sie. Allesamt."

Finn hatte Tim mittlerweile aus dem Loch gezogen und sah den Mann abweisend und arrogant an. Doch Tim glaubte dem Fremden. Er schien sich hier auszukennen. Er musste ihn irgendwie beruhigen.

„Aber du wurdest nicht gefressen. Du lebst. Du weißt, wie man die Tiere umgeht, oder?", fragte Tim ruhig.

„Ja, ja. Ja, das weiß ich!", erwiderte der Mann. „Ja, ich weiß es."

„Dann führe uns hier heraus. Rette uns vor den Tieren", fügte Tim an, während der Fremde sich panisch umsah.

Sofort setzte sich dieser in Bewegung und eilte an der Felsspalte entlang. Tim und Finn rannten hinterher. Der Mann sprang über die Stämme und Äste und kroch zwischen Bäumen und Steinen hindurch. Schnell hatten sie den tiefen dunklen Wald hinter sich gelassen und erreichten weniger dicht bewachsenes Gebiet. Zwischen den Bäumen hindurch konnte man einige Hundert Schritte weit sehen und in der Ferne sogar Lichter erahnen. Anscheinend war dort ein Dorf.

Sie rannten kreuz und quer durch den Wald und hatten bald einen versteckten Pfad erreicht, der direkt auf das Flackern zu führte.

„Ich muss euch gehen lassen. Ich besuche nie Höhlen der Menschen. Ich will das nicht. Ich mag sie nicht. Mit ihren leuchtenden Stöcken und funkelnden Steinen. Sie mögen mich nicht und ich mag sie nicht."

„Bist du kein Mensch?", fragte Finn.

Erstaunt sah der Mann auf. „Sehe ich aus wie einer?", fragte er breit grinsend. „Sehe ich aus wie ein Mensch?"

Finn schüttelte den Kopf. „Eher wie ein Tier."

„Warum fragt Ihr dann?", entgegnete er ernst.

Tim ging dazwischen. „Vielen Dank für Eure Hilfe", sprach er eilig und reichte dem Fremden noch ein Stück Brot aus der Tasche. Er hatte es verdient, im Gegensatz zu Finns Beleidigungen.

Dankbar nahm der Mann das Brot an sich und sah den beiden dann hinterher, wie sie auf das Dorf zugingen. Tim blickte noch einmal zurück zu dem Mann, der inzwischen wieder im Dickicht verschwand und dort zwischen den Bäumen umherkroch.

Sie traten aus dem Wald heraus und sahen sich um. Es war gar keine Siedlung, sondern nur ein einzelnstehendes Haus, aus dem einige Geräusche herausdrangen. Ein Holzschild hing über der Tür und ließ darauf schließen, dass es sich hier um eine Kneipe handelte.

Langsam traten sie näher heran. Ein unerträglicher Lärm drang aus dem Lokal. Tim öffnete die Tür und eine Wolke aus Alkoholgeruch und stinkendem Schweiß sowie Erbrochenem strömte ihnen entgegen. Tim hustete laut und trat in das Gebäude. Eine Gruppe Musiker spielte ein fröhliches Lied auf einer kleinen Bühne, die eigentlich nur ein Stapel aus Holzbrettern war, die man am Rand des Raumes platziert hatte.

Die Hütte war aus Holz errichtet worden und wurde nur von Eisennieten und Holzpfeilern zusammengehalten. Rotz und verkrustetes Blut taten ihr Übriges. So manches geworfene Messer hatte einige Streben gespalten oder dazu beigetragen, zwei Ecken miteinander zu verknüpfen. So sparte sich der Kneipenbesitzer das Geld, das er für neue Nieten und Schrauben hätte bezahlen müssen.

An den Wänden hingen kleine Öllampen und Kerzen. Fenster waren wohl zu teuer in diesem Teil der Welt. Doch das wussten Tim und Finn genauso. Das Dach war mit Stroh bedeckt und hatte vereinzelt Löcher, die offensichtlich allesamt nur mit alten Lappen zugestopft waren.

Neugierig traten die beiden Reisenden in das Gebäude und ließen den ersten Eindruck auf sich wirken. Seltsame Kreaturen trieben sich hier herum. Reisende, Diebe und natürlich auch einheimische Menschen. Doch vertrauenerweckend war dieser Ort nicht. Eher glich er der zwielichtigen Spelunke in ihrer Heimat. Finn kannte solche Orte voller Betrügereien, fixer Diebe und plötzlicher *Unfälle* bei Zahlungsunfähigkeit.

Doch nicht jeder hatte den Drang oder die Möglichkeit, so hinterlistig zu sein. Viele waren sogar ganz angenehme Gäste, wenn sie erst mal derart betrunken waren, dass sie nur noch schlafend auf dem Tisch lungerten. Aber dazu gehörte nicht der Kneipenbesitzer. Dieser lief durch das Gebäude und ließ hin und wieder selbst mal irgendetwas mitgehen. Seinen betrunkenen Gästen verdoppelte er oftmals die Rechnung, ohne dass diese das irgendwie hätten merken können. Ein sehr lukrativer Beruf.

Das war die eine Seite dieses Mannes. Er stand hinter einem Holztresen und schaute aufmerksam durch den Raum. Hier und da schlug sich jemand, allerdings dauerten diese Prügeleien oft nur wenige Sekunden. Gerade erblickte er die zwei Männer, die zur Tür hereingetreten waren, und beobachtete sie skeptisch, da er sie noch nie zuvor hier gesehen hatte.

Der Wirt stellte ein Glas beiseite und griff nach dem nächsten, um es zu polieren. Zwei weitere Angestellte tobten durch die engen Lücken zwischen den Stühlen und servierten ein Getränk nach dem anderen.

Weiter hinten im Raum tobte eine Schlägerei. Ein dicker Betrunkener schlug einem anderen einen Stuhl über den Kopf. Der zweite wiederum nahm den Tisch und warf ihn dem Dicken auf den Fuß, dieser brüllte laut und trat den anderen kräftig.

Daneben standen einige weitere Menschen und feuerten ihre Favoriten an. Der eine Mann stürzte zu Boden und rollte sich ab. Er knallte gegen einen Tisch, der sofort umfiel. Er nahm ein heruntergefallenes Messer und warf es nach dem Dicken. Das Messer verfehlte das Ziel und steckte nun in der hölzernen Wand hinter ihm. Der Mann, der an dem umgestoßenen Tisch gesessen hatte, richtete sich auf.

Da der eine Besoffene auch seine Suppe verschüttet hatte, geriet er genauso schnell wie die beiden eben in Rage. Er holte aus und schlug den Messerwerfer zu Boden. Erneut johlte die Menge um die Schlägerei. Einige schienen sogar Wetten abzuschließen, während die fröhliche Musik im Hintergrund erst richtig in Fahrt kam.

Der Wirt setzte sich schon in Bewegung. Tim und Finn starrten wie gebannt auf das Geschehen. Er lief in ihrer Nähe vorbei. Tim sah, wie eine Kette aufblitzte, die er jemandem gestohlen hatte. Er fasste sich an seinen Hals, der Talisman war noch da.

Die Schlägerei stoppte, ebenso die Rufe der Zuschauer. Einer der Männer kippte um.

Der Wirt blieb stehen und sah in die Runde rings um den von einer Blutlache umgebenen Schläger, der in der Mitte lag, an. Keiner sagte ein Wort. Die Musik stoppte kurz. Er ging auf den Toten zu und rollte ihn auf die Seite. Dann zog er ein Messer aus dessen Nacken und wischte es am Mantel des einen Säufers ab. Dabei sah er diesen mit verachtendem Blick an und grinste.

Er drehte sich um und steckte das Messer weg. Schon eilten seine zwei Angestellten herbei und trugen den Toten durch eine Hintertür aus dem Lokal.

Nachdem er die Schlägerei beendet hatte, kam der Kneipenbesitzer zurück zu Tim und Finn. Die Musik erklang wieder und setzte fröhlich genau an der Stelle ein, an der sie geendet hatte.

„Na, wer seid ihr denn?“, zischte er ihnen entgegen. „Ich hab’ euch hier noch nie gesehen.“

„Wir sind aus dem Tal. Dort, irgendwo da hinten hinter dem Wald“, antwortete Tim, während Finn sich unauffällig einen Schnaps von einem schlafenden Fremden lieh.

„Hinter dem Wald?“, sagte der Wirt skeptisch. „Von dort aus ist aber lange keiner mehr gekommen.“ Er runzelte die Stirn. „Ich heiße Sebald. Mir gehört der Laden. Und passt bloß auf, sonst endet ihr wie der da“, er deutete auf die Hintertür, die gerade geschlossen wurde, während er die beiden Männer böse anfunkelte.

Sebald klopfte Tim auf die Schulter. Er fasste sich an seinen Hals. Der Talisman war noch da, Sebald hatte ihn hoffentlich noch nicht bemerkt.

„Wollt ihr was trinken? Oder essen?“, fragte er.

„Nein danke“, meinte Tim.

Sebald nickte verständnisvoll und meinte mit einem angewiderten Unterton: „Man kann’s halt nicht jedem recht machen.“ Er verschwand hinter der Theke, füllte einen Krug mit Bier und ließ ihn über das Holz schlittern, bis ein Mann am Ende sich den Krug schnappte und mit einem Zug leerte. Nebenbei trocknete Sebald sein Geschirr ab und füllte einen Krug nach dem anderen mit Bier.

Beinahe reflektorisch kratzte sich Tim am Hals. Er prüfte seinen Talisman, aber er war weg! Wie hatte Sebald das angestellt? Verstohlen blickte dieser gerade zu ihnen.

Tim stand auf. Sebald stellte sein Geschirr ab und füllte eilig noch einen Bierkrug. Dann verschwand er blitzschnell. Neben ihnen stand ein alter Greis, der einfach vor sich hin faselte.

„Oh, er hat jemanden bestohlen. Er legt seine Arbeit nur nieder, wenn es jemand bemerkt hat.“ Wild gestikulierend erzählte er weiter von Dingen, die Sebald schon gestohlen hatte. Die Liste reichte von Ohrringen über Halsketten bis zu den absurdesten Dingen, wie Truhen und Ähnlichem.

Hinter der Theke angekommen, konnten sie nicht erkennen, wie Sebald so schnell fliehen konnte. Tim schlug gegen die Wand. Irgendwo hier musste er verschwunden sein. Dort! Da war ein Griff.

Vorsichtig zog er daran und eine schmale Tür öffnete sich. Sofort ging er hindurch und zog Finn hinter sich her.

Sie landeten in einem Gang. Doch Sebald hatte sie bereits bemerkt. Er kletterte aus einem Fenster. Sie liefen hinterher und standen schließlich in dem Raum, wo er aus dem Fenster gesprungen war. Hier lagen auf einem Tisch viele kleine Wertgegenstände, die er wohl bereits an diesem Tag gestohlen hatte. Wahrscheinlich verdiente er mit dem Verhökern dieser ganzen Waren mehr Geld, als ihm dieses Lokal sonst jemals eingebracht hätte.

Langsam schlichen sie zum Fenster und blickten hindurch. Vor dem Fenster befand sich direkt der Wald. Dicht an dicht standen die Bäume vor dem Fenster. Neben dem Haus schien eine Anhöhe zu dem Eingang hinaufzuführen.

Tim beugte sich zu dem geöffneten Fenster hinaus und erblickte ein bekanntes Gesicht. Der seltsame Mann aus dem Wald hatte sich Sebald geschnappt und umklammerte ihn mit festem Griff. Plötzlich lockerte er merklich die Umklammerung, als er Tim erblickte.

„Nein, halte ihn ruhig fest“, meinte Tim ruhig und stützte sich auf das Fensterbrett.

„Nein!“, brüllte Sebald, „lasst mich in Ruhe!“

Tim rief ihm zu: „Gib uns den Talisman, dann helfen wir dir!“

„Nein!“, war seine Antwort. Doch als der Mann noch fester zudrückte und Sebald fast keine Luft mehr bekam, warf er ihnen das Schmuckstück zu.

Tim steckte die Kette schnell in seine Tasche. Der Mann lockerte den Griff und ließ Sebald laufen. Dann verschwand er wieder im Wald und Tim und Finn zogen Sebald durch das Fenster zurück in den Raum. Er rappelte sich auf und klopfte sich den Staub aus den Klamotten, während er mit vor Schock geweiteten Augen von Mann zu Mann starrte.

Finn sah sich weiter in dem Raum um, während Sebald sich auf einem Stuhl niederließ und erst mal beruhigen musste. Plötzlich schien Finn etwas gefunden zu haben. Er öffnete eine Papierrolle und erblickte eine seltsame Zeichnung. „Was ist das?“, fragte er in den Raum.

Verwirrt sah Sebald auf. „Das hier habe ich gestern einem seltsamen fetten Magier gestohlen“, er deutete auf eine Landkarte. „Das ist eine verfluchte Karte. Sie zeigt den Wald von oben und all seine Veränderungen. Dort. Dort ist meine Kneipe.“ Er deutete auf einen dichten Waldabschnitt mit einer winzigen kaum erkennbaren Lichtung. „Ihr könnt sie gern mitnehmen, aber geht einfach.“ Plötzlich sprang Sebald auf. „Nicht schon wieder!“, murmelte er.

Und schon war er weg. Tim und Finn sahen sich noch einmal in dem Raum um und nahmen sich zwei Schwerter und die Karte mit, dann folgten sie ihm. Als sie oben waren, sahen sie Sebald zwei Leute aus der Tür schleudern.

„Kommt bloß nicht wieder!“, rief er ihnen wutentbrannt hinterher.

Er ging zur Theke und spülte weiter Gläser und Teller ab. Finn stieß Tim an und zeigte auf die Tasche von Sebald. Ein Geldbeutel ragte heraus. Tim sah zu dem Wirt, der eine Geste an

Tim richtete, die unmissverständlich *„Halt bloß die Klappe, sonst bist du tot!“* ausdrückte. Sebald packte den Geldbeutel schnell in eine kleine Kiste und verstaute diese dann unter dem Tresen.

„Wir werden dann mal weitergehen“, meinte Finn.

Sebald nickte und musterte die beiden erneut. Kurz ruhte sein Blick auf den beiden Schwertern, die sie entwendet hatten. Er sah Tim tief in die Augen. „Verschwindet einfach. Und kommt bloß nicht wieder!“, raunte er zornig.

Grinsend nickte Tim und sie wandten sich von Sebald ab, um die Kneipe zu verlassen. Sie nahmen die Karte erneut hervor und betrachteten sie genau. Sie wussten nun, wo sie ungefähr waren. Ein Stück weiter im Süden schimmerte ein hellblauer Fleck. Vermutlich ein See. Außerdem zog sich ein großer Fluss quer durch den Wald. Er bedankte sich letztmalig bei Sebald. Dieser murrte ihn nur noch an und freute sich, als sie sich endlich verabschiedeten.

Erneut begann eine Prügelei an einem der Tische. Schon wieder flog ein Messer durch den Raum, das einen Mann nur knapp verfehlte. Dieser drehte sich um und begann, die hölzernen Schüsseln, die um ihn herum auf den Tischen standen, auf die Streithähne zu werfen. Aus den geworfenen Schüsseln wurden nach und nach Stühle und Tische. Finn nutzte die Chance und warf seine leere Schnapsflasche, von der er sich seit der Ankunft immer wieder bedient hatte, in die Menge. Fröhlich beobachtete er, wie sie an einem der Männer in Tausende Scherben zerbarst und dieser zu Boden ging. Eilig schnellte er nun zur Tür hinaus, damit ihn keiner sah.

Sie verließen den Gasthof und standen auf dem dunklen matschigen Weg. Nur die kleine Laterne neben der Tür leuchtete ein bisschen und am Horizont ging langsam der Tagstern unter. Die Bäume warfen lange Schatten, die immer geradewegs von der Laterne wegwiesen und sich so wie ein dunkler Kranz um sie herum ausbreiteten.

Auf einmal hörten sie Pferde und eine Kutsche auf dem Weg klappern. Das Rattern hörte genau vor ihnen auf. Vor den beiden hatte das Gefährt angehalten. Die nasse Kutsche schimmerte in dem Licht der Laterne dunkel schwarz. Die Räder waren mit Nägeln gespickt, die bestimmt nicht nur dem besseren Halt dienten. Auf dem Kutschbock saß ein Mann, der tiefschwarze Kleidung trug. Die Kapuze war tief ins Gesicht gezogen und durchnässt. Der Umhang verdeckte seinen gesamten Körper samt den Beinen. Man konnte nur die dunklen Stiefel sehen. Misstrauisch ließ Tim seinen Blick mehrmals über die Gestalt wandern, doch dann lenkte ihn das Schnauben der Tiere ab.

Die beiden Pferde, die vor die Kutsche gespannt waren, schimmerten auch schwarz wie die Nacht, die nun langsam hereinbrach. Außerdem trugen sie Scheuklappen, die ein rotes Signum darauf trugen. Es war irgendein seltsames Zeichen, das sie beide nicht einordnen konnten. Und wenn es sie nicht täuschte, dann zog sich ein dünner weißer Film aus gefrorenem Wasser über ihre Hufe.

Ohne sich zu ihnen umzudrehen, fragte der Mann mit rauer Stimme: „Wollt ihr mitfahren?“

Tims Eltern hatten ihm immer gesagt, man solle Fremden nicht trauen. Egal. Er hatte nie auf seine Eltern gehört. Entschlossen sagte er: „Ja!“ Er wollte ein Abenteuer. Jetzt konnte es richtig beginnen.

Sie stiegen auf die Kutsche und weiter ging die Reise ins Ungewisse. Innen war das Gefährt mit Seide ausgekleidet und das schwarze Holz, aus dem die Kutsche bestand, schimmerte in dem Glanz der zwei Laternen, die im Innenraum angebracht waren. Die Pferde schnaubten und setzten sich in Bewegung. Mit einem Mal ging es fort von der Kneipe und ebenso immer und immer weiter weg von ihrer Heimat. „Heja!“, rief der Mann laut und ließ die Kutsche an Tempo zulegen, während eine Peitsche laut durch die Luft schnitt.

So würden sie jetzt wohl eine Weile fahren. Tim sah aus der Kutsche hinaus in die schwarze Nacht. Vereinzelt konnte man die Silhouetten und Augen der Tiere erkennen, die während der zunehmenden Dunkelheit im Wald umherirrten. Immer und immer tiefer fuhren sie in den Wald hinein. Der Mond stand schon am Himmel und beleuchtete alles um sie herum. Ein wunderschönes, beruhigendes Licht. Unter diesem Gedanken wurde Tim langsam müde. Finn war schon eingeschlafen. Schnell zogen die Bäume an ihnen vorüber und der Fahrtwind kühlte die Kutsche angenehm. Vereinzelt befanden sich Pfützen auf dem Weg, die in dem ruhigen Rhythmus eines Herzschlags, der beim Durchfahren entstand, auch Tim langsam in den Schlaf geleiteten.

Träume übermannten ihn. Entspannung machte sich breit. Ruhe. Gelassenheit. Nach der ungewissen Nacht mitten im Wald war das nun der deutlich bessere Weg zu schlafen und gleichzeitig auch noch zu reisen. Endlich konnten sie einmal eine Pause machen und sich wieder völlig dem Schlaf hingeben.

* * *

Mit dumpfem Klappern schnellte die Kutsche über den feuchten Waldboden hinweg. Jedes Loch, in das die Räder rutschten, durchdrang das Holz mit einem schmerzhaften Ruck. Die fahlen Lichter der Laternen flackerten wild im Mondschein, während sich die Pferde den Weg durch die Bäume suchten. Sie folgten der dunklen Macht, die sie geschaffen und erzogen hatte, die dunkle Macht, die über sie schon immer gebot, sie doch nun an einen anderen, an einen völlig neuen Herrn überschrieben hatte.

Mit düsterem Blick saß dieser auf dem Kutschbock und ließ die Peitsche durch die Luft kreisen. Laut knallte es in der Luft. Immer und immer schneller raste das Gefährt durch die totenstille

Nacht, durchquerte den dunkelsten Teil des Waldes und würde diesen nicht so bald wieder verlassen.

Es waren Teile des Durabors, die sonst kein Mensch betrat. Niemand traute sich mehr hier hinein. Und das sicherlich auch mit gutem Verstand begründet. Nichts war mehr wie früher. Der Wald war nicht mehr der einsame friedliche Ort, wie er es vor einigen Jahrzehnten einmal gewesen war.

Dunkle Kreaturen tauchten hier und da zwischen den Bäumen auf. Kälte durchzog die Umgebung und war schier nicht auszuhalten. Helle Augen blitzten im Schein der Nacht im Dickicht auf und folgten der Kutsche.

Plötzlich sprangen Kreaturen aus den Gebüschen hervor. Eine blutrünstiger als die andere. Der Kutsche folgend, kreisten sie hin und her durch den Wald ohne Rast und ohne Ziel, bis sie den dunklen Karren aus den Augen verloren. Das Licht erlosch. Ein Gewitter zog auf. Mit einem Mal begannen die Blitze, die ganzen Kreaturen zu verschrecken und fortzutreiben.

Dunkle Wolken verdeckten von einem Moment zum nächsten den Mond und verwandelten den nass schimmernden Wald in ein tief schwarzes, schier undurchdringliches Labyrinth.

Die Kutsche stoppte. Mitten im Nirgendwo, mitten im Gestrüpp. Eine Pause war nötig. Ruhe für die Pferde. Orientierung musste her.

Der tief schwarz gekleidete Mann stieg von der Kutsche ab. Ringsherum nur Bäume. Das herbstliche Gewitter ließ keinen noch so kleinen Rest Licht durch die Wolken und Blätter fallen. Es war stockdunkel und nur durch das Schnauben der Pferde ließ sich die Stelle, an der die Kutsche stand, in etwa ausmachen.

Laut rauschten Regen und Wind über dem Blätterdach, welches sich leicht wankend hin und her bewegte. Der Wind schnitt durch die Baumkronen und wirbelte Blätter umher, die dann langsam zu Boden sanken. Sehen konnte man das Ganze kaum, jedoch hörte man es sehr gut.

Blitze zuckten über den Himmel und ließen kurze Blicke zu. Es war ein wundervolles Schauspiel der Macht der Natur. Sie zeigte ihre gesamte Kraft, um den Menschen immer wieder aufs Neue zu zeigen, wer hier eigentlich immer als Letztes über alles gebot und über das Leben und das unvermeidbare Ende zu entscheiden hatte.

Grollend raste das helle Licht über den Himmel und schlug schließlich unweit der Kutsche in einen alten Baum ein. Ruckartig verkohlte der Stamm, aber er brannte nicht. Das grelle Licht erlosch genauso schnell, wie es gekommen war, glomm jedoch im Hintergrund leicht weiter.

Das helle gleißende Licht raubte dem Kutscher kurz den Blick in die Dunkelheit. Und schließlich trat eine schwarz schimmernde Gestalt hervor. Die Pferde scheuten und versuchten, sich von der Stelle zu bewegen, dennoch taten sie es wie von Angst gelähmt nicht. Stattdessen standen sie plötzlich wie in völliger Starre dort und rührten sich nicht. Es wirkte beinahe, als würden sich die Pferde totstellen, um nicht gesehen zu werden. Doch selbst wenn es so sein sollte, durch den Lärm, den sie bis eben verursacht hatten, hatten sie schon längst die Aufmerksamkeit auf sich gezogen.

Ebenso starr wie die Pferde wartete der Kutscher, der nur einige Meter neben der Kutsche im prasselnden Regen stand. Besonnen blickte er der Kreatur entgegen, die durch die Dunkelheit schlich. Vorsichtig und mit Respekt. Ein sicherer Abstand war nötig, solange er nicht wusste, womit oder mit wem er es hier genau zu tun hatte. Doch Angst war genauso nicht angebracht. Auch das half nicht weiter.

Die Gestalt kam näher. Immer weiter auf den Kutscher zu. In einen dunklen löchrigen Umhang gehüllt, schritt sie auf die Kutsche und den eben zu dieser zurückgekehrten Mann zu. Wortlos und regungslos kam sie näher.

Wie vom Wind bewegt, waberte der Umhang lautlos hin und her, wo es doch hier zwischen den eng stehenden Bäumen kein Lüftchen gab. Kälte überzog den Boden und ein helles Surren war zu hören, gleich einem Stück Metall auf einem Schleifstein, das nach wenigen Sekunden wieder verstummte.

Wenige Meter von der Kutsche entfernt blieb das Wesen stehen. Ein dumpfes Grollen begann, das Gewitter zu übertönen, obwohl es geradezu leise vor sich hin summte. Die Kreatur streckte einen dünnen Arm gen Kutsche und wies so mit der rechten Hand auf den Mann.

Vorsichtig, aber auch selbstbewusst trat er näher und griff nach der Hand, die mit offener Handfläche nach oben zu ihm gestreckt war. Kälte erfasste ihn. Kalte Wärme. Wohlige, aber auch unsichere und eiskalte Geborgenheit durchzog ihn und verließ ihn ebenso schnell wieder.

So verharrten sie wenige Sekunden. Von Blitzen und Nässe umgeben. Und plötzlich war die Kreatur ebenso schnell, wie sie erschienen war, in Begleitung eines großen Blitzes wieder verschwunden und kam nicht wieder zurück.

Doch der Kutscher blieb im Regen stehen und sank auf die Knie. Mit schmerzvoll verzerrtem Gesicht, das in der Dunkelheit kaum zu erkennen war, starrte er gen Himmel und ließ die Regentropfen auf sich hinabrieseln. Über ihm kreisten die Blitze am Himmel und schienen das Laub der Bäume mit sich zu reißen. Was hatte er nur getan? Worin hatte er sich da nur verwickeln lassen?

Entsetzt und völlig übermannt von der Begegnung wartete er viele Stunden, bis das Gewitter über ihm langsam verstummte. Erst dann erhob er sich langsam wieder von dem matschigen Boden und begab sich hinüber zu der Kutsche. Alle Lichter waren erloschen. Und so raste das Gefährt wie betäubt weiter durch die letzten Minuten der Nacht.

* * *

Tim war tatsächlich eingeschlafen, sodass es ihn sehr überraschte, dass auf einmal helllichter Tag war. Sie waren in einer Waldsiedlung angekommen. Er hatte bemerkt, dass sie in der Nacht eine lange Pause gemacht hatten, also waren sie anscheinend nicht allzu weit vorangekommen.

In der Waldsiedlung war es totenstill. Alle Häuser waren leer. Von einigen war nicht mehr als eine Ruine übriggeblieben, andere hatten große Löcher in den Wänden. „Was ist hier geschehen?", fragte Tim den Kutscher.

Der Mann antwortete: „Vor kurzer Zeit trieben hier einige Ungeheuer ihr Unwesen. Sie haben die gesamte Siedlung in Aufruhr versetzt! Auch deswegen musste ich einen weiten Umweg fahren, um diese Gestalten von uns abzulenken und ihnen weiszumachen, wir würden in eine völlig andere Richtung fahren."

„Warum ist hier eigentlich mitten im Wald diese Siedlung?", fragte Tim weiter.

„Alle suchen nach dem Schatz", meinte er.

„Nach welchem Schatz?"

„Nach dem Schatz des Waldes, dem Schatz des Durabors."

Schatz! Das Stichwort für Tim. Sie suchten ja auch nach einem Schatz. „Und wo genau soll der sein?", wollte er wissen.

„Oh, ihr sucht wohl auch danach? Aber da muss ich euch enttäuschen, das weiß keiner! Das Einzige, was man weiß, ist, dass er im Durabor verborgen sein soll!"

„Von wem ist eigentlich der Schatz? Ich meine, irgendjemand muss ihn ja vergraben haben."

„Das weiß man nicht so genau. Einige meinen, er sei von Räubern versteckt worden. Andere sagen, es seien die Überreste eines königlichen Schatzes. Aber wer weiß. Keiner hat es je herausgefunden. Und wahrscheinlich wird es auch nie jemand erfahren."

Eigentlich hätte Tim eine andere Antwort erwartet. Es war also eine Überraschung, was es für ein Schatz war. Und wessen …

„He, ich fahr' euch bis da vorne zu dem Lager", meinte der Kutscher entschlossen.

Finn wachte jetzt eben auf. Er war trotz genügend Schlaf todmüde. Das sah man ihm deutlich an.

„Wo sind wir jetzt?", wollte er gähnend wissen.

Tim hatte keine Ahnung. „Irgendwo im Wald", sagte er.

„Sehr hilfreich!", erwiderte Finn mit spöttischem Ton und ließ sich wieder zusammensacken. „Weck mich, wenn wir da sind."

„Wir sind doch schon da", meinte Tim und erntete einen enttäuschten Blick seines Freundes.

„Schade eigentlich", gab dieser von sich und stieg nach Tim auch aus der Kutsche aus, als sie an dem kleinen halb verfallenen Lagerhaus angelangt waren, das Tim bereits aus der Ferne erkannt hatte.

„Viel Glück bei der Suche!", rief ihnen der Kutscher hinterher.

Der Tagstern lugte knapp über die Bäume. Es war zwar noch früh am Morgen, aber trotzdem schon sehr hell und warm für diese Jahreszeit.

Seltsamerweise schien in diesem verlassenen Dorf jemand Essen zu kochen. Sie gingen in das Haus, aus dem der Geruch kam. Es war notdürftig aus Steinen und Lehm gebaut. Das Dach bröckelte schon leicht. Dieses Haus war eindeutig nicht für die Ewigkeit gemacht.

In der Mitte des Raumes stand ein Kessel auf einem Feuer, darüber war ein Loch, durch welches der Rauch abzog, trotzdem war es in der Wohnung stickig. Der Rauch und die Gerüche der letzten Mahlzeiten stauten sich unter dem viel zu kleinen Loch. Auch die Hitze war unerträglich, sie konnte genauso schlecht wie der Rauch durch die winzige Öffnung im Dach abziehen.

Der Raum war ungefähr zehn oder elf Fuß hoch, der Rauch nahm davon schon ein gutes Drittel ein. Der Boden war aufgeweicht und in der der Tür gegenüberliegenden Wand klaffte ein großes Loch. Es war höchstwahrscheinlich vom Regen verursacht worden. Erst zog die Nässe in die Wand, dann weichte sie auf, zu guter Letzt stürzte der durchnässte Lehm ein. Das Problem hatte man in ihrer Heimat irgendwie gelöst bekommen. Dort wurden die Häuser zwar zum Großteil aus Holz gebaut, aber die wenigen, die noch aus Lehm bestanden, waren schon einige Jahrzehnte alt.

Neben dem Kessel stand ein Holzstumpf, auf dem ein Junge hockte und in dem Kessel rührte. Daneben saß eine Frau und zerkleinerte allerlei Gemüse. Neben der Frau war ein Tisch, an dem ein weiterer Junge und ein Mann speisten. Der Mann schaufelte die Suppe regelrecht in sich hinein, der Junge saß mit verbitterter Miene daneben und stocherte mit einem Ast in der Suppe herum. Als der Mann ihm einen bösen Blick entgegenwarf, besann sich der Knabe und schaufelte die Suppe in ebenso rasantem Tempo wie der Vater in seinen Mund, während er angewidert auf das Essen starrte.

Als der Mann aufgegessen hatte, rülpste er laut, lehnte sich in seinem Stuhl nach hinten und wischte sich mit dem Hemdsärmel die in seinem Bart hängengebliebenen Suppenreste weg.

„Wer seid ihr beiden denn?“, fragte er die beiden Männer, die in der Tür standen.

Tim ergriff zuerst das Wort. „Wir sind auf der Durchreise und hofften, dass Ihr uns etwas zum Essen anbieten könntet.“

Der Fremde runzelte die Stirn. „Zwei dahergelaufenen Wilden teures Essen schenken? Klingt für mich abwegig.“

Kurz ertönte ein leises Klimpern und sein Blick wanderte zu Finn, der eine Münze aus seinem Beutel hervorkramte. Die Miene des Mannes erhellte sich. Eine zweite Münze purzelte aus dem Münztäschchen auf Finns Hand. Der Mann zog die Augenbrauen hoch. Eine dritte Münze folgte.

„Nun gut", gab er von sich, „dann werden wir euch wohl etwas zu essen anbieten."

„Was tut ihr hier in diesem verlassenen Dorf?", fragte Tim, während er näher in den Raum trat.

„Wohnen. Leben", zählte der Mann auf, „alles Weitere dürfte euch nicht interessieren." Er beobachtete kritisch, wie Finn eine der Münzen wieder in der Tasche verschwinden ließ. „Wir graben am See der Erleuchtung, am Ende des Dorfes." Finn legte die drei Münzen auf den Tisch.

„Wonach grabt ihr?", fragte Tim weiter.

„Reichtum", gab der Mann kurz zurück und griff schnell nach dem Geld, das Finn ihm vor die Nase gelegt hatte, „aber viel mehr sollte ich wohl besser nicht erzählen." Nun schwieg er.

Tim sah sich erneut in dem Raum um. Keiner der anderen Leute im Raum sah auf. Die Frau saß geistesabwesend am Boden und schälte Möhren. Der eine Junge hockte gelangweilt neben dem Kessel und rührte in der Suppe. Der andere lungerte am Tisch neben dem Mann und starrte müde den Boden an.

„Glotz nicht so blöde!", befahl ihm der Mann. Der Junge zuckte in sich zusammen und sah nun die zwei in der Tür stehenden Männer an. „Bring ihnen was zu essen und beweg deinen Arsch an den See. Und wehe du schaufelst nicht weit genug!"

Der Junge erhob sich und trottete zu einem Tisch. Dort nahm er zwei aus Holz geschnitzte Schüsseln. Mit gelangweiltem Gesichtsausdruck riss er dem anderen Jungen die Kelle aus der Hand und zog ihm eins über den Schädel. Dieser erwiderte den Schlag mit einem Tritt gegen das Schienbein. Der stehende Junge schubste den anderen von dem Holzstumpf und setzte sich selbst dorthin. Er stellte die Schüsseln auf den Boden und schüttete jeweils zwei große Kellen Suppe hinein.

Als er aufstand, zog er den neben ihm auf dem Boden sitzenden Jungen am Ohr hoch und hieß ihn mit einer Handbewegung, die eine Schüssel zu nehmen.

„Warum schaut ihr alle so griesgrämig?“, fragte nun Finn.

„Das Dorf ist in Gefahr. Am Grund vom See lebt ein großer Drache. Der Drache der Besinnung. Er schützt den See – garantiert auch vor uns. Irgendwie müssen wir den vertreiben, so wie er alle Schatzsucher vertreibt.“

„Wenn es so gefährlich ist, warum grabt ihr dann hier?“, wunderte sich Tim.

„Was bewacht wird, beherbergt etwas Wertvolles! Vielleicht auch den Schatz“, grinste der Mann siegessicher.

Solche Theorien waren Tim eigentlich nicht geheuer. Aber diesem Wald traute er alles zu! Auch, dass er einer so simplen Logik folgte. Trotzdem zeugte es von schrecklicher Naivität, der Tim nichts als zweifelndes Schweigen zu entgegnen wusste.

Als nun die Jungen nebeneinanderstanden, fiel erst der Größenunterschied auf. Der eine war ungefähr vier Fuß groß, der andere überragte den kleineren noch mal um die doppelte Haupteslänge.

Der größere starrte immer noch mit gelangweiltem Blick umher. Unsanft drückte er Finn eine Schüssel in die Hand. Der kleinere folgte ihm eingeschüchtert und gab Tim eine Schale mit Suppe. Durchgängig glotzte er mit blödem Blick irgendjemanden an. Bis der Vater aufstand, ihm einen Schlag in die Magenkuhle verpasste und dem anderen Jungen ins Freie folgte.

Augenblicklich trollte sich der kleine Junge und setzte sich wieder zurück an den Kessel und rührte ununterbrochen in der Suppe, während die Frau weiterhin Gemüse wusch und schälte, zerkleinerte und in den Kessel warf.

Nachdem der Mann den Raum verlassen hatte, stand die Frau auf, hieß Tim und Finn, sich an den Tisch zu setzen, und stellte sich leise an die Tür.

Sobald der Mann außer Sichtweite war, kehrte sie an den Kessel zurück, nahm sich eine Schale und füllte etwas Suppe hinein. Der Junge tat es ihr nach.

Urplötzlich erschien ein weiterer Junge in der Tür. Er war bisher nicht aufgefallen, aber hatte die ganze Zeit neben der Tür gesessen. Er war fast so groß wie der andere Bursche, der nun wieder neben dem Kessel saß, doch genauso gemein und hässlich zu dem Jungen wie der Vater und der große, der ihn vom Stuhl gestoßen hatte.

Er ging direkt auf ihn zu und riss ihm die Schüssel aus der Hand. Er schüttete die heiße Suppe auf die Kutte, die der Junge trug, schnappte sich die Kelle und zog ihm eins über den Schädel. Nun füllte er sich eine Schüssel Suppe ein und setzte sich an den Tisch.

Er schaufelte genauso wie der Vater und der größere Sohn die Suppe in sich hinein, während der andere Junge fluchend am Tisch saß und sich notdürftig mit etwas Wasser die Verbrennungen der ausgeschütteten Suppe zu kühlen versuchte. Bei jedem Tropfen des kalten Wassers, der seine verbrühten Beine berührte, zischte er schmerzerfüllt mit zusammengebissenen Zähnen auf. Die Mutter stieß ihn nebenbei leicht an und hieß ihn, nicht so weinerlich zu sein. Sie schien es genauso wenig zu kümmern wie alle anderen Anwesenden. Als der Junge trotzdem weiter vor Schmerzen zuckte, stand die Mutter auf, schlug den Jungen mit der flachen Hand und ging zurück zu ihrem Platz neben dem Kessel.

Der andere Junge hatte seine Suppe aufgegessen und schob die Schale in die Tischmitte. Von dort wanderte sein Blick weiter empor, bis er die zwei Männer, die ihm gegenübersaßen, mit blödem Blick anstarrte.

„Was?!", brüllte Tim ihm entgegen, dem das Durcheinander hier langsam zuwider wurde.

Der Junge senkte den Blick, nahm die Schale und stand auf. Nachdem er sich erhoben hatte, ging er zu einem Trog voll Wasser und wusch die Schüssel ab. Der andere Junge, der mit den verbrühten Beinen am Tisch saß, sah ihm wütend hinterher.

Die Mutter hatte inzwischen das gesamte Gemüse zerschnitten und sah den Jungen an. Sie deutete mit den Augen auf den Platz neben dem Kessel und legte die Kelle auf den Sitz.

Der Junge erhob sich und ging auf den Platz zu, ohne auch nur irgendjemanden mit einem Blick zu würdigen.

Die Mutter verließ das Haus, um mehr Gemüse zu holen. Der andere Junge nahm den Trog mit dem dreckigen Wasser und schleppte ihn nach draußen, um neues zu besorgen. Direkt vor der Wohnung lief er der Mutter hinterher und schüttete ihr das Wasser über den Kopf. Sie drehte sich mit vor Wut verzerrtem Gesicht um und schlug dem Jungen kräftig in das seine, sodass ihm der Trog aus den Händen fiel und laut auf den Boden polterte.

„Du verdammter Lausebengel!", brach es aus der alten Frau heraus. „Du elender Nichtsnutz! Prügeln sollte dich dein Vater! Prügeln, bis du nicht mehr grün, sondern blau hinter den Ohren bist!" Sie setzte mit einem zweiten Schlag nach, der den Jungen ein Stück weit zurückweichen ließ – und mit einem dritten, den er jedoch abfing. Der Junge, der am Kessel saß, verfolgte die Szene amüsiert und konnte sich ein Lächeln nicht verkneifen. Draußen zeterten die beiden anderen weiter und gerieten in einen Streit, der von wild fliegenden Beleidigungen begleitet wurde und urplötzlich mit Schweigen endete.

Was war das für eine komische Familie? Der Junge atmete erleichtert auf, als alle, die zu seiner Familie gehörten, gegangen waren.

„Was ist eigentlich los?", fragte Finn.

„Ach, meine gesamte Familie ist bekloppt!", meinte der Junge. „Mein Vater ist ein verbitterter alter Mann, der seit Jahrzehnten erfolglos nach dem Schatz sucht. Meine Mutter war früher stolz und schlau, nun ist sie eine alte Frau, die nicht mehr richtig denken kann. Meine Brüder sind Raufbolde und auch wenn man es mir nicht ansieht, ich bin der Älteste. Mein nächstjüngerer

Bruder wird von meinem Vater zur Arbeit gezwungen und der andere, der wird immer außer Acht gelassen. Hier und da bekommt er was ab, aber eher weniger. Meistens habe ich das Nachsehen."

Tim und Finn hatten ihre Suppe aufgegessen und verabschiedeten sich von dem Jungen. Sie beschlossen, weiter in den Wald zu gehen.

Sie sahen den Vater mit dem Sohn noch am See arbeiten. Immer wieder schlug er den Knaben, wenn er etwas falsch gemacht hatte, und brüllte ihn an. Der Junge schaute stets gelangweilt auf den See und stützte sich auf den Spaten, sobald der Vater etwas zu bemängeln hatte. Kaum hatte sich der Zorn des Vaters gelegt, schaufelte er weiter ziellos Erde hin und her, bis der Vater erneut zu einem Hieb mit der Faust ausholte.

An einer anderen Stelle des Sees sahen sie, wie die Frau Gemüse von den Pflanzen abschnitt. Hier zog sie eine Möhre aus dem Boden, da eine andere Pflanze. Hier schnitt sie Unkraut ab, da goss sie ein größeres Gewächs.

Hinter ihr kniete der eine Junge mit dem Trog am Wasser und wusch ihn aus. Er nahm der Mutter kurzerhand das Halstuch weg und wischte damit den dreckigen Trog aus. Die Mutter stand auf und drohte dem Jungen mit dem Messer, das sie zum Arbeiten in der Hand hielt. Wieder konnte man aus der Ferne ihre zeternde Stimme erahnen, jedoch von hier kein Wort verstehen.

Der Junge gab ihr widerwillig das Tuch zurück und reinigte den Trog mit der Hand. Die Mutter knallte dem Jungen eins mit der flachen Hand und machte sich wieder an die Arbeit. Ob sie die Drohung mit dem Messer ernst gemeint hatte?

Nach einer Weile waren die beiden Männer an der südöstlichen Spitze des Sees angekommen. Das Wasser im See war kühl, sodass sie beschlossen, sich Hände und Füße im frischen Nass zu waschen.

Tim kramte die Karte hervor und dachte über ihren weiteren Weg nach. Sie waren bei diesem großen See im Westen. Wenn sie nun nach Osten liefen, würden sie bald einen großen Berg, der mitten im Wald zu liegen schien und von einer großen Siedlung umgeben war, erreichen.

Nachdenklich blickte Tim über den See und betrachtete die spiegelglatte Oberfläche. Trotz des leichten Windes waren keine Wellen zu sehen.

Sie standen auf und gingen in die Richtung, wo der Berg liegen musste, los. Am späten Abend kamen sie an einer Lichtung an, die ein Stück vor dem Berg sein musste. Die Entfernung betrug vielleicht eine oder maximal zwei Meilen. Sie hatten sich weit von dem See entfernt und waren nun mehr als froh, dass sie die zwei Schwerter in Sebalds Kneipe geklaut hatten. Immerhin würde es auch in dieser Nacht wieder dunkel um sie herum werden und sie würden mitten in dieser Dunkelheit, umgeben von wilden hungrigen Tieren, schlafen und überleben müssen.

Da ihnen der Durabor unheimlich war, beschlossen sie, nacheinander Wache zu halten. In diesem Wald gab es Wölfe, Bären und andere Tiere, die sicher vor keinem Menschen Halt machen würden. Hier zu schlafen, ohne Wache zu halten, konnte unter Umständen tödlich sein. Nichts war sicherer, als dass man sterben würde, wenn bei einer nahenden Gefahr keiner Alarm schlagen konnte.

Aus der Richtung, in der sich Sebalds Kneipe befand, drangen die letzten Sonnenstrahlen durch die Bäume. Die langen Schatten der Stämme, Äste und Blätter bewegten sich Minute um Minute weiter. Stück für Stück wurde es dunkler um sie herum, bis nur noch ein Schimmern am Horizont zu erkennen war und sie sich wieder, vom Tagstern verlassen, allein in der düsteren Wildnis befanden.

* * *

Viele Stunden später erwachte Tim. Der Vollmond stand über ihnen. Tim sah nach links und rechts. Die Bäume warfen einen angenehmen Schatten. Es war kalt geworden. Müde glitt sein Blick hinüber zu Finn. Der saß neben einem Baum und schnarchte. Den Mund halb offen, grunzte er vor sich hin. Eine ganze Weile starrte Tim hinüber zu seinem Freund und musterte ihn. Seine braunen Haare waren total durcheinander, was wahrscheinlich davon kam, dass er sich im Schlaf ständig hin und her wälzte. Da fiel ihm ein, dass jemand Wache halten musste. Finn war wohl dabei eingeschlafen.

Kurz zuckte der linke Fuß seines Freundes, den er im sanften Mondlicht kaum erkennen konnte. So wanderte sein Blick hinauf zum Nachthimmel, der teils durch das dichte Blätterdach über ihnen verdeckt wurde. Außerdem verdeckte ein Nebelschleier den silbern glänzenden Mond.

Ein leichter Lufthauch fegte über die Baumkronen hinweg, deren Blätter leise raschelten. Sofort begann Tim, zu frösteln. Wieder sah er hinüber zum Mond. Wäre es doch nur schon Tag. Dann würde nicht das eiskalte Licht der Nacht auf ihn hinabscheinen, sondern ihn der helle Tagstern wärmen.

Ein dunkler Schatten huschte über den Himmel. Einen kurzen Moment später sah er den dunklen Schein erneut vorübergleiten. Doch diesmal viel näher. Unkontrolliert schien das Wesen zu Boden zu stürzen. Kurz vor den Baumkronen fing es sich wieder und kreischte laut über ihnen.

Vorsichtig wich Tim einige Meter zurück. Seinen Augen nicht trauend, starrte er das Wesen über sich an. Es hatte große Flügel, doch nicht die Statur eines Vogels. Ein tiefes Knurren war zu hören, während sich die Kreatur umzusehen schien. Dann ein heller Adlerschrei.

Die lauten Geräusche durchbohrten Tims Gedanken förmlich. Sie schnitten durch seine Wahrnehmung und betäubten seine Sinne. Das konnte nicht real sein! Greife waren Fabelwesen!

Sie existierten nur in Legenden, nicht in der Realität. Je mehr er aber versuchte, dieses Monster nicht vor sich zu sehen, desto klarer wurde für ihn die Wahrheit, dass diese Kreatur wirklich vor ihm stand.

Ein Schaudern fuhr in ihm hinab. Ein solch kräftiges Wesen könnte ihn mit einem Hieb töten. Es würde ihn ausweiden und genüsslich verspeisen und dann wäre ihre Reise beendet! Die Wölfe würden über das herfallen, was das Monster von ihm zurückließ. Und all das würde kurz darauf auch Finn widerfahren …

Überrumpelt von seinen eigenen Gedanken, besann er sich wieder auf den Augenblick. Das Gefieder des Greifs glänzte sonderbar im fahlen Mondlicht. Wie Regentropfen verteilten sich die Reflexionen des Lichts überall auf dem Wesen und ließen es mystisch in der ansonsten erdrückenden Dunkelheit funkeln. Das musste das Schönste sein, was Tim je in seinem Leben gesehen hatte.

Eine zuckende Bewegung der Gestalt riss ihn erneut aus seinen Gedanken. Er musste sich endlich konzentrieren. Doch hauptsächlich staunte er. Noch immer traute Tim seinen Sinnen nicht. „Ein Greif“, flüsterte er mehr zu sich selbst als zu irgendwem sonst. Ein grober Fehler. Sofort blickte das Wesen zu ihm hinab. Verdammt! Genau das hatte er doch kommen sehen. Wieso war er nur so dumm? So verdammt und elend dumm!

Tim lief sofort hinüber zu Finn, weckte ihn und ergriff sein Kurzschwert. Der Greif setzte währenddessen mit einem dumpfen Ruck auf dem Boden auf. Mit festem Griff hielt Tim sein Schwert in der Hand und sah sich aufmerksam um. Der Wald war stockdunkel. Man konnte kaum etwas sehen, da das Feuer inzwischen erloschen war.

Der Greif war riesig, hatte einen kräftigen Schnabel und kreischte nun erneut. Nur wenige Meter vor ihnen kreiste das Tier zwischen den Bäumen hindurch um die erloschene Feuerstelle, die Tim gerade hektisch wieder entzündete, und sah sie mit wildem, fast tollwütigem Blick an.

Er kam näher und wollte sich auf sie stürzen. In dem Licht der Flammen glänzten die Federn des Greifs rötlich und ein unheilvoller Lichtschein spiegelte sich auf dem weißen Streifen, der sich über den Kopf hin zum Rücken zog.

Plötzlich kam jemand aus dem Wald. Ein Mann mit einem Schwert. Er trug eine luftige Hose, die im Wind flatterte, und dazu ein dünnes Hemd mit Fell an den Ärmeln. Seine Stiefel bestanden aus glänzendem Drachenleder, genauso wie die Weste, die er trug. Hinter ihm wehte ein Umhang. Verwirrt von dem plötzlichen Erscheinen des Fremden sprangen Tim und Finn beiseite, während der Mann den Greif mit einem kräftigen Hieb am rechten Flügel verwundete.

Das verletzte Wesen sprang zurück und brüllte. Ein krächzender Laut quälte sich aus dessen Kehle und er sah den Fremden panisch an. Die Augen glänzten feuerrot. Die Kampfeslust loderte innerlich in dem Wesen. Jeden Moment konnte er den Mann angreifen und der Angelegenheit ein schnelles Ende setzen.

Er schüttelte sich und wurde größer. Der Greif knurrte im Blutrausch des Kampfes und wollte erneut einen Angriff wagen. Sie hatten die Kreatur provoziert. Jetzt wollte sie töten. Das Feuer hinter ihnen war endlich wieder richtig aufgeflammt. Ihr Gegner wuchs erneut.

Der Fremde holte erneut zu einem Schlag aus und krachte so schnell auf einen Flügel des Greifs, dass dieser nicht reagieren konnte. Schnell wirbelte er um seine eigene Achse und schlug erneut gegen den Flügel.

Das Wesen machte einen Satz zurück. Offenbar eingeschüchtert verzog der Greif sich hinter den Bäumen, sodass er irgendwo in der Dunkelheit verschwand.

Immer noch geschockt standen Tim und Finn neben dem Schauplatz und blickten über die umgestoßenen Bäume hinweg. Der fremde Mann ergriff als Erster wieder das Wort.

„Wir müssen weg hier! Der kommt garantiert zurück, dann aber um einiges aggressiver!“, sagte er hastig und steckte sein Schwert beiseite. Diesem Rat sollten sie wohl besser folgen, wenn sie sich nicht noch einmal mit dieser Kreatur anlegen wollten.

„Wo genau müssen wir denn hin?“, wollte Tim wissen.

„Ich weiß es nicht“, gab der Mann zu. „Doch ich würde zum Wetterfestgebirge gehen. Folgt mir einfach, denn dort ist es definitiv sicherer als hier im Wald.“ Es schien ein guter Ratschlag zu sein. Sie kannten sich in diesen Gebieten kein bisschen aus und konnten jede Hilfe nur zu gut gebrauchen. „Es ist zwar ein weiter Weg, doch wir sollten es in wenigen Tagen schaffen, solange uns nichts dazwischenkommt“, meinte der Mann.

Tim stimmte zu und sie beschlossen, gemeinsam ihren Weg fortzusetzen. Jede Begleitung war besser, als hier allein durch das verworrene Unterholz zu irren.

* * *

Grendowild schlich durch den Wald. Grauenvoll leise war es geworden. Eine unheimliche Stille, die nichts Gutes zu verheißen schien. Die Blätter rauschten leise im Wind des beginnenden Abends. Dämmerlicht und Kälte umgaben ihn. Und der schier unendliche Wald.

„Herodil!“, rief er. Er hörte einen Schrei und rief erneut. „Herodil! Wo bist du?!“ Er war in Panik, da er seinen Kameraden verloren hatte.

Er sah ein Wesen am Himmel kreisen. Herodil! Es hatte Herodil! Er rannte unermüdlich, bis die Nacht hereinbrach und es langsam kalt wurde. Er hatte das Wesen aus den Augen verloren.

Er war nur hierher in die Nähe des Flusses gekommen, um Handel zu treiben. Verkauft hatte er und Geld hatte er jetzt auch genug. Aber keinen Kameraden mehr.

„Herodil?!", rief er erneut. Es kam keine Antwort. Schon seit Stunden ging das so und langsam verließ ihn die Hoffnung auf ein Wiedersehen.

Verzweifelt ließ er sich auf einem Stein nieder und harrte aus. Endgültig durchdrang ihn die Ruhe und die Kälte zog an seinen Beinen hinauf. Wieso hatte diese Kreatur ihn entführt?

Er sprang wieder auf, weil ihn die Kälte auf dem Boden störte, und trat gegen den Stein. Wut stieg in ihm auf. Die Wut auf sich selbst. Die Wut auf diese Kreatur. Sie hatte ihm einen guten Freund genommen. Jemanden, mit dem er seit vielen Jahren durch die Lande zog. Nie war etwas passiert. Und jetzt? Jetzt war alles plötzlich vorbei? Das konnte doch nicht sein. Herodil durfte nicht verloren, nein, er durfte einfach nicht tot sein.

Er sah eine Flamme aufglühen. Ein Lager! Vielleicht würde er seinen Freund dort finden, dachte er. Ein verzweifelter Gedanke, der schier sinnlos schien. Doch es war ein dünner Faden, an den er sich klammern konnte. Das letzte winzige Krümchen Hoffnung. Es lag genau vor ihm. Und er würde sich danach bücken.

Dort angekommen sah er zwei Männer und das Wesen. Voll Wut hatte er die Kreatur angegriffen. Als Rache für seinen Freund wollte er ihr den Kopf abhacken, den Schädel zertrümmern, aber er traf nur leicht das Bein oder den Flügel. Das Wesen wurde immer größer. Nach einer Weile zog es sich ein Stück in den Wald zurück und floh. Am liebsten hätte er noch Tausende Male auf diese Kreatur eingehackt, doch sie vertrieben zu haben, erfüllte ihn genauso mit etwas Genugtuung.

Grendowild hatte schon davon gehört, dass es Wesen gab, die ihre Gestalt verändern konnten. Sie konnten plötzlich wachsen oder sich in Fabelwesen verwandeln, wie der Greif eines war. Er war schon Monate durch den Wald gereist, um die Höhle der

Gestaltwandler zu finden. Man sagte, wenn man einen Schluck, auch nur einen Schluck, des Wassers aus dem See dieser Grotte im Zentrum des Waldes trinken würde, könnte man seine Gestalt wechseln.

Er hatte viele Jahre danach gesucht, sie aber nie gefunden. Man sagte auch, dass viele Tote, die ein reines Herz hatten, zu Gestaltwandlern werden würden. Ganz selten würde sich der Geist der Grotte irren und böse Menschen verwandeln. So einer war das hier wohl gewesen. Normalerweise wurden solche Menschen als Eintagsfliege wiedergeboren. Wenn sie in dieser Gestalt an dem einen Tag keine gute Tat vollbrachten, würden sie als Geister durch die Welt irren und Leuten helfen müssen. Wenn sie ihren Auftrag aber erfüllten, hätten sie ihre ewige Ruhe gefunden. Einige wurden zu Dämonen, die Unheil brachten und andere versanken in ewiger Bestrafung im Reich der Toten.

Er selbst hatte beschlossen, ein gutes Leben zu führen, diese Chance wollte er nutzen, um ein Gestaltwandler zu werden. Er schloss sich den beiden Männern an und wollte ihnen behilflich sein, sich in Sicherheit bringen. Er hatte seinen Namen noch nicht preisgegeben, er würde wohl auf den richtigen Moment warten müssen. Obwohl diese Männer hilflos und darum ungefährlich wirkten, wollte er zuerst auf Nummer sicher gehen.

Er war Händler und wusste nur zu gut, wie sehr man sich bei Menschen täuschen konnte. Wie gern sie betrogen und logen und die Situation oder das Vertrauen Fremder ausnutzten. Wie gerne Menschen raubten und töteten, hatte er gesehen. Vorsicht war das erste Gebot.

Und so würde er auch hier handeln. Vorsicht walten lassen. Mit langsamen Schritten vorangehen. So hatte er immer sein Leben gestaltet. Vorsichtig und nie voreilig.

* * *

Finn hatte das Gefühl, dem Fremden vertrauen zu können. Tim machte ebenso keine besorgte Miene, also würden sie dem Fremden wohl folgen. Sie liefen mitten durch das Dickicht. Scheinbar ziellos schlugen sie sich durch das Geäst und bahnten sich einen Weg.

Es war wirklich anstrengend, sich durch dieses dichte Unterholz zu schlagen. Ständig blieb man irgendwo hängen oder musste sich mit aller Kraft den Weg frei machen. Hier und da ragten Äste in die Luft und ständig musste man mit seiner Klinge ausholen, um sich den nötigen Freiraum zu schaffen. Ach, wie er seinen gemütlichen Sessel und den Wein vermisste. Das waren so gemütliche Zeiten gewesen. Daheim, auf seinem liebsten Platz in seiner dunklen Wohnung.

Jetzt liefen sie hin und her durch den Wald unter größter Anstrengung. Und an wirkliches Ausruhen war nicht zu denken. Immer hieß es, halbwegs wach zu bleiben und aufmerksam durch die Gegend zu laufen. Und anscheinend liefen sie nun auch plötzlich Gefahr, einfach so nebenbei von einem Greif getötet zu werden.

„Ihr braucht bessere Schwerter. Mit diesen kann man nicht mal einen Hasen erlegen!“, meinte der Fremde irgendwann.

„Wie Ihr meint, aber wir haben kaum Geld“, gab Tim zu bedenken, der dem Mann einfach nur hinterhertrottete und schon zu keuchen begann, weil sie so schnell liefen.

„Aber ich“, erwiderte der Mann ebenso schwer atmend, „ich habe genug, um euch welche zu kaufen.“

„Aber wo wollen wir sowas bekommen?“, fragte Finn. „Es gibt hier doch weit und breit nur Wald.“

„Dort vorn liegt irgendwo eine Lichtung. Eine ziemlich große, möchte ich meinen. Auf der Lichtung selbst ist ein großer Berg, an dessen Fuß eine Stadt liegt. Eine große Stadt“, antwortete der Mann schlagartig, „dort gibt es auf jeden Fall brauchbare Waffen. Da bin ich mir sicher. Also, eigentlich weiß ich es sogar ganz sicher, weil ich da", er keuchte laut, als er einen Ast beiseitetrat, „vorgestern erst meines habe schleifen lassen."

Sie kletterten eine Anhöhe hinunter und gelangten in einen kleinen Talkessel, in dem vermutlich einst ein kleiner See gewesen war. Anschließend folgten sie einem Trampelpfad, der durch eine Senke führte, und stiegen dann auf einen Baumstumpf, von dem aus der Mann durch den Wald blickte und dabei sehr besorgt aussah.

„Woher kommt ihr eigentlich?", fragte er plötzlich.

Tim stieg den Hügel hinauf und stand nun neben dem Baumstumpf. „Wir sind aus einem Tal, das ziemlich weit im Westen liegt", erklärte Tim und wurde sofort unterbrochen.

„Ach, das kenne ich. – Früher haben wir dort oft Handel getrieben, bis die Händler in diesem Dorf urplötzlich verstorben sind. Wir waren beinahe die Einzigen, die sich in diese entlegenen Winkel getraut haben, weil viele andere Händler von wilden Tieren getötet wurden", meinte der Fremde. Erstaunt lachte Finn in sich hinein. Wie sich solche Kreise doch schlossen.

Sie folgten einer Spur aus Markierungen an den Bäumen, die geradewegs zu einem großen Stein führten. Immer wieder fanden sie seltsame Runen, die in die Rinde geritzt waren und wohl angaben, wie weit man in welche Richtung laufen musste, um zum nächsten Anhaltspunkt zu finden.

„Und was treibt Euch hierher?", fragte Tim.

„Ich habe einen Kameraden verloren", erzählte der Mann.

„Wieso?", wollte Tim wissen.

„Ich war hier, um Handel zu treiben, verkauft haben wir, und genug Geld haben wir damit auch vorerst verdient. Da hab' ich ihn aus dem Auge verloren. Das Wesen hatte ihn sich geschnappt", berichtete der Fremde und deutete gen Himmel.

„Oh", stieß Tim überrascht hervor, „ein Münzbeutel!"

Sofort bückte er sich, hob eine kleine Ledertasche vom Boden auf und betrachtete sie neugierig. Ruckartig entriss ihm der

Mann diese Tasche und drehte sie um. Ein Zeichen war auf die Rückseite gebrannt.

„Das ist der von meinem Kameraden! Herodil! Bist du hier?“, rief der Fremde sofort in den Wald hinein.

Laut schallte sein Ruf durch das Geäst und scheuchte eine Gruppe Vögel auf. Plötzlich knackte es laut im Dickicht des Waldes.

„Grendowild? Bist du das? Grendowild?“ Ein dünner Mann, der fast genauso wie ihr Begleiter, der anscheinend Grendowild hieß, gekleidet war, trat auf sie zu. Er hatte keinen Umhang, allerdings trug er ebenfalls Stiefel aus Drachenleder.

„Was ist mit dir passiert?“, fragte Grendowild.

„Da war ein Wesen, es hat mich geschnappt“, berichtete Herodil.

„Und weiter?“, wollte Grendowild wissen.

„Es erschrak irgendwann, dabei ließ es mich fallen. Ich stürzte durch Bäume und so …“, erzählte er weiter, begann dann jedoch zu husten.

„… und deshalb siehst du so aus?“, hakte Grendowild nach.

„Ja“, bestätigte Herodil, „dann habe ich den Weg zurück hierher gesucht, weil ich dachte, dass ich dich dort finden würde, wo wir uns verloren haben.“

„Deinen guten Instinkt hast du wenigstens nicht verloren. – Hier, dein Münzbeutel“, der Mann gab ihm die kleine Tasche. „Es wird langsam schon wieder dunkel. Wir sind ja schließlich auch schon wieder seit heute Morgen unterwegs. Lasst uns hier Rast machen und morgen weitersehen“, schlug er außerdem vor.

Sie suchten einige kleine Äste zwischen den Bäumen zusammen und entfachten ein Feuer für die Nacht. Langsam erwärmte sich die Erde und sie legten sich rund um das Feuer neben den Felsen, der hellgrau im Licht der Flammen leuchtete. Noch eine ganze Weile beobachteten sie das flackernde Licht der Flammen, bis sie nach und nach im Schlaf versanken.

* * *

„Ihr beide kommt also aus dem Westen?“, fragte Herodil. Müde auf einem Brot kauend, saß er mit seinen Begleitern am Morgen neben dem inzwischen erloschenen Lagerfeuer.

Tim nickte und griff nach seiner Tasche, um seinen Proviant zu suchen. „Wir sind einige Tage durch den Wald geirrt und nun hier gelandet.“ Hungrig zupfte er sich ein Stück aus dem Brot heraus. „Und ihr kommt aus dem Osten?“

„Aus dem Wetterfestgebirge. Das liegt einige Dutzend Meilen nordöstlich von hier. Verborgen hinter all diesen Bäumen“, beschrieb Herodil. „Wir leben dort in einer kleinen Siedlung im Westen der Gebirgskette.“

„Im Grunde leben wir neben einem der wichtigsten Handelswege, der hinauf in die Berge führt. Nicht umsonst ist unser Dorf so bedeutend geworden“, ergänzte Grendowild.

„Das kann man von unserem nicht behaupten“, lachte Finn.

Herodil nickte. „Soweit ich weiß, gibt es im Westen des Durabors nicht mehr sehr viel. Nur noch Wald und ein paar einzelne Hütten.“

„Und einen See“, ergänzte Tim.

Herodil lachte. „Ja, einen See gibt es auch noch.“

Grendowild stimmte in das Gelächter mit ein, bis er die fragenden Blicke der beiden Mitreisenden bemerkte. „Irgendwelche Spinner sind der Meinung, dort verberge sich ein Schatz, weil sich Legenden um diesen Ort ranken.“

„Stimmt davon irgendetwas?“, fragte Tim.

„Ganz sicher nicht viel“, vermutete Grendowild, „die Leute erzählen sich von einem seltsamen Drachen, der angeblich dort lebt.“

„Der Drache der Besinnung“, ergänzte Herodil mit spöttischer Betonung.

„Richtig“, führte sein Freund fort. „Angeblich lebt er in diesem See und behütet unseren Durabor. Man erzählt sich von seltsamen Begebenheiten und dem Erscheinen der Kreatur.“ Kurz schmunzelte er. „Die Kreatur soll alle paar Hundert Jahre aus dem See steigen und wie ein dunkler Schatten über die Baumkronen schweifen. Es heißt, er fängt die bösartigen Seelen und wäscht sie rein.“

Herodil nickte. „Ähnliches habe auch ich schon gehört. Er soll wohl den Durabor vor seinem Untergang bewahren.“

„Das ergibt keinen Sinn“, überlegte Finn, „wieso sollte er immer wieder das Böse austreiben müssen? Einmal reicht doch.“

„Ihr vergesst eines: Unterwelt“, raunte Grendowild mit so verschwörerischer Stimme, dass sich Finn die Haare aufstellten. „Über diese Welt kann der Drache nicht verfügen und so schleichen sich die dunklen Kreaturen immer wieder in unsere Lande und befallen alles, was ihnen nicht widerstehen kann.“

Herodil lachte wieder. „Mach den beiden mal keine Angst.“ Die anderen drei stimmten mit ein.

„Was treibt euch aus der Ferne eigentlich zu solch einer Reise?“, fragte Grendowild schließlich.

„Abenteuerlust“, entgegnete Tim mehr fragend als antwortend, bis ihm endlich eine richtige Antwort einfiel. „Vor vielen Jahren habe ich einen Mann getroffen, der mir phantastische Geschichten erzählte. Auch er sprach von Schätzen und Reichtümern. Danach streben wir, ohne wirklich zu wissen, wohin wir laufen wollen.“

„Glaubt mir, seid dankbar für diese Schnapsidee“, lachte Grendowild.

„Auf das Junggesellenleben“, rief Herodil und hob seinen Trinkschlauch, um sich einen Schluck zu genehmigen.

Grendowild tat es ihm nach und wandte sich dann wieder ihren beiden Begleitern zu. „Seid aber vorsichtig auf dieser Reise. Ihr habt hier keinen Halt und kennt euch nicht aus. Wir tun das und selbst die Unseren sterben wie die Fliegen, wenn sie nicht aufpassen."

„Vor einiger Zeit, es muss vier Jahre nach den neuen Gesetzen gewesen sein", überlegte Herodil und Grendowild nickte, „da gab es schwere Stürme in unseren Gebieten. Ganz Norskom wurde davon getroffen, besonders der Westen. Und so auch eben wir."

„Mein Vater starb bei einem Unglück zu dieser Zeit", verkürzte Grendowild die Erzählung, „seitdem bin ich Herr unseres Dorfes."

„Das tut mir …", setzte Tim an und wurde von Grendowild unterbrochen.

„Könnt Ihr etwas dafür?", fragte dieser. Tim schüttelte den Kopf. „Warum dann entschuldigen?"

Dann kehrte betretenes Schweigen ein.

Nur wenige Minuten nachdem sie sich untereinander ein wenig ausgetauscht hatten, brachen sie schließlich auf, um zu der Stadt auf der nahegelegenen Lichtung zu gelangen. Dort angekommen, herrschte wildes Treiben.

Vor den Stadttoren standen Karren in einer Reihe und warteten darauf, hereingelassen zu werden. Mächtige Mauern umgaben die Häuser und ragten mahnend über die Lichtung, an deren Rand sie sich nun befanden.

Man konnte erkennen, wie vor dem Berg die Mauern direkt in den Felsen geschlagen worden waren, doch dann trotzdem ein plötzliches Ende fanden.

Sie liefen auf das große Tor zu. Schon aus der Ferne konnte man die schweren Holztore erkennen, vor denen ein Eisengitter heruntergelassen werden konnte. Eine breite Straße führte auf dieses Tor zu. Nicht mal einen Wassergraben gab es. Nur die Mauern.

Sie erreichten die Straße und gingen an den Karren vorbei auf das Tor zu, das am frühen Morgen noch geschlossen war. Gerade als sie nur noch wenige Dutzend Meter davon entfernt waren, hob sich das Eisengitter. Ketten ratterten laut und das Metall gab quietschende Geräusche von sich. Anschließend klackte es laut und das Gitter kam zum Stehen, während sich die Tore langsam öffneten und eine lange steinerne Straße zum Vorschein kam, die an zig Häusern vorbei tief in die Stadt hineinführte.

Eine Gruppe Männer kam durch das Tor und lief auf die Karren zu. Sie kontrollierten die Waren und kassierten den Zoll ein. Dann fuhren die Händler nach und nach durch das Tor, durch welches nun auch Herodil, Grendowild, Tim und Finn gingen, wobei besonders die Letzteren nicht aus dem Staunen herauskamen. Noch nie hatten sie eine so große Siedlung betreten.

Laut holperten die Räder über das Pflaster und die Hufe der Pferde klapperten laut auf den Steinen. Sofort brach geschäftiges Treiben aus. Menschen strömten aus den Häusern und gingen die Straße entlang hoch zu einem riesigen Marktplatz. Andere öffneten ihre Türen und stellten Waren zum Verkauf hinaus. Schon jetzt brüllten die Marktschreier laut durch die Gassen und boten ihre Güter an.

„Fisch! Frischer Fisch!“, rief es von der einen Seite. „Kauft keinen Fisch, kauft Fleisch!“, tönte es von der anderen.

Wieder andere Menschen verließen die Stadt, um im Wald Holz zu schlagen oder auf den Feldern vor der Stadt ihre Arbeit zu verrichten, zu handeln, zu jagen oder zu reisen.

Von einer Minute auf die andere wurde es also unfassbar laut in der Stadt und auf der Lichtung. Menschen und Pferde, soweit man sehen konnte. Einige Hunde und Katzen streunten durch die Gassen und suchten nach Fressbarem, meist ohne Erfolg, da ihnen die Obdachlosen oft zuvorkamen.

Wie in jeder Stadt gab es auch hier Bettler, doch hier ging es ihnen nicht wirklich gut. In vielen Gebieten war es inzwischen durch ein Gesetz geregelt worden, dass Bettler stets in ein Obdachlosenhaus ziehen und dort trocken und warm schlafen konnten. Der hiesige Bürgermeister scherte sich darum nicht.

Laut ihm gab es einfach keine Bettler, obwohl jeder in der Stadt unter diesem Problem zu leiden hatte.

Sie erreichten den Marktplatz. Wildes Durcheinander herrschte bereits vor dem Rathaus, aus dessen Fenstern ein Mann schaute – der Bürgermeister. Stets genervt von den vielen Anträgen und den Meinungen seiner Bürger, residierte er in seinem großen Holzbau und hätte am liebsten den Markt verboten, da es ihm einfach zu laut war. Doch was das anging, war ihm wohl das Geld, das durch die Steuereinnahmen zu ihm floss, letztlich irgendwie lieber. Mit Ruhe konnte man schließlich nicht bezahlen, geschweige denn jemanden bestechen.

Wer dieser Bürgermeister eigentlich war, wusste niemand. Seit Jahren hatte er sich nicht blicken lassen und keiner wusste mehr, wie er hieß oder aussah. Hin und wieder trat einer seiner Helfershelfer vor das Volk und verkündete eine Steuererhöhung oder irgendetwas in der Art, gleichwohl hörte man nicht mehr von ihm.

Es gab Gerüchte, dass der Bürgermeister einige Male im Monat nachts heimlich mit einer Kutsche aus der Stadt geholt und dann in das Wetterfestgebirge im Norden fahren würde. Was er dort trieb oder wo er sich dort genau hinbegab, wusste niemand. Für diese Zeit schien er oft wie vom Erdboden verschluckt. Als wäre er einfach weg.

Nach einigen Tagen kam er dann wieder zurück in die Stadt und verkroch sich wieder in seinem Rathaus, ohne sich aus diesem Gebäude auch nur einen Meter hinaus zu bewegen.

Langsam öffneten inzwischen die letzten Läden ihre Türen. Der Schmied heizte seinen Ofen an und der wunderbare Geruch von Rauch strömte über den Markt, als der geräucherte Fisch aus einem Haus geschoben wurde und der Verkäufer begann, über den ganzen Markt zu brüllen.

Ein Spielmann begab sich auf eine der Bühnen und zupfte auf einer Laute. Kurze Zeit später begab sich ein Mann mit einer verstimmten Fidel hinzu und ruinierte die Stimmung. Der erste Musiker verließ den Platz und suchte sich eine andere Ecke, in der er die Leute beschallen konnte. Langsam schien der Tag in Fahrt zu kommen.

Der Schmied schlug mit dem Hammer auf die ersten Werkstücke. In regelmäßigem Rhythmus schallte das helle Klirren von Metall auf Metall durch die Stadt. Auch wenn der Schmied sein Haus am Rand der Stadt hatte, da die Häuser, die leicht abbrennen konnten, stets weit weg vom Stadtzentrum zu stehen hatten, konnte man am Rande des Marktes immer noch die Klänge des Hammers, nach denen sich auch der Alltag zu bewegen schien, erahnen. Beinahe einheitlich hörte man den Takt der Musik auf dem Marktplatz und das helle Singen des Metalls.

Während in der Stadtmitte das Leben pulsierte, baute man an der Stadtmauer fleißig weiter. Die vier Reisenden waren über den Marktplatz zu einer Gasse nahe der Stadtmauer gelangt, in der irgendwo der Schmied arbeiten musste. Am Ende der Gasse konnte man einen hölzernen Kran sehen, an dem gerade Stein und Holz hoch und runter transportiert wurden. Auf der Mauer tummelten sich einige Arbeiter, die sich anscheinend nicht ganz einig waren, was zu tun war. Der eine gestikulierte wild, während ein anderer in eine völlig andere Richtung deutete und zwischen der Ladung Steine und den Arbeitern hin und her sah.

Die vier erreichten den Schmied. Funken sprühten bei jedem Schlag vom Amboss weg und das Eisen glühte feurig rot. Als er die vier Männer bemerkte, unterbrach der Schmied praktisch sofort seine Arbeit und kam zu ihnen.

„Guten Morgen“, grüßte er sie. „Wie kann ich helfen?“

Grendowild trat in das Gebäude und sah sich um. Er sah am Ende des Raumes einige fertige Schwerter hängen und deutete wortlos auf diese.

Der Schmied sah sich um und biss sich auf die Lippen. „Hm. Das ist leider nicht zu verkaufen. Diese Schwerter sind vorbestellt vom Bürgermeister selbst. Für seine Leibgarde gibt es halt nur das Beste.“

Grendowild warf ihm seinen Geldbeutel zu. „Und die beiden alten Schwerter hier bekommt Ihr noch dazu“, schlug er vor.

Skeptisch öffnete der Schmied den Beutel und warf einen Blick hinein. Erstaunt schloss er den Beutel und überlegte. „Das reicht gerade für den Aufwand und das Material. Wobei ich natürlich auch an den Ärger denken muss, den ich dafür bekommen kann, wenn ich zwei Schwerter zu wenig angefertigt habe …“, ein weiterer Geldbeutel wurde ihm zugeworfen, diesmal von Finn, „… den ich mit dieser kleinen Summe bestimmt entschädigen kann.“ Grinsend drehte sich der Schmied um.

Der Schmied hängte die beiden Schwerter von der Wand ab und übergab sie den Männern. Finn und Tim wogen die Klingen in der Hand und steckten die Waffen beiseite, während sie dem stämmigen Mann ihre alten Waffen überreichten, die sie von Sebald gestohlen hatten.

„Seht Ihr, so einfach ist das“, meinte Herodil zu dem alten Schmied. Dieser nickte und sie verließen das Haus.

Sie begaben sich zurück zum Markt, um sich von dort aus ein wenig in der Stadt umzusehen. Es war eine große Stadt. Vom Marktplatz aus konnte man weit den Berg hinaufblicken und auch weit oben immer mal wieder einige Häuser entdecken. Zwar war der Berg nicht wirklich groß, doch trotzdem war es ein beeindruckender Anblick.

„Wir brauchen noch etwas Verpflegung. Sonst werden wir wohl nicht mehr sehr weit kommen“, meinte Herodil.

Am Rande des Marktes stand ein Bäcker. Sein Karren war voll mit Brot bepackt und es schien so, als hätte er bisher kein einziges verkauft. Sie füllten ihre Taschen mit dem Brot, das aus einer sehr unbeliebten Bäckerei zu stammen schien, und liefen die Straße hinab zum Stadttor zurück.

Doch anders als bei ihrer Ankunft lag etwas Sonderbares in der Luft. Die Tiere in den engen Gassen hatten sich verkrochen. Pferde sogen nervös die frische Morgenluft ein und scheuten. Und auch so mancher Mensch wurde von einer seltsamen Unruhe ergriffen.

Mit einem mulmigen Gefühl im Magen liefen die Männer die Straße hinunter, geradewegs hindurch durch die wuselnden Massen und geradewegs hinein in diese seltsame Stimmung. Die Stimmen und das wirre Getummel um sie herum ließ die Nervosität auch zunehmend auf sie überspringen, doch so recht erklären konnten sie es sich nicht, woher dieses Gefühl stammte. Aber dann spürten auch sie deutlich, was die Tiere um sie herum schon längst erahnt hatten.

Erst war es nur ein leichtes Ruckeln. Türen klapperten. Balken knarrten. Nur Augenblicke später sammelten sich die Stöße in merklichen Wellen. Steine sprangen umher. Wasser spritzte aus Eimern und Fässern heraus.

Und dann bebte die Erde ohne Unterlass. Die Häuser wackelten, sodass Putz und Ziegelsteine auf das Pflaster hinabregneten. Die Pferde, die geduldig auf den Rückweg vom Markt gewartet hatten, gingen durch und rissen sich von den Halterungen, an die sie gebunden waren, los. Menschen flüchteten vom Marktplatz und stoben in alle Richtungen auseinander. Die meisten in Richtung des Stadttores, nur wenige verloren in der Panik offensichtlich sofort jede Orientierung und drängten sofort tiefer in die Katastrophe hinein.

Auf dem Berg setzte sich Geröll in Bewegung und riss die Häuser mit sich den Hang hinab. Nur die Schreie und das tiefe Grollen des Berges durchdrangen das mürbe Klirren und Knacken der Häuser.

Tim und Finn stolperten über einen umgekippten Trog. Grendowild und Herodil zerrten sie hinter sich her und eilten mit ihnen aus der Stadt hinaus. Das war der einzige Weg, der sie zur ersehnten Sicherheit führen konnte.

Sie drängten sich angestrengt zwischen den hilflosen Menschen hindurch und schlugen sich Schritt für Schritt durch das Chaos. Haltsuchend klammerten sie sich hier und dort an Pfähle und Mauern, nur um schon kurz darauf von diesen abzulassen und wankend der fernen Rettung entgegen zu stolpern.

Plötzlich raste eine Kutsche an ihnen vorbei. Die Räder ratterten über das Kopfsteinpflaster. Von zwei weißen Pferden gezogen, bahnte sich das Gefährt seinen Weg durch die Flüchtenden, ohne auch nur den Anschein von Rücksicht zu hinterlassen. Ein Mann wurde überrollt. Im Gegensatz zu den anderen, auf der Straße Befindlichen scherte das den Kutscher nicht.

Die vier Reisenden schleppten sich kraftlos in bewusstloser Panik zu dem Stadttor und fanden sich nur kurze Zeit später auf der großen Lichtung wieder, wo sie sich endlich erschöpft umsahen. Große Risse zogen sich durch den Berg, der sich nun nach und nach in kleinste Steine zerteilte. Ruckartig sackte dieser große Schotterhaufen in sich zusammen, was von einem unerträglich lauten Knall begleitet wurde. Staub stob in die Höhe und die Häuser in der Stadt krachten zusammen. Eines nach dem anderen zerlegte sich in seine Einzelteile.

Das Geröll, das von dem Berg übriggeblieben war, waberte und fuhr in die Höhe. Steine flogen in alle möglichen Richtungen und schlugen auf der Lichtung auf, die Tim, Finn, Grendowild und Herodil nun schon fast überquert hatten, um sich zurück in den Wald zu begeben. Von dort aus beobachteten sie das Treiben.

Noch immer kamen Menschen aus der Stadt gerannt und flüchteten auch in den Wald. Hier und da schlugen Steine in die Erde und zerfurchten die grüne Lichtung, die sich dadurch immer und immer mehr braun bis tief schwarz färbte. Menschen wurden von den Steinen erschlagen.

Dann raste eine riesige Wolke aus Asche aus dem Boden empor und hüllte die Stadt ein. Sie senkte sich und warf alles, was ihr im Weg stand um, bis sie die Bäume erreichte, die sich dem Wind kraftvoll entgegenstemmten.

Lediglich die Stadtmauer stand noch. Dahinter konnte man eine große Silhouette erkennen, die noch in den Staub eingehüllt war. Nach und nach legte sich der schwarze Schleier und eine große Festung trat in Erscheinung.

Das schwarze Gestein wirkte matt und wurde von einem rötlichen Schein überzogen. Eine riesige mit Dornen gespickte Mauer zog sich kreisförmig um die Fläche, auf der bis eben noch der Berg gewesen war. Dahinter stand die große Festung, die in der Mitte einen großen Turm hatte, dessen Spitze mahnend leuchtete.

Ein lautes Knarren war zu hören. Ketten rasselten und irgendetwas scharrte über den Fels. Anscheinend öffnete sich ein Tor.

Seltsame Geräusche hallten über die Lichtung, auf der ansonsten Totenstille herrschte. Eine große Gruppe Menschen kam über die Ebene gerannt und näherte sich den Leuten, die in den Wald geflohen waren. Doch umso näher sie kamen, desto weniger sahen sie wie Menschen aus. Nein. Es waren irgendwelche seltsamen Kreaturen. Monster. Sie stürmten in den Wald und griffen die Menschen an. Ein Kampf um Leben und Tod begann urplötzlich.

Eine Horde wilder Bestien stürzte sich auf die Menschen und tötete einen nach dem anderen. Aber nicht die vier Reisenden, die zwischen den geflohenen Bürgern umherhuschten.

Grendowild zog unvermittelt sein Schwert und schlug mit einem kräftigen Hieb einem der Monster den Kopf ab. Sofort rückte ein weiteres nach und stürzte sich auf ihn.

Auch Tim und Finn waren nun kampfbereit. Herodil deckte seinem Kumpanen Grendowild den Rücken. Tim und Finn versuchten das wenigstens. Völlig überfordert von dem wilden

Treiben sahen sie sich panisch nach den Monstern um und schlugen willkürlich in die Luft, um wenigstens so zu tun, als würden sie sich irgendwie zu verteidigen wissen.

Herodil rammte sein Schwert einem der Wesen in den Kopf und aus der hässlichen Fratze quoll sofort ein Schwall dunklen Blutes. Angewidert trat er das Wesen von sich und schlug mit dem Schwert den Arm eines weiteren Angreifers ab, während das erste Wesen an einem der Bäume in sich zusammensank.

Was sind das nur für seltsame Kreaturen?, fragte sich Grendowild, aber zum Nachdenken war kaum Zeit.

Dies galt besonders für Tim und Finn, die verwirrt zwischen all den Waffen und sich bewegenden Gestalten hin und her blickten. Es wirkte wie ein Wunder, dass keine der Klingen ihr Ziel in ihnen fand, sondern sich entweder gegen Herodil und Grendowild richtete oder um Haaresbreite an ihnen vorbei durch die Luft schnitt.

Jedes Mal, wenn eine dieser düster dreinblickenden Bestien auf einen von ihnen zustürzte, kam von der Seite eine Klinge von ihren zwei Begleitern gefahren und setzte dem Feind ein Ende, bevor Tim und Finn überhaupt nur ausgeholt hatten. Dann blickten sie verwirrt hin und her, sahen den Kadaver zu Boden sinken und das eigene Leben vor dem inneren Auge vorüberziehen. – Zum Glück hatten sie die beiden Händler im Wald getroffen.

Erst nach einer ganzen Weile fassten sich auch Tim und Finn ein Herz und stürmten selbst den Gegnern entgegen, nur um genauso schnell wieder den Rückzug anzutreten und Rücken an Rücken mit ihren zwei Begleitern zumindest ein paar Klingen abzuwehren. Irgendwann schaffte es Tim endlich, selbst eines der Monster zu Boden zu strecken, blickte stolz hinüber zu Finn, der ihn nur verstört von der Seite anlächelte und Sekunden später selbst auch das Gleiche erreichte.

Hier ein Schlag, da ein Schlag. Während die unbewaffneten Stadtbewohner den Monstern ausgeliefert waren, verteidigten sich die vier – oder doch eher die zwei – tapfer und deckten sich erfolgreich gegenseitig den Rücken. Mit kräftigen Hieben schufen sie sich Raum, um sich zu orientieren und die wilden Kreaturen um sich herum auf Distanz zu halten.

Schon bald waren sie ein Stück weit zurück zu der Lichtung gelangt und von einer Gruppe Monster umrundet. Entschlossen stürmte Grendowild vorwärts und stieß eines der Wesen zu Boden, dessen Tod von seinen Begleitern überrascht beobachtet wurde, während Herodil von hinten kommend einem nach dem anderen das Schwert entgegenstreckte.

Binnen weniger Sekunden war die Gruppe niedergestochen und die vier Männer zogen sich erneut in den Wald zurück, um den wehrlosen Menschen zu helfen, die dort von den Monstern hin und her getrieben wurden.

Ein lautes Sausen war plötzlich zu hören und einige der Kreaturen wirbelten durch die Luft. Erneut ein lautes Rascheln. Dann knackte es im Geäst. Auf einmal erschien eine fremdartige wolfsähnliche Kreatur auf der Lichtung. Wie aus dem Nichts war sie aus dem Wald gehuscht.

Mit einem markerschütternden Knurren stürzte sich der Wolf auf die Monster. Das Wesen bewegte sich menschenähnlich, aber doch auf eine leicht tierische Art. Tollwütig glänzten seine Augen und er sprang ein Monster nach dem anderen an, verschonte aber die Menschen, die dazwischen umherliefen.

Mit seinen scharfen Klauen zerfetzte er die Kreaturen und zertrümmerte ihre Schädel an den Baumstämmen, die inzwischen auch schon deutlich zerkratzt waren. Mit kräftigen Sprüngen rammte er die Bestien beiseite und zerfetzte sie mit seinen Klauen und Zähnen, sodass sie binnen weniger Sekunden zu Boden gingen.

Blitzschnell ging das Ganze. Innerhalb von höchstens einer Minute war das Tier aufgetaucht, hatte sämtliche Monster zu Boden gerungen und war wieder im Unterholz verschwunden.

Ruhe kehrte auf die Lichtung zurück. Einige letzte Kadaver sackten erst jetzt in sich zusammen und tränkten den Boden mit ihrem widerlichen Blut.

Die vier Männer standen sprachlos am Rand der Lichtung und blickten der Wolfskreatur hinterher. Es war unglaublich, was sie gerade gesehen hatten. Egal, was an diesem Tag noch passieren würde, überraschen konnte sie nun nichts mehr.

Grendowild und Herodil steckten ihre Schwerter beiseite und blickten skeptisch über die Lichtung. Es war kaum fassbar.

Immer noch rannten Menschen über die Freifläche. Es waren nur noch wenige, die sich inzwischen aus den Trümmern der Stadt befreit hatten.

Auf einmal tauchte am anderen Ende der Lichtung eine dunkle Gestalt auf. Man konnte sie kaum sehen, so weit war sie weg, doch man konnte erahnen, dass es sich um einen Reiter auf einem Pferd handeln musste.

Ein kalter Wind zog über die Lichtung und es schien, als würde sich der Himmel ein wenig verdunkeln. Der Reiter preschte über die Ebene und verschwand, so schnell wie er gekommen war, wieder im Wald, ohne dass ihn jemand genauer gesehen hatte.

„Was ist hier los?", fragte Herodil unvermittelt.

Er trat auf die Lichtung und ließ seinen Blick über diese schweifen. Geradezu totenstill war es geworden. Vor ihnen lag eine Ebene, übersät mit toten Monstern und Menschen. Dahinter die Stadtmauer und die Ruinen einiger Häuser. Hinter den Trümmern stand diese seltsame dunkle Festung.

„Lasst uns besser von hier verschwinden – wer weiß, was hier passiert", schlug Grendowild vor.

Herodil nickte. „Ja. Es ist besser so."

Schnell liefen sie am Rand der Lichtung ein Stück weit hinter den Bäumen verborgen entlang auf die andere Seite. Von dort aus gingen sie dann in Richtung des Wetterfestgebirges.

Auf dieser Seite der Lichtung war der Wald viel spärlicher als auf der anderen. Die Bäume ließen viel Licht bis auf den Boden gelangen. Es war später Nachmittag. Sie eilten, so schnell es ging, von der Lichtung fort. Tief in den Wald hinein, um dort eine kurze Pause einzulegen und sich zu erholen.

Sie aßen jeder ein wenig von dem Brot, das sie gekauft hatten und Grendowild erklärte, warum dieser Bäcker so selten etwas verkaufte.

„Er war der Lehrling eines alten traditionellen Bäckers. – Die haben noch das alte Brot gebacken, das einst die Elben erfunden haben. Es ist vielleicht nicht sehr schmackhaft, macht aber meist schon nach zwei oder drei Bissen satt", er steckte sein Brot beiseite. „Das Problem ist nur, dass es heutzutage kaum noch Reisende gibt. Niemand kauft dieses Brot noch. Außerdem ist der Bäcker wegen Hexerei gehängt worden und sein Lehrling steht nun als einsamer Verfluchter auf dem Markt."

Nach kurzer Zeit hatten sie sich erholt und nahmen ihre Sachen auf. Sie folgten einem Pfad aus unscheinbar gekennzeichneten Steinen. Nur ein geübtes Auge erkannte die Zeichen auf den Felsbrocken, die in großen Entfernungen fast regelmäßig im Wald verteilt waren. Sie wiesen normalerweise den Weg zum Berg Grodh, der ja nun zerstört war. Doch wer die Steine richtig las, konnte so auch den Weg zu einer geheimen Tür finden, die zum Heimatdorf Grendowilds und Herodils führte.

Ein Schatten huschte zwischen den Bäumen hindurch. Hinter ihnen stand wohl irgendwo ein Wesen, das sich an sie heranschlich. Aufmerksam blickten sie durch die Bäume und suchten die Kreatur.

Auf einmal tauchte etwas vor ihnen auf. Es war der Wolf, der die Monster angegriffen hatte. Grendowilds Hand fuhr sofort zu seiner Klinge, doch er wartete ab, ob das Wesen gefährlich war oder nicht.

Langsam schlich es um sie herum und beobachtete alle vier genau. Neugierde zeichnete sich in seinen Augen ab. Der Wolf schien sich zu verwandeln. Langsam verzogen sich der Kopf und die Gliedmaßen und das Wesen wurde kleiner. Ein Mann erschien.

„Wie heißt Ihr?“, fragte Herodil.

„Adelgar“, antwortete der Mann, der sich kritisch umsah und ein Schwert unter einem kleinen Haufen von Blättern und Ästen hervorzog. In Menschengestalt hatte er mittellange dunkle Haare, die einen leicht bräunlichen Farbton aufwiesen. Seine Haut war etwas von der Sonne gebräunt. Er sah nicht sehr alt aus, vielleicht knapp vierzig Jahre alt.

„Lasst uns etwas nach Südosten zum Donnerstrom gehen. Wenn wir den Pass am Fluss nehmen, sind wir auf der sicheren Seite“, schlug der Fremde vor und musterte seine Gegenüber erneut eindringlich. „Ihr wollt allerdings bestimmt zum Wetterfestgebirge, oder?“

„Ja“, antwortete Grendowild.

Der Mann überlegte und blickte in die Richtung des Gebirges. Der Himmel war seit einigen Stunden von Wolken bedeckt und es würde bald Nacht werden.

„Wir sollten hier übernachten. – Weit kommen wir heute sowieso nicht mehr“, meinte Adelgar.

* * *

Am nächsten Morgen wachten sie durch das Klopfen eines Spechtes auf.

„Los! Auf, auf“, weckte sie Adelgar eilig.

„Eine sanfte Stimme der süßen Verheißung eines weiteren anstrengenden Tages“, sagte Herodil, „so sanft und doch so hart. Und laut." Vorwurfsvoll blickte er zu Adelgar, während er sich angestrengt auf die Seite rollte und versuchte, den Krach auszublenden.

„Mensch, wir müssen los! Die Kreaturen von der Lichtung sind sicherlich bald hier." Übervorsichtig sah sich Adelgar um und ließ seinen Blick hin und her durch den Wald wandern. Doch noch waren sie allein zwischen den unzähligen Bäumen. Keines der Wesen hatte sich genähert.

„Ach, das kann noch nicht wahr sein. Ich dachte, wir hätten die alle vertrieben", meinte Grendowild.

„Sag mal, ist das dein Ernst?", meinte Adelgar. „Du glaubst, dass das schon alle waren?"

Er sah ein, dass das ziemlich naiv war. Doch wohin sollten sie nun gehen? Zum Wetterfestgebirge, das noch mindestens einen, wenn nicht gar zwei Tagesmärsche von hier entfernt war, oder zum Fluss, um von dort aus einen sicheren Weg um die Kreaturen herum zu finden? Das würde sie mehrere Tage kosten.

Sie würden heute vielleicht bis zum Fluss kommen und von dort aus langsam um den Wald herumschleichen. Doch bis sie diesen komplett umlaufen hätten, würden garantiert noch vier oder fünf weitere Tage vergangen sein. Wer wusste, ob diese Kreaturen bis dahin das Gebirge erreicht hatten und ihnen zuvorkamen. Dort gab es viele kleine und große Siedlungen, die für denjenigen, der sich eine solche Schar an Bestien zusammenstellen konnte, sicherlich auch von Interesse waren.

„Also, was wollen wir tun?", fragte Adelgar. „Gehen wir ins Gebirge oder zum Donnerstrom?"

Nachdenklich blickte Grendowild zwischen den Bäumen hindurch. „Gebirge", sagte er, „das ist sicherer."

So machten sie sich in diese Richtung auf. Wenn alles gut lief, würden sie in zwei Tagen ihre Heimatsiedlung erreicht haben.

Sie liefen, so schnell sie konnten, durch den Wald. Umso schneller sie sich bewegten, desto später würden sie von den Kriegern eingeholt werden.

Durch die Bäume hindurch konnte man ein Stück westlich die Silhouette eines Wagens erahnen, der von irgendetwas gezogen wurde. Sie machten Rast und beobachteten kurz das Gefährt. Eine Gruppe von Kreaturen zog den Holzkarren, der ein Katapult zu sein schien. Bereiteten sie etwa bereits einen Angriff auf das Gebirge vor? Was spielte sich dort ab? Eines der Wesen deutete auf die Gruppe. Man hatte sie entdeckt!

Sie standen auf und machten sich kampfbereit. Herodil und Grendowild zückten ihre Schwerter. Tim und Finn waren total verwirrt von der ganzen Sache, es dauerte eine kurze Weile, bis sie ihre Schwerter nahmen und auf die Kreaturen losstürmten. Doch sie waren ebenso schnell bereit zur Verteidigung.

Herodil und Grendowild deckten sich gegenseitig. Rücken an Rücken schlugen sie diese grausigen Wesen nieder. Tim und Finn hatten allerhand zu tun, um gegen die Monster anzukommen.

Links, rechts, wieder links und wieder rechts. So ging es eine Weile. Mühsam fuchtelten Tim und Finn mit ihren Waffen herum, ohne wirklich koordiniert und zielgerichtet Schaden zu verursachen. Kaum ein Schlag traf sein Ziel, doch mit der Zeit wurden sie mit den Waffen etwas vertrauter.

Adelgar wirbelte mit einem unglaublich kräftigen Schlag drei Monster gegen einen Baum, dessen Stamm leicht beim Aufprall zersplitterte. Dem einen platzte der Schädel. Und als es versuchte, aufzustehen und zu fliehen, wurde es erneut von Adelgar getroffen und verlor den Kopf gänzlich.

Finn und Tim verteidigten sich wacker gegen die Gegner. Sie hatten erstaunlicherweise rasant ein Gefühl dafür erlangt, wie sie mit dem Schwert umzugehen hatten. Trotzdem fühlten sie sich unsicher. Herodil und Grendowild halfen sich gegenseitig bestens. Sie schienen ein eingespieltes Duo zu sein, das fast rhythmisch Klinge auf Klinge prallen ließ.

Ebenso unkoordiniert wie Tim und Finn wirkten, stürzten sich immer mehr dieser Kreaturen auf die Gruppe. Blindlings rannten sie auf die Menschen zu, versuchten mit ihren zerbeulten Schwertern jemandem Schaden zuzufügen und verendeten wenige Sekunden später auf dem Waldboden.

Es nahm und nahm kein Ende. Letzten Endes standen vor ihnen noch vier Monster. Doch als Adelgar sie angreifen wollte, raschelte es in den Bäumen. Unweigerlich starrten sie alle in die Höhe. Ein Schatten huschte durch die Baumkronen, vereinzelt schwebten abgefallene Blätter zu Boden. Der Schatten verschwand im Gewirr der Äste. Das Rascheln versiegte und die letzten abgefallenen Blätter sanken zu Boden.

Die Aufmerksamkeit der Anwesenden richtete sich erneut auf die Monster, die verwirrt in die Höhe starrten und nach dem noch eben durch die Baumkronen huschenden Schatten suchten. Erneut raschelte es in den Bäumen, genau über ihnen. Was war da? Erneut versiegte das Geräusch der sich bewegenden Blätter und Äste. Nichts war zu sehen.

Auf einmal brach ein Lichtstrahl durch die Baumkrone und einige Äste stürzten zu Boden. Mit ihnen fiel ein Mann mit dunkler Kleidung herab. Er führte ein spitzes Schwert, auf dessen Klinge sich das Licht spiegelte, das kurzzeitig bis zum Unterholz drang. Gekonnt landete er auf dem Boden und stützte sich auf dem Schwert ab. Sofort drehte er es in seiner Hand herum und zerschlug den Schädel des einen Gegners, neben dem er gelandet war. Dann ruckte er die Waffe nach links und rechts und drehte sie ein paar Mal, wobei er die Gegner erst in eine Hockstellung zwang und dann durch die Luft wirbelte, indem er mit kräftigen Hieben auf sie einschlug.

Dann nahm er Anlauf, sprang gegen einen der Bäume, um von dort aus auf den letzten Gegner zuzuspringen, und zerschmetterte diesem mit einem letzten kräftigen Schlag den Schädel. Sofort taumelte die Kreatur rückwärts und knallte auf den Boden. Und so schnell wie er gekommen war, verschwand der Mann wieder in den Bäumen. Um alle herum herrschte urplötzlich gespenstische Stille. Nur das leise Rascheln der Blätter im Wind und einige letzte Geräusche der Kreaturen waberten noch um sie herum.

„Was war das?", fragte Tim ganz langsam, während er noch in die Baumkrone starrte und spürte, wie die Gänsehaut an ihm emporstieg.

„Keine Ahnung", sagte Grendowild, der soeben sein Schwert wegsteckte.

„Ambros. Mein Bruder", erwiderte Adelgar still.

Jetzt mussten sie erst ihre Fassung wieder sammeln. In weniger als acht oder neun Sekunden hatte Ambros vier Gegner kampfunfähig gemacht.

Doch lange währte ihre Fassungslosigkeit nicht. Sie durften keine Zeit verlieren. Es hieß, so schnell wie möglich weiter auf das Gebirge zuzulaufen. Für den Rest ihres Weges würden sie noch einen Tag brauchen. Das hieß, dass sie noch einmal im Wald übernachten mussten.

Adelgar versuchte die Stille zu durchbrechen. „Oh Mann. Also mir an eurer Stelle wäre das jetzt peinlich", raunte er Tim und Finn zu. Fragend blickten sie zu ihm hinüber. „Nun ja. Er hat rasend schnell vier dieser Bestien zu Boden gestreckt und ihr beide habt nicht mal eine besiegt. Ehre ist etwas anderes."

„Aus Ehre und Mut mache ich mir nicht viel", grinste Tim zurück, „das habe ich noch nie getan. Und es ist mir verdammt egal, was andere dann von mir erzählen. Ich bin stolz darauf, mein Leben nicht für so etwas zu riskieren."

Adelgar nickte anerkennend. „Vielleicht seid Ihr doch nicht ganz so bescheuert, wie ihr beim Kampf ausseht", lachte er. Tim grinste blöde zurück. „Ich glaube, ich habe gerade gelogen“, murmelte Adelgar und wandte sich wieder zum Gehen.

Sie schafften es noch, einige Meilen weit zu laufen. Es war anstrengend, über all diese Wurzeln zu klettern und sich dabei nicht ständig zu verletzen. Für die Männer aus ihrem fernen abgelegenen Tal war das ungewohnt. Sie liefen sonst nur über Sand und Steine und vielleicht mal ein paar Halme vertrockneten Grases. Doch nun stolperten sie desorientiert durch fremde abgelegene Gebiete voller Tiere und anscheinend auch voller bösartiger Kreaturen. Eine bescheuerte Idee, dieses Abenteuer.

Aber schließlich dauerte es doch nicht mehr allzu lange, bis endlich die Nacht hereinbrach. Sie waren aufgewühlt von den Geschehnissen. Der Tod schien sie zu verfolgen. Doch um sie herum waren nur Bäume und der Geruch von Blut, der sich bereits jetzt in ihren Mänteln festgesetzt hatte.

Für einige mochte dieser Geruch vertraut sein, wenn man weit reiste und immer wieder mit nicht gerade vertrauenswürdigen Burschen zu tun hatte. Doch für die im Vergleich dazu zart besaiteten jungen Männer aus dem Westen des Durabors schien es eine bloße Zumutung zu sein.

Es dauerte ewig, bis sie unter diesen wirren Gedanken, neuen Eindrücken und ungewohnten Bildern von Kampf und Tod endlich in den Schlaf fanden. Keiner sagte ein Wort. Den ganzen Abend lang. Es war einfach nur still um sie herum. Schnell wurde es dunkel und kalt. Und selbst das monotone Flackern des Feuers konnte sie nicht wirklich in den Schlaf wiegen. Sie waren nervös und aufgewühlt von dem Gedanken, dass jederzeit irgendeine Kreatur aus der Dunkelheit heraus auftauchen und ihrer Reise ein jähes Ende setzen konnte, ohne dass sie dies schnell genug mitbekommen würden.

An richtigen Schlaf war kaum zu denken. Jeder von ihnen wachte alle paar Minuten auf, lugte hinüber zu dem glimmenden Aschehaufen, hinauf zum Mond und dann wieder zurück auf den

Boden. Unzählige Male geschah dies und es schien, als würden sich alle ihre Gedanken unaufhörlich nur im Kreis drehen.

Die Müdigkeit schwand nicht. Und wirklich erholsam war der Schlaf so auch nicht. Der harte Boden schmerzte und so ging die Nacht viel zu schnell zu Ende.

Grendowild und Herodil waren schon früh wieder wach. Oder besser gesagt waren sie die ersten, die beschlossen, dass weitere Versuche zu schlafen keinen Sinn mehr hatten. Sie sammelten Feuerholz, damit sie sich alle noch einmal aufwärmen konnten, bevor sie weiter durch den Wald zogen.

Der Herbst würde bald zu Ende gehen, besonders hier nahe dem Gebirge, wo die kalten Winde oft wesentlich früher Einzug hielten als im Süden des Durabors. Als sie westlich von Trattoria durch den Wald gelaufen waren, fühlte es sich noch an, als hätte der Herbst erst vor einigen Wochen begonnen, aber hier sah die Welt wesentlich anders aus.

Die meisten Bäume trugen bereits keine Blätter mehr, nachdem vor einigen Tagen ein Sturm hier entlanggezogen war. Und es wurde in den Nächten immer und immer kühler. Der Boden war eiskalt und schon fast gefroren, obwohl bereits seit einer Stunde das helle Licht von oben herab an den kahlen Bäumen vorbeischien.

Adelgar wachte auch langsam auf. Kurz nach ihm Finn. Ein Rascheln war in einiger Entfernung zu hören. Und schon bald zeigte sich Ambros wieder. Er schlich zwischen den Bäumen hindurch und erreichte so schon bald die verschlafene Truppe.

„Adelgar? Sag bloß, du bist das“, lachte er, „ich kann meinen Augen wohl doch noch trauen.“

Dieser raffte sich auf und nickte. „Ja, soweit ich weiß“, antwortete er mit müder Stimme.

Ambros trat ein Stück näher an sie heran. Er hatte lange braune Haare, die am Ende eine weiße Färbung zeigten. Eine

Tätowierung zog sich an seinem Hals empor, doch unter den Haaren verschwand sie fast völlig. Seine blauen Augen waren regelrecht durchstechend, so wie sein Schwert am Vortag.

„Wir haben uns wirklich lange nicht gesehen."

„Ja!", antwortete Adelgar, „zu lange." Brüderlich schlossen sie sich in die Arme und klopften sich gegenseitig auf den Rücken. „Oh Mann. Wir haben einiges durchgemacht." Kurz musterte er seinen Bruder. „Wieso hast du in diesem verdammten Baum gesessen?"

„Ich bin vor diesen Viechern geflohen und habe mich dort oben kurz erholen wollen", erklärte sich Ambros.

Adelgar lachte kurz. „Du bist mir manchmal ein echt komischer Vogel."

„Wo wollt ihr hin?", fragte Ambros wenige Momente später, als sie endlich aßen.

„Zum Wetterfestgebirge", sagte Grendowild so gut verständlich, wie es mit vollem Mund ging.

„Aha, das ist ja nicht mehr allzu weit."

„Genau", meinte Herodil, schmatzend.

Es war eine ganz gemütliche Runde. Doch aufgrund der allgemeinen Müdigkeit kam es zu keinen weiteren Worten zwischen ihnen. Nachdem sie allesamt gegessen hatten, brachen sie auf.

„Wir begleiten euch noch bis zum Gebirge. Danach ziehen wir alleine weiter", sagte Adelgar entschlossen.

„Wo wollt ihr denn hin?", fragte Tim.

„Das wissen wir auch noch nicht. Vielleicht suchen wir nach der Ursache für die Begebenheiten am Berge Grodh."

„He Finn. Was hältst du davon? Ich würde sagen, wir gehen mit. Wer weiß, auf was wir dabei so stoßen", fragte Tim und deutete auf die Karte, die er in seiner Tasche verstaut hatte.

„Klingt nicht schlecht. Aber wir müssen zum Dorf von Grendowild, um Proviant aufzunehmen und um uns endlich richtig auszuruhen", meinte Finn.

„Ja, stimmt", gab Tim zu, wobei er sichtlich überrascht davon schien, dass Finn so weit vorausdachte. Der fehlende Alkohol tat ihm wohl gut. Immerhin hatte er seit fast einer Woche keine Flasche Wein mehr gesehen.

„Dann kommen wir doch mit dorthin. Kann ja nicht schaden", meinte Ambros, „und danach könnt ihr beide uns begleiten, wenn ihr wollt."

Sie waren nach kurzer Zeit an einem Gebirgspfad angekommen. Es schien weit nach oben zu gehen. Der Pfad führte eng gewunden den Berg hinauf. Doch es gab eine Abkürzung. Irgendwo an der Felswand war ein geheimer Weg versteckt, den man nur dann finden konnte, wenn man ihn kannte und wusste, wie das Tor dort hinein aussah, erklärte ihnen Grendowild.

Eine nicht ganz so kurze Weile später hatten sie die Tür gefunden. Grendowild schob einen Stein in den Fels und das Tor öffnete sich. Dahinter kam ein langer Gang mit grünen und blauen Maguslichtern zum Vorschein.

„Das ist alles das Werk von unserem höchsten Magus. Er heißt Heroffad. Ein sehr, sehr alter Mann", erklärte Grendowild zunächst knapp. Sie gingen in den Gang. Hinter ihnen schloss sich die magische Pforte. Es wurde schnell dunkler um sie herum, sodass nur noch die kleinen Lichter an den Höhlenwänden ein wenig Helligkeit spendeten. „Ich werde euch lieber noch etwas über Heroffad erzählen", beschloss Grendowild. „Er kann als etwas eigen erscheinen, wenn man nichts über ihn weiß."

Vorsichtig wandte er sich noch einmal um und sah nach, ob auch wirklich der Eingang der Höhle verschlossen war. Dann setzte er seinen Weg fort und begann, von Heroffad, dem Magier ihres Dorfes, zu erzählen, von dem er anscheinend einiges hielt, während er kritisch jedes einzelne Licht an den Höhlenwänden betrachtete.

„Heroffad ist als kleiner Junge in der Obhut seiner Großtante aufgewachsen. Als diese nach einigen Jahren starb, kam er allerdings zurück zu seinem grausamen Vater. Er musste die schrecklichsten Arbeiten verrichten", begann er, zu berichten. „Da sein Vater ein Krieger war, erzog er Heroffad unter strenger Aufsicht. Stundenlanges Mehlsäcketragen war damals bald Alltag für ihn. Doch er meinte einmal, dass es ihm mit der Zeit immer leichter gefallen sei, sodass er nach einigen Jahren voll Schinderei und nichtsnutziger Arbeit seine liebenswürdige Großtante vergessen hatte."

Aufmerksam hörten ihm die anderen Männer zu. Was blieb ihnen auch anderes übrig? Sie waren in einem langen dunklen Gang. Und Grendowilds Stimme war die einzige Ablenkung hier, auch wenn seine Erzählung langweilig war.

„Die alten Weisen unseres Dorfes bemerkten, dass er Dinge, ohne es zu merken, schweben oder auch leuchten und brennen ließ. Er selbst schien es nie zu bemerken. Oder es war für ihn einfach zu alltäglich geworden, sodass er es für nichts Besonderes hielt", fuhr Grendowild fort.

„Also ist er ein Wunderkind?", fragte Adelgar.

„Das kann man so sagen. Keiner weiß, woher er diese Kräfte erhalten hat, dennoch macht man natürlich Gebrauch von solchen Dingen", erwiderte Grendowild. „Zumindest schickten sie ihn auf Wanderschaft zur großen Stadt am Berg Grodh, damit er etwas aus seinen Kräften machen konnte. Trattoria war schon damals eine reiche Stadt. Damals gab es einen gütigen Bürgermeister. Alles florierte und täglich gingen Hunderte Händler ein und aus. Reisende kamen von überall her, um sich dem Reichtum der Stadt hinzugeben und die Freuden des Lebens zu genießen."

„Also so wie es auch bis vor wenigen Tagen noch war", fügte Herodil an.

„Nun ja. Nicht ganz", gab Adelgar zu bedenken, „einen *gütigen* Bürgermeister habe ich dort lange nicht mehr gesehen."

Grendowild schmunzelte. „Ja. Das stimmt. Doch damals war das anders. Die Menschen waren noch glücklich und man hat ihnen nicht den letzten Krümel aus der Tasche gezogen. Und die höheren Künste waren noch geduldet. Magie, Musik und all solche Sachen", meinte er. „Irgendwo in dieser Stadt gab es eine geheime Tür, die Heroffad nach kurzer Zeit gefunden hatte. Sie führte ihn quer durch den Berg hindurch und beinahe senkrecht nach oben, *obwohl es sich anfühlte, als würde man ganz normal auf dem Boden laufen*, hat er mal zu mir gesagt." Kurz legte er eine Pause ein und dachte nach, was er gerade erzählen wollte. „Hoch oben auf dem Berg, beinahe unerreichbar, stand ein Schloss, das man von unten nur erahnen konnte. Dorthin war noch nie jemand geklettert, aber es gab ebendiesen geheimen Gang, der es jedem willigen Menschen ermöglichte, zu diesem Ort zu reisen. Dort oben lebte ein Magier. Dieser Magier war der älteste der Gegend und auch der erfahrenste. Heroffad ging dort in die Lehre. Er lernte die größten Zauberkünste kennen, machte aus einer Mücke im wahrsten Sinne des Wortes einen Elefanten und verstand bald fast so viel von der Welt der Magie, wie es sein Lehrmeister tat."

„Also ist er wirklich ein Wunderknabe gewesen", stellte Adelgar fest.

„Die einen sagen es so, die anderen so. Er war begabt. Das stimmt auf jeden Fall", bekam er als Antwort.

Grendowild wurde aus seiner Erzählung gerissen. Sie waren am Ausgang angekommen. Die Pforte öffnete sich und sie traten ans Tageslicht. Das Licht war so hell, dass sie für einen Augenblick kaum etwas sehen konnten, indes konnten sie die Häuser und Wege nach kurzer Zeit deutlich vor sich erkennen.

Das Dorf lag an einer Felswand und wurde von einem kleinen Wall umgeben. Nahe dem Gang, aus dem sie gerade gekommen waren, führte ein Weg den Berg hinab. Man sah die Berge und Täler im Hintergrund, die in einem lebendigen Glanz erstrahlten. Wolken zogen hoch über ihnen durch den Himmel. Endlich hatten sie den Wald verlassen und konnten sich nicht mehr so einfach verlaufen, schließlich konnte man hier stets den Himmel sehen.

Erleichtert atmete Herodil aus. Er war eine ganze Weile nicht mehr hier gewesen. Schließlich trieb er tagein, tagaus Handel in den entlegensten Siedlungen. Er zog regelmäßig mit vollen Karren los und verkaufte nach und nach seine Waren und schließlich auch den Wagen. Dann kehrte er mit vollen Taschen zurück in seine Heimat und beriet mit allen, wofür man das Geld am dringendsten brauchte. Es gab immer etwas zu reparieren. Im vergangenen Jahr hatte es einen großen Gewittersturm gegeben. Häuser waren in Flammen aufgegangen und Vieh war entlaufen oder von Schlamm begraben worden. Darum hatte man so viele Waren wie möglich verkauft, um Vieh und Saatgut wieder von Neuem zu erwerben und nun die Häuser wieder aufzubauen. Die meisten Gebäude waren bereits repariert worden. Nur die etwas abgelegenen Hütten an den Felshängen hatte man noch nicht erneuern können.

Sofort löste sich Grendowild aus der Gruppe und lief durch die Gassen. Immerhin war er Herr dieses Dorfes. Also musste er nach dem Rechten sehen, bevor es weitergehen konnte.

In der Zwischenzeit sahen sich die anderen ein wenig in dem Dorf um. Man konnte von hier oben weit über die Wälder blicken. Vor wenigen Stunden waren sie noch irgendwo dort unten zwischen Bäumen und Sträuchern umhergekrochen und hatten sich gegen Monster verteidigen müssen.

Noch immer funkten diese Bilder durch ihre Gedanken. Auch wenn einige von ihnen, wie zum Beispiel Ambros, bereits an solche Situationen gewöhnt waren, da sie in einem solch rauen Umfeld mitten im Wald lebten, hinterließ jeder Kampf Spuren im Geist. Oft waren es Bilder, die man nie wieder vergaß. Es würde nie selbstverständlich werden, sich gegen jemanden zur Wehr zu setzen. Das hofften sie alle. Käme es dazu, hätte das Böse über sie gesiegt. Das Abschlachten irgendwelcher Kreaturen sollte kein Alltag und erst recht keine Gewohnheit werden. Deswegen mussten sie etwas unternehmen, die Ursache für die Angriffe finden oder auch die Monster vertreiben. Am besten war es aber sicherlich, das Problem an der Wurzel zu packen. Doch das eigentlich wohl größte Problem war dabei, diese versteckte Wurzel zu finden und dann herauszufinden, wie man sie effektiv beseitigen konnte.

Am Abend wurde jedoch erst mal gefeiert, da der Herr des Dorfes endlich zurückgekehrt war. Der Handel hatte seinen Geldbeutel gut gefüllt. Normalerweise kamen viele Händler auch bis hier hoch in ihr entlegenes Dorf, doch seit dem Sturm damals hatte sich einiges verändert. Wege waren zerstört worden und der Diskurs um die vielen Gefahren in den Bergen war erneut aufgekommen. Vieles hatte sich verändert und der größte Teil nicht wirklich zum Guten.

Es wurde groß aufgetischt. Man hatte einen dicken Ochsen geschlachtet, der das halbe Dorf satt machen konnte. Doch man verstand sich gut im Teilen und Sich-Betrinken, dadurch waren viele schon nach kurzer Zeit so gut gefüllt, dass sie benommen in ihre Häuser torkelten. Die Stimmung war ausgelassen. Man unterhielt sich und erzählte Geschichten von früher, von heute und von morgen.

Nur einer saß still in einer Ecke und beobachtete leise die Menschen: Heroffad, der Magier. Schweigend ruhte er auf einem Felsen über dem Dorf und starrte in den Himmel. Die Nacht brach herein. Wolken zogen auf. Niemand sah es, da alle feierten, bis auf Heroffad.

Langsam wurden die Lichter am Himmel verdeckt und es wurde dunkler. Der helle Mond schimmerte durch die dicken Wolkendecken. Irgendetwas braute sich am Horizont zusammen. Irgendwo südlich des Gebirges.

Gelassen, aber beunruhigt ließ Heroffad seinen Blick über die Baumkronen schweifen und durchkämmte die Wälder, in der Hoffnung, kein einziges Monster erahnen zu können, von denen er durch Grendowild und seine Begleiter erfahren hatte.

„Was beschäftigt dich?“, unterbrach ihn eine Stimme. Herodil war zu ihm hinaufgestiegen und stand unter ihm auf einem Felsvorsprung.

Kühl blickte er nach wie vor in den Himmel und schwieg. Herodil blieb stehen und wartete weiter auf eine Reaktion, auch wenn er wusste, dass er bestimmt keine ehrliche Antwort bekommen würde, da Heroffad viel zu düster in die Ferne blickte.

Langsam begann Heroffad, zu sprechen. „Ein Sturm zieht auf. – Ein großer.“ Nachdenklich sah er über den Wald. „Du solltest Grendowild sagen, dass er sein Volk in Sicherheit bringen muss, bevor wieder etwas geschieht.“

„Es ist lange her, dass uns ein großer Sturm heimgesucht hat“, erwiderte Herodil.

„Lange her? Sag mal, was ist los mit euch Menschen? Ein Jahr ist doch keine lange Zeit!“, sagte der genervte Magier laut.

Herodil schüttelte den Kopf. Es war kein Wunder, dass einige diesen Mann für verrückt hielten. Er tat immer so geheimnisvoll, als würde er auf irgendetwas warten, aber er gab nie irgendwelche Antworten, wenn man ihm eine Frage stellte.

„Das ist doch alles nur Geschwätz. – Da ist wieder was im Busch“, sagte Herodil betont laut. „Da steckt doch irgendwas dahinter!“

Heroffad schwieg. Wie erwartet. Wind wehte über die Bergkuppe und ließ seinen Umhang wild tanzen. Es begann, zu regnen. Im Dorf sah man, wie sich sofort die meisten Bewohner vom Festplatz entfernten und in ihre Häuser eilten, während sich der Erdboden in ein großes Schlammbad verwandelte.

„Nein“, gab Heroffad dann entschieden von sich.

Herodil war wütend. Nie antwortete der Magus. Aus Trotz tat er so, als würde er ihm glauben. „Wir haben den letzten Sturm auch überstanden, da wird es dieses Mal nicht anders sein. Es ist nicht das erste Mal, dass wir von Blitz und Donner überrascht werden." Sein Gesicht war bereits nass vom Regen und der Wind peitschte Wasser aus einer Pfütze, die sich rasch auf einem Felsen gebildet hatte, hin und her und spritzte ihn nass. „Geh in deine Hütte und denk dir bessere Ausreden aus!" Erbost wandte er sich ab und eilte die Felsen hinab zu seinem Haus.

„Du Narr!", warf ihm Heroffad hinterher. „Du weißt nicht, was auf uns zukommt!"

„Dann sag es mir doch endlich mal!", erwiderte Herodil mit vor Zorn brechender Stimme und blieb erneut stehen. „Sag es mir! – Oder weißt du es selbst nicht?"

Still schaute ihm Heroffad hinterher und ignorierte seine Worte. „Du solltest einfach auf meine Worte hören, jedoch tust du es nicht und wirst uns alle ins Verderben stürzen", warf er ihm vor.

Unbeeindruckt stand Herodil auf dem Stein am Fuß der Bergkuppe. Zähneknirschend schaute er mit feurigem Blick zu Heroffad, der sich stolz aufrichtete und zu ihm hinunterstieg. Doch Herodil hatte genug von dem Theater. Er wandte sich erneut ab und lief durch das Dorf zu seinem Haus. Es hatte einfach keinen Zweck, weiterhin mit ihm zu streiten. Dieser Sturkopf würde ihm nie auch nur ein Wort sagen.

Ungeschickt stolperte er den Hang hinunter und hatte dabei große Mühe, nicht auszurutschen und Teil der riesigen Schlammmassen zu werden. Es war einfach unzumutbar, was Heroffad seit Jahren mit ihm und all den anderen Menschen trieb.

Dieser stand nun wieder einsam auf der Anhöhe und sprach mit dem Wind. Was würde dort auf sie zukommen?

Eigentlich war ja Grendowild der Herr ihres Dorfes, dennoch legte er stets mehr Vertrauen in Herodil. Er wusste, dass in ihm irgendetwas schlummerte. Er wusste nur noch nicht, was das sein würde. Irgendeine Gabe musste in diesem Menschen doch noch schlummern.

Wahrscheinlich hing es mit seiner Vergangenheit zusammen. Niemand hatte es ihm je verraten, nicht mal seine Eltern, die eigentlich nicht seine Eltern waren. Niemand außer den beiden und Heroffad wusste davon. Und hoffentlich musste es nicht so bald jemand erfahren. Keiner konnte so eine Botschaft verkraften.

In einer Nacht vor vielen Jahren war ein Reiter erschienen. Sturm war über das Dorf gezogen. Blitze hatten Felsen gesprengt. Unter dem Umhang des Reiters war ein Kind versteckt gewesen. Er sprach kein Wort. Er trat an das Haus der Familie und legte dort das Kind schweigend ab. Nur den Namen des Kindes erwähnte er am Rande.

Heroffad hatte alles beobachtet und sich eine Geschichte ausgedacht, die die plötzliche Geburt eines Kindes erklärte, das inzwischen schon einige Jahre alt war und so über die Zeit angeblich versteckt bei diesen Eltern gelebt hatte. Es war stets eine glückliche Familie gewesen. Und das würde wohl auch so bleiben, solange Herodil nichts erahnte. Hoffentlich musste es nie dazu kommen. Er sollte das nicht durchleben müssen, die Enttäuschung, von allen belogen worden zu sein, die ihm besonders nahestanden. Das durfte nicht geschehen. Zumindest, solange es nicht nötig war.

* * *

Am Morgen hatte sich das Wetter wieder beruhigt. Der Regen war vorübergezogen und hatte keine Schäden verursacht. Im Dorf war es still. Der Tag würde für viele erst spät beginnen, da sie sich noch von der langen Feier ausruhten.

Seit einiger Zeit saß Herodil bereits vor seinem Haus auf einem Baumstumpf. Er beobachtete aufmerksam das Tal und summte ein altes Lied seines Volkes. Er genoss das leise Brummen seiner Stimme. Es beruhigte ihn selbst immer ein wenig, wenn er sich an alte Zeiten zurück entsann und die Lieder brummte, die ihm sein Urgroßvater einst beigebracht hatte. Damals war er noch sehr jung gewesen und hatte sich die schönen Melodien eingeprägt. Aber die Texte, die er damals noch nicht verstanden hatte, hatte er sich nie gemerkt. Die meisten der Lieder waren in einer alten Sprache verfasst und erzählten Legenden von Kriegen und Göttern.

Früher, so erzählte man sich, gab es im gesamten Durabor Elben. Hoch angesehene Magier, die in einer fremdartigen Sprache kommunizierten. Sie spielten in vielen Geschichten eine große Rolle, doch heute war das anders. Niemand wusste, wo noch Elben existieren sollten oder ob es sie überhaupt noch gab. Sie waren einfach irgendwann verschwunden. Sowohl aus ihrer Welt als auch aus den Geschichten.

Doch ihre Sprache und ihre Lieder waren geblieben. Zwar nutzten so gut wie keine Menschen mehr ihre Worte und kaum einer kannte mehr ihre Kultur, trotzdem waren sie allgegenwärtig. Viele Orte waren durch sie beeinflusst worden und so konnte man überall ein Stück ihrer Kultur sehen. Viele winzige Bruchstücke. Verteilt überall im gesamten Durabor und darüber hinaus.

Es bereitete Herodil immer eine Gänsehaut, wenn er morgens vor seinem Haus saß, den rotglühenden Tagesbeginn beobachtete und dabei durch den warmen Wind und seine Lieder getragen wurde. Es war wie eine unaufhaltsame Macht, die ihn durchströmte und ihm Kraft für den Tag verlieh. Er schloss die Augen. Ein wunderbares Gefühl. Einsame Geborgenheit. Kalte Wärme. So fühlte es sich an. Er war ganz für sich allein, indes fühlte er die Nähe Tausender warmer Lichter, die ihn zu umhüllen schienen. Oft saß er mehrere Stunden am Morgen einfach nur da und hörte nicht auf, seine Lieder zu summen, die kein Ende hatten, da es einfach eine so fließende Melodie war, die man immer weiter fortführen konnte. Kein Wunder, denn diese Lieder waren ja dazu gedacht, unendlich lange Geschichten zu erzählen und diese mit den Melodien auszubauen.

Während er sich so seine Gedanken darüber machte, konnte er noch so tief in sich selbst versinken. Unterbewusst sang er die Lieder immer weiter, wobei die lebendigsten und mythischsten Melodien entstanden, ohne dass er sich irgendwie darauf konzentrieren musste. In Gedanken entstanden so die schönsten Bilder und Ideen, die er haben konnte. Es dauerte meist Stunden, bis er aus diesen Welten wieder zurückkehrte und sich ins Dorf begab, um seiner eigentlichen Arbeit nachzugehen.

Er schlief nachts nicht sehr viel, da er sowohl Sonnenuntergang als auch Sonnenaufgang beobachtete. Doch beim Beobachten und Liedersummen fiel er in eine so tiefe Trance, dass er dabei mehr entspannen konnte als beim Schlafen. Aber sobald sich jemand ihm näherte, hörte er augenblicklich auf zu singen. Er wollte nicht, dass ihn jemand dabei beobachtete. Es gab nur wenige Menschen, denen er so nahestand, dass es ihm vielleicht egal gewesen wäre. Doch selbst dann wollte er lieber die einsame Vertrautheit dieser Momente genießen, als mit jemandem zu reden und den Fluss seines Unterbewusstseins zu unterbrechen.

Langsam verließ er seine Gedanken und konzentrierte sich auf den Wald. Am Horizont konnte er eine dicke dunkle Wolke erkennen, die sich langsam, aber sicher näherte. Vielleicht hatte Heroffad ja doch Recht, was das anging und er hatte ihn gestern doch nicht einfach abgewickelt. Eigentlich verstanden sie sich ja ganz gut, doch oft gab es zwischen ihnen kleine oder große Streitereien um genau solche Sachen.

Herodil hatte stets das Gefühl, dass er von ihm nicht alles erfahren würde, was er mit seinen Fähigkeiten so wahrnahm. Anstatt Klartext zu reden, schwafelte er immer um den heißen

Brei herum und versuchte, ja keine Antwort geben zu müssen. Unerträglich.

Herodil stand auf und ging hinunter ins Dorf. Er würde sicherlich irgendetwas zu tun finden.

Durch den Regen waren die Wege völlig aufgeweicht und rutschig. Besonders hier im Gebirge rutschten oft ganze Berghänge hinunter, wenn es zu lange regnete. Zum Glück passierte ihnen das hier oben nicht so oft. Die einzige Gefahr, die ihnen drohte, war, selbst mit weggespült zu werden, was heißen würde, dass sie gut sechshundert oder siebenhundert Fuß tief ins Tal fallen würden, um dort ein weiteres Dorf zu zerquetschen. Eine unschöne Aussicht. Aber zum Glück war das sehr unwahrscheinlich, da sie ihre Häuser direkt in den harten Felsen verankert hatten.

Sie brachen zwei-Mann-tiefe Löcher in das Gestein, stellten dicke Holzpfeiler hinein, die hoch aus dem Boden ragten, und füllten das Ganze dann mit Steinen und Schlamm, der dann einige Tage aushärten musste. Anschließend bauten sie dann das Haus zwischen den Stämmen, die es vor Erdrutschen schützen würden. So war es zumindest gedacht. Ob das funktionierte, wussten sie nicht, da es noch nicht zu einer solchen Katastrophe gekommen war. Ihre Holzhütten brannten eher bei einem Gewitter ab, als dass sie weggespült wurden.

Das Dorf wirkte friedlich verschlafen. Verträumt spielten die Regentropfen auf den Dächern im Sonnenaufgang ein Lied mit den leuchtendsten und glänzendsten Farben. Traumhaft schön. Es war ihm bisher noch nie so aufgefallen. Irgendetwas schien sich in letzter Zeit verändert zu haben, dass es ihm gerade jetzt so auffiel. Es war dunkler als sonst.

Der Winter kam näher und die Schneezungen aus den nördlichen Bergen breiteten sich zunehmend aus. Bald würden ihre Dächer nicht mehr mit Regen, sondern mit Raureif bedeckt sein und schließlich von Schnee umhüllt werden. Er freute sich immer auf diese Zeit. Es war zwar die härteste Zeit des Jahres, in der es immer schwer war, an Nahrung zu kommen, und man sich einen Zeh nach dem anderen abfror. Trotzdem faszinierte ihn der Glanz des erstarrten Wassers immer wieder aufs Neue. Doch noch musste er sich dafür einige Zeit gedulden.

Es schien heute ein geradezu ereignisloser Tag zu werden. Das Dorf schlief seinen Rausch aus und der Himmel war so klar, dass man komplett die Orientierung verlor, wenn man nach oben sah.

Nur eine Sache lenkte dabei die Blicke noch auf sich. Was war das dort am Horizont? Es war die ganze Zeit diese riesige Wolke dort zu sehen, jedoch schien sie sich kaum zu bewegen. Normalerweise hätte sie schon längst durch irgendwelche Winde weit weggeweht werden müssen. Vielleicht machte sich Heroffad ja deswegen Sorgen. Wer wusste schon, wie lange er diesen Nebel dort bereits beobachtete und was er darüber wusste oder wenigstens ahnte.

Eine Tür öffnete sich. Tim und Finn traten heraus. Sie liefen gemeinsam hinüber zum Rand des Dorfes und setzten sich auf einen Baumstamm, der dort seit einiger Zeit unberührt lag und langsam verrottete.

Sie hatten einen Leinenbeutel bei sich, in welchem sie die ganze Zeit ihren Proviant mit sich herumschleppten. Tim öffnete den Beutel und nahm ein Brot heraus. Sie teilten es sich. Der wenige Proviant, der ihnen momentan übriggeblieben war, musste sorgfältig eingeteilt werden. Eigentlich wollten sie ja die Gastfreundschaft hier nicht so ausnutzen, aber ihnen würde wohl nichts anderes übrigbleiben. Ohne etwas zu Essen konnten sie schließlich nicht weit kommen, besonders wegen des bald beginnenden Winters.

Hier im Gebirge waren sie relativ sicher. Auch wenn es wohl besonders kalt werden würde, waren sie hier oben mehr von den Begebenheiten im Durabor abgeschirmt. Ihnen würde einiges an spannenden, aber auch an gefährlichen Dingen während des Winters erspart bleiben. Vielleicht sollten sie wirklich so lange hierbleiben und sich irgendwie in diese Gemeinschaft integrieren. Es war definitiv besser, als aus Versehen bei einem Bären in die Höhle zu platzen, ihn aus seinem Winterschlaf zu reißen und als kleiner Bärennachtisch zu enden.

Angestrengt kauten sie beide auf ihrem Brot herum. Es war so unangenehm hart geworden, dass es ewig dauerte, diese trockenen Bissen hinunterzuwürgen.

Finn schaute zurück in die Richtung, aus der sie vor einer, inzwischen sehr lang wirkenden Zeit aufgebrochen waren. Ihr kleines Dorf lag irgendwo dort hinten, zwischen den Bergen in einem Tal. Abgeschottet vom Rest der Welt. Friedlich und geborgen.

Sie versanken so tief in Gedanken, dass sie nicht bemerkten, dass sich Grendowild zu ihnen gesetzt hatte und ebenfalls in die Ferne starrte. Im Gegensatz zu ihnen war er wirklich ein Mann, der viel herumgekommen war, schließlich war er Händler. Er hatte sicherlich schon fast jeden Winkel des Waldes einmal gesehen.

Nachdenklich saßen sie alle gemeinsam auf dem Baumstamm und starrten in die weite Ferne. Der Wind wehte über sie hinweg und es wurde kühl, obwohl der Tagstern immer weiter nach oben stieg.

Hell schimmerte hinter den Bäumen der Donnerstrom und erfüllte den Wald mit einem herrlichen Glanz. Die meisten Bäume hatten ihre Blätter bereits verloren und so konnte man sogar den Waldboden erkennen, wenn man ganz genau hinsah. Die Bäume sahen von hier oben irgendwie alle grau aus. Ein ziemlich trauriger Anblick. Doch unter den dunklen Ästen konnte man die bunt gefärbten Blätter erkennen, die sich in dem Regen allerdings auch zum Großteil eher in eine eklig braune Pampe verwandelt hatten.

Tim und Finn standen auf. Es wurde ihnen langsam zu kühl, obwohl der Tagstern von oben etwas Wärme spendete.

Grendowild erhob sich ebenfalls und ging hinüber zur alten Mühle, die bei den größeren Katastrophen der letzten Jahre unbeschadet geblieben war.

Im Frühling bildete sich aus dem schmelzenden Schnee immer ein Bachlauf, der das Gestein über die Jahrhunderte bereits ausgewaschen hatte. Dieses Wasser trieb ihre Mühle an.

Bis zum Frühjahr lagerte man das Getreide, brachte es zur Mühle und ließ es mahlen. Dann wurden endlich das Brot und viel Anderes daraus hergestellt.

Doch seit diesem Jahr bereitete die Mühle Probleme. Irgendwo hatte sich ein Fehler in den vielen Rädern und Gestellen eingeschlichen. Sie lief nicht mehr ganz zuverlässig. Hin und wieder blieb das Rad deshalb hängen und die Produktion kam zum Erliegen. Deshalb hatten sie begonnen, die Mühle umzubauen.

Man hatte große Flügel angebracht und bereits ein funktionsfähiges System aus riesigen hölzernen Zahnrädern gebaut. Bald würden sie diese an das Mahlwerk anschließen und das Wasserrad abbauen, um es genauer anzusehen und danach zu reparieren. Es sollte nur noch als zusätzlicher Antrieb dienen, der im Frühling auch mal die Arbeit übernehmen konnte.

Grendowild erreichte das seltsam aussehende Haus. Auf das Dach hatte man ein provisorisches Holzgestell gebaut, an dem die Flügel hingen.

Es war wirklich sehr kalt geworden. Die Wege waren gefroren, nachdem das Regenwasser am Abend in den Sand gezogen war. Langsam taute das Tageslicht die oberen Schichten wieder auf und der Schlamm begann, den Berg hinabzurinnen.

Und so führte ihn dieses Rinnsal aus Wasser und Dreck geradewegs hinüber zur Mühle. Der eisige Wind ließ die Holzbretter knarren und bewegte die Flügel auf dem Gebäude hin und her, da sie noch festgebunden waren.

Langsam trat Grendowild an das Haus heran und sah sich die Konstruktion von unten an. Dann klopfte er an der Tür, die sich kurz darauf mit einem lauten Knarren öffnete. Eine warme Wolke strömte heraus und der Müller begrüßte Grendowild, der beinahe eingefroren vor der Tür stand und nur noch nickte. Zu nichts anderem war er noch in der Lage.

Er trat in das Haus und ließ sich die Konstruktion von innen zeigen. Es war schön warm in der Mühle. Lang und breit erklärte ihm der Mann, wie das Ganze bereits funktionierte und wie es später mal funktionieren sollte.

Auf dem Dachboden der Mühle waren die ganzen Zahnräder, die hier zusammentrafen. Hier wurde die Bewegung des rotierenden Gestells von draußen aufgenommen und auf mehrere verschiedene Prozesse verteilt, durch die das Korn gemahlen und das fertige Mehl in Säcke gefüllt werden konnte.

Sie kletterten von dem Dachboden hinab in die warme Stube des Müllers und erzählten sich, was sie so in den letzten Tagen erlebt hatten. Grendowild erfuhr durch solche Gespräche endlich, was so in letzter Zeit vorgefallen war.

Anscheinend hatte ein Junge im Dorf eine ganze Reihe von Problemen verursacht. Der Bengel hatte die Schafe freigelassen, einen Heuhaufen angezündet und noch einige andere Dinge sabotiert. Es war wahrscheinlich wieder ein und derselbe gewesen.

Bereits letztes Jahr hatte ein Bursche andauernd irgendwelchen Leuten Streiche gespielt und einiges an Chaos angerichtet. Langsam weitete sich dieses Problem aber zu Straftaten aus. Irgendetwas musste er unternehmen. Aber es lag einfach nicht in seiner Natur, jemanden hart zu bestrafen. Vielleicht sollte er einfach das Dorf entscheiden lassen, aber er machte sich Sorgen, dass sie den Jungen verbannen würden oder ihn direkt zu den Wölfen in die Grube warfen.

Er verabschiedete sich vom Müller und ging nachdenklich den Weg zurück zu seinem Haus. Die Sonne stand bereits hoch am Himmel und langsam wurde es etwas wärmer. Hier im Gebirge waren die Temperaturen wirklich ein Extrem für sich. Doch momentan beschäftigte ihn dieser Junge mehr.

Dieser Bengel hatte wirklich keine Manieren. Keine Erziehung. Er wuchs bei einer Tante auf, da seine Eltern bei dem Gewitter im letzten Jahr spurlos verschwunden waren. – Ob sie noch lebten, wusste man nicht. Sie waren einfach weg. – Doch diese Tante kümmerte sich kaum um ihn. Wenn er irgendetwas anstellte, war es ihr egal. Sie fand es schon schlimm genug, ihm Essen und Kleidung beschaffen zu müssen. Für den Rest war der Junge selbst zuständig.

Dieser total verwahrloste Bengel zog durch das Dorf und heckte eine Sache nach der anderen aus. Zwar war er sehr clever, nutzte das allerdings nur für Unfug. Er verwischte dabei erfolgreich seine Spuren, doch da er bereits für diese Aktionen bekannt war, konnte er dies kaum abstreiten, da er schlichtweg der Einzige hier im Dorf war, der irgendwelchen Mist verzapfte.

Die Sonne schien auf das Dorf und erweckte es langsam zum Leben. All die Tiere wachten auf und zogen zu den Futtertrögen, die kurze Zeit später von einigen Menschen gefüllt wurden. Gähnend stand ein Mann in der Tür und streckte seine Arme aus. Jeder begann den Tag auf seine eigene Art und Weise.

Heroffad trat aus seiner Wohnung. Normalerweise ging er dann hinunter ins Dorf und sah erst nach dem Rechten, wohingegen heute irgendetwas in der Luft lag. Er ging einen schmalen Weg am Berg hinauf und folgte dem hellen Tageslicht bis zu einem Felsvorsprung, der gut zweihundert Fuß über dem Dorf gelegen war. Aufmerksam durchkämmte er den Wald und suchte nach irgendwelchen Hinweisen, die erklärten, was diese Wolke am Horizont zu bedeuten hatte.

Die Wolke war größer geworden. Was war das? In der Richtung lag Trattoria, die Stadt am Berge Grodh. Es musste sich irgendetwas in der Stadt abspielen. Doch was? Von hier konnte er das nicht erkennen, dazu war diese Siedlung zu weit weg. Nur die dunkle Wolke, die knapp über dem Horizont lag, konnte man erkennen. Irgendetwas musste dort in der Stadt vor sich gehen.

Grübelnd stand Heroffad auf dem Berg und blickte in die Ferne. Doch einen klaren oder gar nützlichen Gedanken konnte er nicht finden. Immer und immer wieder lenkten ihn Kleinigkeiten von seinen Überlegungen ab.

Selbst bis hier oben drang der langsam aufkommende Lärm aus dem Dorf. Es war wirklich kaum zu fassen. Kaum war es etwas hell draußen, huschten überall Menschen hin und her und gingen irgendeiner Arbeit nach.

Ihm blieb nur eines: Er musste sich demnächst selbst dorthin begeben und sich die Sache von Nahem ansehen.

* * *

Lautes Getöse war zu hören. Ein einheitliches Hämmern und Klirren drangen durch die dicken Mauern. Dickes, schweres, schwarzes Gestein. Hinter diesen Mauern wurde hart gearbeitet. Waffen wurden geschmiedet und Krieger erschaffen. Wilde Bestien, die nur ihrem Herrn folgten.

Regelmäßig öffnete man das große Tor, das den einzigen Weg durch die dicken Mauern hindurch bildete, und schickte eine Kolonne hinaus, um Bäume zu fällen, deren Holz man für die großen Schmelzöfen brauchte. Sie zogen danach weiter, um tief im östlichen Wald ihrer Arbeit nachzugehen. Auf dem Rückweg nahmen sie dann das Holz mit, das eine weitere Gruppe geschlagen hatte. Ein steter Kreislauf, der dazu beitragen sollte, eine große uneinnehmbare Festung zu errichten, die von einem ebenso unschlagbaren Heer umgeben und bewacht werden sollte.

Vor den Toren der Festung war es still. Totenstill. Und zwar wortwörtlich. Kein Grashalm wuchs mehr auf der Ebene vor der Festung. Kalter Wind zerfurchte das Gestein. Lediglich das

Marschieren der Krieger über die Schotterwege drang hin und wieder durch die Geräusche aus der Festung hindurch. Getragen von den monotonen Klängen folgte man dem Rhythmus der Zeit. Das unheilvolle Hämmern aus den tiefen Kellern der Festung und das entschlossene Stampfen der Krieger auf dem Fels vermischten sich zu einem großartigen Klang, der Macht zu verkörpern schien.

Niemand sonst befand sich auf der Ebene. Sie war wie leergefegt. Als hätte ein Hauch des Todes alles vertrieben, was sich einem in den Weg stellen konnte. Es war völlige Stille eingekehrt. Kein Tier, kein Mensch und keine Pflanze konnte man dort noch finden. Nichts dergleichen war geblieben. Stattdessen überwucherten nach und nach neue Kräfte das Land.

Das Sonnenlicht drang nicht mehr bis zum Boden hinab, da sich eine dunkle Wolke, geschaffen von ihrem Herrn, über der Festung gebildet hatte. Diese dicke wabernde Masse breitete sich immer weiter aus. Sie schien das Sinnbild der wachsenden Macht zu bilden. Doch noch war davon viel zu wenig auf diesem Raum vereint.

Noch musste es wachsen. Noch war es nicht so weit. Noch war etwas Geduld nötig. Doch trotzdem war die Gefahr dieses Ortes bereits allgegenwärtig und deutlich spürbar und wurde vom Wind über alle Lande getragen.

Es war dunkel. *Es* war still. *Es* war tödlich.

* * *

Angestrengtes Stöhnen durchdrang die Gassen zwischen den Hütten im Bergdorf. Lautes Klirren von Holz auf Holz. Dann wieder Stöhnen und Husten.

„Besser“, ertönte Adelgars Stimme. Mit einem weiten Schritt schlich er um Tim herum. „Das Schwert oben halten“, befahl er. Müde gehorchte Tim und ergriff die Waffe noch fester.

Bereits seit drei Tagen trainierte er mit Adelgar den Schwertkampf. Wieder versagte seine Verteidigung und Adelgar traf ihn am Bein. „Tot", grinste der erfahrene Waldläufer.

Finn saß etwas abseits und beobachtete beide aufmerksam. Er war als Nächstes dran. Erschöpft schlenderte Tim zu ihm und sie tauschten die Plätze.

Erneut schlugen die hölzernen Übungswaffen aufeinander. Ein Schlag links, einer rechts, schon taumelte Finn. „Achte auf deine Beine." Adelgar deutete einen sicheren Stand an. „Du darfst nicht einfach von alleine umfallen." Finn nickte. „Sicher hinstellen", befahl Adelgar. Wieder schlugen sie aufeinander ein. Dann stolperte Finn erneut und landete auf dem Boden. „Und auf meine Beine musst du auch achten", grinste Adelgar und half ihm wieder auf.

„Du hast mir ein Bein gestellt!", protestierte Finn.

„Richtig", bestätigte sein Kontrahent schulterzuckend. „Die Beine verraten viel über einen. Siehst du meinen Fuß? Wo zeigt er hin?" Finn deutete auf eine Stelle rechts neben sich. „Genau. Wo gehe ich hin?" Wieder ein Handzeichen. „Wo kannst du mich also treffen, wenn ich versuche, dein Schwert hier zu treffen?" Adelgar deutete an, Finn gegen die linke Seite zu schlagen, wo dessen Schwert hindeutete.

„Ich kann dir in den Bauch treten oder schlagen", grinste Finn, sicher, dass es die falsche Antwort war.

Adelgar nickte. „Ganz genau." Wieder holte er aus und sie übten weiter, bis er Finn irgendwie im Schwitzkasten hatte. „Lektion für heute: Ein Kampf ist alles, nur nicht fair."

Lachend trat Grendowild an die drei heran. „Das stimmt." Aufmerksam setzte er sich an die Seite auf die Holzbank, auf der sich nun auch Finn wieder niederließ, während Tim sich Adelgar entgegenstellte. „Kein Gegner würde es als fair bezeichnen, gegen einen Gestaltwandler zu kämpfen."

Durch das Wort abgelenkt, blickte Adelgar zu Grendowild. Tim traf ihn an der Schulter. Sofort ging ein vorwurfsvoller Blick zu ihm.

„Ein Kampf ist nicht fair", warf Tim verteidigend ein.

Adelgar nickte augenrollend. „Du lernst schnell." Dann sah er wieder zu Grendowild. „Bist du neidisch?"

Dieser schmunzelte nur. „Ein bisschen. Aber eigentlich frage ich mich nur, wie das funktioniert."

„Du verwandelst dich halt", erwiderte Adelgar trocken.

„Und wie wurdest du zum Gestaltwandler?", hakte Grendowild nach. Adelgar antwortete nicht. „Ich habe gehört, dass ein Geist in einer Grotte darüber entscheidet und wenn man ein schlechter Mensch ist, muss man als Eintagsfliege …" Schon wurde er durch Adelgar unterbrochen.

Laut lachend konnte er sich kaum noch gegen Tim halten. Kurz schlug er seine Waffe noch beiseite, dann widmete er sich wieder dem Gespräch. „So ein Humbug", lachte er, „und wenn ich keine gute Tat vollbringe, lebe ich für immer?" Grendowild nickte schulterzuckend. „Wer auch immer solche Flausen verbreitet", grinste Adelgar.

„Wie geschieht es denn dann?", fragte Grendowild.

Adelgar schickte seinen Schüler beiseite. „Die Götter haben entschieden." Er traf auf fragende Blicke. „Ich bin bereits einmal gestorben, da gewährten mir die Götter die Freiheit, zu wünschen. Nun bin ich ein Gestaltwandler und so wie Ambros unsterblich."

Tim blickte ihn skeptisch an. „Kann ich dir den Kopf abschlagen?"

Wieder lachte Adelgar. „Nein. Aus drei Gründen: Erstens, du müsstest mich entwaffnen, zweitens, du brauchst ein besseres Schwert, das nicht aus Holz ist und drittens wäre ich dann tot."

„Aber …", warf Finn ein.

„Ich sterbe nicht durch Alter, Gift oder Krankheiten und all solche Sachen. Wohl aber kann ich verhungern, verdursten und verbluten“, erklärte Adelgar.

„Klingt echt scheiße“, lachte nun Grendowild.

Dann kehrte wieder Ruhe ein und das Kämpfen ging weiter. Noch eine Weile beobachtete er das Treiben und setzte sich dann wieder in Bewegung, um sich im Dorf weiter umzusehen. Heroffad saß auf dem Felsen und grübelte. Alle anderen gingen irgendwie ihrer Arbeit nach.

Am Abend war es angenehm warm geworden, da das Tageslicht die Felsen stark aufgewärmt hatte. Jeder Morgen hier war eiskalt zu dieser Jahreszeit, aber wenigstens die Abende waren erträglich.

In der Dämmerung wurden schließlich nach und nach Fackeln entzündet, die neben dem nötigen Licht wenigstens auch noch Wärme spendeten. Man zog sich erst spät in seine Häuser zurück. Die Abende hier waren schließlich vergnüglicher als die elende Kälte an jedem Morgen. Langsam nahm der Winter merklich Einzug. Das Wetter schwenkte um.

Die Tage vergingen langsam. Bald hielten sie sich vier, fast fünf Tage hier auf. Grendowild saß schließlich an einem wunderbaren Nachmittag mit Herodil auf dessen liebstem Baumstamm und sie redeten über vergangene Zeiten. Über ihre Kindheit und wie viel Spaß sie mit ihren Freunden so gehabt hatten – oder auch nicht.

„Es waren eigentlich immer schöne Zeiten“, erinnerte sich Grendowild.

„Sogar mit den Streichen von Heroffad“, lachte Herodil. Nicht selten hatten sie unter seinen seltsamen Ideen zu leiden gehabt.

Grendowild schmunzelte. „Kannst du dich noch an seine Geschichten erinnern?“

„Mehr oder weniger“, gab Herodil zu. Er konnte sich an keinen Inhalt erinnern, nur an flackernde Bilder vor seinen Augen. „Er hat Figuren aus Flammen tanzen lassen.“

Sein Freund nickte. „Bis der Tisch plötzlich gebrannt hat." Beide verfielen in lautes Gelächter. Daran konnten sie sich nur zu gut erinnern.

Plötzlich tauchte Adelgar neben ihnen auf. „Was lacht ihr beiden denn?"

„Erinnerungen", meinte Herodil.

Adelgar setzte sich zu ihnen. „Das klingt schön. Aber ich könnte über meine niemals lachen", raunte er.

„Inwiefern?", fragte Herodil weiter.

Grendowild mischte sich ein. „Er ist mal gestorben. Das habe ich dir gestern erzählt, mein Freund."

„Das ist auch ein Grund", grummelte Adelgar beleidigt, da er nicht selbst stolz davon erzählen konnte.

„Wie ist es eigentlich dazu gekommen?", hakte Herodil nach.

Adelgar starrte mit ernstem Blick in die Ferne über den Wald. „Mein Bruder hat mich erstochen."

„Und nun reist ihr wieder zusammen durch die Welt und seid beide unsterblich, weil du es dir gewünscht hast?", stutzte Grendowild.

„Nein. Mein anderer Bruder. Anderey. Er ist etwa zwei Jahre jünger als wir, jedoch um vieles besessener von Macht", erklärte Adelgar weiter. „Er hat mich einst getötet." Und nicht nur ihn, erinnerte er sich schmerzlich. Mit fünfzehn Jahren hatte sein Bruder ihren Vater ermordet, war trotzdem zum Vorsteher des Stammes ernannt worden und hatte seine Brüder, Adelgar und Ambros, vertrieben.

„Lebt er noch?", fragte Grendowild.

„Wieder", antwortete Adelgar knapp. Irgendwann war Anderey eines natürlichen Todes gestorben, dann aber als bösartiger Gestaltwandler zurückgekehrt und hatte Adelgar hinterrücks erstochen.

„Ihr seid ein komischer Haufen von Wiedergängern", lachte Grendowild.

„Ist weniger komisch, als es sich anhört“, entgegnete Adelgar ernst. Das Lachen erstickte, bis sich beide tief in die Augen sahen und gemeinsam wieder lauthals lachten. „Ihr seid hier dafür ein komischer Haufen Bergmänner.“

„Und du ein fremder Waldläufer“, raunte Grendowild, „und wohl ein guter Freund.“

„Mach dir nichts draus. Ich habe mich hier viele Jahre auch sehr fremd gefühlt“, meinte Herodil. „Es sind allesamt ganz nette Leute.“

Wirklich viel hörte Adelgar von den Worten nicht, denn nun versank auch er endgültig in Erinnerungen. Das Schicksal hatte es gut mit ihm gemeint. Er war zu den Göttern gelangt, hatte drei Wünsche versprochen bekommen und davon bis zum heutigen Tag erst zwei aufgebraucht. Noch wartete er auf die Gelegenheit, den dritten zu benötigen.

So saßen sie gemeinsam schweigend auf dem Baumstamm und blickten in die Ferne. Plötzlich kam ein Mann angerannt und flüsterte Grendowild etwas ins Ohr. Dieser sah schockiert zu dem Mann auf. „Wirklich?“ Der Mann nickte zustimmend.

Hektisch sprang Grendowild auf und rannte ins Dorf. Herodil eilte ihm nach, während Adelgar nur langsam hinterhertrottete.

„He! Kommt aus euren Häusern! Nehmt eure Familien und bringt sie fort! Schnell!“, rief Grendowild panisch durch die Gassen.

Verwundert traten die Leute aus ihren Häusern und taten, was man ihnen befahl. Die Frauen nahmen die Kinder bei der Hand und versammelten sich auf dem Dorfplatz.

„Lauft den Berg hinauf zur alten Festung und kommt in ein paar Stunden erst zurück“, sagte er zu einer der Frauen.

Auch die Männer kamen aus den Häusern und traten nun zu Grendowild heran. Sie fragten, was geschehen sei, und erfuhren die schreckliche Nachricht.

„Werwölfe wurden gesichtet. Mindestens vier Dutzend. Dort unten im Tal hat man sie gesehen. Sie sind zum Pfad im Westen unterwegs, der direkt zu uns hinaufführt. Wenn sie dort zufällig die richtige Richtung einschlagen, kommen sie also direkt zu uns. – Wenn nicht, haben wir Glück gehabt und sie laufen direkt zurück ins Tal und dann zum großen Moor“, berichtete Grendowild. „Begebt euch also in Lauerstellung und bleibt in euren Häusern, bis ihr draußen etwas hört. – Bewaffnet euch und dann vertreiben wir die Bestien.“

Gesagt, getan. Die Männer verschwanden in ihren Häusern. Die Türen wurden verriegelt und man begab sich in den sichersten Winkel der Gebäude. Gut eine Stunde lauerten sie so in den warmen Häusern, während es draußen immer dunkler wurde und sie hoffen mussten, dass die Kinder und Frauen noch in der Ferne warteten.

Dann begann es.

Knurren und Scharren war im Dorf zu hören. Langsam schlichen die Werwölfe durch die Dämmerung und gelangten so zum Dorfplatz, auf dem sie eine Weile verharrten und sich umsahen. Sie suchten nach menschlichen Spuren.

Grendowild gab durch ein Fenster hindurch ein Zeichen und alle Dorfbewohner stürmten gleichzeitig aus ihren Häusern auf die Werwölfe zu.

Mit Schwertern, Äxten und allem, was man finden konnte, bewaffnet, griffen sie die Wesen an. Einige Männer, die sich mit der Jagd auskannten, besaßen Bögen. Gekonnt erlegten sie so aus sicherer Entfernung die Werwölfe.

Herodil wurde von denen rasend schnell eingekesselt. Drei Werwölfe standen vor ihm und bereiteten sich darauf vor, ihn zu zerfleischen. Entschlossen hob Herodil sein Schwert und griff die Kreaturen an. Schnell hatte er den ersten enthauptet und widmete sich den anderen beiden, die urplötzlich brannten. Und jaulend flüchteten.

„Drachen!", schrie jemand. Tatsächlich, am Himmel bewegten sich große Schatten, die im Dämmerlicht kaum zu erkennen waren. Die dunklen Gestalten kreisten am Himmel hin und her. Solche Kreaturen hatte man an diesem Ort schon seit über hundert Jahren nicht mehr gesehen! Die Ruine auf dem Berg war der einzig verbliebene stille Zeuge dieser Zeiten.

Heroffad tauchte auf dem Berg auf. Er hatte eben erst die Geräusche bemerkt und sah beunruhigt dem Treiben zu. Er ging auf Grendowild zu, der sich zu ihm durchgeschlagen hatte.

Der Magier schüttelte den Kopf. „Du riskierst zu viele Leben." Dann hob er seine Hand und ließ Blitze vom Himmel zucken. Einer der Drachen wurde von denen getroffen und flog mit einem schmerzerfüllten Brüllen davon. Eines der Probleme schien beseitigt zu sein. Doch zwei weitere waren dort oben noch übrig.

Die zwei übrigen Drachen drehten weiter ihre Kreise und setzten im Wechsel mit Feuerstößen nach, die immer und immer wieder die Werwölfe trafen, obwohl diese Attacken wohl doch eher den Dorfbewohnern galten.

Eingekesselt von den unzähligen Kreaturen sprangen sie unkontrolliert durcheinander und versuchten, sich mit verzweifelten Hieben zu schützen. Doch das funktionierte bei den meisten von ihnen eher schlecht als recht. Ganz im Gegensatz zu Adelgar und Ambros, die sich schnell wieder als erfahrene Kämpfer beweisen konnten.

Rasant sprangen sie auf die Bestien zu und rammten sie mit den Schwertern nieder. Mit kräftigen Hieben durchdrangen sie Fleisch und Knochen und spalteten so schnell die Reihen dieser wilden Kreaturen. Mit gekonnten Manövern schafften sie es schnell, viele ihrer Gegner zu beseitigen.

Doch auch für die beiden Brüder blieb dieses Unterfangen riskant. Ambros wurde von einem der Wölfe gepackt und zu Boden gerissen. Schnell hatte sich ein weiterer dazugesellt. Beide kreisten um ihn herum, während er lauernd auf dem matschigen Boden lag. Ruckartig sprang er auf und stieß einen der Werwölfe zu Boden. Offenbar von seinen Instinkten geleitet, sprang der zweite Werwolf hinterher und versuchte, Ambros zu verwunden. Jedoch verfehlte auch dieser sein Ziel, wurde von der Klinge getroffen und lag sofort neben dem anderen auf dem Boden, der soeben auch von dem Menschen erstochen worden war.

Plötzlich fing eines der Häuser hinter ihm Feuer. Das nutzten die Kämpfer zu ihrem Vorteil. So schnell es ging, stellten sie sich allesamt rund um das Haus. Das Feuer schreckte die Werwölfe ab. Sie trauten sich nicht mehr, so gewagte Angriffe auf die Dorfbewohner zu versuchen. In einigen Metern Entfernung schlichen sie um das brennende Gebäude und versuchten zögerlich, die Dorfbewohner anzugreifen, die nur leicht mit ihren Schwertern zuschlagen mussten, um die Kreaturen auf Distanz zu halten.

Heroffad entfernte sich vom Geschehen und kletterte zurück auf den Berg. Nur Minuten später erschien einer der Drachen mit ihm auf dem Rücken.

Die Werwölfe schreckten zurück. Panisch rannten sie instinktiv zum Ende des Dorfes und waren dem Drachen ausgeliefert. Die Werwölfe wurden binnen weniger Sekunden von dem heißen Feuerhauch der Kreatur in glühende Asche verwandelt, die sich mit schrecklichem Gestank schnell in Luft auflöste.

Die beiden anderen Drachen begaben sich fort, während Heroffad mit dem seinen zu Boden sank. Er stieg hinab und schickte den Drachen ebenso fort, sodass dieser ohne jedes weitere Zutun seinen Begleitern folgte und sich von dem Dorf entfernte.

* * *

Heroffad lernte zehn lange Jahre bei dem Magus. Viel mühsame Arbeit war nötig. Aber das zahlte sich aus. Bald kannte er eine Vielzahl mächtiger Zauber und beherrschte die Mächte der

Natur. Tiere und selbst der Wind schienen ihm zu gehorchen. Mit Leichtigkeit wusste er die Gesetze der Welt zu verändern und magische Wesen zu beschwören.

Jeder Fehler wurde bestraft, jeder Erfolg belohnt. Mit strengem Blick begutachtete sein Meister jede Bewegung und jeden Fingerzeig, den er von sich gab, und so lehrte ihn die Strenge die Präzision. Dementsprechend konnte er filigrane Gebilde erschaffen, was ihm den Weg zu gigantischen Werken ebnete. Die Ungeduld wurde ihm ausgetrieben und Vernunft und Weisheit beigebracht.

Schließlich war es so weit. Seine Ausbildung hatte ein Ende gefunden und seine Künste schienen die seines Meisters um Weites zu überragen. Staunend betrachtete er seine eigenen Kräfte und erntete stolzen Beifall seines Lehrmeisters, der ihm all dies in so kurzer Zeit beigebracht hatte.

„Bravo, bravo", rief der alte Magier lachend über den Hof des Schlosses, als er es endlich nach langer Zeit schaffte, die Kunst des Schwebens und Fliegens zu beherrschen. „Aus dir wird ein großer Meister der Magie werden", prophezeite er. Wie Recht er damit haben sollte.

Doch überschattet wurde jeder Erfolg stets von den kritischen und neidischen Augen des Sohnes seines Meisters. Ephnies. Ein kleiner grausamer Bursche, der stets mit einem Auge auf die Macht seines Vaters und mit dem anderen auf seine Konkurrenten blickte.

Stets versuchte er, Streitereien anzufachen, zu intrigieren und zu heucheln. Gespaltene Worte, verdrehte Aussagen und geheime Spielereien waren sein Gebiet.

„Vater", hörte Heroffad ihn einst zu seinem Meister sagen, „warum nutzen wir nicht die wahre Magie?"

„Wovon redest du?", entgegnete der alte Mann.

„Die Magie des dunklen Reiches, die Magie der Unterwelt", begann Ephnies, zu beschreiben, wurde jedoch rasch unterbrochen.

„Wage es nicht, dich diesen Künsten zu verschreiben!“, wetterte der alte Magier. „Sie bringen Unheil. Sie vereinnahmen dich. Sie zerstören und zerfressen.“

Seit diesem Tag redeten die beiden nicht mehr viel miteinander. Seltsame Dinge begannen zu geschehen. Menschen und Tiere verschwanden aus Trattoria. Feuer erschienen. Wolken verdunkelten sich. Stürme zogen auf.

Erst lange Zeit später begriff Heroffad, was dies zu bedeuten hatte, doch dem Vater des kleinen Störenfriedes wurde es schneller bewusst. Er hielt die beiden Schüler voneinander fern, damit Ephnies seine dunkle Saat nicht weiterverbreiten konnte. Er wurde isoliert und ausgestoßen, obwohl er mitten unter ihnen lebte.

Seine Pläne fanden jedoch nie ein Ende. Er werkelte weiter an Intrigen und Schwindeleien, erprobte dunkle Mächte und ließ diese ohne Zögern walten. Bald kam es zu Übergriffen auf Heroffad und seinen Meister. Unerklärliche Dinge geschahen immer häufiger und auf gefährlichere Weise. Sie schienen den Tod zu fordern.

Bevor es dazu jedoch kommen konnte, vollendete Heroffad seine Lehre auf dem Berge Grodh. Stolz verabschiedete er sich von seinem Meister und begab sich auf die Reise in seine Heimat.

„Aus dir wird ein großer Meister der Magie werden“, wiederholte der alte Magier bei ihrem Abschied seine Worte mit einem wachsamen Auge auf seinem Sohn, der lauernd hinter den Toren wartete.

Als Heroffad seine Heimat wieder erreichte, erwarteten ihn eine blühende Zukunft und Freiheit. Sein grausamer Vater war gestorben. Er war ein Waisenkind. So baute er sich mittels seiner Zauberkraft ein Haus im Dorf.

Nach einigen Jahren ereignete sich jedoch ein tragischer Vorfall: Werwölfe griffen das Dorf an. Es war eine Leichtigkeit sie zu vertreiben, aber die darauffolgende Schlangenplage wurde ihm zum Verhängnis. Eine Giftschlange biss ihn. Er konnte das Gift abwenden, aber seine Sicht verschlechterte sich.

Aus Sorge ging er erneut zu seinem Lehrmeister. Dieser besetzte seine Haut mit einem Zauber, durch den er sehen konnte. Da dies anfangs nicht half, tätowierte ihm sein Lehrmeister einige kleine Wesen auf den Körper, die man mit bloßem Auge nicht sehen konnte.

Er musste einige Jahre dortbleiben, bis er sich daran gewöhnt hatte. Als sein Meister im Sterben lag, lernte er diese Kunst des Tätowierens von ihm. Auch die letzten Stunden des Lebens teilte er mit seinem großen Lehrer.

„Nimm dich in Acht vor meinem Sohn“, flüsterte der alte Greis und ergriff mit letzter Kraft die Hand seines Schülers. „Es gibt keine Zufälle in dieser Welt. Dinge geschehen nicht ohne eine Ursache. Auch dein Unglück nicht. Wir können es nicht sicher wissen, aber diese Geschehnisse haben einen Grund.“

„Ihr meint, Ephnies habe mich vergiftet?“, mutmaßte Heroffad.

Hustend nickte der alte Magier. „Wann immer er euch begegnen wird, seid auf der Hut. Unterschätzt ihn nicht. Ephnies, der Sohn des Erpinos. Er ist der dunklen Magie verfallen und wird nicht davor zurückschrecken, sie zu nutzen.“

„Was soll ich gegen ihn ausrichten können?“, fragte er weiter.

Angestrengt blickte Erpinos, sein Herr und Meister, durch die offene Tür hinaus in die untergehende Sonne. „Das wird die Zeit zeigen. – Ich kann ihn nur aus dieser Welt treiben, indem ich ihn vergraule. Dir lehrte ich alle Künste, die ich beherrsche, und verleihe dir mit meinem Tod all meine Kraft und mein Wissen. Ihn werde ich erzürnen und vor Wut erlahmen lassen. Doch für immer wird dies nicht wirken.“ Mit einem stillen Husten atmete der alte Magier weiter und schwieg.

Noch einige Stunden wartete Heroffad still, bis ein letztes Mal die Stimme des alten Meisters erklang: „Aus dir wird ein großer Meister der Magie werden.“ Dann schwieg er für immer.

Erst jetzt hatte er den Namen seines Meisters erfahren. Erst jetzt schien sein Schicksal für immer bestimmt. Er war der Gegenpol, der für Ephnies geschaffen worden war. Ephnies, ein dunkler rücksichtsloser Magier, war ihm zum Feind bestimmt.

Gegen sein Hoffen erbte dieser lediglich das Schloss auf dem Berg, während Heroffad sich mit Kraft und Wissen genährt im Wetterfestgebirge niederließ und verharrte. Er musste abwarten, was die Zeit ihm zeigen würde.

* * *

Langsam legte sich der Schleier der Nacht über die Berge. Vorsichtig lauschten die Kinder und Frauen den Geräuschen aus der Ferne, die nach und nach verstummten. Sie hatten Stunden in den Bergen fern der Häuser verharrt und warteten unruhig auf eine Botschaft.

Schließlich erreichte Grendowild das geheime Versteck. Mit verkrustetem Blut im Gesicht bog er um die Ecke und erblickte die zusammengekauert sitzenden Menschen. Sie versteckten sich zwischen den Ruinen der alten Festung Skrafhall, die seit Jahrhunderten über ihrem Dorf ruhte. Es waren nur noch die Überreste der einstigen Wehranlagen vorhanden. Zeugnisse eines Herrschers, dessen Namen niemand mehr kannte, und einer der Gründe, weshalb ihr Dorf an einer eigentlich so zentralen Handelsstraße lag.

Wortlos standen sie auf und folgten ihm zum Dorf. Niemand sprach ein Wort. Jeder wollte das Unheil selbst erblicken. So hoffte jeder unter ihnen, dass niemand aus ihrem

Kreis gestorben war, und wollte diese Nachricht erst so spät wie möglich erhalten.

Bedrückt ging Grendowild schweigend vorweg. Er kannte das Resultat ja bereits. Alles war gutgegangen. Nur wenige Männer hatten ihr Leben durch die Werwölfe verloren.

Erst am nächsten Morgen begutachtete man die Verluste. Ein Haus war abgebrannt. Viele Türen und Fenster waren zerkratzt oder zerstört worden. Man begrub die Toten schnell und widmete sich sofort der Reparatur der Schäden. Noch vor dem Wintereinbruch sollte wieder alles in bester Ordnung sein.

Erst jetzt erzählten Herodil und Grendowild von den Geschehnissen in Trattoria. Entsetzt folgte Heroffad den Erzählungen. Wieso hatten sie ihm das verschwiegen? Es wäre doch eine Warnung gewesen. Wenn irgendetwas oder irgendjemand eine solch zentrale Stadt vernichtete, dann plante da irgendwer etwas. Sie mussten nur erst einmal erfahren, was das war und wo das Ziel dieser Aktion lag.

Irgendeine Gefahr lauerte da und keiner konnte mit Sicherheit wissen, ob sie nicht vielleicht als Nächstes dran waren. Wer konnte schon wissen, was das noch für Folgen für sie haben konnte?

„Du hast doch eine Ahnung, was dort passiert ist. Sonst würdest du nicht so besorgt gucken“, meinte Herodil.

Schweigend sahen sie sich eine Weile an, bis Heroffad antwortete: „Ja, ich habe eine Ahnung, was da passiert ist.“

„Und?“, fragte ihn Grendowild.

Heroffad drehte sich weg und blickte auf die weiten Felder im Gebirge, die in einem satten Grün erstrahlten. Es war ruhig im Tal, das unterhalb von ihrem Dorf lag. Vor einiger Zeit war ein Brand in einem der Wälder ausgebrochen und hatte das Tal mit nährender Asche überzogen. Ach, wie sehnte er sich nach dieser Ruhe dort.

Erneut erhob Heroffad seine Stimme und meinte über seine Schulter hinweg: „Ich denke, ihr werdet es auch so noch früh genug erfahren.“

Mehr konnte er dazu nicht sagen. Er musste sich selbst erst einmal bei seiner Vermutung sicher sein. Dann konnten sie weitersehen. Er musste genau überlegen, was er sagte. Er durfte nicht zu unbedacht sein, er sollte nicht zu viel verraten und vor allem durfte er keine Angst auslösen oder Panik verbreiten. Sorgen waren völlig unangebracht. Sie mussten ruhig und besonnen bleiben. Und so tat auch er es stets. Ein wenig Ruhe finden und denken. Sich ablenken, das half immer.

Langsam verschwand die Sonne hinter den Bergen. Tim hatte sie mehrmals Tagstern genannt. Es schien ein Wort aus seiner Heimat zu sein. Noch Stunden würde es dauern, bis dieser *Tagstern* endgültig verschwunden war. Würde man jetzt auf dem Gipfel des Gebirges stehen, könnte man ihn noch einige Zeit über dem nicht erkundeten Gebiet des Durabors sehen. Irgendwo im Westen würde man dann Lichtreflexe sehen, die für wenige Minuten noch einmal den gesamten Himmel erleuchten würden.

Rund um den Wald erstreckten sich Wiesen und Morast. Dort konnte kein Lebewesen überleben. Keine Bäume. Kein klares Wasser. Nur Schlamm und verwesendes totes Fleisch. Stets lag ein schrecklicher Geruch des Todes in der Luft.

Oft hatten Reisende versucht, durch die Moore hindurch zu wandern und dort irgendetwas zu finden oder zu lernen. Die meisten von ihnen fanden den Tod. Nur wenige kehrten zurück. Oft krank oder irgendwie verletzt. Schockiert oder beinahe im Morast versunken.

Es gab giftige Tiere und wild wuchernde Pflanzen. Lauter seltsame Lebewesen, die für jeden Menschen auf ihre ganz eigene Art und Weise gefährlich waren.

So gut wie niemand, der sich irgendwie aus einem noch so seltsamen und unnachvollziehbaren Grund in die Moorlandschaft gewagt hatte, überlebte. Die, die es dann vielleicht doch schafften, diesem Horror zu entgehen, waren ihr Leben lang verstört. Sie wurden verrückt und stellten seltsame Sachen an, redeten wirres Zeug und dergleichen. Der Morast und die giftigen Dämpfe hatten wirklich sehr verschiedene und starke Wirkungen auf die Reisenden. Es war ein alles andere als lebensfreundlicher Teil ihrer Welt.

Ja, diese Gegend glich beinahe Unterwelt – der Welt des Bösen.

* * *

Ephnies war ein stets verrückter und rachsüchtiger Mensch. So tat er nichts Gutes und werkelte an seinen wirren und teils verstörenden Ideen herum. Vom Morgen bis zum Abend. Er verstand viel von Zauberkunst, aber er verschmähte die Künste seines Vaters. So wandte er sich der dunklen Magie zu. Er erschuf Monster und Bestien, machte zudem die Grotte der Gestaltwandler für alle zugänglich, ließ das Schloss auf dem Berge zu Grodh zerstören und verschwand dann spurlos – für viele Jahrzehnte.

Lange sammelte er Macht und Ideen. Er überlegte, plante, formte, übte und tat Vieles mehr. Er setzte sich Ziele und suchte sich Kontrahenten, die es zu beseitigen galt. Und all dies raubte ihm Jahre seines Lebens, die er zurückgezogen in einer fremden Welt verbrachte und nur zu gerne in seine Pläne investierte.

Nach diesen vielen Jahren war er zurückgekehrt und hatte wieder die Befehlsgewalt über seine Heerscharen von wilden Kreaturen übernommen. Diese sandte er aus, nachdem er seine Festung aus Unterwelt zurück in die Welt der Lebenden befördert hatte. Trattoria, die Stadt der Reichen und Schönen, hatte er zerstört. Sie stand schlicht im Weg. Jetzt nicht mehr. Er brauchte den Raum auf den Ebenen des Durabors für sich und seine Gefolgschaft. Er brauchte ein kleines ungestörtes Reich, nur für sich.

Schließlich hatte er die Menschen töten lassen, was allerdings nicht ganz so gut funktioniert hatte, wie zuerst gehofft. Irgendwer hatte die Kreaturen angegriffen und getötet.

Seine dunkle Festung stand nun auf der großen Lichtung anstelle des Berges Grodh.

„Macht! Ich spüre die Macht! Mehr! Viel mehr!“, brüllte er wie ein Verrückter durch die Gänge seiner Festung, begeistert von dem durchströmenden Gefühl.

Sein Vater wäre nicht stolz auf seine dunkle Magie. Doch es war ja auch mehr oder weniger sein Ziel, nicht so zu sein wie dieser alte greise Mann, der ihm die höheren Künste vorenthalten hatte. Außerhalb des Turmes sammelten sich Scharen von Kriegern und anderen wilden Kreaturen. Er hatte eine Gruppe entlang der Lichtung rennen sehen.

„Verfolgt sie. Ich will die haben. Mir entkommt niemand. *Niemand!*“, rief er ihnen entgegen und seine Stimme schallte laut durch die langen Gänge und Treppenhäuser in seiner Festung. „Ich kriege euch irgendwann! Denn mir entkommt ihr nicht!“

Nach einigen Stunden bekam er die Nachricht, dass diese Gruppe alleine zwei oder drei Dutzend seiner Untergebenen getötet hatte. Einfach so. Innerhalb kürzester Zeit. Anscheinend waren sie kräftig und hatten mit starken Hieben den Kreaturen übel zugesetzt, sie verstümmelt und niedergestochen. Das Ganze schien nur wenige Minuten gedauert zu haben.

„Nein! Die entkommen mir nicht! Verfolgt sie bis ans Ende der Welt, wenn es sein muss. Aber ich *will* die haben. Kapiert?“, schrie er seinen Kriegern wie ein Irrer entgegen. „Aber wartet auf den richtigen Moment! Sie dürfen nicht entkommen.“

Ephnies verfolgte seitdem zunächst nur noch dieses eine Ziel. Er musste diese Gruppe unter seine Gewalt bekommen. Nach einigen weiteren Tagen bekam er erneut Bericht. Die Gruppe war in das Wetterfestgebirge geflüchtet und hatte alleine mit einigen Kriegern und drei Drachen fast alle seine Werwölfe besiegt. Nur wenige seiner Kreaturen waren verwundet zurückgekehrt, versengt von Flammen und verstümmelt durch starke Schwerthiebe.

„Mit Drachen greifen die uns an! Mit *Drachen*? Woher kommen diese Leute? Ich kann es nicht zulassen, dass mir so gute Krieger entkommen. Nein, das geht nicht!“, fauchte er voller Wut.

Wutentbrannt hatte er alle im Raum anwesenden Krieger erstochen und den im Wald lebenden Tieren zum Fraße vorgeworfen. Bestrafung musste sein. Irgendwie. Auch wenn er nicht wusste, wer an irgendetwas auch nur eine Schuld trug. Dabei hatte er noch eine Weile lang zugesehen, bis es ihm zu langweilig wurde. Gedanken mussten her. Lösungen für dieses kleine Problem, das er mit Sicherheit innerhalb weniger Stunden aus der Welt geschafft haben würde.

Er war auf den Turm gestiegen, hatte zornig in die Richtung des Wetterfestgebirges geschaut und so den ganzen letzten Abend verbracht. Er stand im Wind und verfluchte ihn, da er das Gefühl hatte, er würde ihm seine Macht wegwehen. Noch die ganze Nacht hatte er sich Gedanken über das Geschehene gemacht. Doch er kam zu keinem guten und schlüssigen Plan. Nur träge fügten sich Gedanken zusammen und ergaben langsam ein Muster.

Ein Zauberer war in diesem Dorf gewesen. Heroffad! Das könnte er sein. Endlich hatte er ihn gefunden. Er würde Rache an ihm üben. Ihm, diesem Einfaltspinsel, hatte sein Vater die Kunst der heiligen Runen und Tätowierungen beigebracht, seinem Schüler. Aber ihm, seinem eigenen Sohn, der irgendwann über diese Welt herrschen würde, hatte er nur ein läppisches Erbe hinterlassen. Nie hatte er dieses Schloss haben wollen.

Somit hatte er dieses irgendwann in Brand gesetzt und war verschwunden. Wahrscheinlich hatten ausnahmslos alle Menschen gedacht, dass er in den Flammen umgekommen wäre.

Nein, er war tatsächlich geflohen und hatte sich einen neuen Weg zur Macht gesucht. In Unterwelt hatte er gelebt und Rachepläne geschmiedet.

Dieses Schwein würde bezahlen! Dieser Mensch würde leiden! Seine Seele sollte zerfließen in den mächtigen Klauen seiner Kreaturen und er sollte mit eigenen Augen seinen Tod sehen. Und allein er, Ephnies, der Herrscher über Unterwelt und auch bald Herrscher über den Durabor, würde so seine unendliche Rache endlich stillen können.

Er hatte schon viel Zeit damit verbracht, über diesen Trottel von Magier nachzudenken. Aber er hatte noch keine Schwachstelle erkannt. Sie war ihm bis jetzt immer entgangen. Als er an seine Vergangenheit zurückdachte, verstand er sie endlich. Ohne seine Runen war Heroffad so gut wie blind. Bis er sich wieder daran gewöhnen würde, ohne diese zu sehen, könnte es Wochen dauern. Diese Zeit konnte er zu seinem Vorteil nutzen und ihn besiegen.

Momentan stellte er eine große Armee auf. Bald würde er so weit sein, dass er Heroffad erneut angreifen und dann endlich töten konnte.

Er lief durch die beinahe endlosen Gänge seiner Festung und genoss den frischen modrigen Wind, der durch die warmen Gänge zog. Gespeist von den Feuern Unterwelts heizte er die Festung, auch wenn es hier keine direkte Verbindung zu Unterwelt gab. Noch nicht. Vielleicht würde er das noch ändern.

Jedes der Monster, das ihm entgegenkam, verschwand blitzschnell in einem der Seitengänge. Sie wussten inzwischen wahrscheinlich alle, dass er sehr aufbrausend und schlecht gelaunt war. Wer ihm begegnete, wurde aufgeschlitzt und landete im Wald bei den Tieren. Gerne auch umgekehrt. Das bot ihm mehr Unterhaltung.

* * *

Stundenlang hatten sie nun schon diskutiert. Heroffad hatte schließlich nachgegeben und von seinen Erinnerungen berichtet.

„Ephnies? Wer ist das?“, wollte Herodil wissen.

Heroffad antwortete: „Ein alter Rivale, den ich seit der Zeit bei meinem Meister hatte. Ich dachte, er sei spurlos verschwunden, aber er ist wohl zurück.“

„Was können wir unternehmen?“, fragte nun Grendowild mit nachdenklicher Stimme, um schneller zu einem Ergebnis zu kommen und nicht lange herumzureden.

„Sammelt eure besten Männer und überrennt seine Blockade. Sobald ihr das geschafft habt, ist er so gut wie wehrlos. Dann kümmere ich mich um ihn“, schlug Heroffad vor.

„Das wird bestimmt nicht einfach sein. Wer fällt schon in eine Welt ein und hat kein Heer hinter sich stehen?“, überlegte Herodil.

„Ja, das stimmt“, gab Heroffad zu. „Wir müssen uns etwas Besseres überlegen. – Nicht umsonst werden diese Kreaturen über uns hergefallen sein.“

Ephnies hatte bestimmt eine große Armee auf die Beine gestellt und wartete inzwischen nur noch auf den passenden Moment, um den Rest des Waldes zu überrennen. In ihrem Dorf lebten vielleicht zweihundert oder dreihundert Menschen weit verteilt über die Bergkette. Für ein Dorf war das schon überdurchschnittlich. Aber von denen konnten auch nicht alle kämpfen.

Es gab weit weg von ihrer Siedlung eine große Stadt in den Bergen. Viele Meilen östlich von hier. Dort lebte der König, der mit Sicherheit ein großes Heer besaß, das er ihnen bei dieser drohenden Gefahr bestimmt auch zur Seite stellen würde. Das Königreich Norskom in den Bergen hatte sich schon über Jahrhunderte wacker in allen möglichen Schlachten geschlagen. Auch diese würde keinesfalls diese Ära beenden. Dort stand schließlich nur eine einsame Festung. Die sollte einnehmbar sein.

In etwas kürzerer Entfernung lag eine kleine Stadt. Dort lebten einige Tausend Bürger, die sich über den Handel mit anderen Völkern eine goldene Nase verdient hatten. Zu denen hatten sie auch eine gute Beziehung, würden also mit ihnen durchaus rechnen können. Doch auf das Heer des Königs waren sie definitiv angewiesen.

Versteckt in den Bergen gab es noch einige kleine Siedlungen, doch um diese zu suchen, würden sie große Umwege gehen müssen. So viel Zeit blieb ihnen nicht. Spätestens in ein paar Monaten würde Ephnies bestimmt eine beträchtliche Streitmacht aufgestellt haben, die ihnen sehr gefährlich werden konnte. Selbst hier in den Bergen, wo man sonst sicher vor jeder anderen Gefahr war, die im Wald lauerte, schien es nun unsicher zu sein. Immerhin hatten sich bereits Kreaturen bis hierher gefunden.

„Wir müssen eine Reise antreten", meinte Heroffad plötzlich.

Entsetzt sah Grendowild zu ihm hinüber. „Jetzt? Der Winter bricht an, wie stellst du dir das vor? Sollen wir so mir nichts, dir nichts durch die eisigen Gletscher marschieren und uns verlaufen?"

„Ich werde euch begleiten. Also braucht ihr auch nichts zu befürchten. – Du, Grendowild, wirst sowieso hierbleiben. Jemand muss auf das Dorf aufpassen", meinte Heroffad.

Nach wie vor entsetzt sah Grendowild zu Heroffad hinüber und konnte kaum glauben, was er da gerade hörte. Er konnte doch nicht einfach seine Freunde ziehen lassen und selbst hierbleiben.

„Wir kommen mit", meinte Tim. „Ist bestimmt auch besser so."

In einer Ecke des Raumes saß Adelgar zusammen mit Ambros. „Wir wollen ja auch dieses Problem bezwingen, also nehmt uns mit", meinte Adelgar, der sich nun mit an den Tisch stellte.

Heroffad erhob sich. „Herodil. Du kommst mit. Da Grendowild hierbleiben muss, sollten wir dich mitnehmen, weil wir dich als Vertreter unseres Dorfes brauchen werden. – Du gehst bitte durch das Dorf und nimmst dir zwei weitere tapfere Krieger mit, die uns begleiten."

Grendowild stand auf und griff nach seinem Mantel. Schnell war er verschwunden und begab sich von Heroffads Haus weg hinab in das Dorf. Er schien beleidigt, doch auch irgendwie erleichtert zu sein, da er nicht mit auf diese Reise kommen sollte.

Auch Herodil verließ das Haus. Eilig rannte er hinter Grendowild her. „Er meint es nicht böse mit dir", rief er ihm hinterher. Mürrisch stapfte sein Freund weiter durch den Schlamm, ohne ihn eines Blickes zu würdigen. „Er wird seine Gründe haben."

„Dann soll er sie uns doch endlich mal verraten!", brüllte Grendowild und wandte sich erbost um. Überrascht blieb Herodil stehen und sah ihn an. „Hast du nicht auch das Gefühl, dass er nichts von mir hält?", fragte Grendowild verzweifelt. „Es kommt mir so vor, als würde er am liebsten nicht mich an der Spitze dieses Dorfes sehen, sondern *dich*. Er bevorzugt dich und drängt mich stets in die hintere Ecke, um seine Ruhe zu haben. Oder geht es dir anders?"

Ruhig trat Herodil näher an ihn heran. „Mach dir keine Sorgen darum", meinte er ausweichend, während seine Augen nach Antworten suchend umherzuckten.

„Sorgen worum? Dass er mich verscheucht und dich mit lobenden Worten unserem Dorf vorstellt, ohne auch nur jemanden zu fragen, was er davon hält?"

„Mir geht es doch auch nicht anders als dir!", stöhnte Herodil laut. „Er sagt mir doch auch nie was, sondern schweigt vor allem von morgens bis abends. Und wenn man etwas von ihm wissen will, dann gibt er keine Antwort. Mir geht es nicht anders als dir!"

„Nur, dass er dich leiden kann und mich leiden lässt!", schnaubte Grendowild und wandte sich ab. Mit schnellen schweren Schritten lief er den Hang hinab und kehrte in sein Haus zurück, während Herodil hinter ihm her durch das Dorf lief und besorgt über die Dächer hinweg zu Heroffads Hütte blickte.

Dort warteten Tim, Finn, Adelgar und Ambros gemeinsam mit dem Magier auf ihn. Man hörte den eiskalten Wind über das Dach der Holzhütte rauschen. Erste Schneeflocken schlugen heute ab und zu gegen die Fensterscheiben und tauten auf. Im Kamin knisterte das Feuer und so starrten sie eine ganze Weile in das helle Leuchten der Flammen, bis nach einer halben Stunde Herodil mit zwei weiteren Männern zurück in Heroffads Haus kam. Diese trugen bereits mit Proviant gefüllte Taschen und ihre Waffen bei sich.

„Dies sind Dragomir und Linhart. Zwei der besten Krieger unseres Volkes", erzählte Herodil.

Dragomir war hochgewachsen und sah kräftig aus. Er hatte einen Bart und blickte ruhig in die Runde. Linhart war etwas kleiner als er, sah Dragomir aber sehr ähnlich. Lediglich ihre Haare unterschieden sie auf sehr markante Weise. Dragomir hatte lockiges braunes Haar, während Linhart schwarze Haare hatte. Vermutlich waren sie Brüder.

Einer wie der andere waren sie im Dorf aufgewachsen und hatten immer viel Abenteuerlust und Kraft an den Tag gelegt. Stundenlanges Herumstreunen in den Bergen gehörte schon seit ihrer Kindheit zu ihren liebsten Beschäftigungen. Beide trugen dicke Pelzmäntel und einen Ledergürtel mit einem Schwert und einem Dolch daran.

Die Schwerter schienen ebenso Geschwister zu sein. Jedes sah aus wie das jeweils andere. Ein geschwungener Griff, in den ein paar Zeichen eingraviert waren, lugte unter jedem der Pelzmäntel hervor. Die Klinge war geschützt von einer robusten Lederhülle.

Dragomir hatte sich an den Tisch gesetzt und noch einmal nach dem Fleisch gegriffen, welches Heroffad von seiner letzten Speise hatte stehen lassen. Beherzt griff er zu und trennte ein Stück mit seinem Dolch ab. Dieser war ebenso wie die Schwerter verziert. Die Klinge war leicht gebogen und lief zu einer feinen dünnen Spitze zu. Der Dolch war fast eine Hand breit und schien aus sehr robustem Eisen zu bestehen.

„Gut. Sehr gut", meinte Heroffad. „Damit sind wir acht. – Das sollte reichen. Wir dürfen auch nicht zu viele sein, sonst besteht die Gefahr, dass man uns zu schnell aufspürt." Kurz ließ er seinen Blick durch die Runde schweifen. „Ihr ahnt sicher schon, was unser Ziel ist. Wir werden Verstärkung im Osten suchen. Horngart wird unser größtes Ziel sein", führte Heroffad aus. „Wir müssen auf die Hilfe von ganz Norskom setzen."

Er stemmte die Hände in die Hüften und wartete darauf, dass sie die Hütte verließen. Niemand schien Lust darauf zu haben, einfach so zu gehen. Sie wollten diese schöne warme Hütte nicht verlassen, wo doch dort draußen dieser grässliche Schneesturm wütete oder zumindest in absehbarer Nähe wüten würde.

„Wollen wir Grendowild wirklich einfach so zurücklassen?", fragte Dragomir kauend. „Wir können ihn doch nicht einfach so aus der Sache ausschließen."

Heroffad schüttelte den Kopf. „Ich denke, es ist besser, wenn er hierbleibt. Wir wissen nicht, was uns erwartet. Und falls uns irgendetwas zustößt, so ist es besser, wenn wenigstens einer von uns noch dieses Dorf anführen kann." Betrübt starrte er in den Kamin und überlegte. „Da draußen scheint irgendetwas im Gange zu sein. Und ich will nicht wissen, was das ist. Doch wir werden es erfahren müssen, um dem entgegenzuwirken. Ich will Grendowild da nicht mit hineinziehen." Mit besorgter Miene blickte er in die lodernden Flammen und wartete auf weitere Worte.

Schweigend warteten sie einige Minuten. Irgendwann hatte Dragomir dann schließlich das Stück Fleisch aufgegessen und Heroffad öffnete die Tür. „Wir sollten losgehen. Wir können uns dieses ewige Warten nicht leisten."

Sie liefen hinüber zum Lagerhaus und packten einige letzte Dinge ein, die sie für die Reise benötigen würden. Brot und Wasser waren das Wichtigste.

„Wozu benötigst du unbedingt diesen alten Stab?“, fragte Dragomir Heroffad, der einige Minuten brauchte, um danach zu suchen.

„Lass den alten Mann doch, er kann mit Sicherheit einfach nicht mehr so gut laufen“, lachte Adelgar, der es sich auf einem Holzstumpf bequem gemacht hatte und sein Schwert polierte.

„Und uns dann auf eine Reise schicken wollen“, grinste Dragomir zurück.

„Ruhe!“, fauchte Heroffad wütend. „Alle beide!“ Verbittert und konzentriert ließ er erneut seinen Blick durch den Raum wandern. „Irgendwo hier muss er sein.“ Grübelnd kratzte er sich am Kopf.

„Vergesslich ist er auch schon“, grinste Finn. Ein böses Funkeln des Magiers ließ seine Miene jedoch sofort gefrieren.

„Das war einer zu viel“, flüsterte Tim hörbar laut.

„Und wozu …“, setzte Dragomir an, zu fragen.

Heroffad unterbrach ihn schnell, als er plötzlich nach etwas griff. „Magier sind mächtig. Aber Magie kann man nur begrenzt kontrollieren. Die wahre Macht und Kontrolle entfalten sich erst, wenn man sie fokussieren kann.“ Vorsichtig pustete er den Staub von einem Holzstab. „Es gibt bestimmte Gegenstände, die dazu in der Lage sind, Magie zu verstärken und zu bündeln. Das spart einem Magier seine Kraft und Konzentration, die ich bei euch sowieso schon fast verliere.“ Glücklich wischte er den letzten Dreck von dem krummen Holz und stütze sich wartend auf das Utensil. „Wegen mir kann es losgehen.“

„*Du* trödelst hier seit Stunden rum“, stöhnte Herodil und öffnete die Tür. Sofort strömte unangenehm kalter Wind hinein, der sie allesamt frösteln ließ.

„Eine beschissene Idee ist das, sag ich euch“, klagte Adelgar stöhnend und stand von seinem Sitzplatz auf, während er sein Schwert surrend in die Hülle gleiten ließ.

Auch wenn keiner so wirklich dazu bereit war, brachen sie noch am selben Tag auf. Es war erwartet stürmisch draußen und durch die tiefen Täler wehte der Wind so stark, dass man sich kaum auf den Beinen halten konnte. Deshalb nahmen sie den Weg über den höher gelegenen Bergkamm.

Der eisige Wind trug Schnee von den Bergkuppen ab und wirbelte ihn durch die Gesteinsspalten. Tief im Gebirge wurde es immer kälter. Es war wirklich die falsche Jahreszeit für diese Reise, aber die Zeit drängte und so blieb ihnen nichts anderes übrig, als im kalten beginnenden Winter durch das Gebirge zu laufen.

Sie kletterten auf einen Gipfel, der einige Meilen von ihrem Dorf entfernt lag. Noch so nah, dass man die Holzhütten erkennen konnte, aber doch so fern, dass man Häuser und Menschen kaum voneinander hätte unterscheiden können.

Das helle Tageslicht breitete sich über dem gesamten Gebirge aus, das noch in einem hellen Grün erstrahlte. Nur vereinzelt lag bereits Schnee in dem Tal unter ihrem Dorf, im Gegensatz dazu war im Großen und Ganzen vor allem der Herbst zu sehen. Kahle Bäume und nasses Gras überall. Im Hintergrund lag das Dorf, welches sie vor wenigen Stunden verlassen hatten. Der Rauch, der aus den Schornsteinen stieg, war deutlich erkennbar und waberte wie eine dünne Nebelwolke über den Häusern.

Es fiel ihnen schwer, ihrer Heimat unter solchen Umständen den Rücken zuzukehren, allerdings hatten sie einen Auftrag. Sie hatten Dinge gesehen und überlebt, über die es zu berichten galt. Sie konnten nicht wegen Wehleidigkeit diese grundlegende Verpflichtung gegenüber ihrer Heimat vergessen und auf der faulen Haut liegen, um zu warten.

Hier sollte es irgendwo einen Pfad geben, der hinauf auf den Berg führte. Doch dieser war völlig von Schnee verhüllt, sodass sie sich einen neuen Weg suchen mussten.

Viele Stunden irrten sie so halb blind durch die endlosen Täler, bis sie endlich einen passierbaren Weg hinauf auf die hohen Berge fanden. Bald taumelnd vor Kälte kämpften sie gegen den eisigen Wind, der ihnen entgegenwehte. Sie blickten in unendliche Weiten und über zahlreiche Gipfel hinweg. Dies war die gigantische erschlagende Größe des Reiches Norskom, des Reiches in den Bergen, das sie beschützen würde und mit dessen Kraft sie alles Böse vertreiben konnten.

Völlig von seiner Aktion überzeugt, lief Heroffad mit großen Schritten vorweg und wies der Gruppe einen Weg über die kalten Felsen. Wohin sie liefen und woran sich Heroffad orientierte, wussten sie nicht so genau. Er schien ein klares Ziel vor Augen zu haben und so trotteten sie allesamt eher willenlos hinter dem Magier her.

Keiner sprach ein Wort. Keiner rebellierte. Keiner klagte. Aber alle litten unter der Kälte und den unerträglichen Winden. Kurz zog Regen an ihnen vorüber und peitschte ihnen eisiges Wasser ins Gesicht. Dann legte sich der Wind, nur um wenige Minuten später wieder tausendmal stärker zuzuschlagen und sie zum Abstieg in ein Tal zu zwingen, um nicht vollends von den Bergen zu stürzen.

Sie gelangten so zu einer Felsspalte, durch die sie sich nun hindurchzwängten. Die Taschen mit dem Proviant und all den anderen Sachen zogen sie hinter sich her. Mühevoll schoben sie sich Stück für Stück durch die Spalte, eingequetscht zwischen den eng aneinander liegenden Felsen.

Kaum hatten sie die engste Stelle passiert, erreichten sie eine Höhle. Von oben schien etwas Licht hinein, da sich ein großer Riss durch die Höhlendecke zog. Schnee rieselte hinab und schmolz, nachdem er den Boden der mild warmen Höhle berührte.

Es war wirklich deutlich wärmer hier drinnen als draußen, mal davon abgesehen, dass es hier windstill war. Am anderen Ende der Höhle begann ein Gang, der tiefer in den Berg hineinführte. Langsam gingen sie durch die Höhle und traten an den Gang heran. Tief in den Berg konnte man hineinsehen.

Heroffad klopfte mit seinem Stock gegen das Gestein, sodass das Geräusch durch den Gang schallte. Nachdenklich sah er sich in der Höhle um, während die Geräusche weiter in dem dunklen Gang nachhallten.

„Dies ist keine normale Höhle“, meinte er, „dieser Pfad und diese Halle – die sind Teil eines großen Höhlensystems unter dem Gebirge. – Kennt ihr die alten Legenden?“ Fragend blickte er in die Runde. „Einst zog ein Herr mit seinem Gefolge durch die Täler des Königreiches Norskom, das Königreich, das auch heute noch existiert und den Großteil des Wetterfestgebirges umschließt. Er zog mit seinen Begleitern von der Königsstadt gen Westen und traf dabei auf eine Felsgrotte, gefüllt mit Gold und Edelsteinen. Lange Adern teuren Goldes zogen sich von dort aus durch das Gestein und ließen so eine Stadt in den Bergen entstehen, die sich Meilen durch das Gebirge zog. Unter der tiefen Felsdecke schlummerten die größten Schätze und die Stadt der Glücklichen, Golvileg, wurde reicher und reicher. Doch schon bald hatte man die gigantischen Vorkommen unter den Bergen ausgeschürft. Man verließ die Stadt. Und alles, was man nicht für kostbar hielt, wurde zurückgelassen.“ Heroffad wandte sich dem Gang zu. „Hier unter uns liegt die Stadt der Berge.“

Langsam traten die Anderen näher heran und blickten ebenso durch den Gang. Dort unten lag also eine verlassene, riesige Stadt. Umschlossen von Millionen Tonnen an Gestein und Geröll. Wie lange hatte wohl niemand mehr diesen Ort betreten?

„Doch“, redete Heroffad weiter, „in der verlassenen Stadt ist man trotz allem nicht allein. Tief in den Bergen halten sich Wesen versteckt, die diese Dunkelheit genießen und davon leben, sich einsamer Seelen zu bedienen, die sich nicht von der Stadt unter den Bergen fernzuhalten wissen. – Wenn wir uns dort hineinbegeben, müssen wir auf der Hut sein!“ Heroffad brachte die Spitze seines Wanderstabes zum Leuchten und wandte sich erneut an seine Begleiter. „Uns wird aber wohl kaum ein kürzerer Weg begegnen“, fügte er mit besorgter tiefer Stimme an.

Erneut drehte er sich zu dem Gang und ging hinein. Die Übrigen folgten ihm und sie durchquerten den Eingang der Stadt Golvileg, der Stadt unter den Bergen. Das sanfte Licht, das aus Heroffads Stab heraus glühte, zog sich wie eine Blase durch den Gang. Nur wenige Meter vor und hinter ihnen waren erleuchtet. Praktisch blind liefen sie so durch den Gang. Umhüllt von absoluter Dunkelheit und undurchdringlichen Gesteinsmassen.

Schon nach kurzer Zeit erreichten sie eine riesige Halle. Durch das sanfte Licht konnte man Silhouetten von in den Stein geschlagenen Säulen und Gebäuden erkennen. Sie befanden sich auf einem breiten Felsvorsprung, von dem mehrere Rampen tief in die Höhlen führten. Unter ihnen lag ein tiefer Schacht, an dessen Rand kranähnliche Konstrukte zu erkennen waren. Gegenüber davon lag ein großer Platz, über dem sich die Kuppel aus Gestein erstreckte und dieses Gebilde wie einen Dom wirken ließ.

Dicke Säulen aus Fels trugen die Kuppel und verliefen in einem großen Kreis hinauf zur Spitze des Konstruktes. In einem einzigen Punkt liefen sie zusammen, an dem eine Eisenkette aus der Höhlendecke ragte. Vermutlich hatte dort einst irgendetwas gehangen. Vielleicht ja eine riesige Lampe, die hier einmal Licht gespendet hatte, damit man sich in den dunklen Höhlen nicht verirrte, so wie es ihnen drohen würde, wenn es überall so dunkel war.

Viel mehr als die Kuppel und die Ebene konnte man noch nicht erkennen.

Sie liefen eine der Rampen hinab und befanden sich nun direkt vor der tiefen Schlucht, die sie nach wie vor von der Ebene trennte. Hier standen mehrere Wohnhäuser, die praktisch leer waren. Sie fanden lediglich drei Fackeln, die sie versuchten, zu entzünden. Doch anscheinend waren sie mit der Zeit zu feucht geworden und das Öl in den Tüchern war wohl schon ausgebrannt. Zunächst musste das Licht aus Heroffads Stab also ausreichen.

In den Höhlen war es warm, obwohl ein eiskalter Wind über die Berge fuhr und somit auch eigentlich die Luft in den Höhlen auskühlen musste. Doch unten in der Höhle schien ein leichtes Flimmern zu sein, dessen Ursprung sie nicht erkennen konnten.

Sie bahnten sich langsam einen Weg durch einen der Seitengänge, die am Rande des Schachts in einem langen Ring hinunterführten. Durch Pfeiler vom Abgrund getrennt, gingen sie diese lange Spirale hinab und waren nach einiger Zeit am Grunde der Anlage angekommen.

Nun erkannten sie, dass das leichte Flimmern durch einen kleinen See aus flüssigem Gestein zustande kam, der auch hier noch eine Ebene unter ihnen lag. Sie suchten nach einem Aufgang, der sie hoch zu der Ebene führen würde, die nun direkt über ihnen lag.

Sie erreichten eine der Stellen, von der aus einst Kräne tonnenweise die Erze hinauf zu den Schmelzöfen befördert hatten. Von hier führte ein langes System aus Loren in den Berg hinein. Neben ihnen sahen sie viele kleine Löcher in den Felsen. An den Stellen hatte man versucht, tiefer in den Stein vorzudringen, hatte dann aber schließlich nichts mehr gefunden – außer heißem Wasser.

Man konnte am Ende der Höhle das Loch erkennen, aus dem das Wasser sprudelte. Es füllte die halbe Höhle und kühlte sich nach vorne hin immer weiter ab. Teils verdampfte es aber zuvor und stieg in einer Nebelwolke den Schacht hinauf.

An den Rändern des Sees hatten sich kristallartige Strukturen gebildet. Dem Geruch zu urteilen, waren es Salzkristalle. Wabenförmige Kessel bildeten sich dort, in denen das Wasser stand und teilweise sprudelte, da das Gestein darunter sehr warm war.

In wunderschönen Farben glänzten die Kristalle in der Höhle. Helles Blau oder Weiß zog sich so über den Boden. Hier und da bildeten sich Blasen auf dem kochend heißen Wasser und platzen nach kurzer Zeit auf. Es schien unvorstellbar viel Salz in dem Wasser zu sein. Wie eine dünne Kruste zog es sich über die gesamte Oberfläche des Wassers und hielt so die Blasen der kochenden Flüssigkeit in Form.

Die Hitze, die von hier aus durch die Nebelwolken in der ganzen Höhle verteilt wurde, war so extrem, dass man es kaum eine Minute aushalten konnte. Schnell begannen die acht Männer, sich einen anderen Weg zu suchen. Sie folgten der Felswand tiefer hinab in den Stollen und fanden eine weitere große Halle, voll mit verworrenen Treppen, die in alle Richtungen durch das Gestein verliefen und auch quer durch den Raum schnitten. Treppen und Brücken führten von Ebene zu Ebene und von Tor zu Tor.

Heroffad ließ eine Feuerwelle durch den Raum fliegen, die alle Fackeln entzündete. Augenblicklich erstrahlte das Gestein der Halle rötlich glänzend im hellen Licht von vielen Dutzend Flammen.

Sie traten weiter in den Raum hinein und konnten am anderen Ende ein großes Tor mit einer Treppe erkennen. Dort mussten sie hingelangen. Unter ihnen lagen die tiefen Gruben, in denen man teilweise noch Werkzeuge erkennen konnte. Sie hofften, nicht so weit nach unten laufen zu müssen, da in den Tiefen Golvilegs wahrscheinlich eine ganze Horde wilder Kreaturen lauerte. Insofern war es nicht sehr klug gewesen, alle Fackeln zu entzünden, da diese mit Sicherheit einige dieser Wesen anlocken würden.

Sie mussten möglichst schnell einen möglichst kurzen Weg finden, um auf die andere Seite der Höhle zu gelangen, zu der Plattform hinauf zu steigen und von dort aus dann den weiteren Weg zu suchen. Sie versuchten, von hier einen Weg hinüber erkennen zu können, doch die vielen Pfade waren viel zu verworren. Deshalb gingen sie eine der Treppen so weit hinab, bis diese auf eine Brücke traf, die zur anderen Seite des Raumes führte. Dort war ein kleiner Raum, in dem eine leere Kiste stand. Anscheinend hatte man hier entweder die Werkzeuge oder das Gold gelagert.

Von hier aus konnte man eine Treppe erkennen, die zur Plattform beim Ausgang des Raumes führte. Sie suchten die Stelle, von der aus diese Treppe begann, und mussten feststellen, dass sie tief in den Abgrund führte. Man konnte den Ansatz einer Brücke erkennen, die wohl einst durch den Raum geführt hatte, jedoch ragten ihnen nur noch einige Meter des Steinkonstrukts entgegen, der Rest war abgebrochen.

An der Treppe darunter konnte man Stellen erkennen, an denen die Trümmer wohl angestoßen waren, als sie in den Abgrund stürzten. Kratzer, Dellen und Risse zogen sich durch die Stufen. Doch darum mussten sie sich erst später Sorgen machen. Zunächst mussten sie zu der Treppe gelangen und deshalb tiefer in die Höhlen vordringen.

Sie liefen Treppe um Treppe hinab und blickten immer wieder in die Richtung der Stufen, die sie danach erklimmen wollten, um nicht ihr Ziel aus den Augen zu verlieren.

Zum Grund der Höhle hin wurde es immer dunkler, da die Anzahl der Fackeln immer weiter abnahm. Einige brannten schlicht nicht mehr. Es wurde wärmer und feuchter um sie herum. Von den Wänden tropfte das salzige Wasser, das an einigen Stellen aus der Wand trat und hinablief. Scharfe Kristalle überzogen an vielen Stellen die Wände. So ging das rötliche Gestein nach und nach in eine weiße bis graue Kristallwand über.

Es war ein schauriger Anblick, wie das Gestein nach und nach von der salzigen Kruste verschluckt wurde. Gleichzeitig sah man hier und dort die Farbe der Felsen durch die dünne Schicht hindurchschimmern, sodass es aussah, als würden sich unzählige Blutspritzer über die Wand verteilen. Ja, es wirkte fast so, als solle sie dieses Schauspiel davor warnen, in die dunkelsten Tiefen Golvilegs vorzustoßen. Es schien sie mahnen zu wollen und ihnen den sicheren Tod vorherzusagen. Aber ihnen blieb nichts anderes übrig. Sie mussten weiterlaufen und sich in die Unsicherheit hineinstürzen.

Sie passierten die letzte Fackel, die noch über dem Abgrund Licht spendete. Von hier aus wurde es schnell dunkler, doch die Treppen reichten noch ein paar Meter tiefer in die Dunkelheit. Geräusche waren zu hören. Heroffad brachte seinen Stab erneut zum Leuchten und sie gingen weiter hinab.

Nach wenigen Minuten hatten sie den Grund erreicht. Man konnte von hier noch das Licht der Fackeln sehen. Der Felsboden war feucht und an einigen Stellen hatten sich winzige Pfützen gebildet. Unangenehme Hitze stieg in dem Gestein empor, aber zum Glück hatten sie allesamt dicke Stiefel an, sodass sie die Wärme kaum spürten.

Irgendwo hier musste der Anfang der anderen Treppe zu finden sein.

Erneut plätscherte es irgendwo in der Höhle, als würde sich irgendetwas um sie herumbewegen und durch die Pfützen laufen. Ein Rascheln war zu hören und schließlich das leise Surren von Dragomirs Klinge, die er langsam in die Hand nahm und in Lauerstellung verweilte. Linhart und die Übrigen taten es ihm gleich.

Vorsichtig liefen sie durch die Höhle und suchten nach der Treppe. Rücken an Rücken durchkämmten sie die Dunkelheit und hielten Ausschau nach irgendwelchen Kreaturen. Und tatsächlich! Da schlich etwas um sie herum. Erst nahmen sie nur die leisen Schritte wahr. Dann erkannte man schemenhafte Konturen. Zähne und Augen blitzten in der Ferne auf, nur kurz bevor sie von allen Seiten ein gefährliches Knurren umgab und sie erahnen ließ, in was für eine Situation sie sich selbst befördert hatten.

* * *

Noch immer wanderte Ephnies durch die Gänge seiner Festung. Doch inzwischen war er auf dem Weg zurück in den Hauptsaal. Das heiße Feuer Unterwelts hatte die gesamte Festung aufgewärmt. In jedem Raum war es nun gut auszuhalten.

Mit stetem Schritt näherte er sich dem Saal und stieß die großen Holztüren auf. Er trat von hinten in den Raum hinein und setzte sich auf seinen großen Stuhl, der einsam im hinteren Drittel stand. Er legte die Arme auf die Lehnen und grübelte, obwohl ihm der Schädel ein wenig dröhnte, durch den Lärm, der von überall hervordrang.

„Thorgk!", brüllte er plötzlich wütend laut mit seiner tiefen kratzigen Stimme durch die Gänge. Nur wenige Sekunden später erschien einer seiner Vasallen im Raum. Ebenso eine der seltsamen Kreaturen.

Er hatte alle diese Wesen in Unterwelt erschaffen und es durch einen glücklichen Zufall geschafft, sie allesamt hierherzubringen. Eine riesige Armee, die er beliebig vergrößern konnte. Er hatte diese Wesen selbst kreiert. Bisher hatten sie ihm immer gute Dienste geleistet. Das sollte auch jetzt so weitergeführt werden.

Langsam trat das Wesen weiter in den Raum hinein und näherte sich seinem Herrn. „Jawohl, mein Herr, hier bin ich", gab Thorgk mit seiner befremdlich menschlichen Stimme zum Besten.

Ephnies erhob sich und trat einige Schritte näher an Thorgk heran.

„Erinnerst du dich noch an die Menschen?“, fragte er.

„Jawohl, mein Gebieter.“

„Weißt du noch, in welche Richtung ich die Werwölfe geschickt habe?“, fragte er weiter.

„Natürlich“, nickte Thorgk.

„Gut. – Dann suche dir eine Gruppe Krieger und vernichte das Dorf. – Bring die Übrigen hierher und führe sie mir vor“, befahl Ephnies schließlich. Thorgk verbeugte sich und nickte. Schließlich drehte er sich um und verließ den Raum, um sich in den unteren Teil der Festung zu begeben. Dort warteten unzählige Krieger auf ihren Einsatz.

Er durchkämmte die Gewölbe, bis er schließlich vor einer großen Tür stand, hinter der eine der am besten entwickelten Generationen hauste. Es waren die letzten erschaffenen Kreaturen, die Ephnies dem Heer angefügt hatte. Sie waren am unbeschreiblich stark und die reinsten Tötungsmaschinen.

Thorgk öffnete mit einem kräftigen Ruck das Tor und trat in den Raum. Mit wenigen Zeichen gab er der Gruppe zu verstehen, dass sie sich fortbegeben würden. Sie packten ihre Waffen mit festem Griff und traten durch die Tür hinaus in den Gang. Gut vierzig oder fünfzig Krieger folgten nun Thorgks Befehlen. Er führte sie eine Rampe hinauf zum Vorplatz, der zwischen dem Mauerring und dem Turm lag.

Sie marschierten über einen Schotterweg dem großen Haupttor entgegen, während Ephnies von oben ihre Schritte beobachtete. Wie besessen, blickte er vom Turm hinab über die Ebene und lauschte dem rhythmischen Klang der marschierenden Krieger.

Rund um die ehemalige Lichtung der Stadt Trattoria hatte man schon viele Bäume gefällt, um sie für die Waffenproduktion zu nutzen. Die Erde war tief braun, fast schwarz.

Das große Tor öffnete sich einige Meter und Thorgks Truppe trat auf die Ebene hinaus. Kaum hatte der Letzte von ihnen das Tor passiert, schloss es sich schon wieder. Vor ihnen lag nun ein weiter Marsch hoch ins Gebirge zu einem kleinen Dorf. Mit gleichmäßigem Tempo liefen sie nach Norden. Das war die Richtung, in die immer wieder Karren von der Lichtung fortrollten, die mit Holz und Stein beladen waren.

Man hatte begonnen, eine riesige Mauer im Norden zu errichten, die sie vor einem Angriff aus dem Gebirge schützen würde. Später sollte sie rings um den nördlichen Teil des Waldes erweitert werden, damit man in alle Richtungen gut geschützt war. Es sollte ein Bollwerk ohnegleichen werden. Eine Demonstration der puren Macht, die Ephnies zu spüren glaubte. Die Macht, die nur ihm zustand und sonst keinem anderen in dieser Welt.

Nach wie vor verweilte Ephnies auf einem der Balkone und blickte dem Tross hinterher. Erst als dieser die Lichtung verließ und im Wald verschwand, trat er zurück in den Turm und begann erneut, durch die Gänge zu wandeln.

Der Himmel wurde immer dunkler. Die dicke Wolke über der Festung wurde immer größer und dichter. Sie sollte bald einen Weg zwischen dem Wald und Unterwelt bilden, den jeder passieren konnte. Vereinzelt entluden sich bereits Blitze in der Wolke, doch deren Energie reichte noch nicht aus, um das Portal zu öffnen. Die Wolke musste weiterhin wachsen und wurde deshalb aus dem Leid verschiedenster Wesen genährt.

Auch deswegen wollte Ephnies das Dorf in den Bergen auslöschen und die Gefangenen hierherbringen. Er wollte jeglichen Schmerz aus ihnen herausziehen. Zugleich wurde der Wald immer weiter gerodet. Hier und da stieß man auf ein verstecktes einsames Haus oder gar ein kleines Dorf, wobei das eher selten geschah. Man fesselte die Leute und brannte ihre Häuser ab. Dann schleppte man sie in die Festung und sog dort das letzte bisschen Angst und Leid aus ihnen heraus, bevor man sie tötete.

Ephnies schritt die lange Treppe zu den Eisenschmelzen hinab. Dort herrschte wildes Treiben. Auf einer Seite trug man die geschlagenen Bäume herein, auf der anderen das Eisenerz, das man aus allen möglichen Ecken zusammensammelte.

Aus dem ehemaligen Berge Grodh war einiges an Erzen abgefallen. Die Trümmer der Stadt Trattoria hatte man geplündert. Auch aus Unterwelt hatte man noch einige Rohstoffe mitnehmen können. Nun grub man sich auch hier tiefer in den roten Fels.

Man hatte bereits einen großen Ofen errichtet, aus dem nach dem nötigen Vorheizen nun das flüssige Eisen in die Formen für die Waffen floss.

Gerade verschloss man den riesigen Trog wieder und begann, darauf zu warten, dass sich das Metall abkühlte und man die Werkzeuge und Waffen aus ihren Formen heben konnte.

Währenddessen setzten sie den Bau der Mauer im Norden fort. Bereits in kurzer Zeit würde dieser mächtige Wall jegliche Angriffe aus dem Gebirge verhindern.

* * *

Bald mussten sie die Treppe erreicht haben. Doch nach wie vor huschten zahlreiche Schatten um sie herum und es plätscherte in den Pfützen. Keiner von ihnen wusste, was sich dort um sie herumbewegte und jede ihrer Regungen beobachtete. Und noch weniger wussten sie, ob oder eher wann es sie angreifen und in der Luft zerreißen würde. Vorsichtig gingen die Männer Schritt für Schritt weiter durch die Dunkelheit und ins Ungewisse.

Sie konnten in wenigen Metern Entfernung bereits die Umrisse einer Treppe erahnen. Bald konnten sie wieder nach oben steigen und dann den anderen Ausgang suchen. Und dann erklang wieder ein markerschütterndes Knurren. Noch viel näher als zuvor.

Das Wesen kam näher. Langsam löste es sich aus dem dunklen Raum heraus und lief in einem immer enger werdenden Kreis um sie herum. Ein zweites Wesen tauchte auf. Ein drittes. Bisher konnte man nur Schatten erkennen, aber langsam schälten sich klarere Konturen und Formen aus der Dunkelheit. Es schienen irgendwelche wolfsähnlichen Kreaturen zu sein, zumindest verhielten sie sich so.

Die düsteren Gestalten wandelten hin und her und umkreisten die Männer blutdürstig. Angespannt beobachteten sie die weiß glänzenden Zähne, im Glanz der fernen Fackeln bedrohlich rot schimmernden Augen und gierig schnüffelnden Schnauzen der Tiere. Sie wirkten ausgehungert und dementsprechend umso aggressiver.

Mit wachsamem Blick auf den Bestien hob Dragomir sein Schwert in die Höhe und schwang es bedrohlich auf und ab, um die angriffslustigen Kreaturen auf Distanz zu halten. Vielleicht ließen sie sich ja vertreiben, ohne sich großartig verteidigen zu müssen. Aber die Welt belehrte ihn schnell des Gegenteils.

Unvermittelt sprang eines der Wesen auf die Gruppe zu. Sie wichen aus und das Vieh rollte über den Boden. Sofort hatte es sich wieder aufgerichtet, schüttelte den Staub aus seinem tief schwarzen Fell und näherte sich erneut. Augenblicklich sprang das Tier erneut mitten in die Gruppe hinein und erhielt eine heftige Schnittwunde durch Dragomirs Schwert. Die beiden anderen Bestien lauerten unterdessen noch in der Dunkelheit.

Die Gruppe setzte sich in Bewegung und näherte sich langsam der Treppe, während ihnen die fremdartigen Kreaturen folgten. Das verletzte Monster kam erneut angerannt und stürzte sich auf die Menschen. Einer von ihnen stieß ihm das Schwert in den Rücken und das Tierwesen sank zu Boden. Die beiden anderen hielten immer noch sicheren Abstand und begannen erst nach einer Weile der Stille, sich der Gruppe zu nähern.

Nur noch wenige Meter trennten sie von der Treppe, da sprangen die beiden Viecher gleichzeitig auf sie zu. Jedes nahm einen von ihnen in den Fokus. Doch noch bevor sie die Gruppe wirklich erreicht hatten, waren sie anscheinend schon so eingeschüchtert, dass sie abdrehten. Kurz entschlossen kamen sie dann noch einmal zurückgerannt, während die Gruppe die ersten Stufen hinaufstieg. Eines der Wesen wurde niedergestochen, das andere verkroch sich. Sofort war es wieder in der unendlichen Dunkelheit verschwunden und schien nie wieder auftauchen zu wollen.

Schnell liefen die unter höchster Anspannung stehenden Männer die Treppe bis zum Licht hinauf. Hier war eine kleine Zwischenebene, auf der die Trümmer der zerborstenen Brücke lagen. Knirschende Geräusche waren zu hören. Irgendwas verfolgte sie. Heroffad gab ihnen ein Zeichen mit seinem Stab, mit dem er sie dazu aufforderte, weiter zu gehen. Schnell rannten sie die Treppen hinauf und folgten den Fackeln. Nach wie vor verfolgte sie dieses knirschende Geräusch. Dann überholte es sie.

Nur wenige Sekunden später tauchte auf einmal eine riesige Kreatur vor ihnen auf. Auf ihren hinteren sechs Beinen stehend, streckte sie ihnen zwei ihrer Beine entgegen, starrte sie berechnend an und wartete darauf, sie anzugreifen. Ein Skorpion musste das sein.

Heroffad, der als Erster die Treppe hochlief, machte seine Arme breit und versperrte den anderen so den Weg. Dann trat er wenige Schritte vor und rammte seinen Stab auf den Boden. Der Staub, der vor ihm auf den Stufen lag, wurde weggeschleudert, da eine Druckwelle durch das Gestein und die Luft fegte. Das Licht der Fackeln flackerte und Risse bildeten sich in der Brücke und das riesige Tier sprang auf. Es stand bald wieder fest auf den Stufen, doch diese begannen zu bröckeln. Erneut ließ Heroffad eine Druckwelle durch das Gestein fahren und die Stufen gaben nach. An einigen Stellen brachen Steine nach unten und der Skorpion rutschte mit einigen Beinen in die Tiefe. Als das Tier nur noch mit vier Beinen Halt finden konnte, rutschte es aus und knallte mit dem Körper auf den Boden, der sofort nachgab und es in die Tiefe stürzen ließ.

Sie verfolgten mit ihren Augen die Spur der Kreatur in die Tiefe, um sicherzugehen, dass sie nicht wieder auftauchte. Sie stieß mehrmals gegen die Höhlenwand und gegen die Treppen. Risse und Löcher wurden vor allem in die Stufen geschlagen und kleine Steine bröckelten hinter dem Tier in die Tiefe. Erst nach ein paar Sekunden endete das rieselnde Geräusch der Steine und ein lauter Knall war zu hören.

„Los beeilt euch“, rief Heroffad seinen Nachfolgern zu, „je länger wir zögern desto mehr dieser Kreaturen werden uns einholen!“ Mit einem erstaunlich leichtfüßigen Sprung war der alte Magier über den entstandenen Abgrund hinweggesprungen und winkte die anderen zu sich herüber.

Ohne groß zu zögern, folgten Adelgar, Ambros und all ihre Begleiter aus dem Bergdorf. Dann war Finn an der Reihe. Mit einem kraftvollen Satz beförderte er sich in die Luft, hatte die Entfernung aber völlig falsch eingeschätzt, sodass er unglücklich am Rand der gegenüberliegenden Seite ausrutschte und unkontrolliert in die Tiefe glitt.

Nur knapp konnte Dragomir noch seinen Arm packen und zog ihn mit einem kräftigen Ruck hinauf. „Aufpassen“, brummte er mit seiner tiefen Stimme, „wir brauchen dich noch.“

Dankbar nickte Finn und entfernte sich schnell ein paar Schritte vom Abgrund. Erst kurz darauf blickte er Dragomir verwundert an. „Was heißt hier *noch*?“ Sein Gegenüber schmunzelte lediglich und beobachtete kritisch, wie auch Tim eher ungelenk, aber dafür weit genug über das Loch sprang.

Es blieb trotzdem keine weitere Zeit zum Erholen mehr. „Los weiter!“, rief Heroffad schon wieder und eilte weiter die Treppe hinauf.

Schon nach kurzer Zeit hatten sie den obersten Teil des Weges erreicht und konnten bereits die große Treppe sehen, die von dem Raum aus weiter nach oben zu der Ebene auf der anderen Seite des Abgrunds führen musste.

Kaum hatten sie die große Treppe erreicht, ließ Heroffad einen Wind durch den Raum fegen, der alle Fackeln zum Erlöschen brachte. Lediglich eine leuchtete noch neben der Treppe. Sie ergriffen diese und liefen weiter nach oben.

In einem großen Bogen führte die Treppe zu der Ebene. Sie traten aus einem Tor am Rande der großen Steinfläche und liefen weiter in die Mitte. Von hier aus konnten sie den Eingang sehen, durch den sie zuvor gekommen waren.

Dann sahen sie sich in der anderen Richtung um. Leere Häuser aus dunklem Gestein standen hier. Alle verlassen. Nur wenige Gegenstände lagen in den verwaisten Räumen. Sie durchkämmten die Gebäude im Vorübergehen verwundert mit ihren Blicken und näherten sich so der großen Felswand am anderen Ende des Raumes. Die Gebilde zeugten von einer vergangenen Zivilisation. Sie waren die Überreste einer Ära, die ihre Heimat über viele Jahrzehnte geprägt hatte. Der Ursprung allen Reichtums. Der Quell der Größe Norskoms.

Umso schockierter waren sie von dem entsetzlichen Anblick der Ruinen. Sie schienen eine Warnung herausschreien zu wollen und unter dem mürben Schutt zu ersticken, der hier Zeuge des Niedergangs war. Was würde von ihnen bleiben, wenn sie ihre Reise meisterten? Würde auch von ihnen nicht mehr in dieser Welt verbleiben als Staub und Trümmer?

Und noch viel grausamer wirkte der Gedanke, auf diesem Weg zu versagen. Wie würde er sich anfühlen – der Tod? Wäre er schnell und leise? Oder würde er sie kreischend zermahlen, wie es die bröckelnden Felsen in wenigen Jahren mit den Gebilden in der Tiefe vorzuhaben schienen?

Schaudernd wandten sie ihre Blicke von den Behausungen ab und blickten der hohen Felswand am Ende der Halle entgegen. Hier hatte man prunkvolle Verzierungen in den Stein geschlagen. Riesige Säulen stützen die Höhlendecke ab.

Ornamente von feinster Ausführung umspannten die Säulen. Pflanzen, Tiere und Gold waren darauf abgebildet. Es schien die Geschichte Golvilegs zu sein, die hier erzählt wurde. Krieger und Schwerter, Schmiede und Gold, alles war darauf verewigt.

Die Decke wurde von zwei großen in den Stein geschlagenen Händen gehalten, zwischen denen eine steinerne Krone mit einem funkelnden goldenen Stein in der Mitte ruhte.

Ein großes Tor führte in einen weiteren Raum. Als sie diesen betraten, kamen ihnen einige Fledermäuse entgegen und verließen diese Höhle. Es wurde sofort etwas kälter um sie herum, da sie die große Haupthalle verließen. Zudem war es stockdunkel, weshalb Heroffad eine riesige Lichtkugel an die Höhlendecke steigen ließ.

Innerhalb weniger Sekunden lösten sich Tausende Fledermäuse von der Höhlendecke. Die dunkle Wolke sank langsam herab und kam auf sie zu. Laut rauschten die Flügel und das Fiepen der Tiere wurde unerträglich laut. Sie konnten nicht ansatzweise so schnell reagieren, wie sie von der dunklen Wolke eingehüllt worden waren. Die fliegenden Tiere umkreisten sie mit undurchschaubaren Manövern und zischten durch das Tor in die große Haupthalle, aus der die Menschen eben gekommen waren.

Die Reisenden versuchten indes hektisch, durch die Massen hindurch durch den Raum zu laufen. Minutenlang wurden sie von den Tieren umkreist. Sie spürten die starke Hitze der unzähligen kleinen Tiere um sich herum, die ihnen bald das Atmen erschwerte. Nach Luft schnappend stemmten sie sich gegen den unbändigen Wirbel nach vorn. Doch die wie wild gegen sie prasselnden Schatten drückten sie immer wieder zurück zum Eingang und trennten die Männer in der Dunkelheit voneinander.

Bald stiegen Schmerzen und Krämpfe in ihren Beinen empor und durchdrangen sie. Die heiße Luft raubte ihnen zudem die Kraft und ließ sie müde wankend in unerklärbare Panik verfallen.

Ebenso warm kochend pulsierte ihnen das Blut durch die Adern. Es durchströmte jeden Muskel und jeden Gedanken und betäubte durch den Fluchtinstinkt jegliche Entscheidungsfähigkeit ihrerseits.

Mit vor unvernünftiger Angst weiten Augen zuckten sie hin und her und konnten endlich das Ende des Schwarms erblicken. Luft!

Erst nach einer gefühlten Ewigkeit verschwand die letzte Fledermaus durch das Tor und sie konnten wieder klar sehen und denken. Es dauerte einen Moment, bis sie sich allesamt beruhigt hatten, doch dann besannen sie sich auf ihr Ziel. Sie mussten weiterlaufen!

Am anderen Ende des Raumes war ein Gang zu erkennen, der weiter nach oben führte. Dort mussten sie lang. Dieser Gang würde sie auf kürzestem Wege zu ihrem ersten Ziel, einer Stadt in den Bergen, führen.

Sie gingen durch den Raum hindurch und folgten dem Pfad. Eng durch den Berg gewunden, schlängelte er sich durch das Gestein. Irgendwann erreichten sie eine kleine Halle. Todmüde vom Laufen und Rennen der letzten Stunden legten sie ihre Taschen beiseite und schliefen selbst auf dem harten Untergrund schnell ein. Stille kehrte nach und nach in die Hallen Golvilegs zurück.

Der Fels unter ihnen war angenehm warm. Man schien förmlich noch die Öfen der alten Festung zu spüren. Die Wärme durchzog sie angenehm und leitete sie bald in einen tiefen angenehmen Schlaf, der sie von den Erinnerungen an die dunklen

Kreaturen in den tiefsten Winkeln dieser Stadt ein wenig ablenkte. Endlich herrschte etwas Ruhe.

* * *

Die Sonne stieg langsam über den Bergen im Osten hinauf. Noch lagen die Täler von Raureif bedeckt im Schatten der Felsen, doch bald würde der weiße Hauch weichen und als Morgennebel der Sonne entgegensteigen.

Grendowild erhob sich müde von seinem Sitzplatz und öffnete die Tür. Kalter Wind schlug ihm entgegen. Er fröstelte.

Mit bereits von Kälte durchzogenen Gliedmaßen schloss er die Tür hinter sich und trat hinaus in sein Dorf. Auch aus anderen Häusern sah er den ein oder anderen heraustreten, nach den Tieren sehen und sich kurz darauf wieder in der warmen Wohnung verkriechen.

Die Berge rund um ihre Heimat waren bereits mit Schnee bedeckt, der sich nach und nach auch in den Tälern sammelte. Die Ruhe des Winters rückte näher.

Sanftmütig dreinblickend, wanderte sein Blick weiter die Berge hinab, während sich erste Sonnenstrahlen über dem Dorfplatz ausbreiteten. Die Dächer glitzerten silbern unter dem Licht und tauchten die Umgebung in einen magischen Hauch des Friedens.

Während er hinüber zur Mühle schlenderte, erreichte sein Blick das verlassene Haus von Heroffad. Augenblicklich verflog sein innerer Frieden und die Wut kehrte zurück. Wieso hatten sie ihn zurückgelassen? Kaum zwei Stunden nachdem Heroffad ihm die Mitreise untersagt hatte, waren sie aufgebrochen – ohne irgendwelche letzten Worte, ohne irgendeine Erklärung. Diese Unverfrorenheit konnte nur aus Heroffads Gedanken herrühren. Ihn so dreist zu übergehen, hätte Herodil niemals von allein gewagt.

Noch ehe er sich gedanklich weiter in seine Wut hineinsteigern konnte, erreichte er das andere Ende des Dorfes und sah sich der Mühle gegenüber. Der starke Wind zerrte wild an den festgezurrten Rädern der Mühle umher und ließ das Holz gefährlich knacken, als wäre es kurz vor dem Zerbersten.

Zitternd zog er seine rechte Hand aus der Manteltasche und öffnete die schwere Tür vor sich. Die Bretter scharrten über den Boden und gaben das Innere des Gebäudes preis. Schnell huschte er in die Wärme und schloss die Tür hinter sich, um den eisigen Wind auszusperren.

Mit einem ausgedehnten Stöhnen schüttelte er die Kälte von sich ab und wandte sich um. Kurz lauschte er dem Pfeifen des Windes, der zwischen den Balken hindurch selbst im Haus noch leicht spürbar war.

Letztmalig durchzog ihn das eisige Gefühl der Kälte, bevor er den Blick hob und seinen Augen kaum noch zu trauen vermochte. Vor ihm breitete sich völliges Chaos aus und er erinnerte sich, weshalb er hierhergekommen war.

Der altbekannte Lausebengel hatte spät in der Nacht im Gebälk der Mühle sein Unwesen getrieben. Er war ungeschickt über die Balken getorkelt und hatte sich an den Rädern des Mahlwerkes zu schaffen gemacht. Schlaftrunken war der Müller erwacht, hatte den Jungen aber nicht rechtzeitig zu fassen bekommen.

Dieser war blindlings zurück auf den Dachboden geflüchtet, von wo er durch den gleichen Holzspalt fliehen wollte, durch den er hineingelangt war. Dabei stieß er unglücklicherweise zwei Mehlsäcke hinunter, deren Inhalt sich nun im gesamten Gebäude verteilt hatte.

Wenigstens hatte der Müller den Burschen draußen einfangen und zurück in das Haus schleppen können, wo er an einen Pfahl geknotet nun die Nacht hatte ausharren müssen.

„Morgen“, grummelte der Müller Grendowild entgegen.

„Morgen“, erwiderte dieser erschöpft atmend. Kurz ließ er seinen Blick durch den Raum schweifen und schüttelte mit dem Kopf: „Was ein Durcheinander.“ Dann traf sein leerer Blick auf den Jungen und erstarrte augenblicklich zu Stein.

„Was tun wir mit ihm?“, fragte der Müller in die Stille hinein.

Grendowild überlegte. So recht wollte ihm keine Strafe einfallen. Also erwiderte er lediglich den fragenden Blick.

Der Müller verstand die wortlose Rückfrage. „Er soll mir den Schaden bezahlen.“

„Ich habe kein Geld“, grinste der Junge.

„Dann soll es deine Tante zahlen“, fauchte der Müller wütend.

„Sie auch nicht.“ Nun lachte der Bursche spöttisch.

Grendowild blickte sich erneut um. „Wie viele Stunden Arbeit kosten dich zwei Säcke Mehl?“

„Samt Dreschen gut einen Tag“, antwortete der Müller schnell.

„Dann soll er dir das Haus säubern und morgen den Tag bei der Arbeit helfen. Vielleicht bekommen wir die Mühle dann schnell wieder in Gang“, schlug Grendowild vor. Der Müller nickte.

Kurz darauf wurde der Junge losgebunden, mit Eimer und Lappen versorgt und zum Putzen angewiesen, während die beiden Männer sich in einem anderen Raum niederließen und unterhielten. Es dauerte nicht lange, bis der Bursche erstmalig vermeldete, mit seiner Arbeit fertig zu sein. Doch ein schneller Blick offenbarte, dass er vom Putzen so wenig verstand wie ein Hahn vom Eierlegen.

Also ließen sie ihn von vorn beginnen. Erst nach Stunden konnte sich das Ergebnis halbwegs sehen lassen, sodass sie ihn laufen ließen. Eilig schnappte sich der Bengel seine Tasche, die er bei der Flucht verloren hatte, und trottete düster dreinblickend zur Tür hinaus.

„Der ist für heute hoffentlich müde genug“, lachte Grendowild und erntete ein mürrisches Lachen des Müllers.

„Danke für die Schlichtung“, erwiderte dieser lediglich, „aber dieses Balg morgen den ganzen Tag an der Backe zu haben, wird sicherlich auch kein Zuckerschlecken.“

Grendowild nickte verstehend, verabschiedete sich kurz und machte sich wieder auf dem Weg zu seinem Haus. In der Ferne sah er den Burschen geknickt von dannen schlendern. Hoffentlich war ihm das für ein paar Tage eine Lektion.

* * *

Thorgk führte seine Soldaten an der neuen Mauer vorbei das Gebirge hinauf. Sie machten Rast und er schaute in Richtung des Waldes, der fleißig gerodet wurde. Er wandte sich nach rechts und beobachtete den Bau der Mauer. Sie zog sich bereits vom Waldrand, der nördlich der Festung lag, beinahe bis zum Gebirge. Man konnte bis hierher, wenn man genau hinhörte, das Rasseln der Ketten vernehmen und das Poltern der Steine und des Holzes.

Es war für ihn ein schöner Anblick. Es ging deutlich voran mit dem Bau. Spätestens im Frühjahr würde diese Mauer ein abgeschlossenes Bollwerk entlang des Gebirges sein.

Er gab das Kommando, weiter zu laufen. Sofort erhoben sich seine Krieger und marschierten weiter das Gebirge hoch. Noch heute würden sie die Senke erreichen, die vor dem Dorf lag, das sie dann am Morgen durchkämmen würden.

Sie marschierten den Pfad hinauf und verschwanden endgültig im Gebirge. Die Sichtachse zum Wald nahm ein Ende und um sie herum war nur noch Stein.

Tonnenweise schweres Material schützte so bereits durch seine bloße Anwesenheit die Völker im Norden. Sie lebten in ihren winzigen Dörfern, gut versteckt in den Tälern oder in irgendwelchen anderen verborgenen Winkeln des Gebirges. Keiner konnte sagen, wo welche Siedlungen lagen. Es war reine Glückssache, sie zu finden.

Auch für Thorgk und seine Gefolgschaft war das so. Er wusste, dass sie mit großer Wahrscheinlichkeit bald den Auftrag erhalten würden, brandschatzend durch die Berge zu ziehen und ihrem Blutdurst nachzukommen.

Sie würden Dutzende Dörfer und Tausende Häuser auseinandernehmen und abfackeln. Die Menschen sollten vertrieben oder getötet werden. Das, worauf sie heute zusteuerten, war eine erste Übung dafür. Und so marschierten sie weiter schnurgerade zwischen den Felsen hindurch. Stets den Wegen folgend, ging es geradewegs immer höher ins Gebirge. Durch unwegsames Gelände mussten sie hier hindurch, stets begleitet von der aufziehenden Kälte.

Pünktlich am Abend hatten sie kurz vor Einbruch der Dunkelheit die Senke erreicht und schlugen ihr Lager auf. Ein kleines Feuer wurde entzündet und zwei von ihnen wurden zur Wache aufgestellt. Thorgk setzte sich an das Feuer und machte sich gedanklich für den Kampf bereit.

Blut und Verderben würden sie am nächsten Tag sehen. Durch sie verursacht. Sie sollten Blut lecken, wie man es bei Hunden sagte. Ihnen sollte das Töten schmackhaft gemacht werden, um bereit für weitere Kämpfe zu sein. Taktiken und Kräfte sollten geübt werden. Übung war hier der Hauptfaktor für so ziemlich alles. Sie sollten einfach nur über die Menschen siegen und sie töten. Und einige Gefangene mitbringen.

Gedanklich mit dem bevorstehenden Kampf beschäftigt, schliefen sie langsam ein und kamen zur Ruhe. In der Stille der Nacht verharrend, warteten sie auf den erlösenden Sonnenstrahl, der dann bald über dem Horizont aufgehen würde. Wahrscheinlich tat kaum einer von ihnen ein Auge zu. Der Durst nach Schmerzen stieg wie ein außer Kontrolle geratenes Feuer in ihnen empor. Sie wollten Leid sehen und ihre erprobten Kräfte endlich nutzen. Mit feurigem Blick starrte auch Thorgk in die dunkle Nacht hinein und beobachtete eine ganze Weile lang die hellen Lichter über ihm. Doch noch hieß es, zu warten, bis der nächste Tag anbrechen würde.

Als sie dann am Morgen endlich wieder erwachten, lag die Atmosphäre des Kampfes bereits in der Luft. Alle seine Krieger schienen es zu spüren, dass sie gleich töten würden. Es lag in ihrer Natur. Dazu waren sie gezüchtet worden. Für Gehorsam und Tod.

Die Wildnis pumpte durch ihre Adern. Sie erwachten. Sie lauerten. Laut atmeten sie die kühle Luft des Morgens ein. Die Frische weckte sie und ließ sie sofort rasend werden. Thorgk sah es seinen Begleitern an, wie das Blut durch ihre Adern strömte, wie sie darauf warteten, endlich zu morden. Nun war es seine größte Herausforderung, sie noch einige Sekunden bis zum richtigen Moment ruhig zu halten und dann alle Kraft auf einen Schlag zu entladen.

Schnell sammelten sie sich unterhalb des Weges, der zu dem Dorf führte, und liefen daraufhin den Pfad langsam hinauf. Einige Meter vor dem Dorf hielten sie erneut an und machten sich bereit. Eine kurze Pause vor dem Kampf. Ein letztes Mal konnten sie nun noch Luft holen. Tief einatmen und wieder ausatmen. Schnell wurden noch einige Blicke ausgetauscht, die Waffen gezogen und begutachtet und dann konnte es endlich losgehen.

Ein schneller vorsichtiger Blick wanderte über die Häuser. Dann stürmten sie blitzschnell durch das Dorf und suchten die Personen, deren Aussehen sie von Ephnies über Magie ins Gehirn gepflanzt bekommen hatten.

Mit rasanter Geschwindigkeit brach die Welle der Monster über das Dorf hinein. Mit schnellen Schritten rannten sie über den kleinen Erdwall hinweg und eilten an den unzähligen Wegen entlang, die bis hinauf in die Berge führten. Türen wurden aufgetreten. Alles Mögliche ging zu Bruch, vom Fenster bis zum

Krug. Holz zerbarst und zersplitterte. Es ging rasend schnell. Hatten sie ein Haus durchsucht, so folgte direkt das nächste.

Sie machten sich einen Spaß daraus, die Häuser und alles, was sich darin befand, zu zerstören. Sie stachen jeden Einzelnen nieder, bevor er überhaupt richtig reagiert hatte beziehungsweise reagieren konnte. Stich um Stich und Hieb um Hieb ging es voran.

Alle Menschen wurden aus ihren Wohnungen getrieben. Nur Sekunden später herrschte ein wildes lautes Chaos auf dem Dorfplatz. Überall rannten Menschen umher und versuchten, sich panisch zu wehren. Doch keiner von ihnen konnte sich schnell genug bewaffnen, um auch nur einem der Gefolgsleute von Thorgk etwas entgegenzusetzen. Stattdessen konnte er regelrecht beobachten, wie jeder dieser Menschen von starken Schlägen zu Boden gerungen wurde.

Die Luft war erfüllt von Angst und den langsam erstickenden Schreien der Menschen. Blutgeruch stieg auf und durchsetzte die Umgebung. Und die Krieger begannen erst jetzt, so richtig in Fahrt zu kommen. Eines der Häuser stand bereits in Flammen. Die Fackel, die sie bei sich getragen hatten, hatte also ihren Zweck erfüllt. Die Panik im Dorf schien zu steigen.

Thorgk selbst gelangte auf den Dorfplatz und ließ seinen aufmerksamen Blick durch die Mengen schweifen. Wo waren die Personen, die er suchte? Er sog scharf etwas Luft ein. Dieser Geruch machte ihn stark.

Entschlossen setzte er sich wieder in Bewegung. Immer und immer wieder kamen menschliche Gestalten auf ihn zu. Nur wenige hatten es geschafft, sich von irgendwoher Waffen zu besorgen. Doch er war stärker als sie. Meist reichte ein einziger Schlag, um diese wildgewordenen und verängstigt panischen Menschen zu töten.

Er trat die Tür eines abgelegenen Hauses auf und ließ seine Klinge durch den Raum fahren. Niemand war mehr hier. Das

Haus war leer. Schade. Dann gab es hier also nichts zu holen. Wieder kehrte er zurück an die freie Luft und sah sich um. Einer der Menschen versuchte zu fliehen. Schnell eilte er hinterher, erklomm die Anhöhe erneut, von der er gerade gekommen war, und warf ihn um, nachdem der Bursche ihn auch bemerkt hatte. Er schien bereits verletzt zu sein, allerdings war er an einem gleichberechtigten Kampf nicht interessiert.

Kurz blickte er dem Menschen tief in die Augen. Er sah die Angst und den Schmerz in seinem Inneren. Aber auch Wut. Und diese Wut verspürte auch Thorgk. Sekunden später war der Junge erstochen und schlitterte den Hang hinab. Laut polternd rollte er über die Steine zurück auf das Schlachtfeld zu, verlor seine Tasche und landete dann abseits des Dorfes.

Langsam ließ Thorgk seinen Blick über die Siedlung schweifen, nachdem die Angelegenheit mit diesem Jungen erledigt war. Das Haus im Zentrum des Dorfes stand lichterloh in Flammen. Darum herum rannten noch immer Menschen, die von seinen Begleitern gejagt wurden. Einer von ihnen setzte sich wacker zur Wehr, doch der Mensch schaffte es genauso nicht, einen von Thorgks kräftigen Rekruten zu töten.

Doch warum tötete keiner diesen Mann? Schnell eilte er hinab und stieß den Menschen zu Boden. Augenblicklich verlor dieser seine Waffe und lag nun wehrlos und schockiert auf dem Boden. Endlich! Das war einer derjenigen, den sie suchten.

„Bringt mir einen Karren!“, befahl Thorgk. Schnell eilten zwei Krieger herbei und fesselten den Mann, der sofort in den Karren verladen wurde und von dort nun brüllend das Ende dieser Siedlung beobachtete.

Und dann begannen sie, mit den übrigen Menschen zu spielen. Sie kesselten sie ein. Rings um das brennende Haus standen noch einige Dutzend der Bewohner dieses Dorfes. Es bereitete ihnen Freude, sie zu ärgern und zu beobachten, wie sie sich verhielten. Eingekesselt zwischen dem sicheren Tod und dem Feuer hinter ihnen.

Schließlich stürzten einige Dachbalken herunter. Erschrocken wichen nicht nur die Menschen, sondern auch Thorgks Krieger zurück, sodass die Menschen in Richtung des Marktes entkamen. Doch trotzdem machte man nun mit ihnen schnellen Prozess.

Mit wenigen letzten Schlägen waren all die Menschen erstochen. Der Blutrausch versiegte sofort. Die wilden Blicke blieben jedoch bestehen, genauso wie die Rufe des gefesselten Mannes, den man nun endlich knebelte, damit man seine elenden feigen Rufe nicht mehr ertragen musste.

„Nehmt mich! Nehmt mein Leben!“, rief der Mensch mit weinerlicher Stimme. Bald war der letzte Mensch erstochen und aus Feigheit wurde Zorn, den Thorgk genoss und aufsog wie die blutige Luft um ihn herum. Kurz darauf war nur noch das brechende Knurren des Geknebelten zu hören.

Thorgk wandte sich von den Toten ab und scheuchte seine Soldaten auf. Schnell sammelten sie einige brennende Holzbalken auf und setzten den Rest der Häuser in Brand, in denen sich tote oder verwundete Menschen befanden. Der Geruch sollte durch das Gebirge ziehen, sodass die Krieger weiterhin von diesen Geschehnissen angetrieben sein würden.

Dann machten sie sich wieder auf den Weg. Hinter ihnen stand das Dorf in Flammen, während sie es verließen und sich auf den Weg zurück zu ihrem Herrn machten. Ephnies würde stolz auf sie sein. Sie hatten diesen Auftrag erfolgreich abgeschlossen und sogar gefunden, wonach sie gesucht hatten. Auch wenn Thorgk nicht verstand, was sein Herr mit diesem Menschen anfangen wollte, war er sich sicher, dass dieses Ergebnis ihn zufriedenstellen würde.

Eilig zogen sie durch die Senke vor dem Dorf hindurch und folgten dem Gebirgspfad wieder zurück zum Wald. Über den

Felsen sah man die Rauchsäule aufsteigen, sodass ihnen der Geruch des Todes noch erhalten blieb. Thorgk war zufrieden und fühlte sich befreit. Ja. Der Blutdurst war geweckt.

* * *

Nach nur wenigen Stunden erwachten die Reisenden in Golvileg wieder. Keiner konnte wissen, wie lange sie geschlafen hatten, da man hier unten Tag und Nacht nicht unterscheiden konnte. Sie rafften sich auf und setzten sich zusammen, um zuerst ein wenig zu essen. Der Hunger und erst recht der schlechte Schlaf standen allen ins Gesicht geschrieben. Betreten blickten sie hin und her. Keiner sagte ein Wort und jeder hatte mit seinen eigenen kleinen Schmerzen, besonders im Rücken, zu kämpfen. Wieso war der Steinboden nur so unerträglich hart?

Es war definitiv eine schlechte Idee gewesen, auf den Steinen zu schlafen. Aber irgendwann mussten sie neue Kraft sammeln. Sie konnten schlecht eine Woche am Stück wandern, nur um ohne Pause ihr Ziel zu erreichen. Genauso konnten sie nicht darauf hoffen, dass dort dann die Betten wesentlich bequemer wären. Es gab auch Betten, die so hart wie Stein waren. Schlaf war einfach das Wichtigste für Konzentration und Motivation. Schlechter Schlaf bedeutete stets schlechte Laune.

Jeder brach sich ein Stück aus dem Brot heraus und aß es. Wasser hatten sie auch noch genug. Doch sie waren auch noch nicht sehr lange unterwegs. Zwei Tage am Stück waren sie nun durch die Berge und durch Golvileg geirrt. Heute würden sie wahrscheinlich die Stadt unter den Bergen verlassen, wenn sie den richtigen Ausgang fänden.

Es dauerte eine Weile, bis sie endlich wieder richtig wach waren. Tim gähnte laut. Jedem von ihnen schmerzte der Rücken. Der Fels war schrecklich unbequem gewesen und sie schienen wirklich sehr lange geschlafen zu haben. Ein paar Minuten starrte er müde die gegenüberliegende Wand an. Dann waren schließlich doch irgendwann alle richtig wach.

Sie packten ihre Sachen zusammen und brachen auf. Weiter folgten sie dem Gang, der auf der anderen Seite dieses kleinen Raumes weiterführte. Sie hatten sich vorsichtshalber ein Zeichen in das Gestein geritzt, damit sie nicht zurück in die falsche Richtung liefen. Der Gang führte sie hinauf zu einem versteckten Tor. Kaum hatten sie allesamt diese unsichtbare Tür durchquert, verschloss sich hinter ihnen der Gang. Sie standen auf einem Felsvorsprung, der einige Hundert Fuß über einer Straße lag. Unter ihnen führte in einem Bogen ein in die steilen Felsen geschlagener Weg um den Berg herum, auf dem sie standen. Tim trat weiter nach vorn und konnte rechts von ihnen eine große Statue erahnen, die ebenfalls in das Gestein gemeißelt war. Dies war bestimmt der eigentliche Haupteingang Golvilegs.

Von dem Felsvorsprung ausgehend, führte ein schmaler Pfad den Berg hinab, immer weiter auf den Eingang zu. Sie kletterten vorsichtig die schmalen Stufen hinab und erreichten so bald den Vorplatz, der bei dem großen Tor war. Zwei große Statuen standen links und rechts neben dem schweren Eichentor. Es waren zwei Krieger, die in je einer Hand eine zweischneidige Axt hielten, die sich über dem Tor kreuzten. Zwar wirkte das ganze Konstrukt sehr beeindruckend, sah man jedoch genauer hin, so konnte man trotzdem klar erkennen, dass Golvileg eine tote Stadt war. Durch Steinschläge und sonstiges Unwetter waren viele Kratzer und Löcher in den Statuen entstanden, die nun niemand mehr ausbesserte. Der rechten fehlte bereits ein Auge und sowohl der Griff der Axt als auch die Stiefel der Figur hatten einige deutlich erkennbare Löcher. Die andere Statue schien auch schon mehrmals getroffen worden zu sein. Hier und da wirkte das Gestein porös und auch Blitze schienen dem Fels stark zugesetzt zu haben.

Die Stadt war aber leider leer. Vielleicht existierten noch einige funktionierende Wehranlagen, dennoch gab es hier niemanden, der diese betätigte. Mahnend, aber doch schwach standen die beiden Statuen vor ihnen. Es war so ein Jammer, dass diese großartige Stadt mitten im Gebirge nun so heruntergekommen und vergessen war.

Sie kehrten Golvileg den Rücken und folgten dem Weg, der den Berg hinabführte. Es war Abend. Anscheinend hatten sie den halben Vormittag verschlafen.

So erreichten sie eine Mulde, die früher dazu gedient hatte, Wagen aneinander vorbeizuführen. Kamen sich zwei Kutschen oder Karren entgegen, musste einer hier warten. Doch nun waren sie diejenigen, die hier warten würden – und zwar auf den nächsten Morgen. Hoffentlich würde dieser Schlaf hier etwas angenehmer als auf dem ungemütlichen Fels mitten in der Stadt unter den Bergen.

Sie schlugen ihr Lager auf und krochen möglichst weit in eine Ecke. Ein Grund war, dass sie nicht gesehen werden wollten, der andere war eine reine Temperaturfrage. Hier war es windstill. Sie rückten möglichst eng zusammen, denn sie konnten kein Feuer machen, schließlich gab es hier kein Holz mitten im Gebirge. Noch hatten sie keinen Wald erreicht, auch wenn man in einiger Entfernung bereits Bäume erkennen konnte. Keiner von ihnen hatte Lust, bis dort zu laufen, nur um ein paar Äste zu sammeln. So hieß es, auch bei den kalten Temperaturen ohne eine Wärmequelle schlafen zu können.

Und so mussten sie erneut gegen die unangenehme Umwelt ankämpfen und versuchen zu schlafen, obwohl die Enge und durchziehende Kälte dies deutlich erschwerten. Fast sehnten sie sich nach dem warmen Boden in Golvileg, doch die Müdigkeit tat ihr Übriges. Binnen weniger Minuten herrschte Stille.

Doch schon nach kurzer Zeit erhob Heroffad noch einmal besorgt seine Stimme. „Verdammt“, murmelte er und bekam als

Antwort mehrmaliges fragendes Brummen. „So wie der Mond dort oben steht, waren wir mindestens drei oder vier Tage in Golvileg."

„Wie lange haben wir bitteschön geschlafen?", fragte Adelgar abwesend.

„Ewig, schätze ich", meinte Heroffad und ließ sich auf den Boden zurücksinken. „Das heißt, dass wir uns ab jetzt beeilen müssen." Müde schloss er die Augen. Dieser lange Aufenthalt war wirklich nicht geplant gewesen.

* * *

Thorgk und seine Krieger passierten die Mauer und marschierten über die gerodete Ebene, die sich bereits bis dorthin erstreckte. Noch vor wenigen Stunden, als sie auf dem Weg zu dem Dorf gewesen waren, hatte sich der Wald bis einige Hundert Meter von hier erstreckt, nun war davon kaum ein Baum übrig. Die Mauer war auch schon viele Meter vorangeschritten und bot einen mahnenden Anblick.

Langsam ließ er seinen Blick hin und her wandern. Mal begutachtete er die Arbeiten an diesem riesigen Bollwerk, mal betrachtete er seine Krieger und mal starrte er bedrohlich zu dem Menschen, den sie mit sich genommen hatten. Thorgk sah Entsetzen und Angst oder gar ein wenig Verwunderung in den Augen des Mannes, der sich immer noch zappelnd aus den Schlingen zu befreien versuchte. Doch nach einem kräftigen Schlag gab er erst mal Ruhe. Thorgk wollte die Atmosphäre genießen. Ihm gefiel dieser Ort. Er sprach Bände von der Kraft seiner Spezies. Genauso war es der Heimat dieses Mannes ergangen. Sie war dem Erdboden gleichgemacht worden und war Teil einer matschigen öden Berglandschaft geworden, von der von nun an ein neuer gefährlicher Wind gen Osten wehte.

Thorgk war stolz darauf, wie sehr man die Wut und die Angst in den Augen dieses Fremden sehen konnte. Wahrscheinlich hatte er Menschen sterben gesehen, die ihm nahestanden. Und je nachdem, wie seinem Herrn, Ephnies, zu Mute war, würde dieser Mann schon bald mit zu den Toten zählen. Es war mit Sicherheit nur eine Frage der Zeit. Jener Zeit, die für diesen Menschen schon bald abgelaufen war.

Klappernd ratterte der Wagen über die Erde und das rhythmische Klirren der Rüstungen erfüllte Thorgk mit Mut und Selbstsicherheit. Starr blickte er geradeaus über das dunkle Land, während er die Kolonnen von Kriegern beobachtete, die dort entlangmarschierten. Dutzende wie er führten Hunderte, gar Tausende von anderen Kriegern an und strebten nach Macht und Tod.

Zu gern hätte er mit seinem Gefolge noch einen kleinen Abstecher quer durch das Gebirge gemacht und einigen Dörfern Angst und Schrecken eingejagt und einige dieser Menschen getötet. Noch immer hing ihm der Geruch des Blutes und des Angstschweißes der Menschen in der Nase und durchströmte ihn, sodass er die Kraft förmlich spürte, die ihn antrieb, seine Aufgabe zu erfüllen. Es war diese Entscheidung, jemanden zu töten, zu quälen oder am Leben zu lassen, die er seinem Herrn verdankte. Doch er wusste, dass er selbst auch auf Messers Schneide stand. Er war der Anführer seiner Truppe und jeder Gegner würde ihn zuerst töten wollen. Und bei einer Fehlentscheidung würde sein Herr auch ihn zuerst töten. Aber Verantwortung und Risiko brachten auch Macht mit sich. Und diese Macht wollte er um jeden Preis.

Er überlegte, ob es nicht vielleicht doch eine Möglichkeit gab, von hier aus noch schnell ein Dorf zu überfallen. Leider hatte aber sein Auftrag den Vorrang. Er musste zuerst den Gefangenen in das Lager bringen und Bericht erstatten. Vielleicht durften sie dann noch einmal in das Gebirge ziehen und dort Unheil verbreiten. Es gab noch einige Dutzend Dörfer dort oben. Wie viele er wohl im Laufe eines Tages zerstören konnte?

Er wischte seine Gedanken beiseite und konzentrierte sich erneut auf das Marschieren. Waren alle im Takt oder tanzte einer aus der Reihe?

Ruhig ließ er seinen Blick über die Ebenen wandern und suchte nach Auffälligkeiten. Es gab nichts Besonderes. Hier und da lagen Tote, die Menschen, die sie vor einiger Zeit gejagt und ermordet hatten.

Der Geruch der verwesenden Kadaver stieg stetig vom Boden empor und wurde von den dunklen Wolken auf der Ebene gehalten. Immer weiter breiteten sich diese Wolken aus und zogen so über den halben Norden des zerstörten Waldes. Und diese Zerstörung würde sich noch viel weiter ausbreiten. Davon war er überzeugt.

Es war dunkel und heiß auf der schotterbedeckten Ebene. Die Wärme zog von der zentralen Festung herüber, in der man Waffen im Überfluss herstellte und neue Krieger züchtete.

Noch war der Fluss die Grenze im Süden seines Reiches. Lange würde diese nicht mehr existieren. Vielmehr würde man schon bald dieses Gewässer überqueren und die andere Seite des Waldes erobern. Nun, im Winter, war das allerdings nicht der beste Zeitpunkt. Sie brauchten etwas wärmere Temperaturen, um ihre Höllenfeuer zu entfachen. Deshalb war ihr Herr, Ephnies, auch im späten Herbst in dieses Land eingefallen. Er nutzte das letzte bisschen Wärme, um seine Höllenfeuer in den Schmieden zu entfachen, und bereitete sich nun auf den Angriff vor. Bestimmt würde er bereits im Frühjahr einen ersten Versuch wagen. Viel länger würden seine Krieger auch nicht auf Bluttaten warten wollen.

Schon bald würde es also so weit sein.

Thorgk gab seiner Truppe ein Zeichen und sie machten Rast. Sie waren den ganzen Tag marschiert und hatten inzwischen fast ihr Ziel erreicht. Während sie ruhig auf den Felsen saßen und ihre Pause genossen, lauschte Thorgk den Klängen, die aus der Festung drangen. Die Schmieden erzeugten heiße Winde und sogen die Luft von draußen herein. Riesige Feuer loderten in den Tiefen der Gewölbe und heizten kräftig ein. Das flüssige Eisen gelangte von den Öfen aus durch Kanäle direkt zu den Formen, in denen Rüstungen und Waffen hergestellt wurden.

Nachdem das Eisen mit Wasser blitzartig abgekühlt wurde, legte man die immer noch glühenden Erzeugnisse auf den Vorhof und wartete, bis sie wirklich abgekühlt waren.

Die Truppe stand wieder auf und sie marschierten weiter auf die Festung zu. Schon bald würden sie diesen langen Weg hinter sich haben.

Zur selben Zeit wandelte Ephnies immer noch durch die Gänge seiner Festung und überlegte. Worüber er nachdachte, wusste er selbst nicht, doch er fand immer etwas zum Grübeln. Vielleicht stieß er ja auf irgendeinen Gedanken, der es wert war, bedacht zu werden. Doch eigentlich brachte ihn nur das Warten um den Verstand.

Seine Krieger, die Begriske, so hatte er sie benannt, zogen über die nördlichen Ebenen des Waldes und bauten unermüdlich die Mauer aus. Das Gestein und die Erze, die sie für den Bau ihres kolossalen Werkes benötigten, schaffte man inzwischen direkt aus Unterwelt heran. Es war eine Pforte, die niemand durchdringen konnte, aber Gegenstände und somit auch Rohstoffe konnten ungehindert transportiert werden.

Man sammelte in riesigen Trögen die Materialien und schaffte sie dann zu der Baustelle. Alle paar Tage verlagerte Ephnies mittels Magie diese Punkte und so wuchs die Mauer jeden Tag um einige Meter in die Länge.

Nebenbei wuchs seine Armee stetig an. In den unterirdischen Grotten wurde nicht nur Eisen geschmolzen, sondern auch Leben erschaffen.

In einem großen See aus Säure schwammen Wesen aus Unterwelt, die eine schleimige Substanz absonderten, aus der in der Säure schließlich diese Kreaturen wurden, die dann an die Oberfläche krochen und dort Stück für Stück heranwuchsen. Nach wenigen Tagen waren sie stets kampfbereit. Begriske: stark, aber dumm.

Sie hatten dicke Haut und gute Augen. Starke Gliedmaßen, und kräftige Hände. Doch leider fehlte ihnen zumeist die nötige Intelligenz.

Die besten Exemplare suchte Ephnies deshalb heraus und schuf ein Netz aus Gedanken in ihren Köpfen. Er ernannte sie zu Anführern einer Truppe, die ihnen widerstandslos folgte, da sie außerdem keine andere Möglichkeit kannten und man ihnen andernfalls keine gelassen hätte – außer den Tod. Diener mussten aus Ephnies' Sicht stets dumm sein, nur dann konnten sie treu und stets ergeben dienen.

Noch waren seine Krieger dazu abgestellt, die Mauer zu errichten, neue Krieger zu züchten und Waffen zu schmieden, wozu sie außerdem den Wald rodeten. Es konnte nicht mehr lange dauern, bis sie in die zweite Hälfte des Waldes eindringen würden, um auch diesen komplett zu zerstören.

Er hatte große Ziele.

Nachdem er den Wald vernichtet hatte, würde er jeglichen magischen Raum in dieser Welt durchsuchen, um einen Zugang zur Welt der Elben zu finden, bevor ihm diese einen Strich durch die Rechnung machten. Es würde ein schwieriges Unterfangen werden und es war überaus unwahrscheinlich, dass sie ihm nicht zuvorkamen und bemerkten, dass er nach ihnen suchte.

Elben waren sehr kluge Wesen. Stets waren sie auf der Hut und warteten auf den Moment, der dazu geeignet war, ruhmreich einzugreifen und als Helden aus der Situation hervorzugehen. Bereits mehrmals in der Geschichte des Waldes war das Böse eingefallen und war kurz vor dem Erreichen sämtlicher Ziele wieder verdrängt worden.

Doch glücklicherweise waren nicht alle Elben so davon besessen, sich der guten Seite anzuschließen und sich als Helden zu zeigen.

Damals, nach der großen Schlacht, bei der der dunkle Magier verdrängt worden war, hatte es Elben gegeben, die solch ein Ereignis nicht erneut erleben wollten. Die Elben hatten sich versteckt, sich zurückgezogen. Doch es gab einige unter ihnen, die diesen Zustand ablehnten. Sie begehrten auf und spalteten sich ab. Bald ging dieses kleine Reich im Reich unter und einige wenige von ihnen verkrochen sich wieder zwischen die Reihen der anderen Elben. Doch die Gefallenen unter ihnen planten ihre Rache.

Irgendwann hatten sie sich schließlich Unterwelt verschworen und schienen nun dazu bereit zu sein, die Elbenwelt zu zerstören. Doch keiner von ihnen tat dies. Vielleicht brauchten sie einfach nur einen genügenden Anstoß?

Endlich hatte Ephnies einen schönen Gedanken gefunden. Darüber würde er wohl eine Weile nachdenken. Wie konnte er die gefallenen Elben erreichen und sie für sich gewinnen?

So wandelte Ephnies weiter nachdenklich durch seine Festung und erhielt am späten Abend den Bericht von Thorgk. Er erzählte von dem Überfall auf das Dorf, aber Ephnies hörte nicht richtig zu. Zu sehr schwirrten seine Gedanken umher. Erst als Thorgk unvermittelt aufhörte zu reden, verschwanden seine Gedanken ruckartig.

„Wo sind die Gefangenen?“, fragte er.

Thorgk trat einige Schritte näher heran und sagte: „Wir haben nur einen gefunden. Er ist unten im Kerker.“

Normalerweise wäre Ephnies nun aufgesprungen und hätte ihn aufgeschlitzt, da man nur einen Gefangenen mitgebracht hatte. Zum Glück für Thorgk war ihm gerade nicht danach. Er stand mit einem zischenden Geräusch auf und lief mit schnellen großen Schritten durch den Saal. Sein Umhang flatterte hinter ihm und er verließ wie in einer flüssigen Bewegung seinen Sitzplatz und kurz darauf den Raum. Schon nach kurzer Zeit war er im Kerker angelangt und durchkämmte die Zellen.

* * *

Am Morgen wurden sie alles andere als sanft geweckt. Heroffad scheuchte sie allesamt auf und mahnte sie, leise zu sein.

Er war vor gut einer Stunde aufgewacht und war hoch auf einen Felsen gestiegen, um sich im Gebirge umzusehen. Eine ganze Weile hatte er fasziniert den morgendlichen Nebel beobachtet, der unter der aufgehenden Sonne aus den Tälern wie Rauch über die Berge zog. Er war Meter um Meter hinaufgeklettert und hatte seinen Blick weit durch die Wildnis streifen lassen. Dabei hatte er schließlich fremde Krieger entdeckt. Besorgt erzählte er von dieser Begebenheit und scheuchte sie, so schnell es ging, auf und weiter die Straße hinunter.

Schnell sprangen sie auf und folgten weiter dem Weg. Sie liefen leise den befestigten Schotterpfad hinab und entschieden sich irgendwann, ein Stück unterhalb des Weges zu laufen, damit sie niemand entdecken konnte.

Also gingen sie zum Rand der Straße und suchten nach einem passenden Ort, um in das dichte Waldstück unterhalb des Weges zu gelangen. Gut drei Meter unter ihnen lag der Boden, auf dem die Bäume und dichtes weiches Moos wuchsen.

„Wir müssen dort runterspringen“, stellte Heroffad fest, „uns bleibt nichts anderes übrig.“

Mit fragendem Blick sah Finn zu Tim hinüber. „Ich hab’ es dir doch gesagt. Wir werden von einer Klippe springen müssen. Wie meine Eltern. Und dann sind wir tot. Na danke.“ Laut lachte Tim los. „Was gibt es da zu lachen?“ Genervt wandte sich Finn ab.

„Sei leise!“, rief Herodil zu ihm, der bereits nach unten gesprungen war. Die anderen folgten ihm nach und nach. Und so konnte es ein Stück weit unterhalb dieses Weges weiter gen Osten gehen.

Sie behielten immer den Wegesrand im Auge und krochen durch das Dickicht darunter. Hier und da schlugen sie die Äste und Sträucher beiseite, jedoch langsam und leise, damit sie niemand bemerkte.

Neben ihnen zog sich ein langgestreckter Hügel entlang, der immer steiler hinab in die Tiefe führte. Mit vielen Bäumen bewachsen, bot er bestens Schutz. Niemand würde sie hier sehen können, wenn sie so weiter dem Weg folgten, ohne sich wirklich auf diesem zu bewegen.

Schon bald hatten sie ein Tal erreicht, an dessen Ende irgendwo die Stadt lag, zu der sie reisen wollten. Nur noch einige wenige Meilen trennten sie von diesem Ziel. Gesäumt von den schneebedeckten Bergen und grünen Wiesen lagen Kornfelder in diesem Tal. Dunkel konnte man die Stängel der bereits abgeernteten Getreide erkennen.

Es war die Zeit, zu der sich die ganzen kleinen Nagetiere noch einmal so richtig vollfraßen und dann über den ganzen Winter irgendwo verschwinden würden. Von morgens bis abends durchkreuzten diese die Felder, genauso wie sie selbst das nun auch tun würden, um zur Stadt zu gelangen. Doch unten im Tal sahen sie bereits einige der lauernden Wesen.

Aber es blieb ihnen kaum etwas anderes übrig. Sie gingen den Weg hinab und betraten das Tal. Dort folgten sie dem zertrampelten Streifen, auf dem kein Gras wuchs, und begegneten nach gut einer Stunde den ersten Kriegern. Grässliche Bestien, deren seltsamer Anblick drei von ihnen stark verunsicherte. Heroffad schien mehr zu staunen, während Linhart und Dragomir bald ein wenig vor Angst erstarrt erschienen. Die hässlichen Fratzen der Biester setzten ihnen wohl so schon genug zu.

Schnell hatten sie ihre Schwerter gezückt, sowohl die Männer als auch die fremden Krieger. Die acht Menschen bildeten einen Kreis und begaben sich in Lauerstellung. Die Kreaturen kamen näher und stürmten auf sie zu. Bereits jetzt waren acht der Gegner zu Boden gegangen und der Kampfeswille der Männer begann, sich durchzusetzen. Wie wild stachen sie auf die Kreaturen ein und schlugen eine nach der anderen zu Boden.

Blut überzog die Schwerter und ein bleierner Geruch begann, sich zu verbreiten, den sie zunächst im Rausch gar nicht wahrnahmen. Was sie jedoch bemerkten, war die zunehmende Wärme aufgrund der Anstrengung und der sich ansammelnden Kadaver um sie herum.

Es schien einfach kein Ende zu nehmen, was daran lag, dass aus allen Ecken des Tales weitere Krieger des Bösen auftauchten und sich auf die Menschen stürzten. Doch es war eigentlich ein sinnloses Unterfangen, da die acht so gut zusammenarbeiteten, dass es so gut wie unmöglich war, auch nur an ihren Klingen vorbei zu gelangen.

Einige letzte Kreaturen kamen herbeigelaufen. Zwei davon griffen Dragomir gleichzeitig an, der eines der Wesen erst beiseite schubste und das andere erledigte. Als er dann die zweite Kreatur erstechen wollte, drang seine Klinge ins Leere, da sich das Wesen nicht mehr dort befand, wo er es hingestoßen hatte.

Es hatte sich, genau wie zwei weitere dieser Bestien, Linhart zugewandt. Dieser schaffte es, die beiden Kreaturen abzuwehren, doch hatte den dritten Feind noch nicht bemerkt. Dragomir rief ihm noch zu, aber trotz dieses Versuches schaffte es die Kreatur noch, Linhart das Schwert gegen den Arm zu schlagen, wobei dieser Schlag so unpräzise gesetzt war, dass er nicht mehr als einen tiefen Schnitt hinterließ. Schnell streckte Dragomir das Wesen zu Boden und eilte zu Linhart, der sein Schwert durch den unerwarteten Schmerz fallen ließ. Es schien keine allzu schlimme Wunde zu sein, aber eine Verletzung war eine Verletzung und das bedeutete immer einen Nachteil.

Der letzte Feind wurde erstochen und die anderen sechs Kämpfer traten zu Linhart, der zuerst einmal sein Schwert beiseite steckte. Nur Heroffad war besorgt und sie eilten durch das Tal zur Stadt, um dort einen Arzt aufzusuchen, der die Wunde behandeln konnte, die sie bislang notdürftig mit einigen Stofffetzen abdrückten. Sie sahen sich noch einmal aufmerksam um und liefen dann so schnell wie möglich über die grünen Wiesen auf die Stadt zu.

Es war eine kleine Stadt. Nur einige Hundert Menschen lebten dort. Falkenstätt bestand seit langer Zeit und wurde oftmals von neuen Herrschern erobert, deshalb war es relativ klein geblieben. Bei jedem Kampf war ein großer Teil der Gebäude zerstört worden, der erst einmal wieder neu errichtet werden musste. Das dauerte dann meist so lange, dass die Siedlung bis zum nächsten Krieg kaum gewachsen war.

Doch seit vielen Jahren hatte es keine Kämpfe mehr gegeben. Die Verhältnisse waren klar geregelt. Von der Königstadt im Osten ging jeglicher Einfluss im Gebirge aus und der Wald war strikt von ihren Territorien getrennt.

Sie ließen den höheren Teil des Tales hinter sich und stiegen ein Stück weiter nach unten in den Talkessel. Sie erreichten bereits die großen Felder, die sich vor Falkenstätt in den Tälern erstreckten. Alles war abgeerntet, die Vorräte verstaut. Der Winter konnte kommen.

An den Seiten des Tales lagen die Bauernhöfe. Wie ein Kranz erstreckten diese sich um die Felder in der Mitte, die geradewegs durch den Weg, auf dem sie liefen, durchschnitten wurden. Am Ende des Tales lag wiederum Falkenstätt. Man konnte die Häuser bereits deutlich erkennen.

Sie beeilten sich, in das Tal hinab zu gelangen, um sich möglichst weit von den getöteten Kriegern wegzubewegen. Wer wusste schon, ob hier noch mehr von denen waren. Sie eilten den Weg entlang, der zur Mittagszeit wie leergefegt war. Sie würden wohl selbst in Falkenstätt zuerst einmal irgendetwas zu Essen brauchen, nachdem sie einen Arzt für Linhart gefunden hätten.

Die Stadtmauer war nicht gerade dick. Sie bestand aber aus dem härtesten Gestein des Gebirges. Andere Stadtmauern waren oftmals bis zu zehn, einige sogar zwanzig Meter dick. Hier war die Mauer nur wenige Meter breit und bot hier und da einem Wachposten Platz.

Die Stadt selbst bestand nur aus gut zweihundert Häusern, von denen einige noch den verschiedenen Zünften angehörten. Ein Schuhmacher, ein Bäcker und so weiter. In der Mitte der Stadt befanden sich der Marktplatz und eine kleine Kirche. Es gab kein Rathaus. Das hatte es noch nie gegeben. Der Bürgermeister lebte gleichgesinnt unter den anderen Bürgern der Stadt.

Doch zuerst suchten sie nach einem Arzt, der sich um Linhart kümmern konnte. Sie fanden schnell am Rand der Stadt ein altes Haus, vor dem Kisten mit Kräutern standen. Das musste ein Heiler sein.

Vorsichtig öffnete Heroffad die Tür und betrat das Haus. Sofort trat ein alter greiser Mann an die Tür und begrüßte ihn. Heroffad trug sein Anliegen vor und schickte Linhart in das Haus. Der alte Mann begab sich mit Linhart in eine dunkle Kammer und kramte einige Kräuter zusammen. Sofort begann er, alles in einen Topf zu werfen, und stellte einen Sud her, den er auf die Wunde legen wollte, um sie vor Schlimmerem zu schützen.

„Ich kann Euch nichts garantieren", raunte er zu Heroffad, „werde aber mein Bestes geben."

Heroffad verstand die Bedenken des Heilers. Die Wunde sah nicht besonders groß und beinahe nicht mal schmerzhaft aus – zumindest im Vergleich zu einigen anderen Verletzungen, die er schon miterlebt hatte. Es war kein Knochen gebrochen und kein Muskel durchtrennt worden. Ja nicht einmal viel Blut hatte Linhart bislang verloren. Aber irgendetwas bereitete Heroffad Sorgen. Sorgen, die auch der Heiler zu teilen schien.

„Tut dies und Ihr werdet gut bezahlt", brummte Heroffad skeptisch zurück und beobachtete Linhart, der selbst kritisch seine Wunde betrachtete und weiter einen dicken Stofffetzen auf diese presste, um die Blutung abzudrücken. Kurz darauf verzog er genervt das Gesicht und ließ seinen Blick durch den Raum wandern.

In dem Haus roch es nach Tee und allerlei Kräutern. Es war dunkel und im Hintergrund war deutlich ein Bücherregal voller alter, bereits ziemlich zerrupfter Bücher zu erkennen. Die Scheiben, die zur Straße hin wiesen, waren mit Tüchern zugehängt. Nur im hinteren Teil des Raumes schien ein leichter Lichtstrahl durch ein winziges Loch herein.

„Das möchte ich auch hoffen", entgegnete der Heiler auf Heroffads Bemerkung hin, der diese schon fast wieder vergessen hatte, da er derart konzentriert Linharts Mimik beobachtete.

„Dann tut Euer Werk", beendete Heroffad überrumpelt das Gespräch und wandte sich mit seinen Begleitern zum Gehen.

Der Heiler schloss hinter ihm mit einem Ruck die Tür und wies Linhart daraufhin an, sich auf eine Liege zu legen, und rührte weiter und weiter stundenlang in dem Sud herum, bis er schließlich das heiße Wasser abgoss und die Kräutermasse heraushob. Linhart beäugte die ganze Prozedur lediglich skeptisch und versuchte, den nach einer Weile plötzlich zunehmenden Schmerz auszublenden.

Währenddessen liefen die anderen sieben Reisenden durch die Stadt und suchten ein annehmbares Lokal, um sich endlich einmal wieder etwas Ordentliches zum Essen zu holen.

* * *

Gut drei Dutzend Begriske hatten Thorgk begleitet. Sie zogen über die Ebene und an der Mauer vorbei. Inzwischen durchquerten sie ein provisorisches Tor, anstatt komplett um die Baustelle herum zu laufen. Vermutlich würde man dieses Tor, sobald die Mauer aus militärischer Sicht wirklich benötigt wurde, auch verschließen. Nach wenigen Stunden hatten sie das Gebirge erneut erreicht.

Zuerst kehrten sie in das Dorf zurück, das sie bereits zerstört hatten. Der Geruch der Verwesung stieg in die Höhe und es war hier tatsächlich totenstill. Sie suchten nach Hinweisen dafür, wohin die Fremden gegangen waren.

Am Ortsrand fanden sie tatsächlich Spuren. Unter einem Baum, der den Schnee abhielt und auch vor Wind und Regen schützte, waren Fußspuren zu erkennen. Es war ein dicker abgestorbener Baum, der sich gegen einen Felsen lehnte und so vermied, dass der Schnee die Spuren allzu schnell wieder verdeckte.

Von hier aus führte sie die Spur immer höher ins Gebirge, sodass sie bald einen hohen Bergkamm erreichten. Sie machten eine Pause, da der Wind nachließ und man von hier oben sehr weit sehen konnte.

In der Ferne, am anderen Ende des Gebirgskamms, schien ein Pfad hinabzuführen, der durch die Winde freigehalten wurde. Sie liefen weiter und erreichten am späten Abend am Ende dieses Pfades eine enge Felsspalte.

Einige Stofffetzen wiesen darauf hin, dass sich hier vor kurzer Zeit jemand hindurchgezwängt hatte. Menschen. Vielleicht die, die sie suchten. Sie begannen, sich hindurchzuquetschen, doch mussten schon nach kurzer Zeit feststellen, dass sie aufgrund ihrer dicken Rüstungen dort nicht hindurchpassten. Wütend begannen sie, mit ihren Waffen auf das Gestein einzuschlagen, jedoch brachte alle Gewalt hier nichts.

Frustriert stellte sich Thorgk an die Seite und dachte nach. Sie entschlossen sich, über die Berge zu laufen und dann in ein Tal zu gelangen, in dem ein Dorf lag. Dort würden sie erst einmal ihren gesamten Frust auslassen und sich über die Häuser hermachen. Sie würden schon noch einen Weg finden, diese Menschen zu verfolgen.

Sie krochen die Felsen hinab und liefen an einem etwas tiefer gelegenen Berg entlang, wo sie einige Stunden kampierten, bis sie der Blutdurst noch in der Dunkelheit wieder weckte. Schon am nächsten Morgen hatten sie ein Dorf erreicht und zertrümmerten alles, was sie dort fanden. Sie plünderten die Lager und fraßen sich satt. Sowohl an den Lebensmitteln als auch an der Angst der Menschen. Das gab ihnen Kraft und Motivation. Es war schließlich auch ihr Lebenszweck. Ihr steter Auftrag war es, Angst, Schrecken, Tod und Elend zu verbreiten und einen starken Eindruck zu hinterlassen.

Sie steckten erneut alles in Brand und marschierten weiter über das blutgetränkte Gras. Dann liefen sie einen Gebirgspfad hinauf und trafen einige Stunden später auf einen breiten Weg, dem sie nun den Berg hinauf folgten. Am Ende fanden sie eine ausgebrannte Feuerstelle und etwas verlorengegangenen Proviant. Anscheinend war hier jemand erst vor kurzer Zeit fluchtartig aufgebrochen.

Sie gingen den Weg trotzdem zuerst weiter hinauf und trafen auf ein verschlossenes Tor, neben dem zwei große Statuen in die Felsen geschlagen waren. Da es hier nicht weiterzugehen schien, liefen sie den Weg wieder hinab und versuchten es nun in der anderen Richtung.

Thorgk kam auf den Gedanken, dass es klüger war, oberhalb des Weges auf den Felsen entlangzuschleichen. So konnten sie aus dem Hinterhalt heraus den Reisenden entgegenspringen und hätten den Höhenvorteil. Deshalb kletterten sie die Felswand hinauf und liefen einige Meter über dem Weg entlang. Irgendwann würden sie so schon die Fremden finden.

Sie erreichten nach einiger Zeit ein Tal. Es war groß und voller Bauernhäuser. Am liebsten hätten sie diese sofort zertrümmert, aber zunächst wollten sie die Reisenden finden. Sein Stolz befahl es ihm, diesen Auftrag zu vollenden.

Sie verteilten sich im Tal und warteten. Stundenlang verharrten sie in den engen Felsspalten am Rand, während einige seiner Begleiter als Köder mitten auf der Ebene fungierten.

Gegen Mittag kam eine Gruppe Männer auf sie zugestürzt und griff sie an. Das waren wohl die gesuchten Menschen. Ja, nach einigen dieser Gesichter hatte er gesucht. Schnell verteidigten sie sich mit starken Schwerthieben. Ihre mit Widerhaken besetzten Klingen schnitten durch die Luft, aber nicht durch die Menschen. Mit aller Kraft schlugen sie um sich und versuchten, den Willen der Männer zu durchbrechen, ebenso wie ihre Knochen, um sie dann endlich zu ihrem Herren zu bringen.

Doch die Männer waren kräftig und streckten schnell viele von ihnen nieder. Bald war dieser eigentlich als kurzer Abstecher gedachte Angriff zu einem erbitterten kleinen Kampf angewachsen. Sie schlugen wild auf die Menschen ein, waren dabei aber völlig erfolglos. Keiner von ihnen konnte entwaffnet werden. Schon nach kurzer Zeit waren die meisten von ihnen zu Boden gegangen. Dieses Gemetzel schien einfach hoffnungslos und völlig sinnlos zu sein. An ein Aufgeben war dennoch nicht zu denken.

Zum Ende hin blieb Thorgk zusammen mit zwei anderen Kriegern übrig. Diese beiden waren schnell zu Boden gestreckt, im Gegensatz zu Thorgk, der seine letzte Chance nutzte und gerade noch einen der Männer mit seiner vergifteten Klinge verwundete. Stolz durchfloss ihn für einen kurzen Moment. Ein Moment der Unachtsamkeit wurde daraus. Langsam zog er das Schwert beiseite und wartete auf den schmerzerfüllten Schrei des Mannes. Doch dieser blieb aus. Verwundert blickte er auf die Klinge seines Schwertes, auf der das Blut hinabrann. Kurz danach wurde er zu Boden gestochen und verblutete.

Mehrmals versuchte er, sich krampfhaft aufzurichten, jedoch konnte er nicht einmal seine Arme bewegen. Die Blutlache wurde immer größer. Die Dämmerung umschloss ihn, in der er nur noch am Rande wahrnahm, wie nach wenigen Minuten die Männer verschwanden, dann die Ebene, dann er selbst.

* * *

In der hintersten dunkelsten und modrigsten Zelle hockte ein Mann, den man mit den Füßen an den Boden gekettet hatte. Sofort ließ Ephnies ihn losbinden und drückte ihn mit Magie gegen die Wand.

„Wo sind deine Begleiter?“, fragte er ihn mit erboster, aber doch vorsichtiger Stimme. Der Mann antwortete nicht und gab kaum einen Laut von sich. „Wo sind sie?“, fragte Ephnies erneut. Er drückte den Mann stärker gegen den Felsen und erkannte, dass er keine Luft bekam und deshalb nicht antworten konnte. Sofort ließ er ihn zu Boden fallen.

Der Mann atmete tief ein und stützte sich auf seine Arme, während ihm der Schweiß von der Stirn tropfte.

„Sag mir, wo sie sind!“, befahl Ephnies nun mit wütendem Ton und stieß den Mann mit einem Tritt auf die Seite.

Dieser keuchte und ein gequältes Atemgeräusch verließ seine Kehle. Der Mann bekam kaum Luft, erholte sich aber sofort. Mit leerem Blick starrte er gegen die Höhlendecke und das röchelnde Atmen verschwand nach und nach. Dann hörte man ein einziges Wort aus seinem Mund. „Wasser“, flüsterte er leise, „Wasser.“

„Der Mann verdurstet. – Ihr dummen Kreaturen lasst ihn verdursten?“, erbost schickte Ephnies einen Krieger los, um Wasser zu holen, und erstach eine Wache neben der Zelle. Nur wenige Minuten später kehrte der Krieger mit einer großen Steinschale voll Wasser zurück, die dem Mann sofort eingeflößt wurde.

Mehrere Stunden wartete Ephnies geduldig, bis sich der Mann erholt hatte, und fragte erneut. „Wo sind deine Freunde hingezogen?“ Aufmerksam sah er den Menschen an und lauerte auf eine Antwort. Schnell blickte er zwischen den Augen des Fremden hin und her und versuchte, ihn unter Druck zu setzen.

Langsam stand der Mann auf und torkelte zu dem kleinen Loch in der Wand, durch das das Licht von draußen hereindrang. „In das Reich der Toten schätze ich.“

„Schwachsinn“, schnauzte Ephnies ihn an und schmetterte die leere Steinschale gegen die Wand, sodass sie laut klirrend zersprang. Langsam wurde er wütend. Kochend stieg ihm der Zorn in den Kopf und in die Hände und ihn überkam der Wunsch, den Mann zu würgen und leiden zu sehen. Doch noch brauchte er ihn.

Der Mann drehte seinen Kopf zu ihm. „Ich denke schon. – Sie sind vor einigen Tagen aufgebrochen und seitdem habe ich keinen einzigen Ton mehr von ihnen gehört. Ich hätte gedacht, dass sie mir eine Nachricht zukommen lassen würden.“

Ruhig erhob sich Ephnies und ging auf den Mann zu. Er stellte sich neben ihn und blickte ihm ins Gesicht. „Wie heißt du?“

„Grendowild“, antwortete er.

„Aha. – Und wie heißen deine Freunde?“, fragte Ephnies weiter.

Nach einer langen Pause begann Grendowild, erneut zu sprechen: „Weiß ich nicht. Ich habe ja wahrscheinlich keine mehr.“

Wutentbrannt drehte sich Ephnies weg und tötete die zweite Wache, die seit einigen Minuten verunsichert den Kadaver neben sich betrachtet hatte. „Erzähl nicht solchen Schwachsinn!“, brüllte Ephnies in die Leere.

Es war mit einem Mal schrecklich still im Kerker. Die tote Wache sackte in sich zusammen und klatschte laut auf dem Boden auf. Dann herrschte Ruhe im Verlies. Nur der Krieger stand noch neben der Tür und verlagerte sein Gewicht unruhig von einem Bein auf das andere. Ein stetes monotones Rauschen drang von draußen herein und breitete sich entlang der feuchten kalten Wände aus. Überall in der Festung war es warm, wenn nicht sogar schrecklich heiß. Im Gegensatz dazu war es hier nass und kalt.

Ratten und Kakerlaken huschten über den Boden und verkrochen sich hier und da in den unzähligen Löchern. Genauso, wie es seine Krieger taten. Sie waren überall und verkrochen sich ebenso in jedem nur erdenklichen Winkel dieses Gebäudes. Versteckt warteten sie auf Befehle und gliederten sich dann irgendwann der Truppe an, wenn er sie nicht schon zuvor aus Wut getötet hatte, so wie es soeben mit den beiden Wachen geschehen war.

Irgendwann würden andere Begriske kommen, die sie eigentlich ablösen sollten, und dann feststellen, dass ihre Vorgänger tot waren. Sie würden die Leichen aus dem Kerker tragen und in eines der riesigen Feuer werfen, die die mächtigen Eisenschmelzen in den tiefen Grotten seiner Festung antrieben. Ja, dort wurde nicht nur Holz verbrannt. Die toten Kreaturen wurden auch einfach mit hineingeworfen. Die Rüstungen gab man schon zuvor an andere Krieger weiter.

Eigentlich war es schade um jedes dieser Wesen, was er tötete, nur waren Rache, Gewalt und wahlloses Töten hier in seinem Einflussbereich die Devise, welche er ohne zu zögern jederzeit umsetzte. Und es bereitete ihm Freude.

„Wie viele Tage sind sie schon fort?", fragte Ephnies. Zunächst kam keine Antwort. Mit drohendem Unterton wiederholte er seine Frage. Noch immer keine Antwort. Sofort fuhr er den Mann wütend an. „Noch einmal. Wie lange sind sie schon fort?"

„Zwei, vielleicht drei Tage", stammelte Grendowild hektisch.

„Und wohin sind sie gegangen?"

„Wie gesagt. In das Reich der Toten", röchelte der Mann, während Ephnies ihm leicht die Kehle zudrückte.

Ein harter Schlag durch Ephnies folgte und er landete auf dem harten Steinboden. Es war ihm bereits fast egal, was mit diesem Mann geschah.

„Ihr werdet nicht weit kommen in dieser Welt", flüsterte der auf dem Boden Liegende.

Mit verächtlichem Blick sah Ephnies zu ihm hinab. Schweigend standen sie noch einige Minuten in dem Kerker. Dann wandte sich Ephnies ab und ging hinaus. Die Tore wurden wieder verschlossen und er eilte hinauf in seinen Turm. Er stand auf der Turmspitze und beobachtete den Bau der Mauer. Welch ein wundervolles Werk es doch war. Der Bau ging rasend schnell voran und so hatten sie in dieser kurzen Zeit viele Meilen an Mauerwerk und Wehranlagen erbaut. Gleichzeitig wurden der Wald um die Ebene immer kleiner und die Wolken am Himmel immer größer, während seine Macht unaufhaltsam wuchs.

Er stand tagelang dort oben auf seinem wundervollen Turm und wartete. Er wartete einfach, ob irgendetwas passierte. Er tat rein gar nichts.

Und im Kerker der Festung hockte dieser Mann die ganzen Tage. Erst war er viele Stunden still. Er sprach kein Wort. Er aß nicht und trank nicht. Wohl überkam ihn unendliche Trauer über seine verlorene Heimat. Genau das bezweckte Ephnies. Vielleicht sprach der Mann dann im Rausch seines Hasses endlich.

Doch nichts dergleichen geschah. Hin und wieder blicke Ephnies mit seinen Gedanken in die Tiefen seiner Festung und fand stets wieder den schweigenden Mann, der angekettet auf dem Boden hockte.

Irgendwann begann er endlich, zu essen, wohl weil er kurz vor dem Verhungern war und irgendwie auf Rettung hoffte. Dann trank er. Dann schwieg er. Kein noch so kurzes Wort drang aus ihm heraus. Er war nicht gebrochen. Dieser Mensch war zäh. Auf der einen Seite fand er das bemerkenswert, doch auf der anderen Seite war es nicht das, was er hier erreichen wollte.

Nach einigen weiteren Tagen schickte Ephnies einen Begrisk in die Tiefe der Festung, um dem Mann die Worte aus dem Kopf zu prügeln. Trotzdem kam keine Antwort zustande. Mit aller Kraft schlug die Bestie auf den Mann ein und brach ihm mindestens eine Rippe. Doch trotz jeder einzelnen Verletzung gab der Mensch kein Wort von sich.

Erst als er kurz vor dem Sterben stand, pfiff Ephnies seinen Begrisk zurück, der jedoch so sehr im Blutrausch versunken war, dass ihm nichts anderes übrigblieb, als die Kreatur zu töten. Durch einen plötzlichen Schock getroffen, sank der Krieger zusammen und landete tot auf dem Boden der Zelle, in der der Mann lag.

Von Stunde zu Stunde wurde der Mann ruhiger und zog sich weiter in die Ecke der Zelle zurück. Immer weiter verschwand er in der Dunkelheit und wurde dabei von den skeptischen Blicken der wachenden Kreaturen verfolgt. Verschwinden konnte er nicht. Doch Angst schien sich in ihm breitzumachen. Aber trotz allem schien der Zorn stärker zu sein. Keiner schaffte es, diesen Hass zu brechen und endlich ein Wort aus dem Fremden heraus zu bekommen.

Und trotzdem gab er ein gutes Spielzeug für die Begriske ab. Hin und wieder ließ Ephnies sie mit dem Fremden dort unten und wartete, was geschah. Doch kein Schlag, kein Hieb und keine Wunde ließen diesen Mann reden. Er schwieg. Keine einzige hilfreiche Antwort verließ seine Gedanken.

Nur die unzähligen Schreie waren durch die Festung zu hören und hallten in den Kellern und Gängen überall wider. Manchmal drangen Flüche hindurch. Schreie. Qualvolles Röcheln. Doch zwischen all diesen unterdrückten Lauten und den feurigen Blicken kam kein sinnvolles Wort hindurch.

Und so wuchs mit dem Zorn und der Trauer des Mannes auch der Zorn von Ephnies. Doch beide wussten sich ebenso in Geduld zu üben. Der Mann schien sich seiner Macht bewusst zu sein. Er hatte Informationen, die sonst keiner mehr besaß. Alle übrigen Bewohner des Dorfes, in dem dieser Fremde gelebt hatte, waren getötet worden. So gesehen war das eine mehr als dämliche Tat gewesen. Man hätte mehrere Menschen verschleppen müssen. Vielleicht wäre ein anderer gesprächiger gewesen.

Doch seine Begriske hatten sich unter Thorgk austoben dürfen. Sie lernten das Töten und Jagen auf neuen Wegen kennen. Sie verfolgten nun nicht mehr Menschen zwischen Bäumen, sondern hetzten sie durch Schluchten und Täler. Und irgendwann würden sie auf die Freunde dieses Mannes stoßen und sie einen nach dem anderen umbringen.

Und je nachdem, wie das Schicksal entschied, würde er diesen Mann dabei zusehen lassen oder ihn gleich noch mit umbringen. Dann war es vorbei mit dem Versuch der Menschen, sich zu wehren. Und genauso wäre es vorbei mit Heroffad. Nur deswegen folterte er diesen Mann und tötete ihn nicht direkt. Lediglich wegen Heroffad litten nun noch die Menschen. Sonst hätte alles viel schneller vorüber sein können.

Wieder ließ er einen Begrisk in den Keller schicken. Dieser Mann musste doch zu brechen sein. Es musste irgendetwas geben, das ihm wichtig genug war. Damit er seinen Widerstand endlich aufgab. Doch es gab keine Menschen mehr, die man als Werkzeug hätte nutzen können. Womit war dieser Mann nur zu brechen?

Nach einigen Tagen kam Zokh, ein weiterer Begrisk, auf den Turm gestiegen und überbrachte eine Nachricht. Thorgk war entgegen allen Befehlen wieder aufgebrochen. Er hatte die Spur der Reisenden verfolgt und dann tatsächlich die Gruppe gefunden. Jedoch hatten sie ihn kurz vor einer Stadt niedergestochen. Erst nach einiger Diskussion und mehrfachem Nachhaken rückte Zokh den Namen der Stadt heraus. Falkenstätt!

Wie von einem Blitz getroffen, stieg Ephnies von dem Turm und begab sich erneut hinab in den Kerker. Er befahl Zokh, seine Soldaten für einen Kampf bereit zu machen und dann in den Kerker zu kommen. Eilig stürmte er die langen Treppen und Gänge hinab in die tiefen Keller unter seiner Festung und eilte hinüber zu den Verliesen. Wütend schlug er das Kerkertor auf und fuhr den Mann an, der sofort erschrocken zurückwich.

„Was haben sie in Falkenstätt zu suchen?", brüllte er ihm direkt ins Gesicht. Erschrocken starrte Grendowild dem dunklen Magier in die Augen und brachte keinen Ton hervor. „Was?", brüllte Ephnies.

„Sie berichten nur von dem, was sie hier gesehen haben", stammelte Grendowild.

„Du lügst!", brüllte Ephnies noch lauter als zuvor und schlug dem Mann ins Gesicht, sodass seine linke Schläfe aufplatzte. „Du lügst! Sie suchen Verbündete! Du lügst mich doch glatt an!"

Die pure Panik stieg in Grendowild auf. Was geschah hier? Was geschah mit seinen Freunden? Waren sie alle verloren?

Auch Ephnies verfolgte gespannt die Gedanken des Mannes vor ihm und las jede Einzelheit heraus. Bald kannte er die Gesichter der anderen Männer und las die Ahnungen, die in den nun klar lesbaren Gedanken des Mannes erschienen. Suchten sie also nach Hilfe?

„Lügner", zischte Ephnies erneut mit tiefer Wut in den Augen.

Erschrocken schüttelte Grendowild den Kopf, den er kurz darauf verlor. Kaum hatte Ephnies ihn getötet, ärgerte es ihn schon wieder. Er hätte sicherlich noch einige Details aus diesem Mann herausquetschen können. Doch nun war es ihm egal.

Zokh erschien in der Tür und meldete sich und seine Krieger als kampfbereit. Sofort schickte Ephnies ihn hinaus auf den Hof und befahl außerdem, in das Gebirge zu ziehen und nach der Spur der Reisenden zu suchen. Zur Not sollten sie jedes einzelne Dorf, das sie fanden, vernichten. Heroffad sollte sich schuldig fühlen.

Leicht erfreut stieg Zokh aus dem Kerker hinauf, den Ephnies kurz darauf verschloss, als er schließlich zurück auf die Turmspitze kletterte. Er musste sich dringend beruhigen.

* * *

Sie hatten sich bereits zwei Wochen in Falkenstätt aufgehalten. Eine lange Zeit, die Tim und Finn ausführlich mit Adelgar und Ambros zum Erproben des Schwertkampfes genutzt hatten. Trotzdem waren sie noch nicht bereit zur Abreise, weil ein Kumpan verwundet war. Immerhin verstrich die Zeit nicht vollkommen ungenutzt.

Linhart war immer noch in der Obhut des seltsamen Heilers. Herodil hatte es in der Zwischenzeit geschafft, den Bürgermeister zu überzeugen. Zuerst war er misstrauisch gewesen, doch nachdem sie nun jeden Tag erneut zu ihm gegangen waren, hatte er eingewilligt. Er hatte besorgt ausgesehen und nach einigen Minuten der Diskussion erzählt, dass im Westen des Gebirges ein Dorf angegriffen worden war – und man nun auch die erlegten Kreaturen im Tal gefunden hatte. Viel mehr hatte er dazu allerdings nicht sagen können. Doch die Angst, dass bald weitere Teile des Reiches betroffen sein konnten, schien sich schnell auszubreiten und so kamen sie schließlich zu einem gemeinsamen Nenner.

Nun hatte man einen Treffpunkt ausgemacht. Gegen Ende des Frühjahrs sollten sie sich beim östlichen Rand des Gebirges treffen und von dort aus dann gemeinsam in Richtung des Donnerstroms zu der dunklen Festung marschieren.

Jetzt waren sie auf dem Weg zu Linhart, um zu sehen, wie es ihm inzwischen ging. Bereits vor dem Haus konnte man die gequälten Laute hören. Sie betraten die Hütte und sahen Linhart, der auf den Tisch gebunden war und vor Schmerzen röchelte. Sein rechter Arm war schwarz und geschwollen, während die Riemen, mit denen er festgezurrt war, blutig in das Fleisch schnitten. Der greise Mann stand an einem Kessel und rührte darin. Er drehte sich zu der Tür und sah Heroffad besorgt an. Dann schüttelte er den Kopf.

Langsam trat er zu Heroffad herüber, sah ihn eine Weile lang besorgt an und erzählte schließlich, wie es um Linhart stand: „Ich kann nichts mehr für ihn tun. Die Klinge ist vergiftet worden – mit dunkler Magie. Ich bin machtlos dagegen. Ihm bleiben nur noch einige Stunden. Solch ein Gift kann ich nicht austreiben", berichtete er mit leiser Stimme.

Heroffad nickte nachdenklich. „Ich verstehe."

Er trat aus dem Haus. „Die Klinge war vergiftet. – Ihm bleibt nicht mehr allzu viel Zeit", erzählte er. Betroffen sahen ihn die anderen an. Sie waren noch nicht lange unterwegs und schon sollte ein Mitglied ihrer Gruppe unwiderruflich verloren sein? Sie konnten es kaum glauben.

„Kann man denn wirklich gar nichts …?", fragte Finn.

„Nein", unterbrach ihn Heroffad. Er wusste, dass es durchaus einen Weg gab, gegen die dunkle Magie vorzugehen, leider kannten diesen nur die Elben und diese waren bekanntlich seit langer Zeit verschwunden. Viele Jahre trennten sie also von einer möglichen Rettung.

Ihnen blieb nichts anderes übrig, als Linhart hier zurückzulassen. Trotzdem packte sie das schlechte Gewissen. Es hätte jeder von ihnen sein können, ausgerechnet ihn hatte es getroffen. Sie mussten einfach warten, was mit ihm geschah. Auch wenn sie es mehr als eilig hatten, durften sie jetzt nicht einfach so von hier verschwinden. Das war gegen jede Würde.

Sie blieben noch den Tag lang in Falkenstätt und durchstöberten die Gassen. Das hatten sie schon die letzten Tage immer und immer wieder gemacht. Doch nun war ihre Stimmung dermaßen gedrückt, dass sie diese Welt völlig anders wahrnahmen.

Um sie herum liefen plötzlich nicht mehr fröhlich arbeitende und handelnde Menschen, die miteinander zusammen in dieser Stadt lebten und damit glücklich zu sein schienen. Das Bild wandelte sich. Auf einmal wirkte es, als würden all diese Bürger betrübt und unnötig laut durch die Straßen wandeln, sich gegenseitig genervte Blicke zuwenden und von ihrer miesen Laune durch den dunklen Winter gehetzt.

Aus der Freude über das noch halbwegs angenehme Wetter wurde plötzlich Ärger über die nassen, von Schneematsch bedeckten Straßen. Plötzlich strahlte die Sonne nicht mehr, sie blendete nur noch.

Tim und Finn ließen sich in einer Taverne am Markt nieder und beobachteten das wirre Treiben in der dunklen Stube. Keiner wagte es, etwas zu erzählen. Sie waren zu mies gelaunt.

„Wollt ihr nun etwas trinken oder nicht?", fragte der Wirt irgendwann. Doch sie winkten beide ab. Ihnen war nicht danach. Trübsinnig starrten sie auf den Tisch und ließen nur selten ihre Blicke durch den Raum wandern.

Irgendwann gesellte sich ein dicker alter Mann zu ihnen. „Was guckt ihr so trübsinnig?", fragte eine seltsam vertraute Stimme. Tim sah auf. Ihnen saß ein bärtiger Mann mit vernarbtem Gesicht und wirren Haaren gegenüber. „Tim?", fragte er erstaunt. „Mein Gott! Bei meinem letzten kleinen Zeh! Ich hätte nie gedacht, dich jemals hier zu treffen." Lachend lehnte er sich über den Tisch und klopfte ihm auf die Schulter. „Sag, Junge, wie ist es dir ergangen?"

Kurz überlegte er. Das war der Mann, der ihm damals all diese Geschichten erzählt hatte. Daher kannte er ihn. Langsam ging ihm ein Licht auf. „Soweit ganz gut", entgegnete Tim, weniger traurig als ihm recht war.

„Und warum dann die schlechte Laune, Bursche?", hakte der Mann nun nach.

„Wir sind auf dem Weg nach Osten, in eine große Stadt. Aber ein Freund liegt im Sterben“, fasste Finn schnell trocken zusammen.

„Ihr auf Reisen. Wer hätte es gedacht. Doch, mein Beileid natürlich“, grunzte der Dicke. „Was sucht ihr dort?“

„Hilfe“, antwortete Tim knapp.

Der alte greise Räuber lehnte sich noch weiter nach vorne. „Das kann auch ich anbieten. Was auch immer ihr braucht, ich kann es euch beschaffen“, raunte er zurück.

„Doch sicherlich kein ganzes Heer“, lachte Tim. Ein zögerliches Nicken und eine verwundert hochgezogene Augenbraue bestätigten die Vermutung. „Danach suchen wir nämlich.“

„Ich frag' besser gar nicht erst, worum es geht …“, grinste der Dicke.

Finn nickte. „Ist wohl besser.“

Der Mann war sichtlich angewidert von der schlechten Stimmung. Er zuckte irritiert mit den Mundwinkeln und atmete genervt ein und aus, wobei er sich derart aufplusterte, dass seine Kleidung unter der Spannung gefährlich ächzte. „Dann müsst ihr wohl doch weiter gen Osten ziehen“, gab er kurz darauf von sich. „Doch ihr müsst Acht geben, was das Gebirge angeht. Viele Wege sind versperrt.“

„Welchen sollen wir nehmen?“, fragte Tim.

Der Mann lehnte sich in seinem Stuhl wieder zurück. „Nun ja. Das lässt sich schwer sagen.“ Tim kramte schnell in seiner Tasche und knallte das Buch auf den Tisch. „Ich dachte schon, dass ich es nie wiedersehen würde. Gut, dass ihr es für mich aufbewahrt habt.“

„Ihr könnt es behalten“, sprach Tim, „aber eine Antwort ist das doch hoffentlich wert.“

Lächelnd schob der Mann das Buch beiseite. „Nun gut. Gelernt habt ihr also wenigstens schon mal was“, grinste er selbstgefällig. „Es gibt viele bekannte Wege zu der Stadt der Könige, zu der ihr wahrscheinlich wollt. Doch es gibt zurzeit nur einen, der wirklich sicher ist. Verhältnismäßig, versteht sich. Viel Schnee versperrt bereits die hohen Pässe und engen Schluchten. Es wäre ein Wunder, wenn man bei dieser Reise nicht umkäme. Doch wenn ihr dem Fluss folgt, auf den ihr stoßen werdet, dann führt euch das *allesamt* direkt auf einen etwas leichter passierbaren Pfad nach Osten." Während er dies erzählte, blickte er Tim tief in die Augen. „Sei vorsichtig Kleiner!"

Darauf beäugte der Räuber skeptisch das Buch. „Stimmt etwas nicht?", fragte Tim.

„Was ist das?", wunderte sich der Dieb und deutete auf ein Stück Papier, das sich in dem Buch verklemmt hatte und daneben nun auf dem Tisch lag.

„Das? Das haben wir zufällig in einer Kneipe im Westen erhalten. Soll eine Karte des Waldes sein", erklärte Finn.

Der Räuber nickte. „Ich hab' mich schon gewundert, wo ich die verloren habe."

Tim lachte. „Du bist also der rätselhafte Magier, von dem die Karte gestohlen wurde."

„Das kann gut sein. Meine kleinen Tricks können verwirrend sein", grinste der Räuber. Wie aus dem Nichts erschien eine silberne Münze in seiner Hand, die er auf dem Tisch drehen ließ. „Man muss nur genau wissen, was man tut." Das helle Surren der Münze dröhnte in ihren Köpfen, bis der Dieb sie plötzlich wieder verschwinden ließ. „Mag sein, dass ich wie ein Magier erscheine, ich bin aber keiner." Wieder blickte er zu der Karte. „Behaltet sie. Ich werde sie nicht brauchen bei meiner nächsten Reise."

Schnell griff Tim nach der Karte und steckte sie wieder beiseite, bevor es sich der Dieb anders überlegte. „Danke für die Hilfe", sprach Tim und stand von seinem Stuhl auf, „wir werden uns bestimmt einmal wiedersehen."

Der Räuber lachte. „Das denke ich nicht. Dort, wo ich nun hingehen werde, wird es keinen Weg zurück mehr geben.“ Grinsend schlug er das Buch vor sich auf und blätterte kurz hin und her. „Habt ihr schon einmal etwas von Unterwelt gehört?“, fragte er. Eilig nickte Tim. „Dann werdet ihr mich hoffentlich nie wiedersehen müssen.“ Kurz deutete er auf eine Zeichnung auf der Seite. Ein Pentagramm, geziert mit einem Totenkopf. Tim schluckte, diese Seite kam ihm bekannt vor. Schnell nahm der Mann sein Messer, das er bei sich trug, schnitt sich quer durch den linken Zeigefinger und drückte das Blut auf die dunkle Tinte. „Wünscht mir Glück!“, flüsterte er und starrte dabei Tim grinsend mit vor Angst und Neugier weiten Augen an. Schon war er mitsamt dem Buch in einer dicken Wolke aus dunklen Schwaden verschwunden. „Bleibt am Leben!“, lachte die Stimme des Räubers aus dem Dunst heraus.

Kurz standen Tim und Finn geschockt in dem dunklen Raum. Keiner, außer ihnen beiden, schien diese Begebenheit beobachtet zu haben. Sie mussten schnell fort von hier. Eilig verließen sie die Taverne und suchten ihre Begleiter, die sich gerade auch auf dem Markt aufhielten.

Kurz bevor sie die freie Fläche betraten, stieß Finn Tim gegen eine Wand. „Etwas stimmt mit diesem Fremden nicht“, mahnte er. „Hast du das auch gemerkt?“

„Was meinst du?“, entgegnete Tim.

Finn lockerte den Griff. „Er hat uns beobachtet, er wusste, dass wir nicht nur zu zweit sind, er hat sich bei unserer Heimat umhergetrieben … und das“, er deutete auf die Spelunke, „das war dunkle Magie.“

Tim stöhnte. „Mach dir mal nicht ins Hemd. Natürlich wusste er, dass wir nicht zu zweit sind, immerhin haben wir unseren sterbenden Kameraden erwähnt.“

„Aber warum sollte er dann sagen, dass wir *allesamt* seinem Weg gen Osten folgen sollen? Ein Toter reist nicht!“, erklärte Finn.

Tim blickte ausweichend beiseite und erblickte Heroffad, der soeben auf sie zugelaufen kam.

„Da seid ihr beiden ja!“, rief Heroffad erbost. „Wir müssen weiter!“

„Und was ist mit Linhart?“, fragte Tim, um Finns Frage zu umgehen.

„Der ist tot. Seit gut einer Stunde“, antwortete Heroffad eilig, „den Heiler haben wir ausgezahlt. Also können wir nun endlich aufbrechen. Los, los, los. Die Zeit drängt, ihr elenden Faulpelze.“ Der Magier drängte sich an ihnen vorbei und lief geradewegs auf die Stadtmauer zu. „Los, kommt. Die Zeit wartet nicht auf uns.“

Schnell hatten sie Falkenstätt verlassen. Dann eilten sie weiter durch das Tal und von der Stadt fort. Sie machten sich rasch auf den Weg zu der nächsten Stadt, die in weiter Ferne am Ende des Gebirges lag.

Golvileg, die Stadt der Berge, bot leider keine Abkürzung, die sie dorthin führte, so mussten sie über die schneebedeckten Berge klettern und sich durch die Schluchten schlagen, die sie von ihrem Ziel trennten.

Sie überquerten einen kurzen Gebirgspass am Ende des Tales und folgten von nun an nur noch der Sonne. Immer weiter nach Osten mussten sie. Es gab keine Orientierungspunkte. Früher oder später würden sie auf eine Handelsroute stoßen, die aber nun, da der Winter begonnen hatte, kaum noch zu erkennen war.

Das alte Königreich Norskom war schon immer von der Königsstadt aus regiert worden. Horngart, die Festung des Trotzes und der Weisheit. Brutale Könige und Fürsten hatten den Norden ihrer Welt einst immer wieder in Kriege verwickelt. Sie hatten das Gebirge komplett erobert und waren danach bis in die nördlichen Gefilde des Waldes vorgedrungen. Doch man schlug sie zurück und drängte sie in das Gebirge.

Die Geschichte Norskoms war von verschiedensten abwechslungsreichen Wendungen geprägt. Stets hatte es irgendwelche Kämpfe gegeben. Neue Territorien waren eingegliedert worden oder alte gingen verloren. Hier und da gab es Katastrophen oder auch kleine Wunder. Doch meist hatte Norskom Glück im Unglück gehabt.

Nie war eine Macht über dieses Gebiet hergefallen oder hatte Ansprüche auf das Land erhoben. Man hatte dieses Reich stark werden lassen und profitierte nun zumeist von dessen Schutz. Sie standen in einer Phase des Friedens.

Nach jeder Epoche des Krieges folgte ein weiser König, der in der Kriegszeit aufgewachsen war und diese nun gehörig satthatte. Immer wieder musste man das entstandene Elend beseitigen und Frieden und Recht zurückbringen. Keine einfache Aufgabe, aber viele Könige hatten dies mit Mut und Geduld immer wieder geschafft. Die Städte in den Bergen blühten dann oft wieder auf und erlangten durch vielerlei Handel ihren Reichtum.

Momentan befand sich in vielen Städten und Dörfern der Wohlstand auf seinem höchsten Stand seit langer Zeit. Die Menschen waren glücklich und feierten. Tauschten Güter vom Morgen bis zum Abend. Aber es war kaum zu verkennen, dass diese Fassade der Glückseligkeit hier und da bröckelte.

Golvileg war ausgeschöpft – der Überfluss der vergangenen Jahrzehnte würde also bald vergangen sein. Prunkvolle Bauten und prachtvolle Gärten waren im Begriff zu verkommen und von Schutt und Unkraut verdeckt zu werden. Nachlässiges Handeln der mächtigen Oberschicht führte zur Verarmung der Bauern, die dies versuchten zu verbergen, und zur Machtergreifung nachlässiger Bürgermeister, die die Steuern ins Unermessliche trieben, um jeden kleinen Taler aus ihren Bürgern herauszupressen.

Man feierte, doch niemand trank. Man sang, doch niemand hörte Musik. Man tanzte, doch niemand trug Ballkleider. Norskom war vom Sinnbild des erfolgreichen Kommerzes zum Sinnbild der fröhlichen Täuschung der Sinne geworden.

So gut es ging, wurde der Zerfall überdeckt, sodass es kaum jemand bemerkte – oder wahrhaben wollte. Jeder betörte sich selbst mit dem staubigen Glanz der Trümmer und schniefte seinen Kummer weg, indem man sich mit Arbeit ablenkte. Die Kinder sahen das nicht und waren glücklich. Sie spielten mit Steinen, die von den Häusern abbröckelten, und lachten fröhlich. Das wiederum machte die Erwachsenen sorglos und keiner sah den Kummer, das Leid, die Verzweiflung. Nicht einmal die Alten, die ja die gute Welt, wie sie einst gewesen war, bestens kannten. Sie hatten im vergangenen Jahrhundert Norskom zu Größe und Wohlstand geführt. Nun beobachteten die alten Helden den Niedergang. Vielleicht waren diese aber auch nur glücklich, weil sie wussten, dass sie die schlimmste Zeit sowieso nicht mehr erleben würden.

Es war eine Gesellschaft, die sich selbst betrog. Immer auf dem Weg, etwas Besseres zu erreichen, sich dabei aber selbst zerstörend. Morde und Überfälle hatte es in letzter Zeit wieder gegeben. Keiner wusste, wer daran schuld war, aber es wollte auch keiner wissen, da jeder irgendwo selbst auch Dreck am Stecken hatte, der in einer der größeren Städte lebte. Grub man ein Verbrechen aus, so folgte gleich das nächste – und dann auch bald das eigene. Niemand vermochte es, diese Kluft zwischen Recht und Unrecht wieder zu trennen, über die man momentan eine feste Brücke gebaut hatte. Freundschaftlich saßen Schwerverbrecher und Bürgermeister an einem Tisch und freuten sich des Lebens und der Reichtümer, die sie anderen Leuten gestohlen hatten.

Die Rücksichtslosigkeit, die sie in Trattoria am Berge Grodh gesehen hatten, war dabei nur die Spitze des Eisbergs. In den

Städten ging es zunehmend rau zu. Morde, Betrug, Diebstahl. All diese Dinge kennzeichneten an verschiedensten Orten den Niedergang. Viele vermissten den Luxus, den sie zu Zeiten Golvilegs einst gekannt hatten – doch davon würden sich die meisten wohl für immer verabschieden müssen, besonders diejenigen, die sich auf der Arbeit anderer ausruhten.

Auf den Dörfern sah das anders aus. Man begnügte sich mit dem, was man hatte, und sprach auch offen darüber, wie schlecht es eigentlich um das Land und sie selbst stand. Doch trotzdem versuchte man, die Armut mit Festen zu verbergen – so, wie sie es auf dem Land schon immer getan hatten. Es war Normalität. Nie hatte man sie gut behandelt und so wusste jeder Einzelne von ihnen, wie man selbst in den schlechtesten Zeiten noch halbwegs würdevoll und fröhlich leben, arbeiten und feiern konnte.

Man spürte, dass große Umbrüche bevorstanden, selbst hier hinter den Felsmassen, hoch oben in den Bergen. Irgendetwas schlich sich heran und infiltrierte ihre Gesellschaft. Das Böse nistete sich ein und machte die Städte mürbe und herzlos. Bald würde alles in sich zusammenfallen und die Menschen unter sich begraben. Jeder kümmerte sich nur noch um sich selbst. Häuser blieben marode und es interessierte niemanden. Ganze Städte verschwanden von der Landkarte, so wie es mit Trattoria geschehen war, trotz allem nahm niemand das groß zur Kenntnis, da die meisten Leute, die es erlebt hatten, längst getötet worden waren.

Hier tief im Gebirge konnte man die dunklen Wolken nicht sehen. Die Städte und Dörfer lagen in den Talkesseln. Stets an den Stellen, wo einzelne Flüsse die Berge durchschnitten, erbaute man Häuser. Hier konnte man den Wald und was dort geschah nicht sehen. Niemand kletterte hoch auf die Berge, um sich dann stundenlang dort aufzuhalten und den Wald zu beobachten. Nur Heroffad tat dies. Und trotzdem wusste keiner seiner Begleiter, was nun eigentlich in dieser Welt vor sich ging.

Inzwischen folgten sie einem verschlungenen Weg, an einem Berg entlang. Dieser führte irgendwann zu dem Handelsweg, wiederum bot er auch einige Gefahren. Es war lediglich ein in die Felswand geschlagener Pfad, der lange nicht benutzt worden und somit auch nicht gerade gut in Schuss war. Der Weg war gut einen Meter breit, andererseits ging es direkt daneben mehrere Hundert Meter in die Tiefe. Tief unten rauschte ein Fluss. Wer es schaffte, sich bei einem Sturz weit genug von der Felswand weg zu drücken und sich nicht zu verletzen, landete in den Stromschnellen und würde dort höchstwahrscheinlich ertrinken, gleichwohl war man wenigstens bis dahin dann noch unverletzt.

Vor ihnen wurde der Weg immer schmaler. Doch ein zweiter in den Berg geschlagener Pfad schien den Berg hinauf zu führen. Dort über den Bergkamm hinweg musste ein breiterer Pfad verlaufen.

„Lasst uns den Weg dort oben nehmen", schlug Herodil vor. „Es ist sicherer, als sich hier neben dem Abgrund entlangzuschlängeln." Die anderen stimmten ihm zu.

„Nein!", rief aber Tim dazwischen. „Das ist der falsche Weg."

„Woher willst du das wissen?", rief Herodil gegen den Sturm.

„Wir haben mit einem alten Freund in Falkenstätt geredet. Wir müssen dem Fluss nach Osten folgen", erklärte Tim.

„Das ist viel zu gefährlich", stimmte auch Adelgar mit ein.

Doch Heroffad ging dazwischen. „Er hat Recht", stellte er sich vor Tim, „wir sollten dem Fluss folgen."

„Bist du verrückt?", stellte sich Herodil ihm entgegen.

„Nein. Seht nach oben. In diesem Schneesturm und den Verwehungen verlaufen wir uns nur", erklärte der Magier. „Lasst uns lieber dem klaren Weg entlang des Flusses folgen. Das führt uns eher an ein Ziel als in den sicheren Kältetod."

Mürrisch ließ Herodil nach und wandte sich dem Weg wieder zu. „Na gut“, murmelte er in sich hinein, „dann nehmen wir halt den *sicheren* Pfad.“

Langsam gingen sie den Weg entlang und trafen auf eine provisorische Holzbrücke, die einmal über den Abgrund führte, da der Weg von hier aus auf der anderen Seite weiterging. Dort war das Gestein wohl einfacher abzutragen gewesen. Vorsichtig überquerten sie die Brücke und hielten dabei alle den Atem an. Jeder ging einzeln hinüber und jeder Einzelne hatte dabei Todesangst. Unter ihnen ging es weit in die Tiefe und bei jedem einzelnen Schritt auf dem maroden Holz knarrte das Konstrukt unter dem Gewicht der Passanten und unter dem Druck des Windes, der von allen Seiten gegen die Streben und Bretter drückte. Angespannt wurde ein Fuß vor den anderen gesetzt und immer und immer wieder kritisch beobachtet, wie sich die Bretter unter den dicken Winterstiefeln verbogen.

Nachdem sie die Brücke vorsichtig überquert hatten, folgten sie weiter dem nun etwas breiteren Weg, neben dem die Schlucht immer breiter wurde, genauso wie der Fluss.

So wanderten sie den ganzen Tag diesen Pfad entlang und verließen mitten in der Nacht schließlich den Gebirgspfad, der sie bis dahin hinunter in ein Tal gebracht hatte, durch das jener Fluss schnitt, der hoch oben in den Bergen noch so bedrohlich ausgesehen hatte. Hier plätscherte er gemütlich am Ufer entlang und bot kein so lautes und bedrohlich wirkendes Rauschen mehr.

Einige Schritte von dem Weg entfernt, schlugen sie in einer Mulde ihr Lager auf und übernachteten ein weiteres Mal in völliger Kälte. Sie waren einen halben Tag gelaufen, seitdem sie kurz nach dem Mittag die Stadt verlassen hatten. Ihre Füße schmerzten und durch die Kälte zog auch ein leichter Schmerz durch ihre Köpfe.

Am frühen Morgen standen sie wieder auf und zogen weiter durch das Tal. Sie mussten weiter dem Fluss folgen, der sie irgendwann zu dem verschneiten Weg führen würde, den die Händler sonst das ganze Jahr nutzten. Der Fluss wurde hier im Tal immer langsamer und war an einigen Stellen bereits von Eis bedeckt.

Kurz blickten sie zurück zu der Schlucht, die sie durchquert hatten. Tatsächlich schien es so, als wäre der Pass, der über die Berge hinweg geführt hätte, völlig unter dickem Schnee begraben. Die Felswand schob sich schließlich ein Stück weit in das Tal hinein und fiel dort steil hinab. Bei dem Sturm am Vortag wären sie dort wahrscheinlich blind in die Tiefe gestürzt und hätten jede weitere Reise für immer vergessen können.

Ein kalter Wind zog über die Bergspitzen hinweg und ließ die Gletscher anwachsen. Schnee und Eis zogen von dort aus immer tiefer in die Täler hinein. Eiskalt lag das starre Gestein um sie herum, das sich am Tag immer etwas aufwärmte. Doch trotzdem plagte sie die unaufhörliche Kälte.

Es war ein ziemlich warmer Tag. Es regnete sogar und schneite nicht. Im Laufe des Tages wurde das Tal immer matschiger, sodass sie heilfroh waren, als sie endlich einen befestigten Weg zu einem Dorf erreichten. Sie durchquerten schnell die Siedlung und setzten ihren Weg fort. Der Fluss machte einen Bogen weiter nach Norden und nach weiteren fünf Tagesmärschen erreichten sie endlich die Stelle, an der eine große Steinbrücke über den Fluss führte und den Beginn des Handelsweges darstellte, dem sie nun folgen mussten.

Der Frost, der nach dem Regen eingesetzt hatte, hatte dem Gestein zugesetzt. Einige Steine waren aufgesprungen und so waren Geröllhaufen in die Täler gestürzt.

Sie mussten noch einige Höhenmeter erklimmen und dem Handelsweg weiter Richtung Nordosten folgen. Sie kannten diesen Weg nicht wirklich, weshalb keiner auch nur eine Ahnung hatte, wie viele Tage sie noch in der Kälte verbringen mussten und wann sie endlich Horngart erreichen würden.

Sie machten nahe der Brücke zuerst Rast und sammelten Kraft. Die Berge glänzten wunderschön in dem winterlichen Licht. Doch es war schrecklich hell. Es gab angeblich Leute, die sich so lange im Schnee aufgehalten hatten, dass sie durch das helle Licht erblindet waren.

Der dunkle Fels wurde nur an einigen Stellen noch nicht von Eis und Schnee überdeckt und schimmerte so kaum durch die dichte weiße Decke hindurch. Den Weg konnte man von hier aus sogar noch erkennen, doch sobald sie sich auf dem Weg selbst befinden würden, würden sie kaum noch unterscheiden können, wann der Weg aufhörte und wo er entlangführte.

Neben ihnen plätscherte der halb zugefrorene Fluss, während es immer kälter wurde. Zu lange durften sie nicht rasten, da sie sich sonst unterkühlen würden. Die Kälte stieg schon nach wenigen Minuten in ihnen hoch. Die Füße und Beine wurden schnell kalt und auch die Hände mussten gewärmt werden. Auch wenn es angenehm war, den steten Schmerz des schnellen Laufens für eine Weile hinter sich zu lassen, so war es doch umso gefährlicher sich bei dieser Kälte nicht zu bewegen und so einzufrieren.

Sie machten sich wieder auf den Weg und überquerten die Brücke. Dann folgten sie dem Weg den Berg hinauf und liefen so immer weiter nach Osten, während hinter ihnen eine Sichtachse zum Wald auftauchte. Sie sahen sich um und durchblickten die Felsspalte, durch die die Handelskarren im Sommer hindurchgeschoben wurden. Dahinter erkannten sie den dunklen Wald. Die Männer stiegen weiter den Pfad hinauf und erreichten einen Felsvorsprung, von dem aus man sogar die dunklen Wolken über dem Wald erahnen konnte, die sich bis hierher ausbreiteten. Wegen der Berge konnte man nicht sehr weit sehen, dennoch reichte es, um die Bedrohung wahrzunehmen. Irgendetwas braute sich dort zusammen.

„Wie war das mit dem Sturm?", raunte Herodil, der ebenso skeptisch wie alle anderen die fernen Schwaden betrachtet hatte, hinüber zu Heroffad.

Dieser wusste sofort, worauf sein Begleiter anspielen wollte. „Siehst du es mir noch immer nach, dass ich euch nicht beunruhigen wollte?"

„Nein", entgegnete Herodil müde lächelnd, „ich sehe es dir nur nach, dass du uns absichtlich im Unwissen hast warten lassen, bis uns zufällig ein Bote von sich nähernden Monstern berichtet hat."

Heroffad schüttelte lediglich den Kopf. „Wenn ich dir von all den Sorgen berichtet hätte, die ich über die Jahre – auch deinetwegen – gehabt habe, hättest du vom Morgen bis zum Abend für nichts anderes mehr Zeit gefunden."

„Jetzt tu du mal nicht so als würdest du nicht zwischen *wichtigen* Sorgen und lapidarem Alltagsstress unterscheiden können", spottete Herodil.

Und wieder endete das Gespräch, wie es so viele Male zum Ende gekommen war. „Du verstehst mich nicht", brummte Heroffad, „und du wirst mich auch nie verstehen."

Herodil atmete genervt und ungläubig schnaufend aus und wandte sich ab. Für ihn schien dieses Gespräch wohl genauso beendet zu sein. Dabei steckte noch irgendetwas in ihm, von dem sich Heroffad nicht erklären konnte, was es sein mochte. Wieder kehrten die alten Fragen in sein Gedächtnis zurück. Von wo stammte Herodil? Was war mit seiner Familie geschehen? Wer war der Reiter, der ihn damals in ihr Dorf brachte?

In seinen Gedanken versunken nahm Heroffad kaum wahr, wie auch die anderen Männer an ihm vorüber den Hang hinaufliefen. Doch irgendwann riss ihn das Rufen von Tim aus den Gedanken, der als Letzter gerade hinter der Bergkuppe verschwinden wollte und ihn zu sich winkte.

Heroffad blickte zu ihm hinauf und nickte lediglich, nur um dann wieder grübelnd ein letztes Mal den Berg hinab zum Durabor zu blicken. Sie befanden sich gerade an der letzten Stelle vor Horngart, von der aus man die Bäume auch nur erahnen konnte. Direkt hinter ihnen durchschnitt die Straße den Felsen und führte dann erneut in eine Senke. Danach schlängelte sie sich durch das Gebirge, bis sie irgendwann Horngart erreichen würde. Es war noch eine weite Reise, die noch genug Raum für einige Streitgespräche mit Herodil bot.

* * *

Ephnies lauerte in seinem großen Saal. Er wartete auf Nachrichten. Doch eigentlich rechnete er nicht damit, welche zu erhalten. Thorgk war tot. Das wusste er. Momentan konnte er nicht mehr unternehmen, als abzuwarten, was geschehen würde. Kein Erfolg, keine Niederlage. Es waren im Grunde sinnlose Truppenbewegungen, die er zurzeit ausführte. Wie die Figuren auf einem Spielbrett schob er sie hin und her, störte sich aber daran, wie lange sie dafür brauchten.

Er hatte noch viele weitere solcher Krieger, die nur darauf warteten, ihre Aufgaben zu erweitern und Menschen zu jagen. Es war ihm an sich schon irgendwie egal geworden, dass Thorgk gestorben war. Er war einer von Tausenden, den man mit einem einzelnen Wink nebenbei ersetzen konnte. Millionen von Kreaturen warteten nur darauf, in eine solche Stellung, wie Thorgk sie gehabt hatte, zu gelangen. Doch kaum eine war dazu in der Lage. Die meisten waren einfach missgebildete Krieger, die für nichts anderes als die Schlacht dienen konnten.

Innerlich vor Ungeduld brennend, wartete Ephnies auf seinem Platz und bewegte sich keinen Millimeter. Es drangen Geräusche aus den tiefen Hallen bis hoch in seinen Turm und es stimmte ihn immer aggressiver.

Ein lauter Knall riss ihn plötzlich aus seinem wachenden Schlaf. Die Tür wackelte. Scheppern und Poltern war zu hören und zischende Geräusche durchdrangen die Mauern. Langsam kehre Ephnies zurück in die Realität und blickte verwundert und neugierig zur Tür hinüber, die er mit einem Magiestoß öffnete.

Zwei tote Wachen fielen in den Raum und eine Staubwolke kam hereingewirbelt. Laut scheppernd knallten die Rüstungen auf den harten Fels in dem Saal. Ein dunkles Wesen war dahinter zu erkennen. Eine Menschengestalt streckte die übrigen Wachen nieder und drehte sich nun zu der geöffneten Tür.

Ephnies erhob sich und blickte skeptisch lauernd durch das Tor. Die Gestalt steckte einen Dolch beiseite und kam auf ihn zugelaufen. Schweigend stand Ephnies in dem Saal und genauso totenstill kam der Fremde auf ihn hinzu. Dieser blieb einige Meter vor ihm stehen. Sie musterten sich gegenseitig und Ephnies erkannte, dass es sich um einen Elben handeln musste. Lange Haare und die leicht spitzen Ohren verrieten dies.

Mit ehrerbietender Miene starrte Ephnies zu dem Elben hinüber und dieser blickte mit ebenso abschätzigem Blick zurück. Wie von oben herab sah er auf ihn und rührte sich keinen Millimeter.

„Wer seid Ihr?", fragte Ephnies mit stolzer Stimme.

Ohne sich zu bewegen, antwortete der Elb: „Zyriu, Sohn von Tethrin, einem der Urväter der gefallenen Elben." Überheblich blickte er auf Ephnies herab wie auf eine Ratte, die er jeden Moment zertreten könnte. Und wahrscheinlich lag er da gar nicht mal so falsch. Elben waren von Natur aus höhere Wesen, die an Kraft und Wissen bezüglich Magie kaum zu übertreffen waren.

Erstaunt runzelte Ephnies die Stirn und alle seine Gedanken drehten sich im Kreis, da er nicht wusste, wie er reagieren sollte. „Was führt einen gefallenen Elben in meine Hallen?"

Zyriu schritt durch den Saal, hinüber zu dem großen dunkel gefärbten Fenster, das hinter dem Stuhl von Ephnies glänzte.

Er blickte hinaus und betrachtete die Heerscharen, die wie wild geworden an der Mauer arbeiteten und hin und her über die Ebene liefen.

„Es geht nicht unbemerkt an uns vorüber, wenn ein dunkler Herr in einer Welt, die wir ebenso zerstören wollen, ein Heer und eine Festung erbaut. – Doch es gibt dabei ein Problem", er wandte sich ruhig und wie in einer einzigen flüssigen Bewegung erneut zu Ephnies, „erobert Ihr diese Welt, so werden wir kurze Zeit später kommen und sie zerstören, mitsamt Eurem Reich."

Erschrocken kehrte Ephnies noch einmal in seine Gedanken zurück und begann, etwas Ordnung hinein zu bringen. Zyriu, wie sich der Elb nannte, schien sich gegen ihn zu stellen. War dies eine Kriegserklärung?

„Was sind Eure Interessen?", fragte Ephnies abwesend.

„Zerstörung. – Totale Zerstörung", antwortete Zyriu gelassen und beinahe grinsend. „Und Eure?"

Erneut musste er nachdenken. „Persönliche Rache", antwortete er. Eigentlich wollte er doch inzwischen nur noch Heroffad so lange leiden lassen, wie es ging. Deshalb wollte er zunächst diese Welt entzweien. „Ich will jemandem großen Schmerz bereiten – also diese Welt langsam zerreißen. Ich will das Dunkel in diese Welt bringen!"

„Ihr habt aber nicht bedacht, dass dort, wo etwas ist, immer irgendwer versuchen wird, Licht hineinzubringen."

„Doch, jemand sagte doch einst, wo Licht ist, wird auch Schatten sein!", motzte Ephnies.

„Ganz Recht, doch der totale Schatten ist nur die Zerstörung jeglichen Lichts. Erst wenn diese Welt zerstört ist, so ist sie der totalen Finsternis gleich!", argumentierte Zyriu, während er weiter durch den Saal schlich und Ephnies aufmerksam beäugte.

Stimmt, dachte sich Ephnies. „Dann lasst mich mein Werk vollbringen. Danach könnt Ihr mit dieser Welt anstellen, was Euch in den Sinn kommt."

Zyriu streckte ihm seine Hand entgegen. Ephnies erwiderte den Handschlag. Magie floss durch ihre Hände und der Pakt war geschlossen. „Wer den Vertrag bricht, wird sterben", flüsterte Zyriu mit zischender Stimme.

„Es wird niemand diesen Pakt brechen", erwiderte Ephnies.

Sie trennten ihre Hände voneinander und sofort war Zyriu in einer dunklen Wolke verschwunden und durch die Decke des Raumes hindurch ins Nichts gesaust.

Ihm kam dieser Pakt ganz gelegen. Zyriu würde ihm vermutlich dabei helfen, den Durabor ins Dunkel zu stürzen, da er andernfalls seinen Teil auch nicht einhalten konnte. Oder war das zu naiv gedacht? Er wusste auch nicht, ob dieser Pakt den direkten Tod durch die Magie bedeutete, wenn man ihn nicht einhielt oder Zyriu ihn persönlich töten würde, sofern es dazu käme.

Doch momentan war es ihm egal. Es schien einen neuen Verbündeten an seiner Seite zu geben und das machte ihn stark.

* * *

Ein dichter Schneesturm hüllte die verirrten Reisenden in einen Schleier der Blindheit. Kaum hatten sie die Bergkuppe überquert, waren sie von den dichten Schneemassen überrascht worden. Laut rauschte der Wind um sie herum und trieb ihnen die Kälte in die Gesichter. Sie waren alle dicht in Schnee eingepackt und konnten kaum etwas sehen oder hören. Die Eiseskälte barg auch so schon genügend Gefahren, von einer Unterkühlung bis zum Erfrieren.

In den Augenbrauen und dem Bart, überall im Gesicht hing ihnen der Schnee und schmolz auf unangenehme Art und Weise. Nur selten bemühten sie ihre Hände tatsächlich so weit, dass sie sie bis ins Gesicht hoben und den Schnee beiseite wischten. Das machten sie wirklich nur, wenn sie sonst absolut nichts mehr sehen konnten. Sobald der Schnee weg war, überzog ein nasser Wasserfilm das Gesicht und der eisige Wind traf nun direkt die Haut. Und noch im selben Moment begannen stets die Hände halb abzufrieren.

Ihre Lippen waren spröde von der Kälte und brannten unangenehm durch die Feuchtigkeit. Es war ein ekelhaftes Gefühl. Wie Tausende kleine Nadelstiche zog der Schmerz durch das Gesicht und durch Mark und Bein. Sie spürten kaum noch ihre Arme und Hände. Genauso erging es ihren Füßen und Beinen. Zum einen war das ganz gut, da sie so die elenden Schmerzen durch das stete Laufen nicht mehr spürten, zum anderen war es aber auch schrecklich, da sie ihre Bewegungen kaum noch koordinieren konnten.

Zwar waren sie in dicke Mäntel gehüllt, aber auf Dauer boten selbst diese nicht den optimalen Schutz gegen die Kälte. Zusammen mit der Nässe zog sie durch den dicken Stoff und die Felle und durchdrang die Gliedmaßen.

Weit und breit war kein einziger Baum oder Fels zu erkennen, trotzdem versuchten sie, sich weiter durchzuschlagen, obwohl sie kaum wussten, ob sie überhaupt noch in die richtige Richtung wanderten. Die Füße schmerzten und die Hände waren kalt. Doch wenigstens trugen sie diese warmen Mäntel, die ein wenig Wärme wahrten.

Am anderen Ende des Bergkamms und irgendwo am Ende dieses Sturmes, der sie seit zwei Tagen hier oben begleitete, musste in einem Tal die Stadt liegen, die ihr Ziel war. Horngart, die Stadt der Könige. In dichte Nebelschleier gehüllt würde sie irgendwann am Horizont auftauchen, während die Sonne aufging. Und am späten Abend würden sie die dann ins Zwielicht gehüllte Stadt erreichen.

Es waren noch die unzähligen Meilen und die dauerhafte Angst, im Schneegestöber von Monstern ertappt zu werden, die sie von ihrem Ziel trennten.

Langsam stapften sie durch meterhohe Schichten des weißen Unheils und versanken bei jedem Schritt knietief darin. Durch die Anstrengung wurde ihnen zwar wärmer, aber da sie dadurch schwitzten, auch wieder kalt. Es war ein unerträglicher Kreislauf, der einfach nicht zu enden schien.

Bald wurde aus der behaglichen Wärme in den Pelzmänteln eine ungemütliche Enge, deren zunehmende nasse Kälte sie am liebsten von sich geworfen hätten. Sie konnten keine Pause machen, denn ohne Anstrengung würden sie erfrieren. So mussten sie stundenlang durch den Schnee stapfen, ohne ihr Ziel vor Augen zu haben oder zu wissen, wo es sein könnte.

Erst zu Beginn der Nacht flaute der Sturm ab. Noch immer trieben weiße Flocken zu Boden, wenigstens wurden diese ihnen nicht mehr ins Gesicht geschleudert.

Langsam erkannten sie, was sich für Felsformationen um sie herum befanden. Sie hatten eine höhere Bergkuppe erreicht, von der aus sie den kompletten Kamm sehen konnten. Aufwinde trieben den Schnee nach oben und ließen ihn im nächsten Tal zu Boden rieseln.

Sie erkannten das Ende des Bergkamms, dessen Hänge bis dorthin immer flacher wurden. Irgendwo da hinten würde Horngart liegen, ihr lang ersehntes Ziel, das sie seit Ewigkeiten erreichen wollten und mussten. Wie lange war es her, dass sie aufgebrochen waren? Mindestens einen Monat, aufgrund der vielen Pausen und des unerträglichen Wartens, das sie hatten aushalten müssen.

Angesichts der Schneemassen, die sich in den Tälern gesammelt hatten, waren sie mehr als froh, den Weg über die Berge gefunden zu haben. Genauso gut hätten sie auch den Weg nehmen können, den die Händler im Sommer nahmen, und hätten dann im tiefen Schnee verschüttet werden können. Zum Glück waren sie dazu nicht gezwungen worden.

Zunächst machten sie Rast und aßen von dem Brot, das sie gekauft hatten. Es würde noch ewig reichen. Wenn man bedachte, dass von so einem kleinen Brot Dutzende Leute mehrere Tage oder Wochen satt werden konnten. Leider ging diese im Krieg gewonnene Kunst Stück für Stück verloren.

Man hatte diese Art der Verpflegung früher für ganze Armeen und Städte praktiziert. Heute gab es nur noch wenige Reisende, die so ihre Taschen möglichst leicht halten wollten. Die alte Kunst stand unter Bann und wurde immer wieder als Hexerei angeprangert.

Kaum war es Nacht geworden, schoben sie ein wenig Schnee beiseite und richteten sich eine sichere Schlafstelle ein. Es wurde dunkler und dunkler und schließlich war das Tageslicht erloschen. Stille kehrte ein. Fast Totenstille. Nur das leise Rauschen des Windes und das Knirschen des Schnees erfüllten die Nacht.

Es wurde eine kurze Nacht. In der Kälte konnte man nur schlecht schlafen und so brachen sie kurz nach dem ersten Lichtstrahl am Morgen wieder auf.

Sie folgten weiter dem Bergkamm und erreichten nach einem mühsamen Tag das Ende der langen Felsformation. Am Ende des Tales lag Horngart. Von hier aus war es nur als ein dunkler Streifen am Horizont zu erkennen.

Horngart war eine Feste ohnegleichen. Eine pulsierende Stadt, eine Metropole. Das Zentrum des Gebirges und jeglicher Macht des Nordens.

Kaum eine andere Stadt war mit so wechselvoller Geschichte verbunden und erfreute sich solcher Beliebtheit und Zuwanderung. Verschiedenste Kulturen prallten dort aufeinander und Händler nahmen, trotz der miserablen Lage am Ende der Welt, immer wieder diesen langen beschwerlichen Weg auf sich, um von den schier unermesslichen Reichtümern zu profitieren.

So erzählte man es sich. Und schon bald würden sie gemeinsam für wenige Tage ein Teil dieser Stadt sein und erneut große Taten von ihr ausgehend beginnen lassen.

* * *

Mit leichtem Unbehagen schlich Ephnies durch seine Festung und grübelte. Wie konnte er seinen Plan möglichst schnell auf die Spitze treiben? Möglichst großes Leid sollte seinen Widersacher Heroffad erfüllen.

In den nächsten Tagen und Wochen sollte Heroffad langsam die Welt um sich herum zerfallen sehen. Zerstörung sollte über alles, das ihn umgab, hereinbrechen und nur ihn selbst noch eine Weile lang umgehen. Leid und Elend sollten alle Menschen strafen und nur Heroffad sollte sich allein dafür schuldig fühlen. Er sollte um den Tod winseln und flehen, dass man seiner Existenz endlich ein Ende setzte, oder sich so lange wie möglich zu wehren versuchen.

Seine Freunde und Begleiter sollten alle nach und nach sterben. Einer nach dem anderen. Ein jeder schmerzvoller als der vorherige. Bei jedem sollten es Situationen sein, die Heroffad theoretisch hätte unter Kontrolle haben können, die er aber um seines eigenen Lebens willen nicht mehr hatte. Er sollte aus seiner eigenen Sicht heraus allein für jedes einzelne Desaster verantwortlich sein.

Die Reisenden sollten nach und nach sterben. Dörfer sollten hin und wieder dem Erdboden gleichgemacht werden. Im Norden sollte die Stadt der Könige fallen und Norskom mit in den Tod reißen. Und stets sollte mittendrin Heroffad stehen und nicht dazu in der Lage sein, sein Umfeld zu beschützen. Hilflos und willenlos würde er werden und als einsamer Mensch durch die Welt wandeln. Und schließlich sollte er endlich um Gnade flehen, die Gnade des Todes.

Doch trotzdem musste er auch auf den Pakt mit dem gefallenen Elben Zyriu achten. Was würde passieren, wenn sein Plan scheiterte? Oder was würde geschehen, wenn er Zyriu diese Welt vorenthielt?

Vermutlich würde er einfach an irgendeiner magischen Kraft sterben oder von den Elben gelyncht werden. Seine Wachen hatten bereits erfahren, wie schnell das ging. Er wusste nicht, was für eine Magie die gefallenen Elben genau nutzten, aber ganz rein und sauber war sie auf keinen Fall. Bestimmt gab es irgendeinen Teil dieser Kraft, der ihn beim Versagen sofort auslöschen würde. Sofortiger Tod wäre die Folge. Hoffentlich war das nicht das eigentliche Ziel des Paktes. Vielleicht wollte Zyriu vermeiden, dass Heroffad starb, sodass er seinen Teil nicht erfüllen konnte. Vielleicht starb dann der gefallene Elb nicht, aber er selbst würde es nicht überleben. Aber so hinterhältig konnten diese magischen Wesen kaum sein.

Wahrscheinlich waren die gefallenen Elben letztlich doch nur darauf aus, eine Welt zu zerstören und den reinen Elben Angst zu machen und sie zu unbedachten Handlungen zu bewegen. Er selbst war lediglich der Schlüssel zu diesem Ziel. Bestimmt auch nur einer von vielen, weshalb es nichts wert war, wenn er starb. Genauso, wie er es mit seinen Kriegern hielt.

Auf den Gängen der Festung war es unerträglich laut. Soldaten marschierten hin und her und die Produktionshallen gaben laut schallende Geräusche von sich. Vor Ewigkeiten hatte Ephnies erfahren, dass Thorgk und seine Mannen umgekommen waren. Vermutlich hatte sie die Gruppe getötet, die er selbst jagte. Er schien auf dem richtigen Weg zu sein.

Er hatte im Nachhinein noch einmal jede Einzelheit aus Zokh herausgequetscht.

Ein schwer verwundeter Begrisk war an dem Tag den Berg hinabgetaumelt und vor der Mauer kraftlos zusammengebrochen. Der einzige Krieger, der zurückgekehrt war – überlebt hatte er trotzdem nicht. Mit wenigen Worten hatte er noch beschreiben können, dass die Reisenden die Stadt Falkenstätt betreten hatten, bevor er endgültig verblutete. Bestimmt waren sie schon weitergezogen.

Es schien, als wären sie auf dem Weg zu einem bestimmten Ziel. Irgendein Ort, der mitten im Gebirge war. Ein Ort, der Hoffnung und Unterstützung versprach. Gab es so eine Stätte im Gebirge?

Na sicher! Er erinnerte sich an die alte Königsstadt. Ein Ort, von dem aus viele siegreiche Heere losgezogen waren. Vielleicht suchten sie dort nach Unterstützung. Nur wie sollten die Reisenden es schaffen, zu dieser Jahreszeit die Täler zu durchqueren? Die waren randvoll mit Schnee und so gut wie unpassierbar, besonders angesichts der vielen Stürme, die in den letzten Tagen durch das Gebirge und über die Ebene gezogen waren.

Er hatte bereits vor einigen Tagen Zokh losgeschickt, um diese Gruppe von Menschen endgültig von diesem Ziel abzubringen. Der Begrisk musste schon längst im Gebirge angelangt sein. Wahrscheinlich schlugen sie sich genauso durch den Schnee und die unendlichen Täler Norskoms, wie es die Menschen taten.

Mit Sicherheit war dieser Weg beschwerlich, gerade dafür hatte er ja nun mal seine Kreaturen erschaffen. Sie sollten alle möglichen Aufgaben für ihn übernehmen und ihm so sein Leben in dieser abscheulichen Welt etwas leichter gestalten. Er war immer wieder überrascht, wie schnell die Begriske bereit waren, in den Kampf aufzubrechen. Der Blutdurst schien sie anzutreiben.

Doch dieses Mal war er sich noch nicht ganz sicher, ob das angebracht war. Zwar sollte dies eine lange Spur aus zerstörten Dörfern mit sich bringen, aber noch war er sich nicht sicher, ob er die Begleiter Heroffads so schnell tot sehen wollte. Schließlich sollten sie zermürbt werden. Nachdenklich starrte Ephnies aus seiner Festung heraus dem Gebirge entgegen. Langsam brachte ihn dieses ungewisse Warten um den Verstand.

* * *

Die Gruppe verließ den Bergkamm. Die steilen Hänge verschwanden und eine weite Ebene tat sich auf, auf der die eingeschneite Stadt der Könige lag.

Sie folgten einfach der geraden Linie zu der Stadt. Quer über den Schnee. Die dicken Schneemassen hatten sich in der Nacht etwas zusammengedrückt, sodass die Reisenden nicht mehr so tief einsanken, trotzdem blieb es anstrengend, durch den Schnee zu waten.

Weit weg war die Stadt von hier aus nicht mehr. Andererseits würde es durch die schwierigen Bedingungen trotzdem noch mindestens diesen Tag dauern, bis sie die Tore erreicht hätten.

Stolz thronte Horngart in der Ferne. Die dunklen Mauern hoben sich deutlich von den Schneemassen ab. Wie ein ruhiger dunkler Fleck lag die Stadt in dem Talkessel und schien in tiefen Schlaf versunken auf die fernen Boten zu warten. Die unberührten Schneemassen vor der Stadt türmten sich weit die Mauer hinauf auf. Der Wind schnitt starr über die Stadt hinweg und berührte lediglich die wenigen Turmspitzen, die herausragten, genauso wie ein einsame, aus der Ferne kaum erkennbare Fahne, die auf einem der Türme neben dem eingeschneiten Stadttor vor sich hin flatterte.

Tief schlummernd lag die Stadt so da. Ein Vogelschwarm erhob sich. Wie eine graue Masse stieg er in die Höhe und folgte den Rauchschwaden, die aus den Schornsteinen emporstiegen und von dem starken Wind verweht wurden.

Majestätisch näherten sich die Vögel den Männern, die von oben wie kleine Ameisen zwischen den Schneemassen erscheinen mussten, und folgten dem Wind gen Westen. Nur eine leichte Böe trug sie. Ein Schwarm Krähen schien es zu sein.

Vorsichtig schlugen sich die Reisenden durch die feuchtkalten Massen und wurden von der Kühle regelrecht überflutet. Von den Füßen her zog der eisige Frost durch sie hindurch und stieg bis in ihre Köpfe. Es war schrecklich unangenehm.

Sie schnürten sich eng ihre Mäntel zu und zogen sich ihre Pelzkappen über die Köpfe, sodass ihnen möglichst warm war. Im Gegensatz zu den Vortagen war es tatsächlich so kalt, dass sie trotz der Anstrengung kaum schwitzten.

Immer weiter näherten sie sich der Stadt, während die Schneemassen um sie herum immer höher wurden. Hier hatte es wohl auch in der letzten Nacht noch geschneit. Der lockere Schnee rutschte immer noch hin und her und wurde vom leichten Wind etwas aufgewirbelt. Klare Kristalle waren zu erkennen und die kalten Massen um sie herum erstrahlten in einem wundervoll weißen Glanz. Kinder liebten die federleichten Flocken, für Reisende konnte ein Schneesturm allerdings schnell den Tod bedeuten, wie sie es beinahe am eigenen Leib hätten erfahren müssen. Die unaufhörliche Kälte und die schreckliche Nässe dieses weißen Unheils um sie herum hätten sie beinahe dem Tod in der Kälte ausgeliefert.

Der Schnee knarrte laut unter ihren schweren Schritten, die immer weiter eine Linie aus Fußspuren durch den schweren Schnee gen Horngart zogen. Es war schrecklich hell um sie herum, da der federleichte Hauch jedes bisschen Licht reflektierte. Ein stechendes Weiß ergab sich. Würde nicht die Stadt am Horizont stehen, hätten sie schon längst jede Orientierung verloren.

Einige Hundert Meter von ihnen entfernt ließen sich die Krähen nieder und besetzten einen eingeschneiten Felsen, der ein Stück weit nach oben ragte. Neugierig beobachteten die Vögel die wie verrückt wirkenden Reisenden, die sich weiter und weiter ihren Weg durch die fast undurchdringlichen Schneemassen bahnten.

Immer schneller marschierten sie durch die schweren Klumpen und wurden immer glücklicher, da sie ihrem Ziel immer näherkamen. Irgendwo unter ihnen musste auch der Weg der

Händler entlangführen. Oder nein, der würde erst in einigen Hundert Metern ihren Weg schneiden, da dieser ja aus einem der Täler kam.

Wenn sie es sich also recht überlegten, mussten sie gerade einige Hundert Fuß über einem Tal im Schnee stapfen. Es war schon unglaublich, wie hoch sich diese Massen über die vergangenen Wochen und wohl inzwischen Monate derart aufgetürmt hatten.

Irgendwo unter ihnen lag vermutlich eine eingefrorene Wiese, die im Sommer das Vieh ernährte. Oder vielleicht trampelten sie auch gerade über einen Acker, der das Getreide für die Bäcker oder die Kartoffeln für die Kochtöpfe lieferte.

Sehnsüchtig an eine warme Heimstatt denkend stapften und froren die Männer so vor sich hin. Bald wären sie an ihrem Ziel und könnten sie sich eine Herberge suchen. Warme Betten. Viel zu heiße Suppe. Oh, wie schön würde das sein!

Plötzlich begann der Schnee, laut zu knirschen, sodass sie allesamt überrascht stehenblieben und dem Geräusch lauschten. Von wo kam dieses laut brummende Surren? Ehe sie es richtig ausmachen konnte, verstummte der Laut wieder, sodass sie sich vorsichtig wieder in Bewegung setzten.

Und schon setzte das Geräusch wieder ein, diesmal um ein Vielfaches lauter. Es kam wohl direkt aus dem Schnee unter ihnen. Beunruhigt wandten sie sich um und blickten sich alle gegenseitig an. Das konnte nur eines bedeuten!

Wie aus dem nichts und doch inzwischen erahnt tat sich ein großer Riss im Schnee auf. Eine Gletscherspalte! Der Schnee sackte sofort hinab in die Tiefe und riss die Reisenden augenblicklich mit sich. Flocken rieselten vom Rand des Loches hinterher und glänzten spielerisch im Schein des Tageslichtes.

Laut sauste die Luft um sie herum und sie schlugen unsanft auf den hinabgestürzten Schneemassen auf. Es dauerte eine Weile, bis sie sich von dem nassen Schnee um sie herum befreit hatten.

Sie klopften sich ihre Kleidung sauber und zogen sich gegenseitig aus dem weichen Pulver, in dem sie einige Handbreit tief versunken waren.

Herodil, der am weitesten vorausgelaufen und somit am tiefsten in das eingeschneite Tal vorgedrungen war, war tief unter einem Schneehaufen begraben und wühlte sich nach Luft ringend durch die feuchten Kristalle. Es war eine schreckliche Situation. Bewegen konnte er sich kaum und noch weniger war an atmen zu denken. Nicht nur, weil fast sein gesamtes Gesicht mit Schnee bedeckt war, sondern auch, weil die Massen so auf seinem Brustkorb lasteten, dass er ihn mit den nassen Fellen kaum noch zu bewegen vermochte.

Er konnte sich nur zu gut an den großen Erdrutsch erinnern, der vor langer Zeit ihr Dorf heimgesucht hatte. Nicht wenige Bewohner der Siedlung waren damals umgekommen. Sie mussten elend unter dem Schlamm erstickt sein.

Man hatte die armen Menschen erst nach Tagen aus den riesigen Bergen von Erde bergen können. Sie sahen noch erschreckend lebendig aus. Sie wirkten wie erstarrt als hätten sie sich nicht bewegen können. Man sah keine Kratzer an ihren Händen, die auf Befreiungsversuche hindeuteten. Man erkannte keine Brüche oder Quetschungen. Sie waren einfach erstickt, so wie es ihm hier drohte.

Auch im vergangenen Jahr, als die schweren Stürme über ihr Dorf gefegt waren, hatte es wieder ein ähnliches Ereignis gegeben. Dutzende Tiere waren im Schlamm steckengeblieben und verendet. Es hatte ewig gedauert, das Vieh zu bergen. Und zu allem Überfluss hatte sich der schreckliche Verwesungsgestank überall breit gemacht. Und am Ende fand man noch Gegenstände, die dafür sprachen, dass die Eltern eines Burschen aus ihrem Dorf irgendwo unter den Massen verschüttet worden waren. Die Körper fand man jedoch nie.

Dann endlich spürte er einen Ruck an seinen Füßen. Stimmen drangen durch den Schnee und er spürte, wie die Last auf seinem Körper abnahm. Nur Sekunden später funkelte das erste Sonnenlicht durch die Schneeschicht hindurch. Hustend rappelte er sich aus dem verbleibenden Haufen auf und blickte verdattert in die Gesichter von Adelgar und Tim, die ihn gerade befreit hatten.

„Geht es dir gut?", fragte Letzterer unvermittelt.

Mehr oder weniger überzeugt nickte Herodil. „Geht schon." Dann hustete er wieder laut und ließ sich von Adelgar in die Höhe ziehen, bis er endlich wieder aufrecht stand.

Eine enge Spalte aus Eis umgab sie, die fast genauso hell glänzte, wie es der Schnee an der Oberfläche tat. Still sahen sie sich um. Hier unten begann das Eis, etwas zu schmelzen. Kleine Risse und Wasserrinnen zogen sich durch das Eis und legten den Fels darunter frei, der nass und dunkel dalag.

Vorsichtig liefen sie entlang der Gletscherspalte und trafen auf eine größere Rinne, in der ein wenig Wasser floss. Dieses Rinnsal führte geradewegs auf die Stadt zu. Sofort folgten sie dem Strom und erreichten schon nach wenigen Minuten eine Schlucht. Sie blickten nach oben und erkannten bereits die ersten Felsen, die auch Teil der Stadtmauer sein konnten. Nicht nur alte Felsen aus dem Gebirge, sondern auch per Hand erschaffenes Mauergestein waren zu erahnen. Doch wo lag das Stadttor? Wo konnten sie die Stadt betreten? Und wie sollten sie aus den Eismassen wieder entkommen?

Schnell folgten sie dem Pfad rund um die Stadtmauer und entdeckten schon bald die Brücke, die über die Schlucht führte. Auch diese war eingeschneit und von unten schon wieder freigetaut. Wie eine große Höhle umschloss das Eis die Festung und war rund um die warmen Steine geschmolzen und als Fluss abgeflossen.

Sie traten weiter an die Brücke heran. Einige Dutzend Meter über ihnen führte sie dort oben entlang direkt in die Stadt. Gab es vielleicht hier unten auch einen Eingang? Es schien, als seien hier unten schon Menschen gewesen. Hier und da lagen Holzsplitter. Auch ein verrostetes Schwert und Überreste eines Leinenbeutels waren zu erkennen.

Plötzlich entdeckten die Männer einen riesigen Holzkasten. Es roch hier leicht modrig, da es so nass war. Sie entdeckten ein Rad. Dann noch eins. Daneben lagen zwei weitere zerbrochene. Dies war eine Kutsche! Einige Meter neben der Brücke.

Kratzer und Beulen an den Laternen deuteten darauf hin, dass dieses Gefährt wohl von der Brücke heruntergefallen war. Doch das konnte noch nicht so lange her sein. Die Tür der Kutsche stand offen, war eigentlich sogar abgebrochen. Doch die Sitze aus Stoff waren noch völlig in Ordnung. Diese Kutsche konnte kaum mehr als ein paar Tage hier unten liegen. War sie vielleicht durch den Schnee hier heruntergebrochen? Doch in der Schneedecke, die einige Hundert Schritte über ihnen lag, war kein einziges Loch zu erkennen, das darauf hindeuten könnte.

Sie gingen einige Meter weiter und fanden, von dem Sturz stark entstellt, zwei tote Pferde. Eines war wohl auch gegen einen hervorstehenden Felsen geschlagen, da sich an jenem mehrere rote Flecken befanden. Doch irgendetwas fehlte.

Adelgar wandte sich zurück zu der Kutsche. Ein Mann kam hervorgestürmt. Er hatte sich das verrostete Schwert geschnappt und sprang auf die Reisenden zu. Mit einem kräftigen Hieb setzte er zunächst in den Felsen und traf danach die gerade gezogene Klinge Adelgars. Schnell setzte dieser noch einmal hinterher und zwang den Mann zurück zu der Kutsche. Bei einem erneuten Schlag splitterte das verrostete Schwert und große Teile brachen heraus. Immer wieder schlug der Mann wie wild zu. Er schien ausgehungert zu sein und wollte sich wohl so sein Abendessen besorgen.

„Haltet ein!“, brüllte Adelgar dem Mann entgegen. Doch dieser überhörte das gekonnt und schlug wieder und wieder auf ihn ein. Mit wildem Blick schlug er wie von Tollwut besessen immer und immer wieder zu. Mit völlig sinnlosen Schwerthieben vergeudete er seine Kraft und schlug auf das unbändige Schwert Adelgars ein. Dieser wehte jeden Hieb ab und zertrümmerte schließlich das Schwert.

„Tötet mich!“, forderte der Fremde und ließ den Griff des Schwertes sinken. Adelgar schüttelte den Kopf und ließ seine Waffe ebenso sinken. „Tötet mich!“, befahl der Mann nun lauter. „Tötet mich!“ Der Hunger und die Verzweiflung standen ihm ins Gesicht geschrieben. Wollte er so sein Ende finden?

Eilig kramte Herodil in seiner Tasche und streckte ein Stück Brot nach vorn. Der Fremde schüttelte lediglich den Kopf, während Adelgar nun seine Waffe beiseite steckte. „Nehmt das Brot“, bat Herodil, „lebt!“

Ruckartig ergriff der Fremde Adelgar und hielt ihm den spitzen Stumpf des zerbrochenen Schwertes an die Kehle. „Zögert meinen Tod nicht hinaus!“ Drohend drückte er die Spitze an den Hals Adelgars, der krampfhaft versuchte, den Arm auf Distanz zu halten.

Urplötzlich fuhr Dragomirs Klinge dazwischen und stach dem Fremden mitten ins Herz. Röchelnd stolperte er rückwärts, während die zerborstene Klinge zu Boden fiel. Die Klinge klirrte auf dem harten nassen Fels, während er röchelnd Blut spuckte.

Sprunghaft wich Adelgar dem Schwall aus. „Meine Güte!“, brüllte er.

„Ich kann nicht noch einen von uns sterben sehen“, rechtfertigte sich Dragomir und wischte seine Klinge sauber, um sie wieder beiseite zu stecken.

Hinter ihnen sank der Mann zu Boden und hinterließ eine immer größer werdende Blutlache.

„Wie lange mag der wohl schon hier unten sein?“, fragte Ambros.

„Ein paar Tage“, antwortete Adelgar, mit seinem Blick auf der Leiche, „und der hat noch keinen Ausgang gefunden.“ Er sprach aus, was auch die anderen befürchteten. Stille umgab sie und das leise Plätschern des Wassers um sie herum.

Trotzdem folgten sie weiter der Schlucht rund um die Festung. Vielleicht gab es ja irgendwo eine Möglichkeit, die Schlucht zu verlassen, die der Mann einfach noch nicht gefunden hatte.

Verzweifelt, aber doch irgendwie hoffnungsvoll liefen sie den Graben entlang und suchten mit ihren Blicken die Felswand nach einer Aufstiegsmöglichkeit ab. Immer wieder erschienen Mauersteine der Stadtmauer am Rand der Schneedecke, die hell schimmerte und trotz ihrer Dicke noch Licht hindurchscheinen ließ.

Die rauen Felsen schimmerten nass und dunkel. Und tatsächlich. Sie trafen auf eine Treppe. Ausgetretene Stufen führten an den Felsen entlang nach oben und mündeten dort sicherlich irgendwo in eine Tür oder zumindest auf die Ebene vor der Stadt.

Sofort erklommen sie die Treppe Stufe für Stufe. Die Stufen waren vom Wasser glitschig und ein dünner Film von Moosen und Pilzen zog sich stellenweise über die Felsen. In den ausgetretenen Mulden sammelte sich das Schmelzwasser, das von oben herabtropfte und Rinnsale bildete, die langsam am Rand der Stufen hinabliefen.

Sie eilten die Treppe hinauf und erreichten bald einen Vorsprung. Der Weg endete und ein dünner Streifen aus Fels reichte einige Schritte weit um die Felswand herum. Vielleicht gab es hier eine versteckte Tür.

Endlich ließ auch einmal Heroffad seine Kräfte spielen und der Boden erzitterte, nachdem eine Energiewelle durch die Luft gefahren war. Die Felswand erglühte und Schriftzeichen schälten sich aus dem Gestein. Die Steinchen knackten laut und bröselten hinab. Risse durchzogen den mächtigen Fels und eine rechteckige Tür aus Stein erschien. Vorsichtig traten sie einen Schritt zurück und Heroffad begutachtete die Zeichen.

„Das ist alte elbische Schrift. Kann das einer von euch lesen?“, meinte er. Alle schüttelten den Kopf und tauschten vielsagend ratlose Blicke aus. „Na egal. Öffnen wir die Tür.“

Erneut gab Heroffad einen Energiestoß frei und das Tor wurde in den Felsen gedrückt. Wie eine Tür schlug sie laut auf und drehte sich nach links weg, sodass sie laut gegen die Wand des Gangs knallte, der so freigelegt wurde. Eine dicke Wolke Staub wurde aufgewirbelt und schoss aus dem Gang. Doch schon bald sank die Wolke zum Boden hinab, da die Luft sehr feucht war. Natürlich galt das auch für die Kleidung der Männer, sodass sie aussahen, als hätten sie sich im Schlamm gewälzt.

Sie betraten den Gang, an dessen Wänden Maguslichter glühten. Sie folgten dem Weg, der sich am Ende gabelte. Ein Weg führte zu einem verschlossenen Raum, der andere ging leicht nach oben und endete schließlich in einer kleinen Halle.

Schon bald erkannten sie, dass diese kleine Halle eine alte Gruft war. Links und rechts führten kleine Gänge tiefer in den Fels und Gitter trennten den Hauptteil des Raumes von großen steinernen Särgen. Sie gingen weiter durch den Raum hindurch und erreichten dessen Ausgang. Eine Tafel hing über der Tür, auf der erneut elbische Runen standen.

Eine leise Stimme säuselte durch die Höhle: „Wer der Toten Ruhe stört, wird vor ihrer Kraft erblassen.“

Mahnend hob Heroffad die Hand und wies mit dem Finger auf seinen Mund und deutete so an, dass die anderen ja still sein sollten. Vorsichtig betraten sie den nächsten Gang und folgten ihm weiter nach oben, während hinter ihnen Licht aufflackerte. Sie liefen an einer weiteren Gruft vorüber und betraten einen Schrein. Eine Statue und ein Grabmal standen in der Mitte.

„Dies scheint das Grab eines Elbenkönigs zu sein!“, flüsterte Heroffad.

„Aber wieso liegt das mitten unter Horngart?“, fragte ein anderer von ihnen. Stumm deutete Heroffad an, dass er es nicht wusste, auch wenn er es mehr als ungern zugab.

Sie liefen weiter durch den Raum und betrachteten den Schrein. Waffenabdrücke zierten den Sarg. „Vielleicht hat das etwas mit einem der letzten Kriege zu tun“, spekulierte Heroffad. Er machte einen weiteren Schritt an das Grab heran und griff nach dem Staub, der sich darauf gesammelt hatte. „Auf jeden Fall ist es schon sehr lange hier.“ Langsam ließ er den Sand aus seiner Hand rieseln. „Elben haben in diesen Landen bald seit Jahrhunderten keinen Kampf mehr erlebt oder Norskom auch nur betreten.“

Wind drückte durch den Gang in den Raum. Wind in einer Höhle?

Beunruhigt drehten sie sich um und Adelgar führte seine Hand zum Griff seines Schwertes. Hatte er nicht eben ein Flimmern durch den Gang huschen sehen? Seine Nervosität war deutlich an seinen zuckenden Augen erkennbar und sprang so auch bald auf seine Begleiter über.

Was versteckte sich dort in der Düsternis? War es ein Tier? Ein Mensch? Oder war es doch nur eine Illusion gewesen, die ihnen den Verstand raubte?

Ein weiterer Lufthauch presste sich in die Höhle hinein und brachte modrigen Geruch mit sich. Irgendwas musste dort in der Dunkelheit lauern. Und ebenso lauernd warteten sie neben dem Schrein.

Heroffad nahm seinen Stab fest in die Hand und blickte angestrengt um sich. Und plötzlich strömte helles Licht in den Raum und umschloss sie. Es dauerte einen Moment, bis sie erkannten, dass es sich bei dem Licht um seltsame Gestalten handelte. Geisterwesen. Sie waren aus der Gruft hier heraufgelangt und schlossen sie nun in einem Kreis ein. Es waren Elben. Zumindest ihre Seelen. Auch aus der Königsgruft stieg ein Geist empor, der sich jedoch, anders als die Übrigen, in den Kreis schob und zu sprechen begann. In alter elbischer Sprache wiederholte er fast tonlos immer wieder ein und denselben Satz.

Schließlich hoben die anderen Geister jeweils ihre rechte Hand und drehten deren Handfläche nach oben. Still schwebten sie ein Stück weit über dem Boden. Helles Leuchten ging von den Händen der Geister aus und bündelte sich in kleinen leuchtenden Lichtkugeln.

Alarmiert hob Heroffad seinen Stab und wendete so die Impulse der Elben ab.

„Sie versuchen unsere Seelen zu rauben!“, sagte Heroffad. „Ignoriert sie und geht durch den Gang weiter!“

Schnell durchdrangen sie den Zirkel und die Elbengeister standen weiterhin in dem Raum. Fluchtartig liefen sie durch den Gang. Adelgar und Heroffad zuletzt, die leicht einen der Geister streiften. Erschrocken blieben sie kurz stehen, doch die Schatten reagierten nicht. Sie warteten weiterhin in dem Kreis und blickten zu dem Elbenkönig in der Mitte.

In der Mitte des Kreises der Geister, der zurückblieb, stand der König, der der Gruppe hinterhersah. Erst nach einer Weile verschwanden die Gestalten wieder. Lediglich der Geist des Königs blieb in dem Raum stehen und folgte den Reisenden in einigem Abstand durch den Gang, der dann tatsächlich irgendwann an der Oberfläche endete. Direkt neben der Stadtmauer traten sie aus einem Felsen heraus und erreichten einen Friedhof. Neben einer kleinen Kapelle sammelten sie sich und holten tief Luft.

Der König, der sie bis eben verfolgt hatte, gab eine Energiewelle frei, verschwand und verschloss den Gang.

„Der wollte uns nur vertreiben“, lachte Adelgar, der bis eben noch Todesangst gehabt hatte, und grinste blöd vor sich hin.

Doch er schien sich zu früh gefreut zu haben. Erst jetzt setzte die Strafe der Elben ein. Aus den Gräbern der Menschen stiegen ebenso Untote auf. Skelette und halb verweste Leichen durchbrachen die Erde, die sich dabei aber gar nicht auftat. Genauso wie Geister schwebten sie aus dem Boden heraus, schienen aber viel realer und bewegten sich langsam wirr hin und her.

Nun zogen die Männer tatsächlich ihre Schwerter und liefen auf dem Trampelpfad über den Friedhof. Die Untoten verfolgten sie und versperrten ihnen mehr und mehr den Weg. Ihnen blieb nichts anderes übrig. Sie schlugen mit ihren Waffen auf die Skelette ein, die sich unwillkürlich bewegten. Knochen splitterten und abgeschlagene Körperteile zuckten noch minutenlang auf dem Boden hin und her.

Mit zerfledderten Kleidungsstücken bedeckt, kamen die Toten auf sie zu. Gruselige Gestalten, die schon halb verwest waren und durch die Gegend streunten wie tollwütige Tiere. Beute suchend, begaben sie sich immer weiter in die Nähe der Gruppe. Kreisten vorsichtig, ohne jeglichen Sinn und Verstand um die Männer und stolperten kraftlos durch die Gegend.

Tim stieß eine Laterne um und warf diese in die Menge. Das Öl breitete sich auf dem Boden aus und die Flamme schoss ebenso hinterher. Einige der Untoten fingen Feuer und es wurde ein wenig heller auf dem Friedhof. Und genau dieses Licht vertrieb die Gestalten. Sie machten einige Schritte weg von dem Flammen, die sich ja nun auch noch bewegten, da die brennenden Wesen über den Friedhof taumelten. Wie ein wirrer Haufen stolperten die Gestalten hin und her über den dunklen Friedhof und schienen einen sicheren Ort zu suchen. Plötzlich galt das Interesse nicht mehr den Reisenden.

Die Männer nutzten die Chance und rannten, so schnell es ging, an den Skeletten vorüber und verließen den Friedhof. Augenblicklich verschwanden die Gestalten und der helle Tag gab sich zu erkennen. Anscheinend lag über den Grabstätten eine Art Tuch der Magie, das jedes Licht abfing. Ein Trugbild, geschaffen von dem Elbenkönig, wie es schien.

Direkt neben ihnen verliefen Häuserreihen an der Stadtmauer entlang und eine Straße führte weiter in die Stadt hinein. Es war viel los in der Stadt. Laut war es und überall sausten Karren und Menschen wie wilde Ameisen durch das wirre Geflecht aus Straßen und Gassen. Sie hatten es geschafft. Sie waren an ihrem Ziel, der Stadt der Könige, angelangt. Endlich. Nach all den Strapazen war dieses ersehnte Ziel zum Greifen nah.

Hunderte, gar Tausende Bürger lebten hier und einige Dutzend Bettler. Immer wieder sah man diese am Straßenrand sitzen. Nur wenige schenkten den Obdachlosen Beachtung, gerade jetzt, in der kalten Jahreszeit, wo Geld und Gut bei jedem knapp waren. Doch den Menschen war das egal. Ob warm, ob kalt, hier wurde gehandelt und konsumiert, was die Leute wollten. Die Schrecken der letzten Schlachten waren hier vergessen oder zumindest in Wein versenkt worden. Auch die letzten Veteranen waren seit Jahren tot und so erzählte auch niemand mehr davon, außer die Bücher, die in den Stadtarchiven verblassten und von Maden, Staub und Feuchtigkeit nach und nach zerfressen wurden.

Das wilde Treiben machte es den Reisenden schwer, sich durch die Stadt zu drängen, aber nicht unmöglich. Doch zunächst suchten sie eine Unterkunft. Zwar war ihr Ziel nun nah, doch so erschöpft, wie sie es nach all den Tagen waren, würden sie niemandem von irgendeinem Problem oder einer Idee berichten können. Und an Überzeugungskraft war noch viel weniger zu denken.

So durchkämmten sie die Gassen und fanden eine kleine Gaststube. Billig sollte sie sein, sie wollten ja nur eine oder zwei Nächte hierbleiben. Da brauchten sie keinen extremen Komfort. Nur ein paar wenige Tage in der Stadt, die sie damit verbringen würden, mit dem König zu verhandeln und sich das Heer zu beschaffen.

Bald würden sie ihr Ziel erreicht haben. Ein starkes Heer würde sie begleiten, sobald genügend Schnee vor der Stadt abgetaut war und sie durch das Tor hindurch auf der freien Ebene hinunter zum Wald marschieren konnten.

Ein wenig Überzeugungsarbeit, ein wenig Geduld. Dann würden sie es geschafft haben. Norskom zu retten und Helden der Ära zu werden, das war doch einmal eine Motivation. Oder gar eine neue Ära einzuläuten. Eine dunkle Macht für immer zu vertreiben, das war das Ziel, das sie alle in tiefsten Gedanken verfolgten. Frieden für Hunderte von Jahren für Norskom zu schaffen und zu sichern. Nachhaltig etwas für ihre Heimat erreichen. Das gab ihnen nun die Kraft, endlich schlafen zu wollen und am nächsten Tag weiterzusehen.

* * *

Zokh und seine Begleiter hatten nach einem durchgängigen Tagesmarsch bereits das Gebirge erreicht. Er sog mit einem lauten Atemzug die kühle frische Luft ein und schnaubte sie laut wieder aus. Es stimmte ihn glücklich, dem Auftrag seines Herrn nachzugehen. Endlich hatte auch einmal er die Möglichkeit, sein Können unter Beweis zu stellen.

Doch leider hatte er keine klaren Befehle. Sie sollten zu einer großen Stadt im Osten des Gebirges marschieren. Dazu folgten sie einer eingeschneiten Handelsroute, die sie irgendwie zu den Stadttoren führen sollte. Doch was sie dort dann genau tun sollten, wussten sie nicht.

Noch bis zum letzten Augenblick haderte ihr Herr mit seinen Befehlen. Fangen, töten. Ausliefern, aufschlitzen. Lediglich ihr Ziel, eine Gruppe Reisende, stand fest. Was mit ihnen anzufangen war, eher weniger.

Sollten sie sich zurückhalten oder ihrem natürlichen Trieb nachgehen? Sollten sie leise hereinkommen und sie überraschen oder einfach drauf losstürmen und dem Ganzen schnell ein Ende setzen? Sie brauchten Befehle, ohne diese waren sie so gut wie machtlos. Wie sollten sie von alleine entscheiden, was zu tun war? Ihr Herr würde sie in jedem Fall umbringen, da er ihre Aktionen stets kritisieren würde.

Unermüdlich marschierten sie durch den Schnee. Hin und wieder machten sie einen Abstecher in anliegende Täler. Sie gingen leise vor, um nicht aufzufallen. Doch es bereitete ihnen Freude, die Schreie und Hilferufe all dieser Menschen zu hören. Jeden Tag nahmen sie mindestens eines dieser Dörfer auseinander und genossen jeden einzelnen Hieb, den sie mit ihren Klingen vollführen durften.

Aber die meiste Zeit marschierten sie lediglich. Die Füße schmerzten und die Ausrüstung drückte auf Dauer unerträglich am ganzen Körper. Schwert, Rüstung, Schild, Helm. Schweres Material, das sie alle unermüdlich nervte. Es war ein schmerzvoller, sinnloser, schier unendlicher Marsch. Doch die kleinen Pausen zwischendurch trieben sie wieder an. Sie übten ihre Fähigkeiten und bereiteten sich Stück für Stück darauf vor, sich größeren Siedlungen und Städten zu stellen.

Die Rüstungen schepperten laut bei jedem Schritt. In der Stadt mussten sie später leiser sein, damit sie niemand bemerkte. Unauffällig würden sie durch die Gassen schleichen und über die Dächer springen, bis sie die Gesuchten finden würden.

Stur blickte Zokh nach vorne. Ein schier endloser Weg schien vor ihnen zu liegen, doch er wusste, dass an dessen Ende ein Ziel lag und gerade das verlieh ihm die Kraft, immer weiter zu gehen. Es gab ein Ziel und einen Zweck für sein Handeln.

Genauso wie die übrigen Begriske arbeitete er für ein Ziel. Wo die einen an der Mauer arbeiteten und andere den Wald abholzten oder Waffen und Rüstungen schmiedeten, da suchte er einen Weg, diese Geflüchteten zu finden. Doch letztlich arbeiteten sie alle für ein und dasselbe Ziel, ihrem Herrn einen Dienst zu erweisen und so am Leben zu bleiben.

Wurden sie unnütz oder begehrten auf, so bedeutete dies den Tod. Erst würden sie von den übrigen Kriegern verstoßen und schließlich durch Ephnies, ihren Herrn, getötet werden.

Mahnend hingen vor den Toren der Festung einige tote Begriske. An Seilen aufgehängt versteckten sich ihre schwarzen Körper vor der schwarzen Mauer. Viele Male hatte Zokh diese gesehen und es hatte ihm tatsächlich Ehrfurcht eingeflößt. Mit stolzem Blick sah er auf die Heerscharen hinab und wusste, dass er selbst klüger und besser als alle diese mickrigen Kreaturen war. Er war besonders. Er stach aus den Massen hervor. Er hatte gelernt, Befehle zu befolgen und zu erteilen, zu organisieren und zu kämpfen. Menschen töten war trotzdem immer seine Aufgabe. Das Zentrum seines Lebens. Dienen für seinen Herrn.

Bisher hatte er die Ebenen vor der Festung nur von der Mauer aus gesehen. Nun hatte er sie durchquert und war über die Grenzen ihres Einflussgebietes hinaus bis in das eiskalte Gebirge gelangt.

Hier war es schrecklich still, kalt und hell. Es machte ihm zu schaffen. Dieser innere Frieden der Stille. Gerne hätte er mit Wehleiden und Brüllen diese Leere gefüllt und sich daran sattgehört und sattgesehen. Seit langem hatte er kein Dorf mehr erspäht.

Wieder tauchte ein Tal neben ihnen auf und er klagte gedanklich, dass er dort keine Siedlung erblickte. Er vermisste die Schreie und die Schmerzen der Menschen. Die gequälten Gesichter und dergleichen. Er wollte seine Kraft zeigen und nutzen. Stattdessen rannte er sinnlos durch das Gebirge und musste nur wegen der Befehle, die man ihm erteilt hatte, darauf warten, genau diesen Wunsch wahr werden zu lassen.

Noch einige Tage würde das so gehen, bis sie die große Stadt erreicht haben würden. Ein weiter, beschwerlicher und langweiliger Weg. Hoffentlich würden sie in dieser langen Zeit endlich einmal sinnvolle Befehle erhalten und erfahren, was wirklich zu tun war.

* * *

Inzwischen war es wieder Morgen. Die Nacht war erstmalig wieder erholsam gewesen. Und obwohl sie auf dem Boden in Matten gehüllt geschlafen hatten, war es doch wenigstens warm und trocken gewesen. Gemütlich und geborgen. Zumindest im Vergleich zum Schlafen in einer völlig modrigen Höhle, die zwar von Menschen verlassen, aber von Monstern bewohnt war.

Müde vom tiefen erholsamen Schlaf starrten sie gegen die hölzerne Zimmerdecke. Die Holzdielen waren dunkel und robust. Eigentlich nichts Besonderes, lediglich aufgrund der immer noch vorhandenen Schläfrigkeit schien das faszinierend genug zu sein, um sie noch für ein paar Minuten mit den Gedanken daran zu fesseln. Es war so schön warm in dem Raum, dass keiner von ihnen daran denken mochte, aufzustehen. Endlich lagen sie mal nicht im Schnee, sondern in einer wohligen Behausung.

Doch der Tag begann schließlich und das hieß für sie, dass sie sich erstmals auf den Weg zum Königspalast machen mussten. Hoffentlich würde man sie dort empfangen. Sie kannten den regierenden König nicht. Nicht einmal seinen Namen. In die westlichen Teile des Gebirges drang so etwas meist nicht durch, genauso wie man hier in der Königsstadt meist nicht von den Katastrophen im Westen hörte. Keiner kümmerte sich um den jeweils anderen. Außer es gab plötzlich eine so dringende Angelegenheit wie jetzt oder neue Gesetze, die man im Westen verkünden und durchsetzen wollte.

Man glaubte es kaum, aber sie waren länger unterwegs gewesen, als es ihnen vorgekommen war. Man hatte es bereits spüren können, als sie durch die dichte Schneedecke gefallen waren und ihnen das Schmelzwasser von oben auf die Köpfe tropfte. Es schien bald wieder Frühling zu werden. Vielleicht waren sie doch nicht nur zwei oder drei Tage durch Golvileg geirrt, sondern eine halbe Woche oder länger. Und die Tage der Pause in Falkenstätt hatten sie auch irgendwann aufgehört zu zählen. Es schien, als wären schon zwei Monate vergangen.

Die Winter waren extrem und hart, wenigstens aber auch ziemlich kurz. Oft währte das kalte Wetter kaum länger als einen Monat. Doch so wirklich frühlingshaft war es im Wetterfestgebirge noch nicht geworden. Alles sprach dafür, dass noch einige Tage Kälte vor ihnen lagen.

Verwirrt von dem Gedanken, dass sie nicht wussten, wie viele Tage sie auf der Reise verbracht hatten, rappelten sie sich auf und wechselten nach einiger Zeit das Thema ihrer müden Gespräche. Laut scheuchte Heroffad sie auf und zwang sie alle nacheinander dazu, so schnell wie möglich auf die Beine zu kommen. Ein neuer langer Tag lag vor ihnen. Und so, wie es bisher aussah, würde dieser sehr ereignisreich werden. Zwar standen ihnen wahrscheinlich diesmal keine Monster im Weg, aber das eigentliche Ziel dieser Wanderschaft konnte endlich in Angriff genommen werden.

Sie liefen nun durch die bereits am frühen Morgen viel belebten Straßen. Vorsichtig zwängten sie sich zwischen den unzähligen Menschen hindurch, sodass der Staub des Vortages endlich aus den Fellen gerieben wurde. Hinauf zu dem großen Marktplatz an einer Kirche vorbei gelangten sie so zu dem Königspalast, der direkt neben dem Markt ruhte.

Soldaten standen wachend auf der relativ kleinen Mauer rings um den Hof und am Tor, welches den Bürgern der Stadt stets offen stand. Und glücklicherweise auch den Besuchern von überall.

Sie durchschritten das Tor und überquerten den Vorhof. Der Boden war mit teuren perfekt im Wasser gerundeten Steinen bedeckt. Dieser Hof war bestimmt die teuerste Ansammlung von Schutt, die es im gesamten Königreich gab. Vom Tor zum Haupteingang des Palastes führte trotzdem noch ein fester Steinweg aus großen Platten, die anscheinend aus Marmor bestanden. Schon waren sie am Haupteingang des Palastes angelangt und wurden erst dort von einer Wache abgehalten, diesen zu betreten.

Herodil trug ihr Anliegen vor und sie wurden in einen Nebenraum begleitet. Dort schloss man sämtliche Waffen ein, die sie bei sich trugen. Messer, Schwerter, Dolche. Es dauerte beinahe eine halbe Stunde, bis sich die Diener sicher waren, dass sich kein Pfund Metall mehr irgendwo versteckt hielt. Lediglich die Gürtelschnallen schienen sie nicht zu stören. Doch selbst damit hätte man mit der richtigen Überlegung noch jemanden töten können. Ein Gürtel war ein Seil und damit konnte man jemanden erwürgen.

Schließlich saßen sie in einem Flur und warteten. Unerträglich lange. Fast der halbe Tag war inzwischen vergangen, als man sie urplötzlich auf dem Flur wiederentdeckte und endlich in den Thronsaal führte. Eine Wache war durch den Gang gelaufen und hatte sie erschrocken gesehen. Sofort verschwand der Soldat und kehrte einige Minuten später zurück, um sie schließlich zu bitten, ihm zu einer Tür zu folgen, die am Ende des Gangs im Erdgeschoss des großen Gebäudes lag.

Er öffnete die Tür und begleitete sie bis in die Mitte des prunkvollen Saales. Dann wandte er sich rasch ab und verließ den Saal möglichst schnell. Die Tür schlug er laut hinter sich zu. Dann herrschte kurz Stille. Sie mussten ein seltsames Bild abgeben. Verstaubte bärtige Männer, die in dicke Felle eingehüllt waren. Vermutlich sahen sie aus wie wilde Räuber, die ihr nächstes Diebesgut im Thronsaal ausspähen wollten.

Man zog das übliche Prozedere aus Begrüßung, Verneigung und erneuter Begrüßung durch und kam langsam auf das eigentliche Thema zu sprechen.

„Weshalb seid ihr eigentlich hierhergekommen? Doch nicht, um euch mit mir einfach so zu unterhalten oder?“, fragte der König, dessen Namen keiner von ihnen wusste. Er war ein dicker älterer Mann, der seinen Thron bestens ausfüllte und beinahe über die Lehnen hinaus zu ragen drohte.

„Oh nein, nein“, begann Herodil zu sprechen. Sofort wurde er von Heroffad abgedrängt, der sich vor ihn schob und nun selbst zu reden begann.

„Im Westen, am Rande des Gebirges bewegen sich fremde Soldaten.“ Skeptisch runzelte der König seine Stirn. „Dunkle Wolken ziehen auf und Winde streichen durch den Westen des Gebirges. – Fremde Wesen marschieren durch die Täler.“ Es schien den König völlig kalt zu lassen. „Eine Stadt wurde zerstört. Hunderte Menschen getötet.“

„Welche soll das denn bitteschön gewesen sein?“, fragte der immer noch sitzende König arrogant.

„Trattoria. Die Stadt zum Berge Grodh“, antwortete Heroffad mit bedrohlich tiefer Stimme.

„Trattoria“, wiederholte der König langgezogen. „Das ist meilenweit weg von hier! Was soll mich denn das interessieren?“ Dazu winkte er mit einer seltsamen Handbewegung ab. Kritisch schien er jeden der in seinen Augen wilden Männer zigmal zu mustern.

„Meilen, die sich inzwischen wahrscheinlich schon zu wenigen Metern geschrumpft haben!“, sagte Heroffad laut, „die Gefahr ist nicht mehr fern!“

Plötzlich betrat ein Mann den Saal und lief hinüber bis zu dem Thron. Er flüsterte dem König etwas ins Ohr und dieser blickte verwundert zu den Reisenden hin. Auch der König flüsterte etwas zurück, erhielt eine Antwort und der Mann verschwand wieder.

„Nun gut – ihr scheint nicht ganz Unrecht zu haben“, gab der König erstaunt zu. Dabei lehnte er sich ermattet in seinem Thron nach hinten, sodass dieser gefährlich knarrte.

Die Boten sahen sich verwirrt gegenseitig an.

„Inwiefern?“, fragte Herodil.

Laut atmete der König ein und sagte stöhnend: „Es wurden schwarze Krieger am Pass der Händler gesehen. Und uns ereilte die Botschaft, dass ein Dorf abgebrannt wurde.“

„Seht Ihr. Die Gefahr rückt näher“, warf Adelgar ein.

Erneut stürmte ein Mann in den Saal. Dieser hatte kaum noch Haare auf dem Kopf. Die wenigen, die dem alten Kauz verblieben waren, hatte er notdürftig über seine Glatze gekämmt. Augenblicklich trat er an den Thron heran, zog einen Hocker hervor und ließ sich mit wackeligen Beinen auf ebendiesem nieder. Dann hob er sein Haupt in die Höhe und musterte die anwesenden Fremden mit seinen tief in den Augenhöhlen verborgenen Augen. Wahrscheinlich war er der Berater des Königs.

„Wenn die Krieger bereits an diesem Pass angelangt sind, dann wird es nur noch wenige Tage dauern, bis sie auch hier eintreffen“, führte Adelgar fort.

Der Berater erhob sich und flüsterte dem König ins Ohr. Dann setzte er sich wieder und der König erhob die Stimme. „Bedenkt, wo wir hier sind. Horngart! Die Stadt der Könige. Niemand wird hier eindringen. Die Stadttore sind verschlossen und die Mauern sind dicker als alle anderen in dieser Welt!“

„Und doch sind wir unbemerkt hier herein gelangt“, sagte Herodil.

„Dann sagt uns, wie ihr hier *herein gelangt* seid und wir bewachen den Zugang.“

„Da gibt es ein Problem“, meldete sich Heroffad, „wir sind durch ein Elbentor in die Stadt gelangt und auf einem Friedhof am Stadtrand gelandet.“

„Ich sehe da kein Problem.“

„Elbentore schließen sich immer wieder und tauchen beliebig an einer anderen Stelle wieder auf, insofern es sich um ein solches handelt."

„Warum seid Ihr sicher, dass es sich um ein *solches* Elbentor handelt?", fragte der Berater.

„Ich habe sie schon mehrmals gesehen. Es gibt Tore, die immer an derselben Stelle erscheinen und dann solche, die immer mal wieder an einer anderen Stelle auftauchen und somit unberechenbar sind."

„Das ist Schwachsinn", warf der König ein, „Elben gibt es seit Jahrhunderten nicht mehr hier! Ich bezweifle, dass ihr diese noch kennengelernt habt."

„Dies stimmt. Aber ihre Monumente befinden sich überall."

Schweigen breitete sich aus. Niemand wusste, wie er reagieren sollte.

„Wer seid Ihr eigentlich, wenn ich mal fragen darf?", fragte der Berater schließlich.

„Heroffad."

„Nicht Ihr. Der Mann neben Euch."

„Herodil."

Unmerklich alarmiert blickte der König zu seinem Berater hinab und dann wieder zu der Gruppe. „Nun gut. Dann verteidigt doch einfach selbst die Stadt. – Wenn eure angeblichen Feinde eintreffen, dann habt ihr von mir die Erlaubnis, diese zu töten. Und nun raus hier!"

Herodil wollte etwas einwerfen, doch Heroffad hielt ihn ab und sie verließen den Saal. Der König und sein Berater blieben zurück.

„Herodil? Ich dachte, der wäre tot!", zischte der König, kurz nachdem die schwere Holztür hinter den reisenden Männern zugefallen war.

Der Berater schüttelte den Kopf. „Man hat ihn damals nur ausgesetzt, nicht getötet. Man brachte ihn bei einer Familie in einem Dorf unter, das weit im Westen lag. Möglichst weit weg vom Königshaus."

Grübelnd starrte der König durch den leeren Saal. „Hoffen wir, dass er im Kampf stirbt."

Skeptisch blickte der Berater zum König hinauf und war über die plötzliche Scharfsinnigkeit des Regenten erstaunt.

Selbstgefällig lachte der König. „Mal sehen, wie lange er sich noch hält. – Behalte ihn im Auge, Ekarius."

„Jawohl", nickte er und verließ den Saal durch eine Hintertür.

„Und plaudere nichts aus!", warf der König noch hinterher. „Du bist nicht umsonst so lange für Trattoria zuständig gewesen!" Dann flüsterte er nur noch leise zu sich selbst. „Deine ständigen Besuche waren schon Gefahr genug."

* * *

Ephnies wartete ungeduldig darauf, dass die vorausbedachte Zeit bis zur Ankunft Zokhs in der Stadt der Könige verstrichen war. Noch hatte er sich nicht überlegt, ob es besser war, diese Menschen direkt zu töten oder immer noch darauf zu hoffen, dass Heroffad möglichst viel leiden sollte. Es war ein Spiel, das auf Messers Schneide stand und jederzeit in die falsche Richtung losgehen konnte.

Er selbst war in die Keller seiner Festung hinabgestiegen und durchkämmte diese. Er musste eine Entscheidung treffen. Vielleicht inspirierte ihn hier unten ja endlich mal etwas dazu. Hin und wieder traf er hier auch auf seltsame Kreaturen oder Gegenstände, die sich einfach so aus Unterwelt hierher begaben und genauso plötzlich auch wieder zurückkehrten.

Gnome, Trolle und andere Monster lauerten hier unten. Sie brachten Gegenstände aus Unterwelt mit und versteckten sie hier. Vermutlich merkten sie selbst nicht einmal, dass sie ihre Welt verließen und wieder betraten. Sie wandelten hin und her und suchten nach irgendetwas, ohne zu wissen, was es eigentlich war.

Sie waren allesamt verrückte Kreaturen. Eigentlich nicht lebensfähig, doch genährt von der unerschöpflichen Energie Unterwelts. Heiße Quellen und warmes Gestein bündelten Kräfte und gaben diese immer weiter und weiter frei. Jedes Wesen nahm sich, was es brauchte. Jede Kreatur handelte irgendwie aus irgendeinem Grund und bewerkstelligte dazu nichts. Sie waren allesamt dazu geschaffen worden, dem Herrscher Unterwelts zum Vergnügen zu dienen.

Sie zogen Seelen heran, die sie in Unterwelt fingen und damit die seltsamsten Experimente machten. Sie sammelten Seelen und dazu brauchten sie Hunderte, gar Tausende wertlose Kreaturen, die man einfach so nebenbei töten konnte. Nur, um die höheren Wesen Unterwelts ruhigzustellen, ihnen Spielzeuge zu geben. Nur deshalb gab es all diese seltsamen Kreaturen und nur deshalb liefen sie sinnlos durch irgendwelche Welten und tauchten hier im Keller seiner Festung auf.

Dieses Unsichere, Zwielichtige mochte er. Stete Gefahr und die Möglichkeit, auf Unerwartetes zu treffen. Dies war die Faszination der dunklen Magie und aller seiner Wesen. Dunkle Magie, die Magie, die keine moralischen Grenzen hatte, die jeder frei einsetzen und erweitern konnte. Sie war mächtiger, sie war stärker, viel durchdringender, sodass man jeden einzelnen Aspekt spürte, wenn man mit ihr in Verbindung kam.

Oft begann es damit, dass man sich zu einem guten Zweck dieser Mächte bediente. Sei es, um einen Freund vor dem Tode zu bewahren oder sich selbst. Erst dann erkannte man die unbändige Macht und die Ausmaße, die sich hinter diesen Kräften verbargen. Wege, die schon längst vergessen waren, taten sich wieder auf und neue und alte Ziele traten wieder in Erscheinung.

Es musste ein überwältigendes Gefühl sein, für einen solchen Sterblichen, der nicht von Anfang an mit dunkler Magie vertraut war, wenn er sie kennenlernte. Zu erkennen, was alles möglich war. Zu erkennen, an wem man sich rächen konnte. Zu erkennen, wie fad doch das helle Licht war. Man lernte die Wärme der Dunkelheit kennen, die Unendlichkeit. Eine neue Heimat.

Unterwelt war das Ziel vieler neugieriger Reisender, die mehr von den dunklen Künsten sehen und lernen wollten. In den Welten des Lichts galten sie stets als verrückt, wurden als Ketzer oder Hexen bezeichnet und auf Scheiterhaufen verbrannt. So gelangen auch ihre Seelen in die Fänge Unterwelts. Je leidvoller und besessener sie starben, desto kräftiger wurden sie, wenn sie in den Ebenen Unterwelts zu neuen Mächten gelangten, Neues lernten, forschten, einen neuen Herrn fanden, eine Bestimmung ergriffen.

Es war der Weg zu einem höheren Status und zum Überleben, auf den man dort aus war und den man verfolgen musste. Wer keinen Zweck hatte, der starb. Oder er wurde getötet. Neu arrangiert. Neu erschaffen. Altes zerstören, um Neues zu bauen. So funktionierte Unterwelt. Alles, was man nicht mehr brauchte, wurde einfach verworfen, zerstückelt und völlig anders wieder zusammengesetzt.

Ephnies wanderte immer weiter durch die Kellergewölbe und blickte stumm in die Ferne. Schier endlos wirkten diese Höhlen. Doch stets lief er im Kreis, um die Treppe nach oben nicht zu verlieren.

Töten oder leiden lassen? Er konnte sich nicht entscheiden. Wobei es ihm beinahe lästig wurde, so lange zu warten, bis es mit Heroffad endlich zu Ende ging. Einen letzten Stich und es konnte vorbei sein. Dann könnte er einfach von hier verschwinden und sich eine nächste Welt suchen, um sie aus purer Lust zu zerschmettern. Abreißen, neu bauen. Dem Prinzip Unterwelts folgen? Dem Alten ein Ende setzen, um Platz für Neues zu schaffen. Von vorn beginnen. Alte Projekte fertigstellen und sich ein neues suchen. Doch welches? Gab es noch andere Ziele, die er verfolgte?

* * *

Die Männer saßen auf der Stadtmauer Horngarts und blickten gelangweilt, aber aufmerksam in die Ferne. Langsam verschwand das Licht am Horizont und man sah regelrecht, wie der Schatten über die Berge zog. Und ganz plötzlich war es dunkel. Der helle Schein waberte hinter dem Horizont weiter und ließ die dünnen Wolken hellorange erscheinen.

Es war wunderschön. Obgleich es doch bedeutete, dass sich die Distanz zu ihren Gegnern weiter verringerte. Sie wussten nicht genau, auf was für Kreaturen sie da bald treffen würden. Vermutlich eben jene seltsame Spezies, die sie vor den Toren Falkenstätts bereits niedergeschlagen hatten. Es waren einfach schreckliche Kreaturen, die mit unlauteren Mitteln kämpften. Vergiftete Klingen wurden dort geführt, das wagte kein Mensch einem anderen Menschen anzutun. Besudelt mit dunkler Magie.

So saßen sie hier und warteten, nachdem sie vom König dieses Reiches so niederschmetternd abgewiesen worden waren. Mit seiner Hilfe brauchten sie im Moment noch nicht zu rechnen.

Wutentbrannt waren sie aus dem Palast gestürmt, hatten auf dem Weg nach draußen ihre Waffen wieder eingesammelt und sich dann schnellstmöglich auf der Stadtmauer niedergelassen. Von hier genossen sie den besten Blick über das gesamte Tal vor Horngart.

Der Schnee war seit ihrer Ankunft nach den eisigen Stürmen wieder merklich zurückgegangen. Am Ende der Senke konnte man bereits wieder die Berge unter dem weißen Hauch erahnen und vor der Stadt war die Schneedecke in den Graben hinabgestürzt, durch den sie einige Dutzend Stunden zuvor erst hierhergelangt waren.

Allen voran war Heroffad sehr erbost wegen der Situation. Er hatte sich wesentlich mehr erhofft – so wie sie alle – schien aber wesentlich besorgter als alle anderen. Trotzig hatte er sich dem Schicksal fügen müssen und schließlich einen Plan formuliert.

Wenn sie hier oben Wache hielten, würden sie als Erste die Kreaturen erspähen. Mit etwas Glück könnten sie es schaffen, die Krieger nahe zum König zu locken und ihn damit in Panik zu versetzen. Vielleicht reichte diese Botschaft schon aus, um ihn zur Vernunft zu bringen.

Eine ganze Weile hatte er sich mit Herodil über diesen Vorschlag gestritten. „Und wenn etwas schiefgeht?", hatte Herodil gefragt. Doch die Antwort auf diese Frage war für Heroffad schon längst klar gewesen: in diesem Fall würden sie sterben und könnten all ihre Sorgen vergessen.

Der Magier grübelte dennoch immer weiter und versuchte, eine andere Lösung für ihr Problem zu finden. Bislang was das aber offensichtlich nicht erfolgreich gewesen. Genauso wie die anderen hockte er also niedergeschlagen auf der Mauer, sinnierte vor sich hin und beobachtete die Berge vor sich.

Erneut tauchten die Krähen auf, die sie bei ihrem Weg durch das Tal gesehen hatten. Es wurde ihnen am Abend wohl zu kalt auf der Ebene. Wie eine düstere Wolke flatterten sie vor dem abendlichen Himmel auf die Stadt zu und ließen sich dort verteilt auf den Dächern der Häuser so nah wie möglich an den Schornsteinen nieder.

Tim und Finn saßen leicht abseits. Nachdenklich starrten sie auf die Ebene und waren wohl doch eher abwesend. Es machte ihnen zu schaffen, dass sie ihrem Empfinden nach nur Ballast für diese Truppe waren. Was konnten sie denn schon? Heroffad war ein Magier. Adelgar, Ambros, Herodil und Dragomir waren ausgezeichnete Krieger. Aber sie beide hatten nichts aufzuweisen. Sie waren einfach Reisende, die zufällig mit in eine

Gefahrensituation hineingezogen wurden und nun untätig Teil einer großen Sache geworden waren.

Es kam ihnen einfach seltsam vor.

Sie waren doch nur zwei Taugenichtse. Zwei Männer, die nicht verstanden, was sie taten. Wo waren sie denn bisher groß in Erscheinung getreten? Hatten sie ihnen jemals irgendwie das Leben gerettet? Nein. Sie waren immer nur zur Last gefallen und hatten die anderen ausgebremst. Es schien auch nicht so, als würden sie in nächster Zeit irgendwann einmal irgendwem irgendwie helfen können. Sie würden hier sitzen. Darauf warten, dass diese Monster hier ankamen und dann halbwegs untalentiert ihre Schwerter schwingen, um diese dann zu töten. Doch viel würden sie dieser Unternehmung sowieso nicht einbringen. Also, nichts außer Chaos.

Finn blickte hinauf in den klaren Sternenhimmel. Nachdenklich folgte er den Linien, die die hellen Punkte über ihnen zeichneten, und versuchte, Gestalten zu erkennen. Doch so wirklich konnte er sich keinen Reim darauf machen, was dort oben zu erkennen sein sollte.

„Kannst du dich noch an die Geschichten meiner Eltern erinnern?", fragte er unvermittelt. Eine Weile erhielt er keine Antwort und blickte deshalb zu Tim hinüber. Dieser blickte grübelnd auf den Steinboden und schüttelte langsam mit dem Kopf. „Sie haben mir damals erzählt, es gebe Menschen, die sich Geschichten über die Sterne erzählen."

Tim schmunzelte. „Ich habe das immer für Blödsinn gehalten."

„Ich auch", lächelte Finn müde, „so wie dieses fette Buch, das die ganzen Jahre bei mir herumlag. Ich dachte immer, es wäre purer Humbug."

Nun wandte sich Tim zu ihm. „Aber wie wir gesehen haben, scheint etwas Wahres darin verborgen gewesen zu sein."

„Etwas Wahres und etwas Gefährliches", ergänzte Finn. Tim nickte stumm. Auch Finn schwieg eine Weile, bis er sich traute, erneut das Wort zu ergreifen. „Dieses Buch hat uns zerstört."

Tim runzelte die Stirn. „Was meinst du?"

„Seitdem dieser Dieb dir diesen Zettelhaufen in die Hand gedrückt hat, ist unser Leben nur noch aus den Bahnen geraten", erklärte Finn seine Gedanken. „Wir haben uns gestritten, uns auseinandergelebt und bis zum Beginn unserer schwachsinnigen Reise nicht wirklich zusammenraufen können."

„Du vergisst, dass wir nur wegen dieses Räubers auf dieser Reise sind und nur wegen ihm noch leben", protestierte Tim.

Finn lachte. „Und auf der anderen Seite werden wir nun wahrscheinlich wegen ihm draufgehen."

Tim nickte. „Vielleicht." Dann lachte er. „Aber das wäre sowieso früher oder später passiert." Finn stimmte in das Lachen mit ein, bis sie sich irgendwann wieder etwas beruhigten. „Trotzdem muss ich dir Recht geben. So wirklich gehören wir hier nicht hin." Wieder nickte Finn zustimmend, antwortete jedoch nichts weiter, sodass sie wieder, jeder für sich, in ihren Gedanken versinken konnten.

Sie fühlten sich hier so fehl am Platz. Hier waren sie nicht mehr in ihrem einsamen trockenen und abgelegenen Dorf. Stattdessen kämpften sie sich durch Schneemassen, stets auf der Flucht vor Monstern und waren drauf und dran, ein Königreich zu retten. Sie lernten neue und seltsame Orte kennen, Orte, die sie sich im Traum nicht hätten ausdenken können.

Nie hatten sie so große Städte gesehen. Nie waren sie durch Schnee gelaufen. Sie hatten ja in ihrer Heimat noch nicht mal so hohe Berge gesehen, wie sie hier überall waren.

Allein mit all diesen erschlagenden Eindrücken zurechtzukommen, war für Tim und Finn schon schwierig genug. Wie sollten sie nur ihren Platz in so einer Welt finden?

Für sie selbst war es kaum merklich, aber andere bemerkten es. Sie änderten sich stark. Sie erhielten neue Charakterzüge. Furcht und Angst wichen langsam Mut und Tatendrang. Auch wenn sie innerlich unsicher waren, erschienen sie nach außen stark. Sie waren nicht mehr zögerlich. Sie waren selbstständig, sodass sie nach ihrem Gutdünken handelten. Die Freiheit gab ihnen die Kraft, endlich selbst durch ihr Leben zu gehen.

Und doch waren sie in ihren Selbstzweifeln gefangen und ließen es nicht zu, dass sich alle ihre Kräfte entfalteten. Sie hielten sich zurück und schafften es nicht, zu erkennen, dass sie schon längst ein wichtiger Teil dieser Welt und dieser Reise geworden waren.

So starrten sie weiter in die Ferne und vergaßen nach einiger Zeit ihre Gedanken in der Stille der Nacht.

Die Sterne funkelten am Himmel und trotz der nach wie vor anhaltenden Kälte fühlten sie sich hier oben im Licht der Fackeln sonderbar geborgen. Doch entgegen der Kälte und der Dunkelheit war es wundervolles Wetter, eine atemberaubende Atmosphäre. Wie bei einem Dorffest mit Lagerfeuer und Schnaps. Die Luft war klar, der Wind angenehm, der Boden warm und die Fackeln um sie herum strahlten wohlige Wärme aus.

Plötzlich begann Dragomir, ein Lied zu summen, welches diesen Effekt erst recht verstärkte. Herodil und schließlich Heroffad stimmten mit ein. Es schien also ein bekanntes Lied zu sein. Eine wundervolle Melodie, die tief vor sich hin brummte.

Es war eine Melodie, die von Heldentaten erzählen konnte und von Kampf, Krieg und Tod. Eines dieser Lieder, wie sie oft gesungen wurden und wie sie viele Leute liebten, besonders jene, die man besang. Mit Sicherheit gab es zu diesem Lied auch einen Text. Einen Text, der genauso von Krieg und Kampf erzählte, den man aber einfach nicht mehr kannte. Aufmerksam folgten Tim und Finn dieser fremden Melodie, die sie noch nie in ihrem Leben gehört hatten. Wundervoll getragen von diesem Rhythmus, folgten sie einfach den wabernden Strophen.

Auch Adelgar und Ambros stimmten in den summenden Stimmenchor ein und so füllte das Lied bald die Nacht vollkommen aus. Es bereitete ihnen eine Gänsehaut, der Melodie zu folgen, die gerade zur Wiederholung ansetzte. Besonders der Moment, in dem dann plötzlich alle fünf gleichzeitig begannen, mehrstimmig in den Text des Liedes einzusetzen, sendete erneut eine Welle der Wärme aus und durchströmte sie allesamt mit einer seltsamen Kraft, die kaum zu beschreiben war.

Ein König kam, ein König ging.
Sing Soldat, nun sing!
Er gibt die Hoffnung zu euch hin.
Halt's im Herzen drin.

Der Schwerter Klingen soll man hör'n,
Feindes Schädel bricht.
Lasst sie mit unserm Lied betör'n,
So man sie ersticht.

Folgt dem Lied der großen Heere.
Folgt dem Klang der Schlacht.
Es bilden sich gar blut'ge Meere,
Kämpfet Tag und Nacht.

Noch einige weitere Strophen folgten und füllten die Nacht mit alten Geschichten von Norskom und seinen Königen und Kriegern. Es waren wohlklingende Zeilen, die sich durch die Melodie sehr langzogen. Schwingend tönte der Klang über die Stadtmauern und wog die Straßen nach und nach in einen tiefen Schlaf, der zunehmend fester wurde. Immer stiller wurde es in und um die Feste von Horngart. Immer dunkler, immer unheimlicher, aber auch immer wohliger und wärmer in ihren Gedanken.

Gerade die Wärme der Fackeln und das helle Leuchten der Sterne am Himmel erfüllten die Szene mit Unendlichkeit. Jeder dachte an seine Familien, die sie hatten für lange Zeit verabschieden müssen, und an schöne Erinnerungen, die sie zurück in friedlichere Zeiten geleiteten. Es schien wie die Ruhe vor dem nahenden Sturm. Wie ein letztes Zögern, bevor ein erstes Schwert zum Todesstoß traf und eine Schlacht begann. Das Zählen von Sekunden bis zum eigenen Tod hätte folgen können.

Doch der sanfte Klang der fünf Stimmen erhob sich wachend über die Ebene und sorgte für Gänsehaut, für schöne Gefühle und Wärme. Hoffnung. Geborgenheit. Nähe. Nähe zum Abenteuer, Nähe zur Freiheit und Nähe zum greifbar scheinenden Frieden.

Beinahe wie tiefes Grollen erklangen die Stimmen zeitweise, doch immer noch wundervoll erfüllend. Egal, wovor man Angst hatte, in der tiefen Trance des Erinnerns an die alten Texte vergaß man seine Sorgen und sah die alten Bilder der Heldensagas vor Augen. Bilder aus Kindertagen, da einem die Älteren bei Feuerschein die Geschichten erzählten oder vorsangen und man nicht wusste, was sie eigentlich berichteten.

Man konnte sich die eindrucksvollen Szenen vorstellen, die eine Schlacht erfüllt haben mussten. Die Angst, die Wut, den Überlebenswillen. Wie bedrohlich musste es wirken, wenn ein ganzes Heer ein solches Lied sang? Wie laut würde es über die Berge schallen und diese mit tiefem Grollen zum Mitsingen bewegen? Wie nervös würde es die Gegner machen, ein solches Lied zu hören, das Selbstbewusstsein und Stärke demonstrierte? Wie warm würde einem dabei werden?

Die Hitze des Kampfes vergessend, sängen die Krieger in Kampfestrance das Lied und würden triumphierend die Schlacht überleben und Norskom, das Reich der Berge, erneut zu Ruhm und Ehre führen. Dieses große Reich erneut in ein Jahrhundert oder Jahrtausend der Veränderungen und des Lebens stürzen.

Mit diesen wundervollen Gedanken begann die tiefe Nacht. Erst spät endete das Lied, nachdem die letzte Strophe gesungen war. Einer summte noch eine Weile vor sich hin. Und dann schliefen sie alle. Alle bis auf Herodil, der besorgt auf die Kante der Mauer gestützt hinab auf die Ebene blickte. Wartend auf die Krieger und das Beginnen ihres Planes.

Besorgt und doch hoffnungsvoll. Ernst und doch leidenschaftlich.

Seine Heimat würde er nicht verlieren. Sterben würde er für dieses Königreich, wenngleich es auch einen schlechten König hatte.

Rücksichtslos schien er in seinem Thron zu hocken und nur darauf zu warten, dass diese Monster sie allesamt töteten. Wie ein selbstgefälliger, dicker, fetter, hässlicher Troll, der selbst für Unterwelt zu abstoßend gewesen war, um dort verweilen zu dürfen. Sie mussten einen anderen Weg finden, an das Heer zu gelangen. Bald würden sie eine Möglichkeit finden – hofften sie.

* * *

Der König saß schmatzend am Tisch, riss sich die nächste Keule des Bratens ab und klatschte sie auf den Teller. Mit der einen Hand das Weinglas haltend, griff er mit der anderen nach der Serviette, die ein Diener die ganze Zeit auf einem goldenen Tablett liegend neben ihm hielt.

Perfekt gekleidet in tadellos gewaschenen Leinen und makellos glänzenden Stiefeln aus schwarzem Leder stand der Mann neben dem König und stierte neidisch auf den Tisch. Dort stand so viel an Speisen und verschiedenen Weinen, dass davon eine ganze Familie eine Woche lang hätte satt werden können. Doch hier verweilte das alles nur für den König und seine Gemahlin.

Bereits seit einer halben Stunde saß dieser im Speisesaal. Am anderen Ende des gut dreißig Fuß langen Eichentisches saß seine Frau. Ebenso essend, jedoch deutlich vornehmer und mit Besteck in den Händen, welches der König nicht zu berühren wagte.

Obgleich er es nicht benutzte, war sein Besteck ebenso akkurat verziert, geschliffen, geputzt und angeordnet. Gut sechs oder sieben Reihen von Messern, Gabeln und Löffeln lagen auf den Millimeter genau ausgerichtet am Tischrand und hatten sich bisher um keinen Deut von der Stelle bewegt. Es war dem König wohl zu kompliziert, es zu benutzen, oder es war zu wertvoll, um es zu beschmutzen. Mit kleinen Edelsteinen besetzte Griffe und goldene Gravuren zierten Messer, Gabeln und Löffel. Und obwohl er sie offenbar seit langer Zeit nicht berührt hatte, fand sich kein noch so kleines Staubkorn darauf.

„Ferdinand!“, erhob die Frau ihre Stimme und er blickte auf, „jetzt benutze schon dein Besteck.“ Er senkte den Kopf und schmatzte weiter. „Ferdinand!“, sagte sie genervt und erneut laut. „Schling nicht so!“ Sie wartete einen Moment, ob etwas geschah. „Ferdinand!“ Erneut riss er die Serviette vom Tablett und blickte schmatzend und vor Rage kochend zu seiner Frau.

„Was ist, Otalia?“, fragte er scheinheilig, während er mit schiefem Kopf die Gemüseschüssel beäugte und nach dem Korb voll Erdbeeren griff, die man den ganzen Winter nur für ihn im Eishaus lagerte.

„Iss doch einfach ein *einziges* Mal ordentlich!“, sagte sie schmatzend, während sie eine Kartoffel kaute.

„Ich verstehe dich nicht, du hast da was Ekliges im Mund. – Ich verstehe dich nicht“, sagte Ferdinand leicht kopfschüttelnd und begutachtete die Erdbeere in seiner Hand von allen Seiten, bevor er sie genüsslich schmatzend verschlang.

Empört legte Otalia, wenn aber auch behutsam und betont langsam, die Gabel beiseite und schluckte die Kartoffel hinunter.

„Du sollst ordentlich essen, Ferdinand. Das habe ich gesagt“, wiederholte sie schnippisch.

„Ja, ja, ja, das habe ich ja verstanden“, kommentierte er genervt, „ich dachte nur, es wäre eventuell wichtig gewesen.“ Wieder griff er nach einer Beere und betrachtete sie.

Otalia entschloss sich, ihn zu ignorieren, und widmete sich erneut dem Essen. Mit einem letzten Satz gab sie ihren leeren Teller einem Diener. „Dann ist es dir wohl nicht wichtig, dass ich mich aufgrund deiner Manieren hier bald übergeben muss.“

Ferdinand hörte auf zu essen und starrte verdutzt zu seiner Frau. „Oh nein, nein, mein Zuckertäubchen. Nein, nein. Das möchte ich nicht“, sagte er behutsam und setzte nach einer kurzen Pause forsch fort, „ich habe nur Hunger.“ Er schien einen Makel an der süßen Erdbeere zu finden und legte sie bei dem Diener auf das Tablett. Der Diener beäugte schielend die Frucht, sodass man ihm den Zweifel ansehen konnte. In seinen Augen war die rot glänzende Beere beim besten Willen makellos. Und schon schmatzte der König weiter, als er sich erneut etwas zum Essen griff.

Weitere fünf Minuten kaute er vergnügt möglichst laut weiter und beide sagten kein Wort. Langsam verstand der Diener, dass sein Herr ihn mit der perfekten roten Versuchung vor der Nase nur quälen wollte.

„Siehst du“, warf Ferdinand dann plötzlich mit vollem Mund ein, „du übergibst dich doch gar nicht.“ Mit einem abgenagten Knochen auf seine Frau zeigend und wild damit herumwirbelnd, grinste er über den Tisch, sodass seine Frau schon deutlich hörbar schluckte und gleichzeitig würgte. Dann begann sie, zu husten, weil sie sich dabei verschluckte, was ihren Mann erst recht dazu brachte, lauthals loszulachen und dabei sämtlichen Inhalt aus seinem Mund zu verlieren.

Deutlich erkennbar zuckte der Diener neben ihm angewidert zusammen und erntete dafür einen erschrockenen Blick eines anderen Bediensteten. Ferdinand folgte dem Blick und sah verwundert zu dem Mann neben sich. Doch er schien nichts bemerkt zu haben. Nicht einmal, dass die rote Beere auf dem Tablett umherrollte. Der Angestellte begann augenblicklich, Blut und Wasser zu schwitzen.

Zum Glück hatte Otalia wenigstens von dem fliegenden Essen nichts mitbekommen und sich nach dem Hustenanfall schnell wieder beruhigt. Augenrollend griff die Königin nach einem Apfel und biss herzhaft hinein, nachdem sie ihn von allen Seiten betrachtet hatte. „Du wirst schon sehen", sagte sie, bevor sie ihre strahlend weißen Zähne im Fruchtfleisch versenkte. Laut knackte der Apfel und sie freute sich an dem Geräusch. „Ohne Obst und Gemüse", knatschte es aus ihr heraus, „wirst du ziemlich bald tot auf der Wiese liegen."

Kaum war Ferdinand mit dem Essen fertig, da säuberte er sich erneut die Hände und stürzte die zweite Hälfte des Weins hinunter. Mit einem Schluck war das Glas leer. „Ah", kam es laut aus ihm heraus und dann: „Äh." Mit verzogenem Gesicht glotzte er in das Glas. „Der Fusel hat aber einen widerlichen Abgang." Er knallte das Kristallglas auf den Tisch, sodass ein dünner Riss durch den Fuß und den Stiel zog, und widmete sich wieder dem Gespräch mit seiner Frau, nachdem ein lautes Rülpsen aus ihm herausgekommen war.

„Ach übrigens, ein ungebetener Gast ist wieder aufgetaucht", raunte er über den Tisch hinweg.

„Doch wohl nicht dieser Bettler oder?", meinte seine Frau. „Hast du ihm denn wenigstens Geld gegeben, damit er nicht mehr wiederkommt?"

„Oh nein, nein. Viel schlimmer."

„Der Priester?"

„Ach nein, nein. Den habe ich letzte Woche hängen lassen."

„Ja, aber wer denn dann?"

Vorsichtig blickte der König um sich. „Herodil", sagte er nun schnell und zischend, sodass nur seine Frau den gestotterten Namen verstehen konnte.

Erschrocken fiel ihr ein Stück Apfel aus dem Mund. „Oh nein!" Sie fuchtelte mit den Händen und die Diener verließen den Raum. Die Erlösung für den armen Burschen neben dem König. „Wie das?"

Ferdinand zuckte mit den Schultern. „Anscheinend ziehen schwarze Krieger von Westen her durch unser Gebirge."

„Und er musste natürlich als Erster darauf stoßen", klagte Otalia. „Wo ist er jetzt?"

„Ich habe ihn und seine Freunde fortgeschickt. Sie sollen sich bitte selber verteidigen, wenn diese Krieger hier ankommen. Dann wird er schon von selbst sterben, denke ich."

„Jetzt tu mal nicht so, als könntest du denken", murrte die Frau. „Allerdings ist es eine gute Idee", gab sie schließlich doch zu.

„Das finde ich auch", sagte Ferdinand grinsend. „Mal sehen, wie lange er sich hält. Er sah aus wie ein Wilder." Das letzte Wort unterlegte er mit tief grollender Stimme und deutete Muskeln an seinem rechten Arm an. Otalia hielt sich den Handrücken vor den Mund und kicherte leise. Kurz wartete Ferdinand und setzte dann grunzend mit in den Lachchor ein.

Eine Tür ging auf. Kurz darauf kam ein Mädchen hereingeschlichen und schloss die Tür leise hinter sich.

„Ah. Katherina, mein Schatz", sagte der König, nachdem er sich wieder beruhigt hatte.

„Guten Abend, Vater", antwortete das Mädchen gespielt lächelnd und setzte sich auf den Platz in der Mitte des Tisches. Sie rückte den Stuhl gerade und blickte stumm die Kerze an.

„Wieso kommst du erst so spät?", fragte die Mutter mit stolzer strenger Stimme nach.

„Ich habe mit den Kindern von Gretha draußen im Garten gespielt."

„Gretha!“, fuhr es aus Ferdinand laut hustend heraus. „Dein altes Kindermädchen? Vielleicht ist der Umgang mit ihr doch schlecht.“

„Aber wieso denn? Vater, sie ist doch eine wunderbare nette Frau und ihre drei Kinder sind wundervoll“, strahlte Katherina ihrem Vater entgegen und lächelte sanft.

„Die alle von einem anderen Vater sind, wenn nicht gar jedes einzelne von drei verschiedenen ist“, murmelte der Vater mehr zu sich selbst, als dass es jemand hätte hören sollen. „Ich möchte aber nicht, dass du dich andauernd draußen in diesem ekligen dreckigen Garten vollschmierst und dich mit diesen niederen Gören herumtreibst! – Vielleicht sollten wir die Türen verriegeln lassen. Oder den Garten direkt dem Erdboden gleichmachen. Dann haben wir wenigstens Feuerholz und ich muss dieses eklige Gemüse nicht mehr essen“, plätscherte es dann etwas lauter aus dem Vater heraus, der seine Hand laut auf den Tisch hinunterfallen ließ. Das Besteck klapperte dabei laut auf der teuren samtenen Tischdecke und sprang hin und her, während Ferdinand bereits seine Hand schmerzerfüllt wieder zurückzog und mit der anderen vorsichtig über den kleinen Finger strich, den er mit weinerlichem Blick ansah.

Deutlich genervt blickte er auf den Tisch. Schon wieder überkam ihn der Wunsch, etwas zu essen. Doch es stand alles so weit weg. Seine Gedanken huschten hin und her, genauso wie sein Blick.

Dann streckte er sich über den Tisch. „Ich komm da nicht an!“, stöhnte er mit eingezogenem Bauch und streckte seinen rechten Arm, soweit es ging, nach der Schale mit den Naschereien aus. „Verdammt.“ Er ließ es bleiben und sank zurück in seinen Stuhl.

„Siehst du“, meinte seine Frau, „Obst?“ Triumphierend schwenkte sie einen Apfel vor ihrem Kopf hin und her.

„Nein danke“, raunte Ferdinand beleidigt und knallte erneut seine Hand auf den Tisch. „Und du triffst dich nicht mehr mit dieser Gretha! Hast du das verstanden?“, zischte er mit dem Zeigefinger auf seine Tochter zeigend. „Und wenn ich dich dabei erwische“, bei jedem Wort fuhr seine Faust auf den Tisch, sodass das Besteck hin und her wirbelte, „dann fliegt die alte Dame hochkant aus diesem Gemäuer und ihre Kinder gleich mit!“ Wieder in Rage verfallen, fuchtelte er herum.

„Aber Vater!“, klagte Katherina, „das darfst du nicht tun!“ Eine traurige und gequälte Miene zeichnete sich auf ihrem Gesicht ab.

„Lass ihr doch ihren Garten und ihre Freunde, wenn es ihr so viel bedeutet“, mahnte die Mutter und wedelte mit der Serviette durch die Gegend.

„Danke, Mutter!“, sagte Katherina und sprang fröhlich vom Tisch auf. Kaum wollte sie den Raum verlassen, räusperte sich Ferdinand und deutete auf seine Wange. Katherina drehte sich um und begriff. Sofort lief sie zu ihm hinüber und gab ihm einen Kuss auf die linke Wange. Der Vater tätschelte ihre zierlichen Hände mit seiner fettverschmierten rechten Hand. „Nicht noch einmal vergessen.“ Kurz glücklich sah er ihr in die Augen. „Sonst!“

„Ja, Vater“, dann lief sie zur Tür und verschwand wieder, lediglich mit einer einzigen Karotte in der Hand und völlig angeekelt, während sie ihrem Vater den Korb mit den Salatblättern auf den Tisch gestellt hatte.

„Sie wird doch nicht wieder dieses dämliche Pferd füttern oder?“, sagte Otalia.

„Wieso? Das hat sie doch ganz gut gemacht“, entgegnete Ferdinand. „Jedenfalls hat es gut geschmeckt, das Pferd.“

„Ach du meine Güte!“, erschrak die Frau laut und lachte. „Aber deinen Bruder wirst du nicht essen, wenn er im Kampf stirbt?“

Angeekelt blickte Ferdinand über den Tisch. „Auf keinen Fall!“

Kopfschüttelnd über das fehlende Verständnis von Ironie stand Otalia auf und verließ den Saal. Es war spät. Und lange wach zu bleiben, lag ihr nicht so.

Erst jetzt entdeckte der König das Gemüse auf seinem Platz. Wieder krakelte er durch die Gegend. „Und *verdammt noch mal*, lasst mich mit eurem dämlichen Gemüse in Ruhe!“ Er griff nach dem Korb, riss einige der Salatblätter heraus und schmiss den Rest auf den Boden. Das grüne Gemüse zerriss er, mit Blickkontakt zu seiner Frau, Stück für Stück in winzig kleine Fetzen und ließ sie begeistert zu Boden rieseln. „Viel Spaß beim Aufräumen.“

Ferdinand stand ebenfalls vom Tisch auf und ging hinüber zu einer der Türen. Ein Diener eilte von dort aus zu dem Tisch und nahm den mit allen möglichen Essensresten gefüllten Teller mit.

Der König schritt durch die weiten Gänge des Palastes hinüber zu seinem Schlafgemach. Auf dem Weg traf er an fast jeder Ecke Diener. Einen nach dem anderen. Andauernd standen die irgendwo herum. Meistens im Weg. Und andauernd redeten diese ungebildeten Narren über irgendwelche Gerüchte. Sinnlose Narreteien und Behauptungen machten immer wieder im Volk die Runde. Sinnlose Zeitvergeudung. Sollten sie doch lieber arbeiten.

Nach wie vor sorgte Ferdinand sich, dass Herodil ihm auf die Schliche kommen könnte, wenigstens wusste niemand, außer einigen im Königshaus, davon. Zwar wusste keiner, wer überhaupt damals dafür verantwortlich gewesen war, dass er verschwand. Klar war nur, dass es anscheinend letztlich zum Wohl der Familienehre geschehen war. Herodil war der Erstgeborene, jedoch leider vor der Ehe seiner Eltern geboren worden. Somit entschloss man sich, ihn kurz nach der Hochzeit verschwinden zu lassen, was bestens gelungen war. Bisher. So hatte er es seiner Frau damals erzählt.

Er wusste selbst, dass das so nicht ganz stimmte, allerdings, da sie es ihm glaubte, glaubte er sich auch selbst und sah Herodil als den unehelichen Sohn seiner Eltern an, der keinen Anspruch mehr auf den Thron hatte.

Der König verschwand in seinem Gemach und versuchte, die düsteren Gedanken mit seinem geliebten Wein zu vertreiben. Dunkle Wolken zogen für ihn auf. Jetzt musste er nur hoffen, dass sie sich andernorts entluden. Nicht hier, nicht jetzt. Sollte es doch jemand anderen treffen. Am besten natürlich Herodil.

* * *

Nach wie vor in die tiefschwarze Nacht gehüllt, verharrten die Männer auf der Stadtmauer. Inzwischen war Herodil eingeschlafen und Tim wachte über die Ebenen. Es würde nicht mehr sehr lange dauern, bis die Sonne aufging. Dieses schreckliche untätige Warten raubte ihm allerdings, genauso wie allen anderen, die Nerven. Das unbändige Verlangen, irgendetwas zu tun, machte sich breit. Schier endlos schien die Dunkelheit zu sein. Es kam ihm alles so sinnlos vor.

Zweifelnd an ihrem Vorhaben blickte Tim müde in die Ferne und folgte den langsamen Bewegungen der Sterne am Himmel. Wundervolle Lichter. Auch wenn sie so fern zu sein schienen, strahlten sie besondere Nähe aus.

Bei all diesen Gedanken wurde ihm klar, dass er tatsächlich seine Heimat vermisste. Diese Heimat, die er doch eigentlich so hasste. Diese Heimat, in die er niemals zurückkehren wollte. Doch noch mehr vermisste er seine Kindheitstage. Die Zeit, in der er noch Spaß hatte und er machen konnte, was er wollte. Jetzt musste er praktisch jeden Tag um sein Leben fürchten, das ihm schon fast zur Last geworden war. Was war nur mit ihm geschehen? War er tatsächlich so ein einsamer Mensch geworden?

Es kam ihm immer so vor, als wäre er völlig allein. Lediglich Finn stand an seiner Seite, doch der war ja auch nicht gerade nützlich. Er schien sein Leben vergeudet zu haben, auch wenn es eigentlich noch vor ihm lag. Hatte er überhaupt schon einmal richtig gelebt? Irgendetwas für jemanden geleistet?

Urplötzlich warf er seine Zweifel beiseite und fasste einen Entschluss. Egal was kommen würde, er würde einfach weitermachen und für das kämpfen, was er nun angefangen hatte zu begleiten. Er würde seine neuen Freunde unterstützen und für dieses Königreich, welches er nun neu kennengelernt hatte, einstehen.

Er kam sich schon fast stolz vor, als er so nachdachte und staunte, dass er sich selbst so Halt geben konnte. Es hatte sich so vieles verändert, seit sie aufgebrochen waren. Vor allem in ihm selbst. Aber irgendwie schreckte ihn das Abenteuer auch ab. Er hatte trotz allem Angst vor dem, was noch kommen würde. Schon so viel Unfassbares war geschehen. Bereits der Fakt, dass sie mit zwei unsterblichen Brüdern reisten, von denen einer ein Gestaltwandler war, faszinierte ihn.

Vielleicht würde er in einigen Tagen schon tot sein. Vielleicht überlebte er aber auch und tauchte in Heldengeschichten auf und war dann urplötzlich ein Held dieses fremden Landes. Dann konnte er endlich stolz auf sich selbst sein. Doch das käme mit Sicherheit fast einem Wunder gleich. Viel eher würde er wegen einer dummen Aktion sterben oder von der Unternehmung ausgeschlossen werden.

Er hatte nichts geleistet, war aus irgendeinem irrwitzigen Zufall heraus Teil dieser Reise geworden. Kraftlos folgte er nun seit Wochen seinen neuen Freunden und wollte schon vor Tagen einfach aufhören und umkehren. Eine wahre Hilfe war er nicht. Ballast – mehr war er doch eigentlich nicht.

Oder war es doch alles Teil einer Vorsehung? Hatten ihn höhere Mächte hierhergeführt? Hatte es vielleicht doch alles einen Sinn und er würde der entscheidende Faktor bei der Reise sein, der ihnen einen wichtigen Vorteil verschaffte? Immerhin hatte er inzwischen das Kämpfen erlernt.

Verträumt spielte er geistesabwesend an der goldenen Kette seines Talismans herum. Es erinnerte ihn zurück an seine Heimat und seinen Großvater. Was er wohl alles erlebt hatte?

Er kramte das Schmuckstück hervor und hielt es vor sich in den Händen. Es musste seit Jahrzehnten unverändert aussehen. Die Delle in der Mitte, die Kratzer auf dem glänzenden Gold. Sein kleiner Reichtum.

Überrascht wandte Tim sich plötzlich zur Seite. Heroffad war neben ihm aufgetaucht. „Was hast du da?", fragte er und stellte sich neben ihn, um über die Mauer in die Ferne zu sehen.

Tim lächelte und blickte wieder hinab auf das im Fackelschein glänzende Schmuckstück. „Es ist ein altes Geschenk von meinem Großvater", erklärte er knapp.

Heroffad nickte. „Wer war dein Großvater?", fragte der alte Magier.

Nun musste Tim fast lachen, denn wenn er ehrlich war, wusste er es selbst nicht genau. Immerhin hatte er nie dessen Namen gekannt und ihn immer nur als das angesprochen, was er eben war: sein Großvater.

Er wandte sich wieder zu Heroffad. „Ich kenne seinen Namen nicht", entgegnete er ehrlich.

„Was hat er so getrieben?", hakte Heroffad weiter nach.

„Er war wohl viel auf Reisen", erinnerte sich Tim und hielt den Talisman in die Höhe. „Das hier ist eines seiner Mitbringsel."

Heroffad nickte stumm und betrachtete das Gold eindringlich, bis Tim es eilig wieder beiseitesteckte. Dann wandte er sich wieder ab und beide verfielen in einsames Schweigen.

Tim versteckte die Kette wieder unter seinem Hemd und blickte in die Ferne. Es war schade, dass er nie mehr über seinen Großvater erfahren hatte. Zwar konnte er sich daran entsinnen, dass er ihm viele Geschichten erzählt hatte, aber den Inhalt hatte er inzwischen restlos vergessen.

Er versuchte, diese Gedanken zu verdrängen, und konzentrierte sich wieder auf die Berge. Keine Bewegung war dort draußen zu erkennen. Niemand marschierte dort umher und näherte sich der Festung. Bisher. Sie selbst hatten es schließlich auch geschafft, bis hierher zu gelangen. Und jetzt, da der Winter bald vorüber sein würde, wurden die Wege passierbarer. Die Ebene konnte man bestimmt deutlich schneller überwinden, als sie es selbst getan hatten, sobald diese vom Schnee befreit war.

Trotzdem harrten sie Tage auf der Mauer aus.

Auch nach vier oder fünf Tagen des Wartens tat sich nichts. Eine Woche verstrich und es geschah nichts, außer dass sie sich endlich von einem Bader rasieren ließen und weiter das Kämpfen geübt wurde. Eine weitere Woche folgte. Eine dritte. Der Schnee begann, die Ebene endgültig zu verlassen, und nichts tat sich. Hatte man nicht gesagt, dass die Krieger bereits am Pass der Händler angelangt gewesen wären?

Langsam, aber sicher stiegen Zweifel in den Wartenden auf. Hatte man sie nur hinhalten wollen? Wollte man sie nur unter irgendeinem Vorwand rauswerfen?

* * *

Der Fels wurde langsam nervig unter den Füßen. Es war ein schreckliches Gefühl, dieser Schmerz, der sich nach Tagen und Wochen des unermüdlichen Laufens ausbreitete. Doch sie hatten das Ziel schon fast erreicht.

Ihre Stiefel und Rüstungen waren mehr als unpraktisch auf so lange Zeit gesehen. Sie mochten zwar sehr guten Schutz bieten, aber wenn man nur marschierte, waren sie einfach nur noch unbequem und schienen völliger Ballast zu sein.

Unterwegs hatten sie bereits Stücke der Rüstungen zurückgelassen, da sie immer mehr merkten, welche Teile am meisten störten. Leider waren es zum großen Teil auch die Teile der

Metallplatten, die sie am dringendsten für ihren eigenen Schutz benötigten.

Im Nachhinein war das eher unklug gewesen, die Metallteile einfach so liegen zu lassen. Sie hätten sie mitnehmen sollen, um sie später wieder für ihre Rüstung nutzen zu können. Doch dafür war es nun zu spät. Wenigstens waren sie so ein wenig wendiger als zuvor. Sie konnten schneller marschieren und sich deutlich besser bewegen. Sonst hätten sie garantiert noch eine halbe Woche länger für diesen Marsch gebraucht.

Horngart lag nur noch wenige Minuten von hier entfernt. Sie hätten diese Stadt durchaus schon einige Tage früher erreichen können, allerdings erschien ihnen ein Einmarsch von der Rückseite sinnvoller.

So waren sie einmal in einem großen Bogen um das Tal herumgelaufen und schnitten nun von hinten wieder hinein. Einer Verwerfung folgend, zogen sie durch das Gebirge und erkannten bereits die ersten Türme der Mauern. Ebenso harter Stein wie der der Gebirge schützte diese Stadt und ihre Zielpersonen.

Sie waren wirklich einen großen Umweg gelaufen, damit man sie auf keinen Fall vom Tal aus erkennen konnte. Weder auf den Gipfeln der Berge noch irgendwo sonst. Kein Bote sollte sie erspähen und zu früh Alarm schlagen. Deshalb kamen sie nun von einer völlig anderen Seite auf die große Heimat der Regenten zu.

Das Stadttor war wohlgemerkt auf der anderen Seite, aber das Klettern hatten sie ja nun sowieso schon geübt. So erreichten sie nach mehr als vier Wochen Fußmarsch tatsächlich die Mauern der Stadt der Könige und krallten sich fest in das Mauerwerk, um hinauf zu klettern.

Die Mauer war hoch und trotzdem noch überwindbar. Hier und da boten herausragende Felsen ausreichenden Halt. Es war kein einfaches Unterfangen, einen sicheren Weg an der steilen Mauer hinauf zu finden, dennoch ließ es sich mit genug Geduld und Fingerspitzengefühl bewerkstelligen. Egal wie dumm sie eigentlich waren. Sie waren trotzdem noch dazu in der Lage, ihre Gliedmaßen zu koordinieren und die schwierigsten Hindernisse zu überwinden.

Nicht jeder Begrisk war so schlau wie Zokh, wogegen die, die es waren, durchaus sinnvolle taktische Manöver erdenken und ebenso ausführen konnten. Das war ihre Aufgabe. Und genauso konnten sie neue Wege erproben, um Hindernisse zu bezwingen. Genauso, wie er es jetzt tat. Und so hatten sie bereits am Ende des Tages die hohe Mauer der wichtigsten Stadt Norskoms erklommen.

Kühler Wind zog über sie hinweg und direkt in die Schlucht hinter ihnen hinein. Über die gesamte Ebene, die auf der anderen Seite der Stadt lag, fegten letzte eisige Winde hinweg. Überreste des Winters, der sich nun nach und nach zurückzog. Die eisigen Schneemassen, die sie beim ersten Erblicken des Tales gesehen hatten, waren bereits fast vollständig verschwunden. Es wurde langsam Frühling.

Erschöpft setzten sie sich auf dem Rand der Mauer nieder und Zokh begann, sich von hier oben ein Bild von der Stadt zu machen. Orientierung war wichtig, um ihre Zielpersonen aufzufinden und in die Enge zu treiben, ohne dabei Zeit und Energie zu verbrauchen oder gar zu verschwenden. Groß auffallen wollten sie genauso wenig.

Beinahe mittig auf einer Erhöhung stand ein großer Palast, vermutlich der des Königs. Rings um diesen Komplex und dessen schützende Mauern gingen Straßen ab. Die größte verband den Palast und das verschlossene Stadttor.

Hunderte Häuser säumten die Straßen. Zu gerne hätten sie hier ein wenig Chaos und Tod hineingebracht, doch es war ihnen untersagt, solange sie die gesuchten Personen noch nicht festgesetzt hatten. Sie sollten lediglich die Zielpersonen finden und sonst von niemandem gesehen werden.

Zokh sog erneut die kühle Luft ein und sondierte ein wenig die Möglichkeiten. Wo könnten die Gesuchten sein? Da fiel ihm nahe dem Stadttor ein helles Leuchten auf, das seine komplette Aufmerksamkeit trübte. Fackeln. Nur an dieser einen Stelle auf der Stadtmauer leuchteten so helle Fackeln. Wartete dort jemand? Vielleicht ja sogar die Reisenden, die sie zu suchen hatten.

Sofort setzten sie sich in Bewegung und stiegen ein Stück weit die Mauer hinab, um dann über die Dächer hinweg zu schleichen. Geradewegs querfeldein. Sie wollten nicht auf der hohen Mauer entlanglaufen. Da würde man sie viel eher sehen als auf den Dächern. Auch wenn dieser Weg schwieriger und gefährlicher war.

Vorsichtig stapften sie über die Ziegel und versuchten dabei, möglichst leise zu sein. Trotzdem schafften sie es, schnell über die Dächer hinweg zu klettern.

Neben ihnen zogen die Schornsteine vorbei, die sich alle gegenseitig zu überragen versuchten. Hier und da schlummerten Vögel. Dunkle schwarze Tiere. So mussten sie sich von den Schornsteinen fernhalten, um die Vögel nicht aufzuschrecken und so unbemerkt über die Dächer zu gelangen. Eilig huschten sie über die hohen Gebäude hinweg und näherten sich so immer weiter dem Leuchten, das Zokh wie eine seltsame Macht anzog.

Schon hatten sie auf diesem Wege bald die große Straße in der Stadtmitte erreicht. Wie sollten sie dort hinübergelangen? Vor allem ungesehen?

So entschieden sie sich, entlang der Straße zur Stadtmauer zu laufen und dort direkt auf die Lichter zuzugehen. Sie wollten den Schutz der Dunkelheit noch bestmöglich ausnutzen und eilten so hinüber zum Stadttor, das sie dann schnell überkletterten, und warteten kurz auf der anderen Seite, ob man sie bemerkt hatte. Stille herrschte über die Stadt. Keine Bewegung war zu erkennen. Selbst die Vögel auf den Dächern hatten sich nicht gerührt. Niemand hatte sie gesehen oder gehört. Und wenn doch, dann hatte derjenige es ignoriert. Sie hatten also Glück gehabt.

Es schien nicht so, als würde noch irgendwer aus der Stadt zu ihnen hier hinaufkommen und so folgten sie weiter dem Licht, bis sie nur noch wenige Meter davon entfernt waren. Laut pulsierte das Blut durch ihre Adern und ließ sie langsam wild und rasend werden. Sie atmeten leise, aber tief ein und aus. Ganz ruhig mussten sie sein. Und möglichst vorsichtig mussten sie zunächst immer weiter zu diesem Licht und sehen, was sich dort verbarg.

* * *

Es war später Abend und dadurch auch stockdunkel geworden, sodass die Fackeln bereits seit Stunden leuchteten. Es war eine schrecklich eklige Luft, da es seit Tagen nicht geregnet hatte und der Qualm, der aus den Schornsteinen der Häuser kam, verbesserte die Luft nicht gerade.

Müde saßen die Männer neben den Zinnen der Mauer und versuchten, zu schlafen. Es schien unmöglich zu sein. Mehrfach hatten sie in der Nacht Geräusche gehört, die sich durch die Stadt bewegten. Waren dort Einbrecher unterwegs? Sie beließen es bei dem Gedanken und widmeten sich einfach wieder dem Versuch des Einschlafens.

Ebenso müde und gelangweilt starrte Herodil, der gerade Wache zu halten hatte, in die Ferne. Wie konnte sich nur Tage und Wochen nichts da draußen tun? Es war schrecklich, dieses ständige und unnachgiebige Warten. Das Nichtstun würde sie noch alle verrückt machen.

Sie hatten sich mit ihrer Reise so beeilt, waren urplötzlich aufgebrochen, durch dicke Schneemassen gewatet, waren dabei fast erfroren, sogar in eine Gletscherspalte gestürzt und jetzt saßen sie hier fest und konnten vermutlich Tage und Wochen verweilen, bis diese Kreaturen vielleicht mal auftauchen würden. Die ganze Eile war so verschwendet. Sie hätten eine ganze Woche später aufbrechen können. Vielleicht wäre sogar Linhart noch am Leben, wenn sie nur ihre Zeit anders eingeteilt und nicht alles so voreilig beschlossen hätten. Und wie immer trug Heroffad einen Teil der Schuld.

Aber auch Dragomir war sich seiner Mitschuld bewusst. Innerlich war er völlig zerrissen. Einerseits glücklich, noch am Leben und unversehrt zu sein, andererseits tief getroffen, da er das Monster zu Linhart abgedrängt hatte. Es war seine Schuld, dass ihr Freund nun unter schrecklichen Qualen gestorben war. Es war nur seine Schuld.

Vom Zorn gegen sich selbst übermannt kniff er seine Augen zusammen und versuchte, wie bereits seit einigen Tagen, seine Emotionen und Zweifel zurückzuhalten. Wieso mussten nur solche Unglücke geschehen?

Wieder zogen die Szenen vor seinem inneren Auge entlang. Er sah die Schwerter an ihm vorüberschneiden. Er erblickte die hässlichen Fratzen der dunklen Kreaturen und hörte den tiefen Laut des Schmerzes, den Linhart von sich gab, als ihn die Klinge verwundete. Er sah vor seinen Augen die Krieger verenden und das Blut an seinem Schwert hinabrinnen. Er sah Blut und Tod. Er sah Elend. Er sah Verzweiflung. Es schien wie das Ende der Welt. Das Ende seiner Welt. Das Ende eines Lebensabschnitts. Immerhin war ihm nun etwas genommen worden, das Teil seiner Kindheit war. Nie wieder würde er mit Linhart über ihre gemeinsamen Abenteuer reden und nachdenken. Nie wieder. Es war alles seine Schuld!

Verträumt schwelgte er in Trauer und Erinnerungen, während ihn die Müdigkeit und Kälte fast einschlafen ließen.

Erneut waren Geräusche zu hören. Deutlich näher als zuvor. Es musste bald Mitternacht sein. Herodil griff sich eine Fackel, die an den Zinnen angehängt war, und machte einen Schritt hinüber zum Mauerrand. Er hielt die Fackel forschend über den Abgrund und suchte nach Bewegungen. Keine Menschenseele schien dort unten zu sein. Woher kamen nur die Geräusche?

Er steckte die Fackel zurück und blickte skeptisch auf die Ebene. Man konnte sich doch nicht so sehr geirrt haben. Erneut ein Klirren. Ein Klirren wie von Metall auf Metall. Wie das Schwert an einer Rüstung. Endlich hatte er aber auch die Richtung besser erkennen können, aus der die Geräusche gekommen waren. Er drehte sich nach links, dort war das Stadttor. Vielleicht versuchte dort jemand hineinzukommen und schlug auf das Tor ein.

Hatten sie die Krieger vielleicht doch übersehen und die standen bereits vor den Toren?

Von diesem Gedanken aufgeschreckt, weckte Herodil die anderen, die gerade dabei waren, einzuschlafen. Bei jedem deutete er an, still zu sein, und zeigte auf das Tor. Sie rappelten sich auf und griffen nach den Waffen, die überall verteilt um ihre Schlafstätte lagen. Das Geräusch erklang erneut. Und nun näherte es sich.

Sie waren selbst zwar höchst angespannt, taten aber so, als würden sie gerade alle miteinander reden und essen. Vielleicht lockte es die Viecher ja an, wenn sie dachten, sie wären unbemerkt geblieben.

Doch sie waren still. Keiner sagte ein Wort oder bewegte sich irgendwie. Jedes Geräusch war wichtig. Die Hände an den Schwertgriffen, so harrten sie aus.

Plötzlich wurde es ruhiger. Die Geräusche verstummten in einiger Entfernung und es schien, als wäre nie etwas gewesen. Stille. Unheimliche Stille. Vielleicht hatten sie sich ja doch geirrt. Das Flackern der Flammen und das Flirren der Schatten lenkte sie von der Anspannung ab, aber verwirrte sie auch noch zusätzlich. Die Flammen rauschten leise vor sich hin und wurden immer wieder vom Wind hin und her getrieben.

Und plötzlich sprang tatsächlich eines dieser Wesen hinter einer Ecke hervor. Sofort zog Herodil sein Schwert und die anderen sprangen auf. Gleich einer fließenden Bewegung streckte Adelgar den ersten Angreifer nieder und starrte noch geschockt um die Ecke.

Er entdeckte die große Horde, die dahinterstand und sich gerade auf den Kampf vorbereitete, indem die Kreaturen auch ihre Klingen hervorzogen. Sofort wich er zurück und reihte sich in seine Gruppe ein. Weitere der Krieger stürmten hervor und schlugen mit ihren Schwertern zu.

Mit einem Anflug von Aggression setzten Herodil und Dragomir nach vorn und stießen zwei der Kreaturen die Mauer hinunter in die Schlucht. Durch ihre Rüstungen geschützt, gab es kaum eine Möglichkeit, die Kreaturen in der wirren Dunkelheit gezielt zu treffen und zu verwunden. Nur unkontrollierte Schwerthiebe gingen nieder und verfehlten ihre Ziele. Doch wenigstens waren die Krieger durch die starren Metallteile unbeweglicher und noch langsamer, als es die Männer ihnen gegenüber waren.

Mit starken Griffen hielten sie ihre Schwerter in den Händen, doch wussten sie nicht effektiv einzusetzen. Mit ganzer Kraft stemmten sich Adelgar und Dragomir gemeinsam einer weiteren Kreatur entgegen und schafften es, diese aus dem Gleichgewicht zu bringen. Stolpernd knallte sie gegen die Steine und schlug laut scheppernd mit dem Helm gegen diese.

Mit einem weiteren Stoß wurde der Krieger, der gerade wieder aufstand, über den Rand der Mauer bugsiert und hinuntergestoßen, sodass er nach einiger Zeit laut auf dem Boden der Schlucht aufschlug.

„Kein Mensch tötet einen Begrisk“, zischte eine der Gestalten, die ihnen gegenüberstanden.

Sinnlos und mit schwindenden Kräften schlugen die Menschen weiter um sich, mit dem einzigen Ziel, irgendwie ihre Leben zu retten und dafür die der Kreaturen zu beenden. Doch es war schier aussichtslos. Sie waren zu schwach und die Begriske, wie sie sich wohl nannten, zu stark. Und gerade die Nacht bedeutete einen weiteren Nachteil.

Heroffad griff ein und blendete die Wesen mit einem hellen Lichtschein. „Fort. Schnell! Fort von hier", rief er und deutete aufgeregt mit weiten Gesten auf die Dächer.

Dragomir wich zurück und sprang über die Gasse neben der Mauer. Er landete auf einem Heuwagen und stellte sich auf die große Straße vor dem Stadttor. Nach und nach sprangen die anderen herab. Zuletzt folgte Heroffad und das grelle Licht verschwand.

Sofort liefen sie eilig die Straße entlang, sodass ihre Stiefel laut durch die leere Stadt zu hören waren. Die Kreaturen sprangen hinterher und verfolgten sie. Noch lauter als die Stiefel der Flüchtenden es waren, trampelten die Kreaturen die Straße entlang, sodass die Geräusche laut von den Wänden zurückschallten.

Blitzschnell schlugen sie sich in eine Gasse und rannten. Rannten weiter und weiter, nach einer offenen Tür suchend. Links und rechts stießen sie Kisten und anderes Zeug beiseite. Die Kreaturen folgten. Weiter und weiter quer durch die Stadt. Die dunklen Häuser zogen an ihnen vorbei. Alle verschlossen. Alle Fenster und Türen verriegelt. Sämtliche Lichter gelöscht. Nur das Licht der Sterne leuchtete ein wenig in die Gassen herein.

Wie wild geworden und ohne Orientierung rannten sie ziellos durch die Gassen. Immer hin und her. Krach verursachend. Doch niemand schien sie zu bemerken.

„Wo sollen wir hin?", rief Dragomir.

„Einfach geradeaus", antwortete Heroffad, „bis sie uns aus den Augen verlieren!"

Schnell schlugen sie Haken durch die Dunkelheit und erreichten ein altes Haus, dessen Tür einen Spalt offen stand. Ohne groß zu überlegen, huschten sie in das verlassen wirkende Haus und schlugen die Tür zu.

Sofort verriegelten sie den Eingang, stießen eine Kiste vor die Balken und hielten den Atem an. Augenblicklich war es totenstill. Die Begriske rannten weiter die Wege entlang und liefen direkt an dem Haus vorbei.

Währenddessen gingen die Geflüchteten weiter in das Haus hinein. Das Holz knarrte laut durch die Bewegungen, die sie im Haus machten, und durch den leichten Wind von draußen. Jede noch so kleine Bewegung durchzog sie mit Schmerzen, da sie hofften, nicht gehört zu werden. Verkrampft setzten sie einen Fuß vor den anderen, doch keiner der knarrenden Töne ließ sich wirklich vermeiden.

Es war stockdunkel. Man konnte lediglich schemenhaft einige Regale im leichten durch irgendwelche Fenster dringenden Mondschein erkennen. Langsam schlichen sie über die Holzdielen hinweg und fanden schließlich eine Laterne vor einem hinteren Raum, dessen Tür sie dann quietschend öffneten.

Hinter der Tür war ein großer Saal. Vollgestellt mit Regalen und einigen Tischen. Eine Bibliothek. Oder ein Archiv. Links und rechts reihten sich Regale voll mit Büchern und anderen Schriften. Papierrollen und andere einzelne Zettel ragten aus den Regalen hervor. Laut rauschend zog ein Luftstrom hinter ihnen durch die Tür und wirbelte einige Seiten in einem offen liegenden Buch auf einem der Tische hoch. Hinter sich schlossen sie die Tür und gingen weiter in den Raum hinein, um sich umzusehen.

Silbrig braun glänzte der Staub auf dem Holz im fahlen Mondlicht. Die hellen Strahlen reichten gerade so bis zu der Tür, durch die sie eben gekommen waren.

Am Ende des Raumes prangte, in einen Holzbalken geschnitzt, das Siegel der Königsfamilie. Adelgar blätterte in dem Buch, welches auf dem Tisch lag. „Das sind Berichte zu einem Krieg“, meinte er leise und schlich weiter durch den Raum.

„Alte Briefe von der Königsfamilie“, sagte Finn und deutete auf ein Regal, aus dem unzählige Zettel herausragten.

„Das scheint das königliche Archiv zu sein", murmelte Ambros, der ebenso erstaunt seine Runden durch den Raum zog.

Der kalte Nachtwind brauste laut über das Dach des Hauses hinweg, während sie sich in dem alten verlassenen Haus weiter umsahen. Eine ganze Weile lang durchstöberten sie die Zettelhaufen und entschieden sich letztendlich, versteckt hinter irgendeinem der verstaubten Regale zu übernachten. Sie mussten abwarten, bis sich die Situation draußen in den dunklen Gassen der Stadt beruhigt hatte und die Begriske sich erst einmal wieder verkrochen haben würden. Etwas anderes blieb ihnen in dieser Situation gar nicht übrig, wenn sie am nächsten Tag noch am Leben sein wollten. Schlafen, hoffen und abwarten, was geschehen würde.

Langsam kehrte Stille in das alte Gemäuer ein. Nur der Wind brachte die Holzdielen noch etwas zum Knarren. Doch schließlich hielt die Nacht Einzug.

* * *

Ephnies hatte sich entschieden. Kurz und schmerzlos sollte zunächst Heroffad sterben und dann sollte sein Heer einmal beweisen, was es leisten konnte. Mit starken magischen Strömungen hatte er diesen Befehl gerade an Zokh durchdringen lassen, zusammen mit dem Wissen über das Aussehen der Männer, das er ihnen bisher absichtlich vorenthalten hatte. Für diese Information war er dem toten Mann im Kerker sehr dankbar. Nur Thorgk hatte einige der Gesichter bisher gekannt.

Bald würde außerdem seine große Mauer vollendet sein, die sich bereits fast vor dem gesamten Gebirge erstreckte. In Windeseile hatte man die letzten Tage zusammengeschraubt und gemauert, was ging. Solide war die Mauer nun zwar nicht gerade, doch es sollte auch nur dafür genügen, dass er seine Macht damit demonstrieren konnte.

Vor einigen Tagen hatten sie bereits einen ersten Versuch gestartet, eine Stadt in den Bergen zu erobern. Es war die eine als uneinnehmbar geltende Stadt in Norskom, die auch die Reisenden durchquert hatten. Jegliche Soldaten waren dann plötzlich geflohen und sogar noch entkommen.

Man hatte geheime Gänge von der Stadt ausgehend gefunden. Meilenweit reichten sie durch das Gebirge und verließen an seltsamsten Stellen wieder das Gestein. Getarnt durch vertrocknete Büsche oder unter Baumwurzeln versteckt, brachen sie durch die Oberfläche und konnten von außen praktisch nicht erkannt werden.

Ebenso gen Horngart, der Stadt der menschlichen Könige, waren sie gerannt und hatten sich dann doch zunächst in Hunderte kleine Gruppen geteilt, die jetzt alle ihr Glück erprobten. Anfangs hatte er sie noch verfolgen und töten lassen, doch dann reizte ihn der Gedanke, ein noch viel größeres Heer vernichten zu können.

Er wollte seine Macht demonstrieren und Norskom in tiefster Schmach versinken lassen. Jeder sollte wissen, welche Macht er besaß und genauso staunen, wie schnell er sie weiter und weiter vermehren konnte. Er würde in Windeseile ein riesiges Heer einfach nebenbei mit einer Horde ungebildeter Kreaturen vernichten.

So hatte er den Geflohenen schon bald freien Lauf gelassen und seine Begriske gen Westen gesandt, um dort alle übrigen Siedlungen niederzubrennen. Die Kampfeslust sollte in ihnen hochsteigen und der Geruch des Blutes sollte ihnen vertraut werden. Die Menschen sollten in Angst leben, die seinen Begrisken wieder Kraft und Motivation gab. Tod und Verzweiflung, Elend und Hilflosigkeit wollte er verbreiten.

Bleierne Dämpfe erfüllten den Westen des Gebirges und der Geruch der Verwesung drang bereits bis zur Mauer hervor. So gefiel es ihm. Dieser Ort wurde Unterwelt ähnlicher.

In einigen Tagen oder Wochen würde er dann seine Krieger zurückrufen. Sie würden sich auf dem freien Land hinter seiner Mauer sammeln und dann alle auf einen Schlag gen Norden zur Königsstadt aufmachen, um dort eine Botschaft des Todes zu verbreiten.

Dann würden vielleicht noch einige wenige Tage bleiben, bis ihm Zyriu die Botschaft zukommen lassen würde, dass dieser Welt die Vernichtung bevorstand. In der Zeit konnten sich alle seine Rekruten in der Festung sammeln, ebenso wie alle übrigen Menschen, die es bevorzugten, ab dem Punkt unter seinem Befehl zu stehen. Und dann würde er endlich mitsamt der Festung zurück in sein geliebtes Unterwelt gehen. Doch dies erst, sobald der Durabor endlich sein Ende fand.

Schon bald würden seine Pläne vollendet werden. Tod und Verderben sollten herrschen.

Ephnies stieg erneut auf den Turm hinauf und blickte über die Ebenen. Dunkle Wolken stiegen im Westen des Gebirges auf, während im Osten der Nebel über den Bergen schwebte.

Die Arbeit rund um seine uneinnehmbare riesige Festung war zum Erliegen gekommen. Einige Hundert Begriske warteten im Hof der Festung auf ihren Einsatz, während die Mauer still in der Landschaft ruhte. Er genoss die Ruhe. Die Vorbereitung auf den Kampf wurde so greifbar. Alle Kräfte wurden gesammelt und alle Gedanken für die Schlacht vorbereitet. Langsam stieg die Sonne am Horizont hoch. Nur morgens und abends war sie hier zu sehen. Ansonsten verdeckte die dichte Wolke dunkler magischer Kreaturen ihr Licht. Diese breitete sich immer weiter aus. Genährt vom Leid aller Wesen, die bis vor wenigen Wochen noch hier auf dieser riesigen Ebene gelebt hatten.

Die wenigen Sonnenstrahlen, die man im Laufe des Tages sehen konnte, drangen bis zu seiner Festung vor. Bläulich schwarz erschienen seine Mauern. Es war ein wundervolles Schauspiel. In Unterwelt gab es keine Sonne. Zumindest hatte er nie eine gesehen, was auch kein Wunder war, da es sich bei Unterwelt um eine einzige riesige Höhle handelte, die ringsherum von Stein umschlossen war.

Ach, wie sehnlich wünschte er sich doch, endlich in sein geliebtes Unterwelt zurückkehren zu können, um weitere noch sehr viel grausamere Pläne zu schmieden. Er wollte zurück in seine wohlig warme tödliche Höhle. Zurück zu seinen Kreaturen und seiner unerschöpflichen Macht, die er hier niemals komplett entfalten konnte.

Aber auch so wurde diese Welt seiner erwählten Heimat immer ähnlicher. Tod und Verderben hatten die Herrschaft übernommen und standen an der Tagesordnung. Genauso, wie es in Unterwelt war. Der Boden war tot und mit Blut getränkt. Es roch überall nach Kadavern und Blutlachen, die sich weit über einige Stellen auf der Ebene zogen, genau an den Stellen, an denen einst Dörfer gewesen waren. Im Zentrum stand seine Festung. Ein monumentales Zeichen für seine Macht, die er nie wieder verlieren würde.

Und schon bald würde er genau diese Macht demonstrieren können. Sobald die Menschen bereit für ihren endgültigen Tod waren. Sie würden verzweifelt versuchen, sich zu wehren. Doch letztlich würde sowieso er siegen und keiner dieser Menschen überleben. Eine große Schlacht und dann zurück nach Unterwelt, zurück in seine einmalige, wundervolle Heimat, für die er sich vor Jahren von selbst entschieden hatte.

Ein letztes unvergleichliches Zeichen wollte er in dieser Welt setzen. Kräfte in Bewegung bringen, die größer waren als alles andere. Er wollte Erkenntnisse und Erfahrungen sammeln, um diese dann später wieder einsetzen zu können.

Doch zunächst hieß es: warten. Warten auf den richtigen Moment und die maximale Siegchance.

* * *

Langsam drang Licht in das Haus hinein. Der Staub gab die einzelnen Lichtstrahlen klar zu erkennen.

In der vergangenen Nacht war es rund um das Gebäude noch mehrmals laut gewesen. Vermutlich durchsuchten diese Kreaturen, von denen sie verfolgt worden waren, die Umgebung. Doch nun war es still.

Tim wachte als Erster auf und durchstöberte die Regale. Briefe. Berichte. Schlachten. Bilder. Gemälde. Altes Gerümpel. Alles Mögliche stand hier herum und war fein säuberlich eingeräumt und eingestaubt. Kurioserweise schien es hier aber keine Spinnen zu geben.

Plötzlich fiel ihm eine Reihe Bücher in die Augen, die kein bisschen von Staub bedeckt war. Ein Buch war auffällig genau zurück in das Regal geschoben worden.

Vorsichtig hievte er einen Hocker vor das Holzregal und streckte sich nach dem dicken Buch. Er zog es heraus und stieg dann sofort wieder hinab. Laut knallte das schwere Buch dann auf den Tisch und er schlug irgendeine Seite auf, die auch zuletzt geöffnet worden zu sein schien. Viele der Seiten waren innen mit winzigen Staubkörnern überdeckt, doch diese war einwandfrei sauber.

Ein Stammbaum begann hier. Der Stammbaum der Königsfamilie. Langsam blätterte er weiter und folgte der Spur der Regentschaft. Jahrhunderte oder gar Jahrtausende zogen hier innerhalb von Minuten an ihm vorbei. Fast erfüllte ihn das mit ein wenig Ehrfurcht vor diesen Hunderten von Regenten. Doch die waren längst alle nur noch Teil der Geschichte. Irgendwo in irgendeiner Grotte waren sie begraben. Und kaum einer konnte sich wahrscheinlich auch nur an einen von ihnen erinnern. Es waren Könige. Die kamen und gingen auch wieder.

Abrupt endete der Stammbaum, gefolgt von einigen leeren Seiten. So sah er sich die letzte beschriebene Seite noch einmal an.

Die letzten drei eingezeichneten Personen waren der König, Ferdinand, die Königin, Otalia, und deren Tochter Katherina. Zwei weitere Frauen neben Ferdinand waren durchgestrichen worden. Doch daneben war ein unkenntlich gemachter Kreis. Mit dicker schwarzer Farbe war ein Bild übermalt worden und das vor nicht langer Zeit.

Tim ließ das Buch offen liegen und kletterte erneut auf den Hocker, um die übrigen staubfreien Bücher auf den Tisch zu knallen.

Zum Teil handelte es sich um Biographien der letzten Regenten, die übrigen schienen Personallisten zu sein. Interessiert blätterte er in der Biographie des Königs. Zwar konnte er nicht viel lesen, aber die wenigen Worte, die er entzifferte, genügten hier. Auch wenn das Stunden dauerte. Der König schien eine aufbrausende Natur zu haben, die lediglich von der seiner Frau, die inzwischen schon die dritte war, übertroffen wurde. Das erklärte zwei der entfernten Personen.

Seine Tochter Katherina schien ein gutes Mädchen zu sein. Sie liebte ihren Vater über alles, obwohl er ein ziemlich schlechter König zu sein schien.

Otalia, die Königin, war wohl sehr herrisch. Stets ein wachsames Auge auf ihren Gatten gerichtet, regierte sie im Hintergrund das Königreich. Genauso wie ihr Mann schien sie aber auch bereits einiges auf dem Kerbholz zu haben.

Ansonsten schienen nur weitere Bedienstete in dem Palast zu hausen. Es waren keine weiteren Familienmitglieder zu finden, die noch lebten.

Doch eins ließ ihm keine Ruhe. Der König schien mindestens einen Bruder oder eine Schwester gehabt zu haben, der oder die vermutlich sogar noch älter war als er. Vielleicht konnte das die Regentschaft kippen. Nur das konnte den völlig geschwärzten Kreis erklären.

Tim schlug das nächste Buch auf und suchte nach dem Namen des Königs. Auf einer der letzten Seiten fand er ihn schließlich. Plötzlich rutschte ein Brief vom Buchrücken, der die ganze Zeit zwischen den Büchern geklemmt hatte. Das königliche Siegel war aufgebrochen.

Vorsichtig öffnete Tim den Brief und was er las, raubte ihm jeglichen Atem.

Hochverehrter König, hochverehrte Königin,

es ist gelungen, den Burschen unterzubringen. Wir haben ihn nun bei einer Familie weit im Westen verstecken können. Die Probleme um den Fortbestand der Familienehre sollten somit gelöst sein. Weitere Details werde ich mitteilen, sobald ich von der Reise zurückgekehrt bin.

Tim hörte auf zu lesen. Es schien tatsächlich so, als hätten sie irgendjemanden damals ausgesetzt, um dessen rechtmäßige Regentschaft zu vermeiden. Dann murmelte Tim weiter konzentriert vor sich hin.

Der Junge lebt dort nun unter einem anderen Namen, der in der Gegend weniger auffallen wird, da er besser in deren Namensgebrauch passt. Nun können wir nur noch hoffen und warten, dass diese Tarnung niemals auffällt.

Er klappte den Brief wieder zu, nachdem er die Zeilen nach gut zehn Minuten endlich bezwungen hatte, und steckte ihn in den Umschlag. Nachdenklich starrte er auf den dicken Holztisch und überlegte, was das zu bedeuten hatte. Doch letztlich war ihm nur klar, dass das die Suche nach der Person umso schwerer machen würde. Sie mussten zwei vermutlich völlig unterschiedliche Namen miteinander verbinden und diese vor allem erst finden.

Tim schwenkte noch einmal zu dem Buch mit dem Stammbaum und strich mit dem Finger über das überschmierte Bild. Es war nur Ruß. Kohle. Vorsichtig begann er damit, die feinen Stückchen beiseite zu pusten und mit einem feuchten Stück Stoff den Rest wegzutupfen. Zwar konnte man trotzdem kaum etwas erkennen, doch langsam hob sich leicht Schrift unter der dünnen Schicht Dreck ab.

„Heinrich“, las er halblaut, tief in Gedanken versunken, vor.

Gähnend kam Dragomir um die Ecke. „Was machst du hier die ganze Zeit?“ Müde lugte er an ihm vorüber auf den Tisch. Doch sein fragender Blick zeigte, dass er nicht von alleine verstand, was dort lag. Stattdessen starrte er dann hinüber zu Tim, gähnte erneut und ließ seinen müden Blick wieder zu dem Tisch gleiten, während Tim zuerst aus seinem Schock erwachen musste.

Erschrocken sah sich Tim um. „Ich habe etwas herausgefunden“, er deutete auf die ausgebreiteten Bücher. „Vor ein paar Jahrzehnten hat die Königsfamilie einen Jungen ausgesetzt, der eigentlich hätte König werden sollen. Heinrich war sein Name, doch wie er jetzt heißt, weiß ich nicht.“

Erstaunt blickte Dragomir in die Bücher. „Vielleicht sollten wir alle uns hier mal umsehen. Dann finden wir bestimmt noch mehr“, meinte er.

Allmählich trotteten auch die Anderen herbei. Verschlafen blickten sie in die Bücher und Tim erklärte, was er gefunden hatte. Müde machten sie sich an die Arbeit und durchsuchten gemeinsam Bücher und Briefe. Viele der Schriften waren so alt, dass man kaum noch etwas lesen konnte. Doch nur wenige stammten überhaupt aus der Zeit, die sie nun interessierte.

Der Staub wirbelte wild umher, da sie den gesamten Raum nach und nach durchwühlten und so alles, was sie in die Hände nahmen, vom Dreck befreiten. Wertvolle Ledereinbände und loser Zettelkram fanden sich in den Regalen versteckt und Hunderte, ja Tausende Reliquien der verschiedensten Religionen, die einst in Norskom beheimatet gewesen waren. Tatsächlich waren die meisten von ihnen den Kriegen zum Opfer gefallen, die sie nicht selten auch selbst ausgelöst hatten.

Heute lebte Norskom friedlich mit den anderen Völkern zusammen und trotz seiner schwierigen Lage war es ein Handelszentrum, das viele und beinahe alle Händler anzog und in seinen Bann des steten Aufschwungs schloss. So hatten sich auch in diesem Archiv verschiedenste Reliquien und andere Wertsachen aus unterschiedlichsten Regionen der Welt angesammelt.

Im hintersten Teil des Archives fanden sich sogar ganze Rüstungen und Schwerter. Relikte aus Schlachten, die von legendären Siegen über feindliche Heere zeugten.

Plötzlich unterbrach jemand die Stille. „Ich habe was gefunden", rief Herodil, „das ist eine Schrift, in der steht, wann der Junge geboren wurde. Und da, da unten ist ein roter Strich neben dem Datum. Vielleicht hat ja dieser Tag etwas mit der Angelegenheit zu tun."

Erneut begannen sie die Suche. Dieses Mal blätterten sie alle gemeinsam in einer Chronologie und suchten nach Vermerken in den letzten Jahren. Fand sich irgendein besonderes Datum? Gab es irgendeinen Vorfall, der erklärte, warum der Königssohn ausgesetzt worden war?

Vielleicht gab es ja irgendeinen Erpresser oder eine andere Bedrohung, die darauf bestand, den Thronfolger zu beseitigen. Vielleicht hatte sich auch einfach jemand an dem Jungen vergriffen und ihn entführt. Doch es fehlten jegliche Einträge zu dem Kind in dem Buch. Die Geburt war, anders als die seines Bruders, der schließlich aber der Sohn des Königs mit einer Maitresse war, nicht vermerkt. Es war kein Datum eingetragen, das irgendwie auf ihn hindeutete.

Als hätte die königliche Familie nicht gewollt, dass jemand von dem Kind erfuhr. Konnte es sein, dass sie diesen Sohn niemals haben wollten? Doch wieso war dann der nächste am Leben geblieben?

Wieder gerieten sie ins Grübeln, fanden jedoch leider weiterhin keinen sinnreichen Ansatz. War das Kind vielleicht krank gewesen? Hatte sich die Familie für das Kind geschämt?

Erneut durchsuchten sie die Bücher. Diesmal nach Hinweisen auf Krankheiten oder anderen Problemen der Eltern und Großeltern. Erneut wälzten sie sich quer durch die Regale und fanden tatsächlich einen Konflikt.

Die Eltern des damaligen Königs und der Königin stammten aus zwei verschiedenen Regionen. Man hatte zwar der Partnerschaft zwischen beiden zugestimmt, andererseits hielten die traditionell lebenden Familien eine dauerhafte Verbindung für unmöglich. Ein gut situierter junger König durfte in den Augen der Eltern einfach kein Mädchen aus dem Landadel heiraten. Zwar war der Stand der beiden Liebenden ähnlich, aber ein altes Gesetz, über welches der Hausälteste zu wachen hatte, bestand darauf.

Erst nach Jahren der ewigen Diskussion und dem Tod der Eltern des Königs zogen die Eltern der Königin fort und ließen den beiden freien Lauf. So heirateten sie schließlich doch.

Die Geburt Heinrichs lag jedoch deutlich vor der Hochzeit. Ein Skandal im Königshaus. Der kam jedoch mehr als ungelegen. Zum einen wegen der innerfamiliären Spannungen und zum anderen war das Paar jung und vom Volk noch nicht akzeptiert. Was eine uneheliche Geburt und den damit verbundenen Skandal anging, war die Regentschaft zu unsicher.

So beschloss man anscheinend, den Jungen einfach so verschwinden zu lassen, um den Aufruhr zu umgehen, und ließ niemanden davon wissen. Lediglich König und Königin wussten davon und einige wenige Bedienstete, die beim Verstecken des Jungen halfen.

Trotzdem war es seltsam, dass er in den Büchern überhaupt irgendwo vermerkt gewesen war.

* * *

Ferdinand saß in seinem Sessel vor dem großen Kamin in einem ruhigen Zimmer. Im Feuer lagen einige Bücher. Skripte, die Hinweise auf Herodils Vergangenheit und seine Verbindung zum Königshaus enthielten. In den Büchern waren Vermerke zu den Personen, die ihn hatten verschwinden lassen, und eine Geburtsurkunde.

Hoffentlich fand niemals jemand das mit Heinrich heraus. Dann drohte noch mehr Ärger als bisher schon. Damals, direkt nach der Geburt, war er nirgends vermerkt worden. Doch später hatte sich irgendwer entschieden, ihn in einigen Büchern der Vollständigkeit halber zu ergänzen.

Niemand außer ihm kannte heute noch die wahre und vollständige Geschichte. Jeder hatte irgendetwas hinzuerfunden oder war belogen worden. Zumeist von ihm. Es durfte niemals jemand Unbefugtes von einem Detail erfahren. Und niemand außer ihm durfte die Wahrheit kennen. *Sein* Wohl stand im Mittelpunkt. Sinnloses Familiengehabe und Erbfolgenbedenken waren mehr als unangebracht. Es war Zeit für moderne Politik und Wandel. Zurück zu den Zeiten des Reichtums und hohen Lebensgenusses.

Er sehnte sich zurück in die sorglosen Jahre der Ära Golvilegs, welches so viel Prunk und Protz in die Welt getragen hatte. Er sehnte sich nach fettigem Braten und glitzerndem Tand, noch fetter und glitzernder als er es jetzt täglich vor sich hatte. Und noch viel mehr ersehnte er sich ein kniendes und dienendes Volk, das ihm die Erfüllung dieser selbstgefälligen Wünsche ermöglichen würde. Das war ihm wichtig. Macht und Befugnisse in Hülle und Fülle. So wollte er regieren.

Deshalb war er schon damals als Kind durch das Archiv in der Stadt geschlichen und hatte mit dicker Kohle, die er aus der Küche verschwinden ließ, die Bilder und Notizen übermalt. Heute verbrannte er einige Bücher, die er gerade vor wenigen Tagen, nachdem Herodil hier aufgetaucht war, von dort geholt hatte. Erneut hatte er kontrolliert, ob die Kohle sich noch nicht abgerieben hatte, und war dann, da jemand von außen in eines der Fenster spähte, durch die eben aufgeschlossene Eingangstür weggerannt, die er leider vergessen hatte zu verschließen, da er alle Hände voll hatte.

Das Pergament brannte schnell, lediglich der fette Ledereinband lag noch einige Minuten in der Glut, bis auch dieser vollends verbrannt war. Er legte ein weiteres Holzscheit nach und griff nach seiner Tasse. Warm schluckte er den Tee hinunter und genoss die Wärme, die sich ausbreitete. Angespannt blickte er in die erneut auflodernden Flammen und wartete, bis das letzte Stück Holz zwischen den Skripten verbrannt war. Die leere Tasse stellte er beiseite und wanderte zum Fenster, um die kühle Luft zu genießen. Es war wundervolles Wetter. Der Frühling brach nach und nach herein. Dann gab es endlich wieder besseres Essen. Die ewigen Massen an Kartoffeln wurden ihm langsam zu viel. Fisch musste mal wieder auf den Teller.

Er sah die im Westen liegenden Gebirgszüge vom Fenster aus. Der Schnee war schon fast komplett geschmolzen. Die Handelswege wurden wieder freigelegt und der große Graben vor der Festung mit Wasser gefüllt, das dann im Laufe des Jahres versickerte und den Feldern die nötige Nässe bot.

Das Wasser sättigte nach und nach den Boden, bis dieser es an anderen Stellen wieder abgab und damit die unzähligen kleinen Bäche speiste, die dann weiter und weiter nach Westen und Süden flossen.

Langsam ließ Ferdinand seinen Blick über die Stadt schweifen. Die letzten Tage hatte er die Reisenden samt Herodil auf der Mauer sitzen sehen. Irgendwie waren sie heute einfach verschwunden. Vielleicht hatten sie ja aufgegeben und waren weitergezogen. Diese Kreaturen hatte er jedenfalls auch nicht gesehen, also schienen sie ihm wirklich einfach nur Schwachsinn erzählt zu haben.

Wenigstens waren sie wieder verschwunden und er konnte beruhigt seinen ausschweifenden Alltag genießen. Schon bald würden dann auch wieder die ersten Händler kommen und die Stadt mit allen möglichen Gütern versorgen. Dann gab es wieder Steuern und somit Geld ohne Ende.

Ferdinand entfernte sich von dem Fenster und blickte erneut in den Kamin. Die Bücher waren vollends verbrannt und die wenigen Überreste von Asche verschüttet. Erleichtert setzte er sich zurück auf den Sessel und wartete, wartete darauf, dass noch irgendetwas Interessantes passieren würde. Laut dröhnte der Markt durch das Fenster herein. *So ein Krach dort draußen*, dachte er sich, *schrecklich*. Doch irgendwie erinnerte es ihn auch daran, dass er über all diese Menschen gebot und ihnen befehlen konnte, was er wollte.

Trotzdem ging es ihm auf die Nerven. So ein grauenvoller Lärm. Es war doch sonst nicht so laut. Vielleicht sollte er den Leuten mal eine Moralpredigt halten. Reden schwingen konnte er schließlich gut.

Er griff nach seiner Robe und riss die Tür auf. Erschrocken starrten ihn zwei der Kinder der Dienerin Gretha an, die anscheinend gerade eine fette Wurst aus dem Lager geklaut hatten. Sie schienen sich ihrer Schuld bewusst zu sein, doch Ferdinand lächelte kurz und sie rannten weg.

Rotzfreche Gören waren das. Immer heckten sie irgendetwas aus und setzten seiner Tochter dumme Ideen in den Kopf. Genauso wie mit diesem Pferd damals, das sie aus der Ferne auf dem Markt gesehen hatten. Otalia hatte es schließlich gekauft, aus welchem Grund auch immer. Und immer und immer wieder hatte seine Tochter zusammen mit diesen kleinen Kindern Zeit mit der Pflege dieses Pferdes verschwendet. Zeit und Geld hatte er dafür verloren, nur für einen dummen Gaul, der nicht einmal kräftig genug gewesen war, um auf ihm richtig zu reiten. Zum Glück war das Tier wenigstens halbwegs schmackhaft gewesen.

Generevt schloss er die Tür hinter sich. Nach dem Schlüssel in der Tasche seiner Robe kramend, hörte er erneut den unerträglichen Lärm von draußen. Krampfhaft versuchte er, diesen zu überhören, um sich auf das Auffinden des Schlüssels zu konzentrieren. Es war einfach sinnlos. Wütend schlug er mit der Hand gegen die Tür und gab die Suche auf.

Schnell schritt er den Gang hinab und sauste die Treppe runter, um schließlich die große Palasttür aufzureißen und hinunter zum Marktplatz zu laufen. Die sollten etwas zu hören bekommen diese unnützen Unruhestifter! Dreckspack von Bürgern!

* * *

Denkend saßen sie noch immer an einem der großen Tische im Archiv der Stadt. Zwar hatten sie nun anscheinend die Wahrheit herausgefunden, aber wie sollten sie den König damit konfrontieren? Sie mussten ihn irgendwie aus seinem Palast locken und dann vor dem gesamten Volk bloßstellen und den Skandal aufdecken.

Zwar hieß das bloße Aufdecken des Skandals noch nicht, dass sich irgendetwas ändern würde, allerdings konnte man ihn sicherlich mit genügend Druck und den richtigen Mitteln vom Thron stoßen und schließlich den rechtmäßigen Regenten einsetzen.

Doch zunächst mussten sie ihn aus dem Palast drängen und zur Rede stellen. Hatten sie überhaupt die nötigen Beweise? Ja, durchaus. Zur Not konnten sie die Bürger auch in das Archiv führen, das schließlich mitten in der Stadt in einem einfachen Haus versteckt war.

In einem Raum schepperte es laut. Alarmiert sahen sie sich um. Wo kam das Geräusch her? Erneut ein Geräusch. Plötzlich schienen es mehrere zu sein. Sofort verkrochen sie sich hinter den Regalen und guckten zwischen den Spalten der Zettel nach vorn zur Tür. Kurz darauf wurde diese aufgetreten und einige dunkle Gestalten kamen in den Raum hinein. Es waren diese Krieger. Also hatten sie sie doch noch gefunden.

Heroffad gab ein Zeichen. Sie sollten ruhig bleiben und die Begriske überraschen. Eine Weile warteten sie, bis die Kreaturen an ihnen vorbeigelaufen waren und im hinteren Teil des Raumes die vielen Bücher entdeckten.

Sie sprangen auf. Zur Tür nach vorne und hinaus. Die Kreaturen folgten ihnen jedoch schnell und schon bald hasteten sie zurück durch die Gasse. Heroffad vorneweg bog in Richtung des Palastes und zum Marktplatz ab. Durch eine kleine Straße hindurch erreichten sie schon nach wenigen Minuten des Laufens den Platz und sammelten sich in der Mitte, während die Begriske hinter den Marktständen herumschlichen und sich nicht trauten, hervorzukommen.

Doch allein sie hatten schon Aufsehen erregt und so blieben ihre Verfolger auch nicht lange unbemerkt. Ein Schrei ertönte und eine der Kreaturen sprang nach vorn. Bald folgten die übrigen, die bisher unbemerkt hinter den Menschen gelauert hatten. Diese flüchteten augenblicklich zum Rand des Platzes und suchten in den Gassen und hinter den Ständen Schutz. Sofort herrschte überall lautes Chaos.

Oben auf einem Podest, das einige Meter vom Haupttor des Palastes entfernt stand, begann Schwert auf Schwert zu treffen und die Begriske umkreisten die Reisenden. Immer noch erfüllten Angstschreie und Krach die Umgebung und einige Menschen drängten von dem Platz weg. Einer der Begriske ging zu Boden. Dann noch einer und mit einer gekonnten Bewegung durchtrennte Ambros einen der Schädel.

„Heroffad!", brüllte Tim über den Lärm hinweg, „unternimm was!" Doch nichts tat sich. Heroffad schien nichts gehört zu haben und kämpfte weiter wie in Trance gegen die Angreifer, die er geistig halb abwesend zu Boden streckte. Wieso waren es plötzlich so viele? Waren etwa noch welche hinterhergekommen oder waren diese einfach nicht aufgefallen, als sie in der Dunkelheit flüchten mussten?

„Heroffad!", brüllte Tim erneut, dennoch gab es immer noch keine Reaktion. Konzentriert auf sich selbst schlug Heroffad um sich und riss eine Schneise in die Reihen der Gegner. Jedoch waren diese Angreifer sofort wieder auf den Beinen, da der Schlag nicht sehr heftig gewesen war. Irgendwie schien er in die Ferne zu starren.

Verzweifelt wehrten sich die Männer mit wilden Schlägen in alle möglichen Richtungen gegen die Bestien, die weiter und weiter ihnen entgegenströmten. Es schien wieder einmal kein Ende zu nehmen.

Ein Sausen war zu hören. Es wurde schnell lauter und verstummte nach weniger als einer Sekunde. Erneut ein lautes Zischen und einer der Begriske ging zu Boden. Pfeile!

Jemand schien sie zu unterstützen.

Tim versuchte, die Richtung, aus der die Pfeile abgeschossen wurden, zu erkennen. Doch sie kamen von überall. Aus jeder der Gassen hinter den in Schockstarre geratenen Menschen kamen Pfeile in hohem Bogen auf die feindlichen Krieger zugeflogen.

Zur gleichen Zeit öffnete sich hinter ihnen die Tür des Palastes und Ferdinand trat hinaus. Wie wutentbrannt starrte er auf den Boden und achtete auf jeden seiner Schritte, während die kämpfenden Männer auf ihre Leben zu achten hatten.

Erneut sauste eine ganze Salve von Pfeilen durch die Luft und traf die Begriske präzise genau zwischen Helm und Brustpanzer, sodass sie, einer nach dem anderen, zu Boden gingen und verbluteten. Bereits jetzt breitete sich der grauenvolle Gestank der Kadaver aus und das eklige schleimige Blut zog sich über die Klingen.

Ferdinand erreichte das Tor und öffnete es mit einem konzentrierten Ruck. Laut rieb Metall auf Metall und ein ekliges

Quietschen war zu hören. Ein letzter Begrisk ging zu Boden und Adelgar zog seine Klinge laut stöhnend aus dessen Brustkorb, während die Kreatur mit einem seltsamen Geräusch auf den Boden klatschte.

Erst jetzt sah Ferdinand auf und hielt sich angewidert und gleichzeitig erschrocken die Hand vor den Mund, während er deutlich hörbar schluckte, als müsse er sich übergeben. Kurz hielt er inne und trat weiter auf den Marktplatz, der von hinten von einigen Bürgern und Soldaten betreten wurde. Dort waren auch die Bogenschützen gewesen, die nun, anscheinend unter Führung einer einzelnen Person, die sich vor diese stellte, auf den Platz traten.

Die Kämpfer rund um Herodil wandten sich zu dem König um und steckten, bewusst laut, ihre Schwerter beiseite. Adelgar trat erneut auf einen der Begriskkadaver ein und begutachtete amüsiert das sich verziehende Gesicht Ferdinands, der dann sofort den Blick abwandte und kaum merklich angewidert den Kopf schüttelte, die Augen verdrehte und laut ausatmete.

„Guten Tag, Ferdinand", grüßte Herodil provokant.

„Wage es nicht!", rief dieser zurück. „Ihr wisst doch wohl, wen ihr hier vor euch habt."

Mit einer gekonnt misslungenen Verbeugung grüßte Herodil erneut und trat danach einige Schritte nach vorn. „Es tut mir ja leid, aber eigentlich weiß ich das nicht", sagte er.

„Na gut", erwiderte Ferdinand skeptisch, „dann muss ich es euch wohl erklären." Eine Kunstpause folgte. „Ich", führte er mit stolzer Stimme fort, „bin der König von Norskom."

„Ja, das hättest du wohl gerne", nuschelte Herodil mehr zu sich selbst, als dass Ferdinand es hätte verstehen können. Die Männer neben ihm lachten leise.

„Wie bitte?", fragte Ferdinand fordernd.

„Er sagte, *da sei er sich nicht so sicher!*“, wiederholte Heroffad und übernahm das Gespräch mit ruhiger, aber nachdrücklicher Stimme.

Langsam trat Ferdinand näher. „Spiel keine Spiele mit mir!“, zischte er überrascht.

„Spielt ihr keine mit eurer Familienehre!“, rief Heroffad erbost. Er machte eine empörte Geste, die deutlich auf Ferdinand wies, und spuckte laut hörbar auf den Boden.

Ein Raunen ging durch die Menschenmassen auf dem Marktplatz, während Ferdinand schweigend hinunterblickte und überlegte. Weiter trat er an die Gruppe heran. „Ihr wisst ganz genau, was ich meine, oder?“ Abwägend sah Ferdinand ihn an und sagte kein Wort. „Man hat ihn damals einfach verschwinden lassen, euren Bruder, den eigentlich rechtmäßigen Thronfolger.“ Erschrocken wich er zurück. „Nur weil er der Familie nicht genehm war, oder?“

Verwirrt starrte er in die Menge. „Wen meint ihr?“, brach Ferdinand mit halbwegs sicherer, aber doch gebrochen stotternder Stimme hervor.

„Heinrich!“, rief Finn laut aus dem Hintergrund.

Immer noch erschrocken blickte er in die Menge. Den hatte er total vergessen. Er hatte zuletzt nur noch an Herodil gedacht, Heinrich, der war ihm total entfallen! Die Beweise hatte er nicht vernichtet! Wieso war er davon ausgegangen, dass sie diese nicht finden oder verstehen würden?

Jetzt fiel es ihm wieder ein. Heinrich hatte in dem Stammbaum gestanden und nicht Herodil. Den hatte er übermalt. Wieso Heinrich? Wieso hatte er das verwechselt?

„Ihr habt Heinrich einfach verschwinden lassen“, fügte Heroffad hinzu. „Er ist der rechtmäßige Thronfolger.“ Erneut ging ein Raunen durch die Menge.

„Heinrich ist tot!“, rief ein Mann. Alle drehten sich um. Der Anführer der Schützen trat nach vorne. „Er starb vor einigen Jahren in Falkenstätt.“

„Wer seid ihr?“, rief Ferdinand erleichtert über den Platz, der Ohnmacht nahe.

„Pesolt, Feldherr von Falkenstätt. Ich kannte ihn viele Jahre“, erwiderte der Mann.

Ansatzweise beruhigt blickte Ferdinand zu ihm hinüber und sagte siegessicher: „Na gut. Dann wäre das ja geklärt.“ Schon wollte er sich abwenden und zurück in seinen Palast marschieren. Man sah den Schweiß über seine Stirn rinnen, während sich langsam seine Mimik beruhigte.

„Eben nicht“, antwortete der Mann und trat weiter nach vorne, „nach seinem Tod habe ich begonnen, Nachforschungen anzustellen.“ Nervös blickte Ferdinand hin und her durch die Reihen. „Dabei bin ich auf eine kleine Lücke im Familienstammbaum gestoßen. – Mal davon abgesehen, dass Heinrich einfach entfernt worden war.“ Ertappt zuckte Ferdinand unwillkürlich, kniff die Augen berechnend zusammen und wich einen kleinen Schritt zurück. „Kann es sein, dass man nicht nur einen Sohn hat verschwinden lassen?“

„Man hat niemanden verschwinden lassen!“, warf Ferdinand empört ein und lachte gespielt.

„Dann hat man denjenigen halt einfach woanders versteckt“, führte der Mann fort, „ich bin auf einen zweiten Sohn gestoßen. Wenige Tage vor euch geboren. Ein Sohn von König und Königin, während ihr lediglich ein Sohn der Maitresse des Königs seid.“

Ferdinand lachte auf. „Und wo sind die Beweise für einen solchen Skandal, den es nie gegeben hat?“

Der Soldat wandte sich um und zwei seiner Begleiter schoben einen greisen Mann nach vorn.

„Ist das nicht der Heiler aus Falkenstätt?", flüsterte Tim in Heroffads Richtung. Dieser kniff nur verwundert die Augen zusammen und zog seine Mundwinkel zusammen.

„Dieser Mann", erhob Pesolt seine Stimme erneut, „ist Zeuge der Missetat!" Aufmerksam musterte Ferdinand den Fremden und erkannte erschrocken das Gesicht, als der alte Mann zu ihm hinaufblickte. „Er gab zu, vor vielen Jahren ein Pulver für euch gemischt zu haben, das stark dosiert so giftig ist, dass es jegliche Erinnerung an die Vergangenheit auszulöschen vermag." Eine lange Pause folgte, bis der Mann weitersprach. „Besonders bei kranken Kindern wird dieses Pulver wohl seine Wirkung entfalten."

Die Menge begann wieder, zu raunen und Ferdinand stand still und geschockt auf der Treppe zum Palast. Die Gruppe der Reisenden folgte verwirrt dem Geschehen und der Soldat trat weiter nach vorn.

„Ich fand damals einige Bücher im königlichen Archiv. Darin lagen Briefe an einen Heiler, der einen kranken Königssohn retten sollte. Ein Heiler aus dem fernen Süden. Anscheinend hatte man die Schriften abgefangen, denn sonst wären sie wohl kaum hier. So traf der Heiler nie ein und man beschloss, den Sohn gar nicht erst in den Stammbaum aufzunehmen, da er ja niemals seinen Vater überleben würde", fordernd sah er Ferdinand in die Augen. „Ihr könnt die Geschichte sicherlich selbst fortführen, doch ich werde es wohl vorsichtshalber eigenhändig erklären. – Der zweite Thronfolger hatte trotzdem Angst, da er bereits alle Vorzüge der ihm versprochenen Macht kannte. Vielleicht würde der Sohn doch noch gesund. Besonders als unerwarteterweise der Heiler eintraf und begann, das Kind zu behandeln. Dessen Zustand besserte sich. So beschloss die zweite Wahl, ihn zu beseitigen. Er wurde betäubt, vergaß alles und wurde in den Westen verschleppt, genauso wie sein vorheriger Bruder. Jedoch viel weiter weg."

Schweißgebadet blickte Ferdinand hektisch hin und her durch die Menge. Die Bürger sahen ihn fordernd, aber misstrauisch an und er sah seine Macht bereits schwinden. Ihm fiel keine Lücke in der Argumentation auf und auch keinerlei Ausweg, den er sich hätte offenhalten können, um den Männern die Worte im Mund verdrehen zu drehen. Keinen Ton brachte er nun mehr hervor.

„Zumindest wuchs der Sohn gut auf im Westen. Er erholte sich von der Krankheit und wurde ein kräftiger Bursche. Auch die Spione, die ihm stets im Auge behielten, schrieben das alles fein säuberlich nieder", fuhr der Mann fort und deutete spielerisch das Schreiben eines Textes in der Luft an.

„Wo ist dieses Buch?", brach es plötzlich aus Ferdinand heraus. Und schon bereute er es, dies gesagt zu haben, da er nicht wusste, ob es unter den verbrannten gewesen war.

„Verschollen", antwortete der Soldat, die Erlösung für Ferdinands Anspannung, die jedoch einen Moment später wieder zurückkam. „Ich kehrte heute in das Archiv zurück. Anscheinend hatte jemand bereits eine Verbindung zu euch erkannt, da einige Bücher verbreitet im Raum lagen, jedoch waren alle Aufzeichnungen zum zweiten Königssohn verschollen. Der Nebenraum, in dem sie ursprünglich verwahrt waren, war zwar verschlossen, doch irgendjemand hat sie wohl vor einigen Tagen von dort entwendet." Ferdinand schluckte schwer. „Der Raum war auch schön ordentlich hinter Stapeln von Pergament versteckt worden, sodass ihn niemand, ohne Wissen über ihn, hätte finden können. Doch ich besitze Wissen über diesen Raum und weiß, welche Bücher dort einst lagen, jedoch jetzt auf eine seltsame Reise in die Versenkung gegangen sind."

Ohne jegliche Bewegung stand Ferdinand völlig überfordert auf der Treppe. Stumm. Überrascht. Machtlos.

„Da man bei diesem Anlauf unvorsichtig geworden war, änderte man den Namen des Sohnes anders als bei Heinrich nicht. So ist es um einiges einfacher, die scheinbar verschiedenen

Personen zu verbinden. Wollt ihr den Namen selbst sagen oder soll ich das für euch tun?", fragte Pesolt. Ferdinand blieb stumm und zuckte völlig überfordert mit den Lippen. Mit Worten ringend starrte er hinüber zu dem Mann und konnte sich nicht überwinden, irgendetwas zu sagen. Sekunden der Stille folgten, bevor ein Name über den Platz schallte: „Herodil!" Erneut folgte Stille, die schließlich von weiterem Raunen gefolgt wurde.

Plötzlich löste sich Ferdinand aus seiner Starre und eilte zum Tor. Schnellen Schrittes war er hindurch und warf es hinter sich zu. Bereits nach wenigen Sekunden erreichte er die Tür des Palastes und verschwand, ohne sich noch einmal umzusehen oder irgendein erlogenes Wort zu seiner Verteidigung zu sagen.

Des Sprechens kaum noch mächtig, starrten Herodil seine Begleiter an, der sich selbst verwirrt umsah. Keiner sagte ein Wort. Die Bürger starrten hin und her. Keiner schien zu begreifen, wer gemeint war.

Erst langsam begannen sich einzelne Stimmen zu erheben und der Protest wurde immer lauter. Laut hetzende Rufe gegen Ferdinand ertönten und Herodil trat aus der Gruppe hervor. „Den knöpf ich mir vor!", sagte er langsam und überlegt, schob Heroffad beiseite und beschleunigte sein Tempo hinüber zum Tor. Mit einem kräftigen Schlag stieß der sein Schwert durch das Schloss und die Sperre sprang auf, sodass sich das Tor langsam öffnete. Voll Wut schritt er hinüber zur Eingangstür und trat diese ebenso auf.

Drinnen waren hektische Stimmen zu hören. Aus einem fernen Zimmer. Ferdinand schien mit seiner Frau und der Tochter zu diskutieren und lautes Trampeln breitete sich aus. „Nein, lass das hier!", rief einer.

Sie schienen fliehen zu wollen. Schnell sausten Herodil und seine Begleiter durch den Gang und trafen auf eine Dienerin. „Wo ist der König zu finden?", fragte Herodil schnell und sah sich orientierend um.

„Die Treppe rauf und dann links“, antwortete die mit einem Wäschehaufen beladene Magd und wies auf eine Treppe, an der sie gerade so schnell vorbeigelaufen waren, dass sie sie gar nicht bemerkt hatten.

Sofort rannten sie die Stufen hinauf und erreichten mit schnellem Schritt eine Tür, die sie aufstießen, doch der Raum war leer. Alles war durcheinandergebracht und eine zweite Tür stand offen. Schnell reagierten sie und rannten hinter der Tür eine zweite Treppe wieder hinab bis hinaus in den Garten des Prachtbaus.

Gerade traten sie aus der Tür hinaus, als eine Kutsche an ihnen vorbeisauste. Die zwei makellos weißen Pferde schnaubten laut und auf dem Kutschbock saß der Berater Ferdinands, der laut die Peitsche knallen ließ, um die Pferde weiter anzutreiben.

Die Magd kam herausgeeilt. „Ach du meine Güte. Das darf doch nicht wahr sein. Jetzt ist er weg. Oh nein. Und da hat er seine Krone vergessen. Ach du meine Güte.“ In den Händen hielt sie behutsam die Krone des Königs: einen goldenen Ring, auf dessen Vorderseite ein roter Edelstein schimmerte. Auf der Rückseite war das Wappen der Familie eingraviert und die Namen einiger bedeutsamer verstorbener Könige.

Vorsichtig nahm Herodil die Krone an sich und begutachtete sie. „Er ist nicht länger der König“, sagte er und ging durch das Haus hindurch zurück zum Marktplatz, auf dem die Schützen die Menschenmassen davon zurückhielten, den Palast zu stürmen.

Gerade sauste die Kutsche durch eine der Gassen und bog souverän auf die breite Straße zum Haupttor ab. Die Passanten sprangen beiseite und der hölzerne Wagen raste in Windeseile aus der Stadt hinaus. „Das war die gleiche Kutsche, die damals Trattoria verlassen hat!“, stellte Tim leise fest, als er den Markt erreichte.

Heroffad nahm die Krone an sich und Herodil stellte sich auf die Treppe vor dem Tor. „Ferdinand“, so erhob er seine Stimme und das Gewimmel auf dem Platz wich allgemeiner

Aufmerksamkeit, „ist fort. Das Reich Norskom wird von nun an wieder unter rechtmäßiger Herrschaft stehen." Er machte eine Kunstpause. „Wir werden es gemeinsam zu alter Größe führen und dem Bösen Einhalt gebieten." Herabfallend spuckte er auf eine der Leichen der Begriske und trat näher an das Volk heran. „Sie töteten einen unserer Freunde, einen treuen Soldaten aus dem fernen Westen, und sie bedrohen unsere Sicherheit. Immer näher rücken sie auch an Horngart, die Stadt der Könige, heran. Nur Norskom wird diese Krise überstehen!" Mit festem Blick erhob er sein Schwert. „Gemeinsam mit den Kriegern Falkenstätts werden wir sie schlagen und unser Königreich aus den Klauen des Bösen befreien!"

Eine lange Pause folgte, in der niemand ein Wort sagte. Doch dann erhob Pesolt erneut seine Stimme. „Sie zerstörten Falkenstätt und viele weitere Dörfer auf ihrem Weg in diese Stadt. Viele im Westen und nun auch im Osten. Wir werden uns aber weiter zur Wehr setzen!"

„Wer folgt uns?", rief Herodil laut und eine Hand nach der anderen hob sich langsam in den Himmel. Erneut ging Raunen durch die Menge und Herodil steckte sein Schwert beiseite.

„Es lebe Herodil, *König von Norskom!*", rief Pesolt, der sich von der spannungsgeladenen Stimmung merklich mitreißen ließ, und Jubel brach in der Menge aus. „Es lebe der König!", wiederholte die Menge. „Es lebe der König", murmelte Heroffad und wandte sich in Gedanken versunken ab.

Hinter dem Stadttor tauchte die Kutsche wieder auf und drehte sich in einem großen Bogen hinüber zu der Handelsstraße. Immer kleiner wurde der Punkt am Horizont und Herodil wartete wie in Trance auf dem Podest und starrte in die Ferne, während die Bürger jubelten. Stille umgab ihn. Gedanklich abwesend blickte er über die Stadtmauer hinweg und begann, langsam zu begreifen, welche Verantwortung man ihm auferlegt hatte.

Plötzlich tauchte ein weiterer Reiter auf. Völlig in Schwarz auf einem ebenso schwarzen Ross. Er bog aus einer der dunklen Seitengassen der Stadt hinaus und griff nach einer der Fackeln. Unangenehme Kälte breitete sich aus. Jene Kälte, die sie einst spürten, als sie den Reiter neben der Festung gesehen hatten. Ein ruckartiger Wind zerrte an ihnen und folgte dem Reiter, der sich auf den direkten Weg zur Ebene machte.

Schon nach kurzer Zeit hatte das schnelle Pferd das Tor durchquert und preschte über die Ebene hinweg hinter der Kutsche her. Die Fackel entzündete sich und er packte mit der rechten Hand ein langes spitzes Schwert, dessen Surren man auch noch auf dem Marktplatz erahnen konnte. Mit schnellen Schritten preschte das Pferd über die Ebene. Mindestens doppelt so schnell wie die Kutsche, die es einzuholen versuchte. Der Reiter schwang sein Schwert in der rechten Hand, während er mit der linken die Fackel und die Zügel zu halten hatte.

Nach gut einer Minute hatte er die Kutsche ereilt und stach den Berater, der auf dem Kutschbock saß, mit einem kräftigen Hieb nieder. Die Kutsche stoppte nach einer Weile, da die Pferde von dem Reiter aufgehalten wurden. Er steckte sein Schwert beiseite und brach die Tür der Kutsche auf, um ein Mädchen herauszuzerren. Die Tochter des Königs. Kurz danach schlug er die Tür wieder zu und warf die Fackel hinein. Das Mädchen wehrte sich heftig, hatte aber keine Chance gegen den festen Griff des Reiters, genauso wie die beiden Regenten, die nun in der fest verschlossenen bald brennenden Kutsche festsaßen.

Die Tür klemmte und das kleine Loch in dieser war zu schmal, um hindurchzuklettern. Was eigentlich zur Sicherheit des Königs diente, wurde ihm nun zum Verhängnis.

Der Reiter setzte sich, das wild zappelnde Mädchen im Arm haltend, wieder in Bewegung und Flammen schlugen aus der Kutsche heraus. Schon nach wenigen Sekunden war er hinter der Mauer und den Bergen verschwunden. So schnell wie er gekommen war, so schnell war er auch wieder weg.

Das Dach der Kutsche stand in Flammen, die wild hin und her züngelten. Der tote Berater fing Feuer und fiel nach einer Weile aus der Kutsche, die durch die unbändig umherspringenden Pferde wackelte. König und Königin mussten schon längst in den Flammen umgekommen sein. Rauch stieg empor. Schließlich durchtrennte das Feuer das Holz, das die sich wild aufbäumenden Pferde an die Kutsche gefesselt gehalten hatte. Diese galoppierten schnell über die Ebene und waren genauso wie der Reiter nach kurzer Zeit spurlos verschwunden.

Die Kutsche brannte weiter. Eines der hinteren Räder gab nach und der große Holzkasten knickte auf den Boden hinab. Eine Wolke aus Funken stob in die Höhe und folgte der Rauchsäule. Das zweite Rad knickte beiseite. Bald die übrigen beiden. Schließlich brach das Dach entzwei und ein einziger brennender Holzstapel blieb auf der Ebene zurück, der unermüdlich weiter brannte.

Herodil blickte zurück auf den Marktplatz. Er begriff nicht, was dort auf der Ebene gerade geschehen war. Minutenlanges Jubeln erfüllte den Markt, von dem Herodil nichts mitbekam, ebenso, wie das Volk von den Geschehnissen auf der Ebene nichts bemerkte. Erst die plötzliche Ruhe nach den Jubelschreien riss ihn aus seinen Gedanken, die für ihn Stunden gedauert hatten. Schreckliche Stille breitete sich aus. Überrascht blickte er zu seinen ebenso geistesabwesenden Freunden hinüber und dann zurück auf den Platz.

Erwartungsvoll starrten ihn die Bürger an, einige kritisch, andere voll Hoffnung. Stille.

Erst nach langem Überlegen und Abwägen brachte Herodil ein paar Worte hervor. „Macht euch bereit“, befahl er, „sammelt Proviant und Waffen – wir werden in wenigen Tagen losziehen.“

Sofort brach wieder hektisches Treiben aus und Herodil wandte sich ab. Er ging hinüber zum Palast und betrat den

Flur, in dem ihm erneut die Magd begegnete, die gerade den Boden schrubbte. Die anderen Männer kamen ihm hinterhermarschiert und gingen gemeinsam mit Herodil hinüber in den Thronsaal.

„Der Letzte macht die Tür zu!“, rief die Magd empört. Heroffad entfachte einen Windhauch und das Tor fiel zu. Glücklich lächelte er der Frau zu und ging den anderen hinterher.

Wie im Rausch wandelte der jüngst erkorene König durch den Gang und betrat kurz darauf den Thronsaal. Alles um ihn herum wirkte plötzlich so düster und klein. Die gewonnene Verantwortung erschlug ihn merklich.

All die Berge, über die sie geklettert waren, all die Dörfer, die in den Tälern ruhten, all die Äcker, die das Volk versorgten, all das war nun sein. All das sollte unter seiner Hand gedeihen. All das war Teil Norskoms!

Mit vor Unruhe geweiteten und gleichzeitig vor Schockstarre regungslos starrenden Augen ließ er sich nachdenklich auf dem Thron nieder und nahm nicht einmal ansatzweise wahr, wie sich seine Begleiter vor ihm sammelten. Erst als einer der Bediensteten die große Flügeltür am Ende des Raums schloss und das Klacken der Türklinke durch den Saal schallte, blickte er erstaunt auf – und blieb dennoch sprachlos.

„Was gedenkst du zu tun?“, fragte Heroffad schließlich und erhielt keine Antwort, außer fragende Blicke von Herodil.

„Schweigen“, lachte Adelgar. Noch immer keine Reaktion.

„Denken“, erwiderte Finn. Herodils Miene verzog sich zu einer hilflos trauernden Grimasse.

„Warten?“, fragte Tim. Herodil nickte stumm.

Heroffad blickte zwischen den beiden hin und her. „Dann also warten“, brummte er und schüttelte den Kopf.

* * *

Starker Wind wehte über die schwarzen Mauern, sodass Ephnies' Mantel laut hin und her flatterte. Mit beiden Händen auf das Gestein abgestützt, blickte er auf die Ebene hinab und begutachtete seine Truppen. Stolz und voll Kraft marschierten sie auf und ordneten sich zu einzelnen Garnisonen. Aus dem Norden waren auch die meisten schon wieder zurückgekehrt und sammelten sich nun vor den Toren der Festung.

Unermüdlich strömten weitere aus den Katakomben nach, sodass zyklisch das Tor geöffnet wurde. Dann ächzten die Holzbalken laut und das rhythmische Klirren der eisernen Rüstungen war über die gesamte Ebene zu hören.

Riesige Heerlager überzogen das warme Gestein. Speere und Fahnen ragten in die Höhe, während rund um die vielen Feuerstellen die Begriske saßen und auf Befehle warteten.

Zur gleichen Zeit baute man in der Festung an Katapulten und anderen Kriegsmaschinen, die nach und nach auf die Mauer gebracht wurden. Man hatte bereits riesige Steine aus Unterwelt hierher verfrachtet, die man nun aus den Kellern der Festung hinaufholte. Ein großes Loch hatte man dafür in den Boden schlagen müssen, dafür war nun der Nachschub an Munition gesichert.

Das Bollwerk begann, sich zu einer unbesiegbaren Macht aufzurüsten.

Nebenbei schlug man sich im Osten immer weiter durch den Wald und transportierte die schweren Stämme in den Kern der Ebene. Noch sah man Licht am Horizont, aber auch dieses letzte Quäntchen würde bald von hier nicht mehr erkennbar sein.

Die dunklen Wolken breiteten sich weiter und weiter aus und das Elend und der Tod überrollten den Norden des Waldes. Immer wieder stießen die Begriske auf Siedlungen, die sie voll Lust zerstörten und die wenigen verbliebenen Menschen töteten. Es gab nur noch selten Frischfleisch.

Dunkle Wesen strömten in diese Welt und überdeckten alles, was sich ihnen nicht unterwarf, mit Tod. Immer wieder sausten einzelne Kreaturen aus der Wolkendecke herab und schnappten sich den einen oder anderen, der es tatsächlich geschafft hatte, bisher unbemerkt zu bleiben. Teilweise waren es auch einfach Leichen, die den Wesen schmackhaft erschienen. Später regneten dann irgendwann die abgenagten Knochen hinab.

Wachend ließ Ephnies seinen Blick über die Mauer und den Waldrand schweifen. Mit seinen immer stärker werdenden telepathischen Kräften drang er bereits bis in das Gebirge vor. Den gesamten Westen hatten sie überrannt und niedergemetzelt. Das Königreich in den Bergen ging zu Grunde.

Selbst Golvileg, das einstige Juwel, war verlassen. Es hatten sich einige Menschen darin verschanzt und verteidigt, indes waren sie wohl von einem Tag auf den anderen von Monstern getötet worden, die sich schon vorher dort eingenistet hatten.

Seine Krieger hatten daraufhin die Stadt gestürmt und alles, was es zu zerstören gab, vernichtet. Nur Ruinen gab es in den großen Höhlen noch und sämtliche Treppen waren in die Tiefe gestürzt worden.

Siegessicher ließ Ephnies seinen Blick erneut durch die Gebirge schweifen. Zokh musste Heroffads Mitreisende inzwischen getötet oder zumindest gefangen haben und sie nun hierherführen, wo sie getötet werden würden. Einer nach dem anderen und zuletzt Heroffad.

Plötzlich traf er auf seine Aura. Heroffad! Wo war er?

Behutsam drang er in seine Gedanken vor. Es war schwierig, auf so weite Distanz genügend Konzentration dazu aufzubringen, doch nicht unmöglich, um in die Gedanken einer Person zu schleichen. Was sah Heroffad?

Er schien auf einem Dach zu sitzen und über die Berge zu blicken. Wieso hatte Zokh ihn nicht gefangen? Langsam ging er in die Erinnerungen hinein und fand die grausame Tatsache.

Zokh war getötet worden. Ein Begleiter von Heroffad war König? Es wurde immer absurder. Die Truppen machten sich bereit für einen Angriff?

Geschockt zog sich Ephnies aus den Gedanken zurück, um klare Züge planen zu können. Er musste die Mauer verstärken lassen. Nein. Das war unmöglich. Sie war viel zu kompakt gebaut, da konnte man nichts mehr dazwischenquetschen. Barrikaden. Ja, das war die einzige Lösung. Barrikaden im Norden, noch vor der Mauer, damit sie von oben herab auf die Angreifer zielen konnten.

Verwirrt starrte er hinüber zum Gebirge. Irgendwo dort saß Heroffad. Hatte er das eingefädelt oder war das alles nur ein dummer Zufall? Wie schrecklich doch das Schicksal sein konnte.

So saß Heroffad auf dem Dach des Palastes und wartete. Von unten strömte die Wärme des Hauses durch das Dach und der Wind trieb die warme Luft aus dem Schornstein zu ihm herüber. Gehüllt in Rauch meditierte er vor sich hin und blickte in die Ferne.

In den letzten Tagen hatten sich die Ereignisse überschlagen. Nun galt es, Ruhe zu wahren. Über den Gipfeln glühte die Abendsonne und Stille kehrte in die Stadt ein. Nur wenige Menschen arbeiteten in der Nacht. Besonders der Schmied, der nun unermüdlich die Waffen der Soldaten wieder auf Vordermann brachte.

Meditierend drang Heroffad bis an den Rand der dunklen Mächte vor, die sich von der ehemaligen Stadt Trattoria ausbreiteten. Es schien eine riesige Mauer zu geben. Der Wald wurde abgeholzt. Doch in das Innere des Bösen konnte er nicht blicken. Was steckte darin? Womit schützte es sich? Zu gern hätte er Bestätigung für seine Vermutung erhalten, wieder einmal blieb ihm der Blick dorthin verwehrt.

Das dunkle Schimmern hatte bereits das Gebirge erreicht, jedoch hatte es sich nicht weiter darüber verbreitet. Es schien in die Berge vorzudringen, aber zog sich immer wieder zurück.

Wieso blieb seinem durchdringenden Blick die Einsicht verwehrt? Sonst konnte er viele Meilen weit noch erkennen, was sich zutrug, seltsamerweise hatte sich das irgendwie seit der Ankunft in Horngart verändert. Seine Kräfte schienen geschwächt.

Wurde er alt? Ach. So ein Schwachsinn. Vielleicht brauchte er mal wieder eine Herausforderung. Er hatte sich die letzten Jahre kaum in Magie erproben können und hatte sie auch in den letzten Monaten kaum verwendet, da er seine Kraft gut einteilen und sammeln musste. Er war schwach geworden.

Das ewige Pausieren schien sich im Verlernen der Fähigkeiten zu äußern. Plötzlich brach das Bild ab. Erschöpft blickte er in die Stadt hinab, in deren Straßen Tag und Nacht Licht war. Abends lief ein Mann mit einer Fackel umher und zündete die Lampen in den Straßen an. Es waren Maguslichter, jene, die man mit einer Magiequelle entfachen musste.

Man verwahrte sie in kleinen Gefäßen, die man meist gut versteckte, da sie sehr kostbar waren. Es waren schließlich Relikte der Elben. Doch hier in Horngart hatten die Menschen so viel, dass niemand es nötig hatte, die Maguslichter zu stehlen.

Hinter dem Palast sammelte man im Garten die Waffen und Rüstungen für das Heer. Viele Soldaten trafen sich in den Gasthäusern und den zwei Kasernen, die im hinteren Teil der Stadt bisher leergestanden hatten.

In den letzten drei Tagen waren immer wieder einzelne Krieger aus Falkenstätt eingetroffen und hatten sich dem Heer angeschlossen. Unter Führung Pesolts würden sie schon bald hier wegkommen und durch die engen Passagen in Richtung Durabor aufbrechen. Insofern überhaupt noch ein Rest von diesem Wald übrig war, nachdem das Böse ihn wie ein grässlicher Parasit befallen hatte.

Langsam wurde es kühl auf dem Dach. Die Sonne war verschwunden und der klare Nachthimmel gab nach und nach seine Sterne preis, die die Dunkelheit wunderbar schmückten.

Es wirkte friedlich und ruhig in der Stadt. Aus dem Tal um die Stadt drangen vereinzelte Laute herein, doch im Großen und Ganzen durchdrang nur das monotone Klirren, das aus der Schmiede kam, die Stille.

Heroffad kletterte zurück zu dem Balkon, von dem aus er gekommen war, und ging in den Palast hinein. Wärme strömte hinaus und ihm entgegen. Schnell huschte er in das Gebäude und schloss die Tür. Im Kamin loderten die Flammen und hin und wieder knackte es ein wenig.

Auf einem Sessel daneben saß Adelgar. Er war schon längst eingeschlafen. Herodil geisterte sicherlich auch irgendwo in dem Haus herum und las in irgendeinem Buch, um sich nach und nach in seine neue Verantwortung hineinzuversetzen, die er nun so plötzlich erhalten hatte und womit er bei Weitem noch nicht umzugehen wusste.

Ambros und Adelgar waren zwei gute Kämpfer. Einer wie der andere. Sie hatten stets Seite an Seite gestanden und würden in der bevorstehenden Schlacht sicherlich auch von Nutzen sein.

Plötzlich entdeckte er etwas auf dem Boden. Es schien eine Art Beutel oder Tasche zu sein. Vorsichtig hob er den Gegenstand auf und ließ sich auf einem Stuhl nieder. Es dauerte eine Weile, bis er den Knoten, der als Verschluss diente, geöffnet hatte, dann kramte er in der Tasche herum. Sie war fast leer. Lediglich ein Stück Brot und eine seltsame Papierrolle befanden sich darin.

„Was ist das?", fragte Heroffad in den Raum hinein und hielt die Stofftasche in die Höhe.

Adelgar rappelte sich ein Stück weit aus dem Sessel auf und blickte müde zu ihm herüber. „Keine Ahnung. Das hat Tim hier liegen lassen."

Heroffad nickte verstehend und wandte sich dem Papier zu, das er soeben aus der Tasche genommen hatte. Vorsichtig rollte er es auf und traute seinen Augen nicht. „Woher hat er nur solches Teufelszeug?", staunte er erbost.

„Was ist denn da drin?", hakte Adelgar erstaunt nach und kam hinüber zu ihm gelaufen.

Vorsichtig pustete Heroffad etwas Staub von der Oberfläche des Papieres. „Das ist eine verfluchte Karte. Sieh, es scheint den Durabor zu zeigen. Dort ist der Donnerstrom und dort das Gebirge." Er deutete mit dem Finger auf wirre graue Striche im Norden der Karte. „Dort sind wir wahrscheinlich."

„Was ist das für ein seltsamer Fleck?", fragte Adelgar und deutete auf eine seltsame schwarze Masse, die im Zentrum der Karte umherwaberte.

Ratlos schüttelte Heroffad den Kopf. „Ich habe keine Ahnung. Wahrscheinlich verhindert auch das meinen Blick auf die Ebene vor Trattoria. Aber ich kann mir nicht vorstellen, was das sein soll."

Adelgar beugte sich weiter nach vorn und deutete auf das Gebirge. „Siehst du das da? Das scheint ein breiter Pass zu sein."

Tatsächlich war im Süden der Berge ein breiter durchgehender grauer Strich zu erkennen, der fast direkt von Horngart bis hinunter zu einer großen Fläche führte, die bis direkt vor die dunklen Schwaden auf der Karte reichte.

„Davor scheint ein hoher Gebirgszug zu liegen", stellte Heroffad fest.

„Das wäre der perfekte Weg, um gut getarnt von Horngart bis zu der Ebene vorzudringen", schlug Adelgar vor. „Wenn wir Glück haben, können wir so bis auf wenige Meter ungesehen an die Begriske heranrücken und uns dann schnell bis zum Zentrum ihrer Stellungen durchschlagen."

„Wenn wir Glück haben. Du sagst es." Zweifelnd steckte Heroffad die Karte beiseite. „Es ist besser, wenn ich das behalte. Tim ist solchen Hexereien wie dieser hier nicht gewachsen. Wer auch immer ihm das gegeben hat, weiß nicht, wie gefährlich solche Gegenstände in den Händen von Unwissenden sind."

Adelgar wandte sich ab und ließ sich wieder auf dem Sessel nieder. „Wenigstens wissen wir dank dieser Karte nun, wie wir sicher nach Trattoria gelangen."

„Sicher?", lachte Heroffad, „das glaube ich weniger, wenn stimmt, was ihr mir erzählt habt. Wenn von einer ganzen Stadt nur Trümmer bleiben, dann kommen wir auch nicht sicher an diesen Ort. Wir dürfen nicht so leichtsinnig an die Sache herangehen."

„Du verstehst, was ich meine …", stöhnte Adelgar und schloss müde die Augen.

„Ja", brummte Heroffad und wandte sich kurz in Gedanken wieder der Ebene zu. Wirklich viel erkennen konnte er jedoch nach wie vor nicht. Umso wichtiger war es, dass sie auf kürzestem Wege durch die dunkle Zone zu den Überresten Trattorias gelangten. Es würde sicher ein schrecklicher Anblick sein. Wer steckte hinter all dem? Und woher zog er seine Kraft?

Wieder konzentrierte er sich auf die Bilder, die er in seinen Spähversuchen erkennen konnte. Schemenhaft erkannte er Tausende Begriske vor einer großen Mauer und darüber etwas großes Unerkennbares. Dunkle Schatten waberten am Himmel und verschluckten jedes noch so kleine bisschen Licht, das versuchte, zum Erdboden zu dringen. Absolute Dunkelheit. Der Schatten in seiner materialisierten Form. Hier in dieser Welt und nicht weit entfernt von Horngart.

Wie eine zähe Flüssigkeit breitete es sich langsam aus und verklebte alles mit seiner widerlichen Kraft. Dunkle magische Gestalten waren hier am Werk. Sie wirkten langsam, doch ihre Macht wurde immer größer.

Wie zu früheren Kriegszeiten warteten beide Seiten und sammelten ihre Kräfte. Bald würde es so weit sein und man rannte aufeinander los. Der eine würde dem anderen die Köpfe einschlagen und nur einer von beiden würde letztlich überleben. Hoffentlich die gute Seite.

Einst hatte in dieser Welt ein großer Krieg gewütet zwischen den Elben und ihren Abtrünnigen. Damals hatten ähnliche magische Kräfte alles überwuchert. Gleich einer Epidemie breitete sich das Böse aus und äußerte sich letzten Endes in Tod und Elend.

Es hatte Jahre gedauert, bis die Elben die Welt befreit hatten, und weitere Jahrzehnte, bis diese sich endgültig erholt hatte.

Überlegend erhob sich Heroffad von seinem Sitzplatz und verließ den Raum. War der Wald etwa wieder zum Spielzeug der gefallenen Elben geworden?

Es war eine Dynastie, die Tausende von Jahren im Untergrund vor sich hin vegetierte. Vielleicht gab es ja mal wieder einen besonderen Psychopaten unter ihnen, der einen seiner Träume verwirklichen wollte. Es wäre nicht das erste Mal. Aber vielleicht ja endlich das letzte – insofern dies nicht bedeutete, dass das Gute nun zu Grunde ginge, das sich bisher über so viele Jahrhunderte und fast Jahrtausende hinweg so sehr behauptet hatte.

Was war eigentlich Gut und Böse? Wer definierte das? Hatte davon nicht jeder von ihnen eine eigene Auffassung? Selbst dieser dunkle Herrscher würde sich doch selbst für die gute Seite halten und sie als die böse Seite dieses Konflikts abstempeln. Jeder hielt sich selbst für gut und den anderen für böse. Es gab da keine klare Trennung.

Doch für ihn war klar, dass derjenige der Gute sein musste, der nicht der friedliebenden Allgemeinheit schaden wollte, sondern ihr half. Somit war dieser dunkle Herrscher der Böse und sie waren die Guten, die ihre Heimat verteidigten. Sie waren diejenigen, die die rechtmäßigen Bewohner und Herrscher über diese Ländereien schützen und nicht töten wollten. Ja, sie waren doch definitiv die gute Seite. Sie wollten keinem irgendein Leid zufügen, sondern sie waren zum Kämpfen gezwungen.

Mit diesen wirren Gedanken beschäftigt, wandelte Heroffad durch den Palast und ließ sich im Speisesaal nieder, der sich auf der Gartenseite des Gebäudes befand. Gegenüber der Wand mit den Türen waren einige Fenster, durch die man den großen Garten betrachten konnte.

Es war finster draußen. Nur im fahlen Licht der Fackeln und des Mondes glänzend, konnte man die geschliffenen Waffen erkennen, die alle hintereinander gereiht auf Holzständern gelagert waren. Schwerter, Bögen, Pfeile, Speere. All das wartete dort bereits.

Dahinter standen die Pferde. Stolze große Rösser, die man über lange Zeit zu starken, aber genügsamen Tieren gezüchtet hatte. Sämtliche Bauern in der Umgebung hatten ihre Tiere abgegeben. Einige starke Ochsen wollte man als Lasttiere für die Karren nutzen. Allesamt standen sie nun in dem Garten und fraßen die Knospen der Blumen und Obstbäume auf. Es war zwar schade um den prachtvollen Garten, aber es diente einem guten Zweck.

Die Magd des Palastes, Gretha schien sie zu heißen, trug draußen gerade einen Besen ins Haus. Sie lief den ganzen Tag hin und her. Immer war sie beschäftigt. Sie hatte drei Kinder, die den ganzen Tag einsam auf dem Hof herumstreunten. Sie schienen jemanden zu vermissen, ließen jedoch nicht mit sich reden. Allein wenn man sich ihnen näherte, verschwanden sie schon immer sofort.

Was bekümmerte diese armen Kinder nur?

Herodil hatte mit der Magd geredet. Sie war gutherzig und verstand, was geschehen war. Doch auch sie rückte nicht mit der Sprache heraus, was die bedrückte Stimmung der Kinder anging. Aber vorerst hatte man sowieso Wichtigeres zu tun.

Klingen mussten geschärft und Rüstungen ausgebeult werden. Große Kübel voll Teer waren auf Karren verladen worden und Hunderte Pfeile wurden pro Tag gefertigt. So viel Material wie möglich musste schnell produziert und schließlich mit minimaler Anstrengung hinab ins Tal befördert werden. Der Fußmarsch würde einige Tage dauern.

Quälende Stille herrschte im Palast. Stille und Dunkelheit. Gerne ließ Heroffad kleine Magiekugeln schweben, um ein wenig Licht zu verbreiten, aber irgendetwas unterdrückte seine Kraft. So saß er in fast völliger Dunkelheit im Speisesaal. Lediglich umgeben vom leichten Rauschen des Windes vor den Fenstern.

* * *

Bereits eine Woche wartete er nur noch. Gelangweilt von dieser Welt war er bereits. Längst hatte er mit dem Angriff der Menschen gerechnet. Doch es war nichts geschehen.

Die Barrikaden waren fast fertig gebaut und das Heer vollständig. Nur noch selten kamen Begriske aus den Grotten im Untergrund gekrochen und schlossen sich dem Heer an. Unterwelts Kapazitäten schienen ausgeschöpft.

Nun wurde das Warten rasch langweiliger. Nichts geschah mehr. Fast der gesamte Norden vor dem Gebirge war niedergewalzt worden und sämtliche Menschen und Tiere waren tot.

In den Westen hatte man sich noch nicht gewagt, da es dort nichts, außer einem leuchtenden See, zu geben schien. Nur ein paar Bäume, vielleicht noch ein oder zwei Dörfer und der schier unendliche Sumpf am Rande des Waldes lagen in dieser Richtung.

Mit eintönigem Blick stand Ephnies nun schon seit Tagen auf dem Turm und blickte in Richtung des Gebirges. Keine Anzeichen von Bewegung. Weder bei ihm noch bei den Menschen.

Hatten die Krieger Norskoms doch Angst bekommen? Stand Heroffad alleine da und hatte seinen Widerstand aufgegeben? Bestimmt nicht.

Ephnies wollte eine große Schlacht sehen. Er wollte eine große letzte Botschaft mit Hilfe dieser Welt verbreiten. Seine Macht demonstrieren und zeigen, wer demnächst der mächtigste Magier und Herr einer Welt sein würde. Blut und Schweiß sollten die toten Ebenen des einstigen Durabors tränken und von dem letzten noch so kleinen Quäntchen Kampfeslust und Überlebenswillen der Männer Norskoms zeugen, das man ihnen nehmen würde.

Einen letzten Schachzug dieser Welt wollte er sehen, bevor Zyriu sie vernichten würde. Wie auch immer er das anstellen wollte. Schließlich fehlte den gefallenen Elben doch längst die Macht dazu. Oder doch nicht? Ach, wer wusste das schon. Wer, außer den gefallenen Elben selbst?

Mit starrer Miene und dem Blick gen Horizont wartete er nun. Ein langer Tag lag wieder vor ihm. Dann wieder eine lange Nacht. Und so ging es stets weiter. Wann würde endlich etwas geschehen?

Die Schmieden waren ausgestellt, das Feuer in den Katakomben erloschen. Trotzdem strömte die unbändige Hitze immer noch nach oben. Die Heerlager waren geordnet, allesamt mit Proviant und Feuerholz bestückt, sodass sie mindestens noch drei oder vier Tage warten konnten. So mächtig sein Heer auch war, langsam wurde die Zeit unerträglich und saß ihnen im Nacken.

Die Katapulte waren bestückt. Das Tor geschlossen. Pfeile und Schwerter verteilt. Es gab nichts, was man noch tun konnte. Außer warten.

Eine schreckliche Beschäftigung, der Ephnies nicht gerne nachging. Es würde so langweilig werden, sobald diese Welt zerstört war. Er brauchte neue Feinde. Ein neues Ziel. Vielleicht die Elbenwelt. Die konnte er zusammen mit Zyriu einnehmen. Die gefallenen Elben waren sicherlich daran interessiert, sich dieses Reich zu nehmen.

Warmer Wind fauchte über den Turm hinweg, auf dem Ephnies stand, sodass sein Mantel darin flatterte. Es war ein erhabenes Gefühl. Ähnlich dem Fliegen. Doch irgendwie war ihm sicherer Boden unter den Füßen doch lieber. Vor allem, weil ihm diese unkontrollierbaren Wesen in der Luft nicht ganz geheuer waren. Es wurden immer mehr. Und keiner wusste, woher sie kamen. Nicht einmal er selbst konnte dazu etwas sagen.

Genauso wie er nicht wusste, was ihm noch so bevorstand. Er war besorgt wegen des Bündnisses, das er geschlossen hatte. Hoffentlich hinterging Zyriu ihn nicht, sobald der Vertrag erfüllt war. Man hatte ihm bereits so viel genommen. Seine Ehre. Sein Erbe. Seine Kraft. All das holte er sich jetzt Stück für Stück zurück. Jetzt wollte er auch einmal nehmen. Und das hatte er bereits mehrmals getan. Seine Kraft war zurückgekehrt. Sein Erbe stand zum Greifen nah. Seine Ehre würde danach niemand mehr anzweifeln.

Und wenn doch, dann würde derjenige daran sterben. Da bestand auf jeden Fall kein Zweifel, da er das eigenhändig vollstrecken würde.

Vielleicht konnte er sich in noch weitaus größere und mächtigere Welten wagen. Wenn er es schaffen würde, diese Welt zu zerstören, die Welt der Elben zu erobern, dann stünde ihm sicherlich kaum noch etwas im Weg, das ihn aufhalten könnte, viele weitere Welten aus reiner Lust zu zerstören.

Er selbst war schon erschrocken von seinen Gedanken, doch es gefiel ihm. Die Macht. Die Kraft, die in ihm steckte. All das durchströmte seine Gedanken. Stärke musste erhalten werden. Nur durch ständige Übung blieben Muskeln erhalten. Genauso würde es mit seiner Macht und seiner Kraft sein. Er musste sie stets einsetzen. Etwas Anderes würde ihm nicht übrigbleiben.

Er durfte nicht alle seine Widersacher vernichten. Zur Not musste er sich welche erschaffen. Doch auf keinen Fall durfte seine Kraft verlorengehen. Niemals. Vielleicht würde er irgendwann auch kein Heer mehr benötigen, sondern konnte ganz allein eine ganze Welt unterwerfen und vielleicht auch vernichten, wenn ihm danach zumute war. Ein wundervoller Gedanke. Wenngleich sehr tyrannisch. Man würde ihn hassen. Man würde ihn verehren. Anbeten wie einen Gott. Ihm Opfer bringen. Stets hoffen, er würde keinem irgendwelches Leid zufügen. Doch all diese Hoffnungen würde er zerstören.

Noch die eine oder andere moralische Straftat anfügen und schon könnte er mit einigen wenigen, klug ausgewählten und präzise durchgeführten Schachzügen sein Ziel, die unerschöpfliche Macht, erreichen. Herrschaft über viele Welten! Das war doch ein Ziel, für das es sich zu kämpfen lohnte.

Vielleicht würde er schon jäh die Zeit beherrschen oder alle Kräfte an sich kontrollieren können. Er könnte eigene Welten mit eigens kreierten Wesen erschaffen. Es sich für immer und ewig gutgehen lassen.

Utopische Gedanken. Ja. So malte er sich seine Zukunft aus.

Aber, würde Zyriu das zulassen?

* * *

Die Soldaten standen bereit. Seit dem Morgen hatten sie sich rund um den Palast gesammelt und geordnet. Hunderte warteten. Es waren die Krieger Falkenstätts. Sie waren bereit zum Abmarsch.

Alle anderen Männer aus Horngart und den anliegenden Tälern sammelten sich auf der Ebene vor den Stadttoren. In Reih und Glied formten sich Rechtecke aus Hundertschaften und übersäten das gesamte Tal. Pferde und sämtliches Material standen im Kern der riesigen Mengen von Soldaten bereit.

Im Gegensatz zu Herodil, der wartend noch immer im Palast stand und aus einem Fenster über die Stadt blickte. Den Kamin hatte man hier noch nie entfacht. Es hatte auch nie jemand Lust gehabt, hier Holz hinaufzutragen. Er setzte sich in den Sessel und stocherte mit einem Metallstab, der dazu diente, die Asche aus dem Kamin zu holen, in eben jenem Haufen aus Ruß herum. Darin vermengt waren viele kleine Holzkrümel und

Kohlestückchen. Ein dickeres Stück Holz war nur leicht angesengt. Gar nicht ausgebrannt. Er schob es beiseite und stocherte weiter in der Asche herum. Irgendwie faszinierte ihn dieses Zeug gerade. Vielleicht war es aber auch nur die reine Ablenkung vom Geschehen da draußen, die ihn faszinierte.

Plötzlich kam ein Stück Metall zum Vorschein. Noch eins und noch eins. Und kleine angesengte Stückchen. Hauchdünn. Vorsichtig hob er die Metallteile aus der Asche und packte sie auf einen Tisch. Dann kniete er sich hin und hob einige dieser dünnen Teile heraus. Überlegend starrte er das verrußte Zeug an und fand keinen Ansatz, was das mal gewesen sein könnte. Gretha kam zur Tür hinein.

„Ach du meine Güte. Herr König. Entschuldigung, falls ich Euch gestört habe", brach sie erschrocken heraus. „Sie sehen aber auch dreckig aus, mein Guter." Sie nahm ein Tuch hervor und begann, ihm die Asche von der Kleidung zu wischen, womit sie eigentlich alles nur schlimmer machte, weil sich die Krümel fein säuberlich in den Fasern verteilten. „Ach so ein Mist. Das muss ich später aber mal waschen." Plötzlich erschrak sie. „Ach Gott. Was ist denn das für ein Dreck? Habt Ihr das veranstaltet?"

„Wisst Ihr, was das ist, Fräulein Gretha?", fragte Herodil.

Gretha runzelte ebenso überlegend die Stirn. „Ja", sagte sie nach einiger Zeit, „das sind diese Metallteile, die diese dicken Bücher im Archiv geschlossen halten."

„Und dann ist das wohl ein Rest von Pergament", meinte Herodil ergänzend. Gretha nickte und zuckte mit den Schultern, während sich ihr Gesicht zu einer Miene mit dem Ausdruck *Ich weiß es nicht, aber es kann natürlich sehr gut sein, weil mir auch nichts anderes einfällt* verzog. „Vielen Dank Fräulein Gretha", sagte Herodil und griff sich die Metallteile mit der einen Hand und das angesengte Pergament mit der anderen. Gretha lächelte und begann, den Fußboden vor dem Kamin zu wischen, wenn auch weniger erfolgreich, als sie wohl selbst hoffte.

Schnell eilte Herodil hinab in den Thronsaal, in dem alle anderen auf ihn warteten. „Seht, was ich gefunden habe", sagte er und hielt die Überreste in die Höhe. Interessiert kamen die Anderen näher. „Ferdinand hat Bücher verbrannt. Und das vor nicht allzu langer Zeit, schließlich macht Gretha ja immer wieder die Kamine sauber, nachdem man sie verwendet hat. Den in dem Zimmer dort oben hat sie wohl übersehen."

„Nichts habe ich übersehen", zischte Gretha, die mit dem völlig verdreckten Lappen durch den Saal marschiert kam. „Er hat mich nie dort reingelassen. Hatte wohl Angst vor meinen Putzaktionen. Aber ja, er hat an dem Tag, an dem er einfach so verschwunden ist, den Kamin benutzt. Das hat man ja gerochen." Mit wütendem Gang huschte sie auf der anderen Seite aus dem Saal wieder hinaus und ging in den Garten, was man daran hörte, dass die quietschende Tür des Hinterausgangs auf- und wieder zuging. Sie lief hinüber zu dem großen Waschtrog, den sie vor einigen Minuten gerade nach draußen getragen hatte und begann, den Lappen zu reinigen.

„Dann hat er wohl Beweise vernichtet", mutmaßte Herodil. „Und wir wissen wohl alle, wen das höchstwahrscheinlich betroffen hat." Alle nickten.

In Rüstungen und robuste Mäntel aus Leder gehüllt, standen seine Begleiter vor ihm. Allesamt bereit für den Aufbruch. „Du solltest dich auch bereit machen", sagte Heroffad.

Nickend setzte sich Herodil in Bewegung. Die Überreste der Bücher legte er auf einem Schrank im Flur ab und machte sich auf den Weg in die Garderobe. Schnell legte er die Robe ab und zog sich eine dicke Jacke aus Drachenleder über. Hell glänzte die makellose Oberfläche. Sicherlich hatte man für jeden einzelnen Stich beim Nähen eine Nadel zerstört.

Für Schwerter undurchdringlich. Gegen Feuer resistent. Wasser perlte einfach ab. Man war gut geschützt in solch einer Drachenlederrüstung. Es war sicherlich schwierig genug, überhaupt erst einmal einen Drachen zu töten, um an dessen Haut zu gelangen. Jedes Stück Drachenleder war ungemein kostbar.

Als Nächstes folgten ein zusätzlicher Brustpanzer und der Rest einer normalen Rüstung, die ebenjenen Schutz verbergen sollte. Man hatte Tausende solcher Westen vor einigen Tagen im Keller des Archivs gefunden. Sämtliche Krieger Falkenstätts waren damit ausgerüstet und die besten Soldaten Horngarts hatten auch diese einmalige Ehre.

Versteckt unter einer Rüstung erhielten die Krieger so praktisch eine Lebenschance mehr. Keiner würde mit solch einer Ausrüstung rechnen. Die teuerste Art der Rüstung in tausendfacher Ausführung, für die stärksten Krieger ihres Reiches.

Herodil griff nach dem Gürtel mit dem Schwert und machte sich wieder auf den Weg in den Eingangssaal. Schnell hatte er den Gürtel umgelegt und griff im Vorübergehen nach dem Helm. Dieser war prunkvoll mit Gold verziert und eigentlich eher unpraktisch. Er würde den sicherlich nicht im Kampf tragen. Das war lebensmüde, wenn er es täte. Man konnte durch das Visier kaum einen Menschen von einem Baum unterscheiden und seine eigenen Bewegungen noch viel weniger koordinieren.

Langsam trat Herodil zu den Anderen heran. Er war der Einzige in seiner Truppe, der tatsächlich eine Rüstung trug. Seine Begleiter waren lediglich in ihre Alltagskleidung gehüllt, die allerdings auch kostbares Drachenleder verbarg.

Herodil stieß die Tür auf und trat vor den Palast. Es war bereits mitten am Tag. Die Sonne stand hoch am Himmel und die ersten Blätter der Bäume strahlten in sattem Grün. Auf der riesigen Ebene warteten die Soldaten. Zwischendrin war eine kleine Lücke an der Stelle, an der die verbrannte Kutsche stand. Es waren nur wenige Bretter übriggeblieben und ein kleiner Haufen Asche. Man hatte diesen Haufen einfach erst einmal so liegen lassen, denn man hatte bisher nicht die Zeit gehabt, darin herumzustochern. Und letztlich wusste man sowieso, was man darin finden würde.

Er gab dem Soldaten, der dort seit dem Morgen auf dem Hof wartete, ein Zeichen und dieser blies in ein Horn, sodass ein lautes Signal ertönte, das über die gesamte Stadt schallte und noch deutlich über die Mauern hinweg zu hören sein musste. Von den Mauern her stimmten einige weitere Töne mit ein und das erwartungsvolle Jubeln des Heeres war für einige Sekunden zu hören. Man konnte die Größe formlich spüren, so sehr donnerten die Rufe durch die Luft.

Vom Garten aus begann das rhythmische Marschieren und Falkenstätts Krieger machten sich auf den Weg zum Stadttor, um sich schließlich unter die Reihen der übrigen Krieger zu mischen.

Mal wieder hatte Norskom Talent in Sachen Planung bewiesen. Ohne Knurren und Murren waren sämtliche Rekruten angetreten. Sie schienen sich also durchaus für ihre Heimat einsetzen zu wollen.

Adelgar kam herangetreten und klopfte Herodil anerkennend auf die Schulter. „Lang lebe der König“, sagte er.

Betroffen blickte dieser zum Stadttor. „Ich hätte nie gewollt, dass es so beginnen muss. Nicht unter solchen Umständen.“ Er schüttelte den Kopf. „Sie werden mich ewig als denjenigen in Erinnerung behalten, der sein Volk direkt am ersten Tag in den Krieg führte.“

„Sie stehen hinter dir. Sieh doch, was für eine riesige Armee du aufstellen konntest“, mit gemächlichem Tempo wies Adelgar einmal komplett über das gesamte Tal, „würden sie dich jetzt schon hassen, dann wäre kein Einziger von ihnen erschienen.“

„Sie sind aber auch nicht hier, weil sie mich als neuen König lieben. – Sie sind nur hier, weil sie ihre Heimat erhalten wollen. Nicht, weil ich es gesagt habe.“

„Oh doch“, unterbrach Heroffad, „sie sind deinetwegen hier. Du hast ihre Meinung geeint und einen König, der untätig der

Vernichtung seines Reiches zugesehen hätte, gestürzt. Du hast wieder Leben in die Stadt gebracht und das Volk geeint. Du hast ihnen überhaupt erst den Mut und die Möglichkeit dazu gegeben."

„Sich blind vors Messer zu werfen und zu sterben!", brüllte Herodil zurück. Mit wutentbrannten Augen, die gleichzeitig seine Hilflosigkeit durchblicken ließen, starrte er zu Heroffad hinüber und wies mit der rechten Hand auf das Heer. „Nur wenige von ihnen werden zurückkehren. Das weißt du auch", sagte er nun in normaler Lautstärke.

„Aber sie kämpfen freiwillig", fügte Heroffad ruhig hinzu.

Herodil ließ seinen Blick über seine Begleiter schweifen und erblickte Tim und Finn, die grinsend über irgendetwas diskutierten. „Gerade das ist doch das Problem. Sie wissen nicht, worauf sie sich dort einlassen. Jeder kluge Mensch wäre genauso wie Ferdinand einfach geflohen", sagte Herodil bedrückt, bevor Schweigen rund um Herodil und seine Begleiter eintrat.

Sie schwiegen, bis der letzte Soldat die Stadt verlassen hatte und sie sich selbst auf den Weg machten. Schwiegen, bis sie selbst die Stadt verlassen hatten. Schwiegen, als erneut der Jubel des Heeres ausbrach und sich das Stadttor ein letztes Mal schloss. Schwiegen, als Herodil nickte und sich auf ein Pferd schwang. Schwiegen, als erneut das Signal ertönte. Schwiegen, als sich das Heer nun vollständig in Bewegung setzte. Und sie schwiegen, als Horngart hinter den Felsen verschwand.

Die schreckliche Ruhe vor dem Sturm überkam sie. Ein so schreckliches Gefühl, zu wissen, dass man praktisch selbst in den Tod ritt, sich mit minimaler Aussicht auf Erfolg opferte und praktisch selbst für verrückt erklären konnte.

Waren sie eigentlich bescheuert?

Nein, sie waren einfach nur voll Hoffnung. Es war schließlich der einzige Ausweg. Würden sie nur warten, dann würde der Feind sie auch irgendwann überfallen, aber mit einer deutlich stärkeren Armee. Es war die einzige Möglichkeit, die ihnen blieb: Offensive.

Norskom musste Stärke beweisen. Stärke gegen einen großen Feind, der sich seltsamerweise nur für sie zu interessieren schien.

Gab es dafür irgendeinen taktischen Grund? War Norskom der einzig relevante Feind in dieser Welt? Wieso gerade Norskom? Lag irgendetwas in den Bergen? Golvileg war ausgeschöpft. Was konnte an diesem Reich nur so interessant sein, dass ihm die volle Aufmerksamkeit galt?

Es war bestimmt die militärische Stärke, die es zuerst auszuschalten galt. Keine andere Variante ergab wirklich Sinn. Es konnte nur so sein. Im Süden des Durabors existierten lediglich zahlreiche kleine Völker, die versteckt in den Wäldern lebten. Die waren leichte Beute. Der Norden mit Norskom bot hingegen ein starkes Ziel.

Den stärksten Feind zuerst vernichten. Das schien die Strategie zu sein. Und damit hatte dieser Jemand, der sie angriff, wahrscheinlich auch gar nicht so Unrecht gehabt, angesichts der vielen Tausend Soldaten, die nun hier marschierten.

Der lange Tross bewegte sich langsam über die Felsen hinweg. Vorweg liefen die Soldaten. Dahinter jene, die auf Pferden unterwegs waren. Es folgten Wagen, die von Ochsen gezogen wurden und alles Mögliche, was man für eine Schlacht gebrauchen konnte, transportierten. Dann folgte der Tross aus Falkenstätt.

Es ging unerträglich langsam vorwärts und man spürte, wie das Warten an den Nerven zerrte. Die Ungeduld und Unruhe würden bestimmt irgendwann ihre Wirkung zeigen. Doch hoffentlich nicht so bald.

Mindestens drei oder vier Tage würde es dauern, bis sie den Rand des Gebirges erreichen würden. Spätestens dann hieß es, genau nachzudenken, um nicht entdeckt zu werden. Was würden sie dort sehen? Was käme auf sie zu? Welche Feinde würden in welcher Zahl dort auf sie warten und sich ihnen entgegenstellen?

Der Abstieg mit den schweren Karren im Schlepptau würde schwierig werden. Es standen Probleme im Weg, die man vorher nicht bedacht hatte. Doch Herodil blickte hoffnungsvoll nach vorne. Sie würden das schon irgendwie schaffen. Hoffentlich.

Immer wieder wechselte sein Gemütszustand. Mal drangen die unendlichen Sorgen und das schlechte Gewissen durch, mal besann er sich auf Hoffnung und den Gedanken, aus dieser Schlacht als Held ein ganzes Heer zurück nach Norskom zu führen. Immer wieder kreisten seine Gedanken hin und her und kehrten ständig wieder zu demselben Punkt zurück. War das, was geschah, gut so, oder sollte er doch noch eingreifen und dem hier ein Ende bereiten, bevor es in einer unaufhaltsamen Katastrophe endete?

Der halbe Tag war schon vorüber. Mehr sogar. Die Zeit saß ihnen im Nacken und spielte zudem auch noch gegen sie. Sie mussten sich beeilen, um einem Überfall vorzubeugen, doch durften auch nicht ihre ganze Kraft verschwenden und dann im Kampf auf ganzer Linie versagen. Es konnte auch genauso gut sein, dass sie unterwegs angegriffen wurden und ohne Deckung und Plan zurückschlagen mussten. Also musste diese träge Ruhe beibehalten werden.

Herodil hasste es, sich Gedanken zu machen. Doch er war so eintönig, dieser meilenweite Marsch in den Tod. Die Gedanken beschäftigten ihn, auch wenn sie zum Großteil ziemlich sinnlos und weit hergeholt waren oder ihn einfach nur noch nervöser und ungeduldiger machten.

Wieder sah er zu Tim. „Warum grinst du so?“, fragte Herodil ihn.

„Er hat seinen Beutel verloren“, warf Finn ein.

Nun mischte sich Heroffad ein, der die Worte zufällig mitgehört hatte. „Ach Tim, ich muss dir noch etwas geben.“ Kurz kramte er herum und holte einen Stoffbeutel hervor, den er Tim sofort zuwarf.

„Danke", lachte Tim und öffnete den Beutel, um das Brot herauszuholen und herzhaft hineinzubeißen. „Schon etwas trocken, aber hilft gegen jeden Hunger."

Eine Weile ritten sie so schweigend nebeneinander her, bis Tim irgendwann auffiel, dass etwas in seinem Beutel fehlte. „Sag mal, Heroffad", begann er, zu fragen, „da war doch nicht zufällig noch ein Stück Papier in meiner Tasche oder?"

Der alte Magier nickte zuerst nur. Da Tim ihn aber noch immer fordernd ansah, begann er, zu erklären. „Ich war so frei, mir diese Karte zu nehmen, um unsere Reise zu planen."

„Brauchst du sie noch oder kann ich sie wiederhaben?", fragte Tim weiter fordernd nach.

„Letzteres ist eine sehr schlechte Idee", sagte Heroffad kühl.

„Brauchst du sie also noch?", hakte Tim noch weiter nach.

„Weiß ich nicht."

„Dann gib sie mir zurück."

Kurz schwiegen beide. Dann sprach Heroffad weiter: „Nein. Das kann ich nicht."

„Wieso?", fragte nun auch Finn.

„Erklär dich endlich!", forderte Herodil.

Endlich gab der Magier nach. „Du weißt nicht, was das für ein Gegenstand ist. Es ist dunkle Magie. Ein Werk des Bösen. Wer damit nicht umzugehen weiß, verfällt schnell dunklen Gedanken und wird schwach. Schwach und aggressiv. Halte dich fern von solchen Sachen." Mit ernstem Blick sah er zu Tim und Finn. „Wer auch immer euch beiden diese Karte gegeben hat, war sich nicht bewusst, wie gefährlich sie für euch sein kann."

„Ein alter Freund überließ sie uns", warf Tim ein, „er wird uns nicht schaden wollen. Also gib sie wieder her!" Von der Seite erntete er einen siegessicheren Blick von Finn, der sich nur zu gut an seine Sorgen in Falkenstätt erinnerte.

„Du Naivling", stöhnte Heroffad.

„Was glaubst du von uns? Das wir nicht in der Lage sind, auf uns aufzupassen?“, brummte Tim wütend.

„Ich glaube, dass ihr nicht gegen Kräfte bestehen könnt, die keiner von euch beherrscht.“

„Ich habe gegen ganz andere Kräfte bestanden, als du glaubst!“, maulte Tim beleidigt. „Er hat uns, als wir Kinder waren, bereits ein dunkles Buch gegeben. Ein Buch, das sich wohl mit Unterwelt beschäftigt hat. Und wir haben es überlebt!“

Entsetzt starrte Heroffad Tim an. „Halt dich fern von solchen Dingen! Du verstehst nicht, in welche Gefahr du dich begibst, wenn du so etwas bei dir trägst!“

Tim war müde vom Streit und ließ sich gemütlich in den Sattel des Pferdes rutschen. „Dann behalt' die Karte, alter Mann!“ Nun verstand er, wieso Herodil immer so aggressiv auf Heroffad reagierte. Er war besserwisserisch und erklärte sich nie. Der Magier rümpfte die Nase und blickte wieder stolz nach vorn. Sollte er doch tun, was er wollte.

* * *

Hinter dicken Felsschichten gebannt, versteckt neben der Welt der Elben lag das dunkle Reich der gefallenen Elben. Mächtige Zauber grenzten es von der nahen Welt ihrer verabscheuten Brüder ab und hielten die Felsen zusammen.

Im Grunde glich diese Welt einem großen Tal. Ebenso wie die der Elben. Jedoch gab es hier überall versteckte Orte. Bösartige Zauber wucherten über den Boden und verschlangen jeden, der nicht in der Lage war, sie zu beherrschen. Wie eine dunkle unbezwingbare Krankheit breiteten sie sich aus und boten Kraft und Tod. Je nachdem, auf wen sie trafen und ob er in der Lage war, Kontrolle über diese unbändigen Mächte zu erlangen.

Dunkle Kräfte ermöglichten es, dass man in die Ferne sehen und in andere Welten blicken konnte, ohne sie zu betreten.

Personen konnten gebannt und gefangen, Gedanken gelesen und verändert werden.

Man nutzte jene großen Kräfte, die die Elben verabscheuten. Die sie nicht zu nutzen wagten und sich deshalb in ihrer wohlklingenden, peniblen, reinen Welt verkrochen, wie die Ratten in den Friedhöfen. Sie wagten es nicht, auch nur einem Tier ein Haar zu krümmen, selbst wenn es ihnen gefährlich wurde. Sie waren schwach und willenlos geworden.

Die ach so hohen Elben, sie wurden zu einer niederen Spezies degradiert. Nur durch ihren Willen zum Stillstand im Frieden. Keine Eroberung. Keine Preisgabe ihrer Identität. Sie verkrochen sich in ihrer eigenen kleinen und einsamen Welt, die keiner zu betreten wusste. Das winzige schwache Reich, als direkter Nachbar zur Heimat der gefallenen Elben, die über ihre eigene kleine Welt wachten.

Seit Jahrhunderten existierte dieses Reich und ward nie von jemandem betreten, der kein gefallener Elb war. Wenn doch, so fand und befragte man ihn, wie er hierhergekommen sei. Dann wurde er gelyncht. Ein besonders beliebtes Mittel im Reich der gefallenen Elben. Der Tod!

Kleine Streitereien zwischen den verschiedenen Familien gab es hin und wieder, doch kein gefallener Elb brachte einen anderen gefallenen Elben um. Nein. Dies wurde verabscheut wie das grässliche Licht der Sonne, welches man in anderen Welten anbetete, als sei es eine Gabe der Götter, die doch die Elben schon längst hätten beseitigen können.

Hätte man auf die Urväter der Gefallenen gehört. Hätte man ihren Plan verwirklicht. Die Elben wären das mächtigste Volk im Kosmos der Welten geworden.

Die meisten dieser Urväter waren verstorben. Getötet im Krieg. Die Welt hatte sich geteilt. In eine helle und eine dunkle Seite, die es nie hätte geben dürfen, nie hätte geben sollen zumindest. Sie hatten sie erschaffen, auch wenn sie es nie gewollt hatten. Es sollte nie das Gute und das Böse geben. Die Elben sollten nicht geteilt werden. Wäre alles so gelaufen, wie sie es wollten, dann hätten sie einfach so die Macht übernommen und die Elben wären ein homogenes Volk geblieben. Aber nein. Alles wurde vereitelt und die Elben zerstritten sich zu zwei voneinander getrennten Teilen.

Ein Imperium wuchs heran, doch es wurde eingesperrt. Dem Stillstand preisgegeben, vegetierten die gefallenen Elben vor sich hin und warteten auf einen Moment, in dem sie ihre Macht entfalten und zuschlagen konnten. Jene Macht, die ihnen vor kurzer Zeit von einem Tyrannen geraubt wurde. Eine unerschöpfliche Kraft, deren Ursprung niemand kannte und deren Existenz sich niemand auch nur im Ansatz erklären konnte.

Es waren höhere Mächte, die das Geschehen bestimmten. Doch trotzdem hatten sie nicht alles unter Kontrolle. Vor allem die Welt der gefallenen Elben nicht. Sie waren selbstsicher. Sie waren stark. Keiner sollte sie bezwingen oder einsperren, so wie es bisher die angeblich so reinen Elben taten. Der Tag ihrer Befreiung, der Tag ihres Sieges, dieser Tag würde irgendwann kommen. Vielleicht schon in wenigen Stunden, vielleicht aber auch erst in vielen Jahren.

Zyriu wartete in einer tief verborgenen Grotte. Er hielt einen Stein in den Händen. Eine Art Kristall, mit dem er fremde Welten betrachten konnte, wann immer er wollte.

Skeptisch beobachtete er Ephnies, der untätig auf einem Turm stand und wartete, dessen Heer, das ohne jedes Kommando in der Welt verstreut war, und den Feind, der sich näherte.

Jederzeit hätte Zyriu dem Ganzen ein Ende setzen können. Doch dann ginge etwas sehr Wertvolles verloren. Ein Schatz, für den sich Zyriu interessierte und für dessen Auffindung möglichst viel Leid und Tod notwendig waren. Auch wenn keiner wusste, wann genau sich dieses Relikt offenbaren würde, wussten sie, dass ihr Plan mit Sicherheit irgendwie funktionieren würde. Not,

Tod, Leid. Das waren immer die Schlüssel zur Macht. Schlüssel, die sie schon mehrmals genutzt hatten. Auch Zyriu wusste, dass man meist nur mit Drohungen seine Forderungen durchsetzen konnte. Klare Worte waren nötig. Doch Ephnies schien sich keineswegs irgendwie bewegen zu wollen und zu handeln.

So verharrte auch er untätig und sah skeptisch dem Treiben zu. Es würde noch einige Zeit dauern, bis sich die Kontrahenten begegnen und gegenseitig niedermetzeln würden.

Von modrigem Geruch und einer unerträglich warmen Feuchtigkeit umgeben, hockte Zyriu in der Höhle, den Kristall in den Händen haltend. Schmierige bemooste Wände aus dunklem Gestein umhüllten ihre Welt. Und giftige Ranken durchzogen die meisten Winkel der feuchten Felsspalten.

Es war eine unwirtliche Gegend. Man war abhängig von Magie und dem Wenigen, was einem die Natur hier bot. In eine schreckliche Welt hatte man sie verbannt, während die übrigen Elben in Frieden und Reichtum lebten und sich an den Freuden des Lebens ergötzten. Sie hielten sich für den besseren Teil ihrer Spezies. Den von dunkler Magie reinen Teil.

Doch diese Elben lebten genauso abgeschnitten vom Rest der Welt. Sie wagten sich nie aus ihrer Welt hinaus und Besucher gab es dort auch selten. Sie blickten nicht über den Tellerrand und planten auch nicht, sich für sich oder jemand anderen einzusetzen. Sie schienen jeglichen Drang zum Erfolg verloren zu haben und vegetierten genauso nur vor sich hin, um dann nach einigen Hundert Jahren in Saus und Braus irgendwie den Tod zu finden oder von selbst in die Welt der Toten zu reisen. Genauso verlief es auch bei den gefallenen Elben, doch von denen fanden die meisten einen tatsächlichen Tod.

Würde sein momentaner Plan fehlschlagen, so würde es für ihn auch den sinnlosen Tod bedeuten. Ein herber Rückschlag für sein Volk würde dann direkt daraus folgen. Er musste auf der Hut sein und genau den Moment abpassen, in dem er nach seinem Ziel greifen konnte. Dazu musste Ephnies vermutlich nur diese eine Schlacht gewinnen und das war so gut wie sicher, angesichts der Größe des Heeres. Norskom würde fallen und das schon bald.

Über Jahrtausende hatte sich das Reich in den Bergen bisher behauptet. Es hatte sich in fremde Geschichten eingemischt und sich immer wieder als der große Sieger hervorgetan. Viele Verhandlungen und Streitereien gingen auf das Konto unzähliger Könige. Und auch in diesem Fall stürmte Norskom wieder gen Süden, um seine eigene Macht zu beweisen. Und wahrscheinlich würde in diesem Fall endlich einmal Leid, Tod und eine bittere Niederlage über das ewige Reich der Menschen kommen, mit der keiner aus dieser niederen Spezies rechnete.

Mit strammem Schritt marschierte dieses Volk seit einigen Tagen seinem sicheren Tod entgegen. Bald würden sie den Rand des Gebirges erreichen und direkt in die Schusslinie der riesigen Mauer hineingeraten. Nur noch wenige Stunden und allesamt wären sie tot. Noch ein paar wenige Tage oder vielleicht einige Stunden würde er dann warten, bevor sich Ephnies aus der Welt zurückgezogen haben würde und er seinen Teil dieser Planung endlich erledigen konnte. Endlich würde es so weit sein und die Größe und der Glanz würden sein Volk wieder erreichen.

* * *

Seit Tagen marschierten sie nun durch das Gebirge. Bald würden sie den Rand erreicht haben, trotzdem war es noch eine unerträglich lange Strecke, die dort vor ihnen lag.

In tiefen Gedanken versunken, liefen sie praktisch willenlos geradeaus. Heroffad saß fast schlafend auf seinem Pferd. In seine starre Trance gehüllt, harrte er aus und schien geistig überhaupt gar nicht mehr anwesend zu sein.

Stundenlang starrte er nur auf den Boden und regte sich nicht. Nur leichte Bewegungen zum Ausgleich des sich unter ihm bewegenden Pferdes ließen sich wahrnehmen. Die Zügel hatte er locker in der Hand und bewegte sie seit Stunden nicht mehr.

Urplötzlich riss ihn irgendein Gedanke aus seiner Stille und er ruckte seinen Kopf nach oben. Auch sein Pferd erschrak und schnaubte laut. Er blinzelte mehrmals angestrengt. Nach einer Weile hatten sich seine Augen beruhigt.

Noch immer überlegend kramte er wieder die Karte hervor, die er aus Tims Sachen entwendet hatte. Dieser saß, genauso wie alle anderen um ihn herum, dösend auf seinem Pferd und hatte die Augen halb geschlossen.

Vorsichtig öffnete Heroffad die Papierrolle und betrachtete die Karte. Der dunkle Fleck hatte sich in den letzten Tagen kaum mehr verändert. Er waberte noch immer hin und her und hielt sich vom Gebirge fern. Und sie befanden sich noch auf der breiten Passage, die sie aus den Bergen ungesehen hinausführen würde.

Konzentriert folgte Heroffad den wirren Linien durch das Gebirge. Er sah grüne Täler und dunkle Berge. Sie war schon erstaunlich, diese dunkle Magie. Aber sie war nicht geschaffen für Menschen. Sie zerstörte sie nur, machte sie schwach und willenlos.

Aber er suchte nach etwas. Vorsichtig ließ er ein leichtes Leuchten über die Karte wandern und suchte nach verworrenen Felsformationen, die man nur aus diesem Blickwinkel gut erkennen konnte. Es dauerte eine Weile, bis er fand, was er suchte. Dann wandte er sich der Suche nach einem Weg zu diesem Ort zu. Hin und her führten die wilden Wege zu den Tälern und endlich fand er einen, der ihn von hier bis zu diesem fremden Gestein führen konnte. Schließlich wandte er sich zu Herodil.

„Ich muss euch für einige Tage verlassen", brummte er nur müde.

Herodil verzog sein Gesicht. Es dauerte mehrere Minuten, bis er begriff, dass mit ihm geredet wurde und schließlich wurde seine Miene zunehmend ernster. „Wieso?", fragte er.

Heroffad blickte überlegend nach vorn und beobachtete den langen Tross aus Soldaten. Wie sollte er es am besten sagen? „Ich werde uns Hilfe holen", antwortete er nachdenklich und zog ernst seine Stirn zusammen.

Skeptisch wandte sich Herodil zu ihm und sah ihn einige Sekunden nur schweigend an. Dann blickte auch er wieder nach vorn und schwieg eine Weile.

Es waren so viele junge Männer unter den Soldaten. Einsam marschierten sie nun hier entlang und vermissten sicherlich schon ihre Heimat. Meilen und Tage trennten sie davon. Doch keiner dachte daran, umzukehren. Sie marschierten weiter, dem schon fast unvermeidlichen Tod entgegen. Und Heroffad wollte sie einfach verlassen?

„Ich weiß nicht, wie lange ich dazu brauchen werde, ich kehre aber sicherlich rechtzeitig zurück", versicherte Heroffad mit ruhiger Stimme.

„Du willst uns also einfach so im Stich lassen?", fragte Herodil weiter. „Was meinst du, wie das für die Soldaten aussehen wird?" Er sah besorgt nach vorn und malte sich bereits aus, wie das Heer stillstehen würde, sich wütend abwendete und fortmarschierte – oder noch viel Schlimmeres tat.

„Mach dir da keine Sorgen. Sieh doch, wie müde sie inzwischen allesamt sind. Sie werden mich kaum bemerken."

Herodil reichte es langsam. Immer wich Heroffad seinen Fragen aus und antwortete in halben Sätzen oder direkt überhaupt nicht. „Ja dann geh doch. Wenn du es unbedingt so willst. Lass uns ruhig im Stich, alter Mann!", zischte Herodil fast unbewusst zurück.

„Ich lasse euch nicht im Stich. Ich hole Hilfe", versicherte Heroffad erneut.

„Unser Heer ist riesig. Wir brauchen keine weitere Hilfe. Und eher brauchen wir deine Kraft, als dass uns noch ein paar wenige andere Leute helfen, die vielleicht nicht einmal rechtzeitig eintreffen, während du einfach verschollen bist und irgendwo in der Wildnis herumirrst. Wir werden alle verrecken, wenn du uns jetzt hier einfach so stehenlässt!"

Zornig funkelten Herodils Augen. Doch er wagte es nicht, Heroffad anzusehen. Er hatte einfach keine Lust mehr auf die elenden Geschichten dieses alten Mannes. Ja, er stand selbst unter Stress und reagierte gerade vielleicht unbedacht. Aber irgendwie hatte er doch auch Recht. Selbst dieser alte Magier durfte nicht einfach so den Tross verlassen.

„Werdet ihr nicht. Und du wirst sehen. Ich bin rechtzeitig zurück mit genügend Hilfe im Gepäck!", antwortete Heroffad ein letztes Mal.

Schweigend und innerlich total konfus starrte Herodil in die Ferne. Es war ja schön und gut, dass Heroffad noch von irgendwoher Hilfe holen wollte, doch er würde niemals rechtzeitig mit dieser Unterstützung im Rücken hier auftauchen. Höchstens riss er damit noch mehr Leute in den Tod, als es bisher in Aussicht stand. Sämtliche Soldaten würden umkommen.

Heroffad ergriff fest die Zügel seines Pferdes. „Egal was du sagst, es wird mich nicht davon abhalten, aufzubrechen und unsere Leben zu retten. Ich werde mir ein Bild von der Lage machen und die nötigen Maßnahmen treffen", warf er Herodil an den Kopf.

Entrüstet starrte dieser zurück und wandte sich ebenso schnell wieder ab. „Na los. Verschwinde doch einfach!", platzte es dann aus ihm heraus, „verschwinde einfach und rette doch deine eigene Haut, wenn wir dir egal sind!" Und schon bereute er es.

Dieser sturköpfige alte Mann schaffte es doch immer wieder, ihn um den Finger zu wickeln. Er nervte ihn einfach so lange, bis er seine Absolution hatte und machen konnte, was er wollte.

Und das nur durch so kleine Fehler in seiner Aufmerksamkeit. Wieso wurde er auch immer so aufbrausend?

Heroffad nahm ihn beim Wort. Müde lächelnd nickte er und blickte nach vorn über das Heer hinweg. Er gab dem Pferd einen Ruck und es setzte sich in Bewegung.

„Hör zu, alter Mann!", rief Herodil ihm zu. „Du bleibst hier!" Doch es war zu spät. Er sauste bereits in rasanter Geschwindigkeit an den Soldaten vorbei. Hinter ihm schlug eine Staubwolke in die Höhe. Der Wind ließ seinen Mantel hinter ihm flattern und das Pferd nahm immer mehr an Tempo zu. Von Staub und Steinchen begleitet, trommelten die Hufe des Rosses über den trockenen Fels und hüllten die rechte Flanke der Kolonne in einen gelblichen Schleier.

Schon nach kurzer Zeit war er an dem Tross vorübergeritten und bog nach rechts in die Berge ab. Er folgte einem Pfad in die Höhe, sodass er schon nach kurzer Zeit einen Felsvorsprung erreichte. Ein paar Sekunden lang beobachtete er das marschierende Heer von oben und kehrte schließlich sein Pferd um, um höher in die Berge vorzudringen.

Er entsann sich einer alten Macht. Tief in den Bergen verborgen wartete sie darauf, dass man sie rief und sie das Königreich Norskom zu schützen vermochte.

Entlang einer langen Felsspalte ritt er tiefer in das Gebirge. Fast ziellos und ohne Orientierung drang er so weiter und weiter in die unendlichen wirren Felsformationen ein und verlor schon bald den möglichen Rückweg aus den Augen. Verloren zwischen den dunklen Felsen ging es tiefer und tiefer in das unbewohnte Land hinein.

Er konnte sich gut vorstellen, wie wütend Herodil auf ihn war. Doch es war nun einmal zu ihrem Besten. Ganz genau wusste er auch nicht, was er tat und ob er dabei Erfolg haben würde, doch er konnte seine Zeit nicht so tatenlos verbringen. Den

Versuch war es wert, denn ohne diese Unterstützung hätten sie mit Sicherheit kaum Chancen auf einen Sieg.

* * *

Wütend saß Herodil auf seinem Pferd und blickte dem Magier hinterher, bis er hinter einem Felsen verschwand. Es war so eine sinnlose Diskussion. Eigentlich war jede Diskussion mit diesem Mann sinnlos, da er nie nachgab und immer dachte, dass er im Recht wäre. Er war zwar ein weiser alter Mann, aber das gab ihm noch lange nicht das Privileg, sich immer über alle hinwegzusetzen und völlig allein irgendwelche Entscheidungen zu treffen.

Tatsächlich schien keiner der Soldaten so wirklich bewusst bemerkt zu haben, dass da gerade jemand an ihnen vorbeigeritten war. Sie marschierten stur weiter durch das Gebirge und folgten dem breiten Weg ins Tal. Immer weiter zum Durabor. Immer geradeaus. Er selbst gelangte langsam in die Staubwolke hinein, die Heroffad ausgelöst hatte, und hustete laut, bis sich die feinen Sandkörnchen gelegt hatten und er wieder in Ruhe atmen konnte. Unerträglich, diese sturen unvorhersehbaren Entscheidungen dieses alten Mannes. Wieso nahm er sich immer so viel heraus? Hielt er sich für jemand Höheren, jemand Besseren? Nur weil er ein Magier war, war er noch lange kein allwissender Mensch, der über alles und jeden gebieten konnte, wie er wollte.

Herodil selbst starrte, inzwischen wieder halb schlafend, nach vorn. Die letzten Nächte waren so unbequem gewesen. Zwar hatten sie immer eine Pause gemacht, das brachte jedoch nicht viel, denn diese schrecklich harten Felsen waren wirklich mehr als unbequem und boten keinerlei Chance zur Entspannung.

Genauso, wie es sicherlich auch allen anderen ging, vermisste er ein weiches Bett. Ein wenig Ruhe und Geborgenheit. Heimat. Einmal wieder freie und friedliche Zeit. Das war ein Traum.

Erschöpft griff er nach den Zügeln des Pferdes. Das weiche Lederband fühlte sich angenehm an. Es erinnerte ihn an seine Kindheit. Geborgenheit. Sanftmut. Schlaftrunken schloss er die Augen und schwelgte ein wenig in Erinnerungen.

Er konnte sich daran erinnern, dass er als kleiner Junge, noch weit bevor sich normale Kinder an Details aus ihrem Leben erinnern konnten, einmal etwas mit einem Pferd zu tun gehabt hatte. Es war warm und brachte Geborgenheit mit sich. Weiches Fell und der Sanftmut des Tieres hatten sich für immer in seine Erinnerungen eingebrannt.

Vor vielen Jahren, als er ein Kind gewesen war, hatte ihm Heroffad wundervolle Geschichten von magischen Wesen erzählt, die er Einhörner nannte. Immer wieder war er zur Marktzeit hinunter zu einem der Dörfer gelaufen und hatte sich die Pferde angesehen. Stets hatte er gehofft, einmal auf eines dieser magischen Wesen zu treffen, bis er irgendwann glaubte, begriffen zu haben, dass es sie nicht gab.

Er war enttäuscht gewesen. Enttäuscht von den vielen Geschichten, die ihm Heroffad aufgetischt hatte, und enttäuscht von dieser langweiligen Welt. Er war wütend auf alle Menschen um ihn herum gewesen, die ihm immer wieder diese phantastischen Ideen eingeredet hatten. Und so wurde ihm nach und nach bewusst, wie sehr sie ihn belogen und betrogen und allesamt hintergangen hatten.

Doch dann traf er irgendwann einmal auf ein Einhorn. Er war überrascht und überglücklich gewesen. Dann war er aus dem Traum aufgewacht, hatte sich den Kopf an der Wand gestoßen und Heroffad neben sich stehen gesehen, der ihn anlächelte. Der alte Mann hatte ihm selbst im Schlaf noch Streiche gespielt und Geschichten vorgegaukelt.

Er war damals so glücklich gewesen. Ein kleines Kind, das gutgläubig durch die Welt marschierte und selbst wenn er einmal wütend geworden war, hatte er sich oft schnell wieder beruhigt und war fröhlich tollend durch die Berge gezogen. Bis er abends todmüde in sein Bett gefallen war. Jeden Tag. Oh, wie er dieses Bett nun vermisste.

Nun waren sie auf der Reise nach Horngart schon mehrmals fast umgekommen. Und jetzt machte ihnen der Schlaf zu schaffen? Sie sollten eigentlich so schrecklich müde sein, dass sie unter jeden Umständen schlafen konnten. So wie er damals einfach auf dem harten Boden wenige Meter neben seinem Bett einmal eingeschlafen war, weil er es nicht mehr bis hinein geschafft hatte.

Er konnte sich seine eigenen Gedanken kaum noch erklären. Wann war wohl endlich dieser Tag vorbei? Wann konnten sie endlich Rast machen und wenigstens versuchen, zu schlafen?

Nach einer halben Woche Marsch ging ihm das beinahe gleichmäßige Klirren der Rüstungen schon längst auf den Geist. Es beraubte ihn seiner Konzentration und seiner Ruhe. Es war nur noch ein störendes Scheppern. Es war nicht mehr das monotone Geräusch der Euphorie, sondern ein wirres Klirren in der Ferne, das Tristheit und Langeweile geradezu symbolisierte.

Die Schlacht hatte noch nicht mal begonnen und schon waren sie kriegsmüde? Wie sollten sie da nur den eigentlichen Kampf gewinnen? Wie sollen sie in dieser Verfassung das Böse bezwingen und ihre Heimat befreien? Es schien eine unlösbare Aufgabe geworden zu sein. Jegliche Hoffnung und jedes bisschen Kraft schienen bereits jetzt verloren zu sein. Stand ihnen tatsächlich der unvermeidbare Tod bevor? Sollte das wirklich das Ende des alten Königreiches von Norskom sein?

Das Böse durfte einfach nicht siegen. Sie mussten ihre Heimat verteidigen, auch wenn sie nicht wussten, wie sie das anstellen sollten und wie erfolgreich sie dabei überhaupt sein würden. Sie mussten die Gebiete Norskoms schützen, damit auch noch weitere Generationen dort zumindest halbwegs glücklich aufwachsen konnten. Sie sollten nicht die Letzten sein, die den Luxus der sicheren Mauern genießen konnten. Sie durften nicht die Letzten sein, die von Reichtum und Macht profitierten. Sie konnten nicht die Letzten sein, die die Ära Norskoms weiterschrieben.

Es durfte einfach nicht sein, dass in ihren Händen eine Gesellschaft zerbrach, die sich über Jahrhunderte und Jahrtausende aufgebaut und durchgesetzt hatte. Nicht durch sie durfte das geschehen. Sie waren stolz. Nein, sie mussten Norskom erhalten. Jenes Reich, das sie so sicher hatte leben lassen. Jenes Reich, das eine so wechselvolle Geschichte hatte. Sie mussten es retten und das Böse vertreiben.

* * *

Die Felsen waren undurchdringlich. Den Rückweg hatte er schon lange aus den Augen verloren.

Gedankenversunken ritt Heroffad auf seinem Pferd immer tiefer in das Gebirge hinein und folgte seiner wirren Orientierung. Bald kramte er wieder die Karte hervor, die er von Tim genommen hatte. Mit müden Augen verfolgte er die Linien und Farben, die ihn durch die Berge führten.

Zielsicher lenkte er sein Reittier nach links einen Pfad hinauf und so ging es weiter und weiter in die Berge hinein. Bald erreichte er ein großes Tal. Eine unberührte Gegend tat sich vor ihm auf, als er den Pfad verließ, dem er bis eben gefolgt war. Schnell eilte er durch das Tal hindurch, immer mit einem Blick zur Karte, um halbwegs im Auge zu behalten, wo er war.

Die Hufe des Tieres schlugen im schnellen Takt in den feuchten Boden des Tales und schleuderten Grasbüschel heraus, die seine Spur durch das Tal nachzeichneten. Wieder ein Blick zur Karte. Er war nah an seinem Ziel, das spürte er. Und die seltsamen Linien auf der Karte konnten nicht fern von hier sein.

Heroffad stieg von seinem Pferd und betrachtete die Felswände. Hinter ihm lag das große Tal, das er soeben durchquert hatte. Es war bereits fast Nacht. Die Sonne war schon hinter den Felsen verschwunden, beleuchtete allerdings noch die weißen Wolken am Himmel, die nun hellgelb bis rot glänzten. Der hellgrüne Rasen hinter ihm war getränkt vom Schmelzwasser aus den hohen Bergen und hob sich völlig vor der Silhouette der Felsen ab.

Doch er wandte sich nun von dem Tal ab, welches dort so friedlich und unberührt ruhte. Langsam folgte er einem Felsspalt am Rande des Tales und ging Schritt für Schritt vorwärts. Fest hielt er die Zügel in seiner linken Hand und führte das Pferd hinter sich her.

Es war so ungewohnt ruhig zwischen den einsamen Bergen. Keine Tiere, keine Menschen. Völlige einsame Stille. Nur der Wind hauchte leise über die tiefen Spalten hinweg und zerfurchte das Gestein über die Jahrhunderte mit seiner immerwährenden Kraft.

Langsam tastete Heroffad die Felswände ab. Er war an einer Sackgasse angelangt. Eine Felsspalte, deren Wände so steil waren, dass man daran niemals hinaufklettern konnte. Er müsste den gesamten Weg bis zum Tal zurückreiten, wenn er diese Spalte verlassen wollte – was er nicht vorhatte. Wieso sollte er umkehren, wenn es doch mit Sicherheit irgendeinen Weg gab, weiter zu kommen?

Noch immer hielt er die Karte in einer Hand und schielte immer wieder abwesend auf die Zeichnung und dann wieder auf die Felsen um ihn herum. Er suchte nach Zeichen. Zeichen für Magie. Felsen, Pflanzen, Tiere, Knochen. Alles Mögliche hatte er auf dem Hinweg gesehen, doch hier schien es einfach nichts Besonderes zu geben. Nur karge Felsen. Hier und da einige Risse oder Unebenheiten. Doch sonst gab es hier schlicht und einfach nichts.

Das Pferd scharrte mit den Hufen in dem feinen Sand, der den Boden fast gleichmäßig überzog. Es schnaubte laut und das

Geräusch schallte eine Weile lang zwischen den kahlen Felsen nach, erstickte jedoch bald in der Ferne.

Heroffad trat weiter in die Spalte hinein und folgte einfach seinem Instinkt. Ein Ort, der so sauber wirkte, an dem es einfach nichts Besonderes gab, der musste selbst etwas Besonderes sein.

Er klopfte mit seinem Stab gegen die Felsen und lauschte dem Geräusch, das erstaunlich schnell von den Wänden geschluckt wurde. Genau wie es mit dem Schnauben des Pferdes gewesen war. Es schallte nach, wurde aber schnell leiser. Vielleicht lag das an den vielen Falten im Gestein.

Ein lautes Knacken war zwischen den Felsen zu hören. Das Pferd schreckte auf und hob den Kopf. Es lauschte leise, woher dieses Geräusch gekommen war, konnte den Ursprung allerdings nicht erkennen und senkte den Kopf wieder. Vorsichtig betrachtete es den Untergrund und sah sich um. Langsam folgte der Blick des Pferdes merklich den unzähligen verworrenen Linien entlang den Felsen, bis er zurück zum Boden vor den Hufen kam und dort einige letzte Grashalme in einer dünnen Spalte zwischen den dicken Steinen erspähte, die das Pferd sofort auffraß. Es war ein schönes Tier. Mit weichem hellbraunem Fell, treuen Augen und einer zotteligen Mähne begleitete es ihn, ohne zu zögern oder zu meckern. Und genauso wie er stand es ruhig in der Gegend und blickte, ohne zu wissen, wo sie waren, um sich.

Ebenso verwirrt ging Heroffad zu dem Tier zurück und klopfte auf dessen Rücken. So schönes weiches Fell. Er stand neben dem Pferd und blickte einfach durch die Schlucht. Dunkles Gestein. Zerfurcht. Hunderte kleine und große Risse. Das Gestein wirkte so lebendig.

Heroffad machte die Zügel ordentlich an dem Sattel des Pferdes fest und ging erneut einen Schritt beiseite. Danach hatte er doch die ganze Zeit gesucht. Lebendig wirkende Felsen. Er suchte die ganze Zeit nach diesen Wesen und hatte sie hier direkt vor Augen. Doch wie sollte er sie hervorlocken?

Er ging einige Meter von dem Pferd weg. Langsam ließ er sich in Trance fallen. Seine Augen schielten den Wolken entgegen und seine Hände wiesen ebenso gen Himmel. Von den tief roten Wolken getrieben, ließ er seine Gedanken schweifen. Vor seinem inneren Auge verzerrte sich die Welt und der Himmel verdrehte sich.

Wilde Gestalten entstanden aus den Wolken und tanzten hin und her. Sie verschwanden plötzlich und kehrten ebenso überraschend aus dem immer schneller rotierenden Strudel der Phantasien zurück. Unverständliche Worte drangen aus ihm heraus und durchfluteten die Felsspalten mit einem dumpfen Säuseln. Ein paar Steine bröckelten hinab auf den Boden und rollten durch die unzähligen winzigen Rillen.

Gleich einem magischen Fluss durchzogen die roten Linien der Wolken in seinen Gedanken das Gestein und die Furchen wie Adern voll Blut, während sich die Felsen erhoben und zu dunklen Kolossen wuchsen. Langsam wurde der Himmel dunkler und die Sonne verschwand endgültig hinter den sich aufbäumenden Felsmassen.

Das Pferd scheute und trabte wild zwischen den Felswänden hin und her. Doch Heroffad stand weiterhin in Trance gefallen da und rezitierte alte magische Formeln, die ihm sein Meister zur Beschwörung von Geistern und anderen Wesen beigebracht hatte. Irgendeiner der Sprüche würde wohl der richtige sein. Immer weiter woben sich seine Phantasien zu einem dichten Netz, das mehr und mehr Form und Gestalt annahm, jedoch einfach noch nicht in die Realität übersprang.

Die Wände bewegten sich. Ein dicker Riss zog sich entlang der Seiten der Schlucht und der Staub am Rand rieselte in die entstehende Spalte.

Das Pferd geriet in Panik und wandte sich von Heroffad ab. Es galoppierte die Felsspalte entlang zurück in die Freiheit des Tales. Der grünen weiten Wiese entgegen. Wie verwirrt starrte es hin und her und schüttelte sich wild. Wie von einem Geist besessen trabte es hin und her und fand schließlich den richtigen Weg, um aus der misslichen Lage und der Enge zu entkommen. Die Schritte des Pferdes schallten laut zwischen den Felsen nach und wurden immer leiser, sodass man die Entfernung bestens hören konnte.

Anders als Heroffad schien das Pferd bestens zu wissen, von wo es gekommen war, und folgte schnurgerade dem Weg aus der Schlucht hinaus. Einfach schnell weg von den bröckelnden und fallenden Steinen. Weg von den vielen sich unnatürlich bewegenden Felsmassen. Heroffad fand diese natürliche Scheu mehr als verständlich, registrierte dies allerdings mehr unterbewusst, da er noch lange nicht aus seinen tiefen Gedanken zurückgekehrt war.

Dumpfes Grollen zog sich durch die Gesteine und breitete sich schnell weiter und weiter aus. Getrieben von dem unerträglichen Lärm folgte Heroffad weiter den Sprüchen, die ihm durch den Kopf gingen. Und das Pferd galoppierte weiter über die Ebene hinfort. Ein so vernünftiges Tier.

Er selbst wartete allerdings ab, was dort geschah, während er nach und nach aus seiner Geisterwelt den Rückweg fand. Die Felsen bewegten sich und zersprangen immer weiter in einzelne Fragmente, die langsam deutlich erkennbare Formen zeigten. Er stand inzwischen still auf dem Felsen und sah in die Höhe. Links und rechts von ihm war ein großes Loch entstanden, während sich vor ihm die Felsmassen auftürmten. Rings um ihn herum erschienen tiefe Schluchten und unergründliche Dunkelheit, während er allein auf einem sicheren Felsen stand, der sich langsam auch in die Höhe schob.

Dichte Staubschwaden rieselten von den Felsen in die Tiefe und surrten dabei leise über die Steine hinweg. Die tiefen Furchen wurden von dem Sand durchflossen, genau so, wie es die Wolken in seinen Gedanken getan hatten. Wie kleine Flüsse aus

Gestein und Dreck bahnten sich die Kiesel ihren Weg hinab in die Tiefe.

Immer weitere Töne schlossen sich dieser sanften Melodie des Rauschens an und durchfluteten die Umgebung mit unerklärbaren Geräuschen. Um ihn herum dröhnte das Surren inzwischen schrecklich laut. Langsam konnte er durch den Staub hindurch hinter sich die Ebene erkennen, auf der das Pferd, von dem schrecklichen Lärm getrieben, floh. In Windeseile galoppierte es über den Rasen und folge einem unsichtbaren Pfad zurück in die Richtung, aus der er mit dem Tier zuvorgekommen war. Aufmerksam verfolgte er die Bewegung des Pferdes, die dann kurz darauf von einem Felsen, der sich in sein Blickfeld schob und in die Höhe raste, vor seinen Augen verborgen wurde.

Kurz verlor er das Gleichgewicht und musste sich erschrocken auf dem Boden abstützen. Die Karte flatterte im Wind und war ihm gerade aus der Hand gerissen worden. Aber sein Rückweg war nun sowieso egal. Er hatte tatsächlich gefunden, wonach er gesucht hatte.

* * *

Es war tatsächlich fast eine Woche vergangen, in der sie nur marschiert waren. Gestern hatten sie eine lange Pause gemacht, um für die letzten Meter vor dem Kampf ihre Kräfte zu sammeln. Sie fühlten sich stark. Voller Tatendrang und Mut und von Todesangst beflügelt, liefen sie weiter dem Feind entgegen.

Es war später Nachmittag als sie dann tatsächlich den Rand des Gebirges erreichten und sich vor ihnen der erschreckende Anblick der Bollwerke ausbreitete.

Noch befanden sie sich selbst in einer Senke, von der aus sie über den Rand zu den Stellungen hinüberspähen konnten, sie aber durchaus unentdeckt blieben. Große hölzerne Wälle säumten die weite Fläche vor einer riesigen Mauer, die weit bis in den Westen fortzuführen schien. Tausende der feindlichen Krieger schienen sich zwischen den Holzpflöcken zu verstecken.

Undurchdringlich. Wie sollten sie überhaupt an der riesigen Mauer vorbeikommen?

Eine weitere Sache dämmte ihre Erfolgschancen ein.

Heroffad hatte sich vor zwei Tagen bereits auf den Weg hierher gemacht. Schnell war er auf einem Pferd der Truppe vorausgeeilt und hatte sich ein Bild von der Lage machen wollen. Dann hatte er gemeint, er würde Verstärkung holen. Seitdem war er verschollen und nicht mehr zurückgekehrt. Spurlos verschwunden. Und die vermeintliche Verstärkung ließ auf sich warten.

So verharrten sie den Rest des Tages in der Senke und planten ihr weiteres Vorgehen. Um die Mauer herum marschieren und einen schier endlosen Bogen durch den Wald ziehen? Das konnte Wochen dauern. Querfeldein losstürmen? Das würden die wenigsten überleben. Die Lage schien aussichtslos. Zurückkehren in ihre Heimat? Wozu waren sie dann hierhergekommen? Sie mussten jetzt fortführen, was sie begonnen hatten.

Bis spät in den Abend hinein berieten sie beim Licht weniger Fackeln, um möglichst kein Aufsehen zu erregen. Doch Ergebnisse und Beschlüsse kamen nicht zustande.

In schrecklicher Unruhe verbrachten sie die Nacht nur wenige Meter vom Feind entfernt. Der laute Wind fauchte durch die Spalten des nahen Gebirges und die Grillen zirpten laut. Es war ewig her, dass sie die Natur so hatten beobachten können.

Lautes Knacken und Ächzen waren sowohl aus dem Wald als auch aus dem Gebirge zu hören. Rieselnde Steine und brechende Felsen hörte man während der Nacht. Irgendetwas schien dort vor sich zu gehen, aber niemand konnte deuten, was es war. Fielen die Feinde hinter ihrem Rücken bereits in ihre Heimat ein und zerstören alles, was sie finden konnten? Würde man das so weit entfernt hören?

Mehrfach wurden sie von lauten Geräuschen in den Morgenstunden aufgeweckt, jedoch schien nichts in ihrer Umgebung diese verursacht zu haben. Keine Wache konnte die Richtung eindeutig bestimmen, aus der die Geräusche kamen, oder hatte irgendwelche Bewegungen gesehen.

So warteten sie. Die ganze Nacht. Still und auf der Hut waren sie. Stets mit einem Auge zum Feind und dem anderen auf die Truppe achtend. Ein Ohr lauschte den unerklärlichen Geräuschen, das andere der Natur. Erst zum Morgen hin wurde es still. Langsam schob sich das Licht über den Horizont. Und erst jetzt bemerkten sie die riesigen tief schwarzen Schwaden am Himmel. Wabernd zogen sie hin und her und schlucken das Licht, das zu dieser Tageszeit normalerweise den Wald in seinem satten Grün erstrahlen lassen würde.

Allesamt waren sie schrecklich träge an diesem Morgen. Auf der weichen Erde hatte es sich so viel besser schlafen lassen als auf dem harten Gestein im Gebirge. Endlich einmal eine halbwegs erholsame Nacht.

Irgendetwas bewegte sich im Gebirge. Durch die Felsspalte, durch die sie gekommen waren, drangen dumpfe klirrende Geräusche zu ihnen hervor. Diese kamen immer näher. Doch es schien nichts von dort auf sie zuzukommen. Kein Schatten, keine sichtbare Bewegung.

Sie folgten ihren morgendlichen Ritualen. Einige der Soldaten brachten Stoßgebete zu ihren Göttern hervor, auch wenn sämtliche Sterne, die als Bild der Götter angesehen wurden, schon längst nicht mehr sichtbar waren. Sie folgten ihrem inneren Drang, sich von irgendwo Halt zu suchen. Da sie wussten, dass ihre Kameraden ebenso schwach wie sie selbst waren, gab es wohl nichts Zuverlässigeres als die alten Götter, die von oben herab über sie wachten.

Langsam sammelten sie sich und begaben sich zum Rand der Senke. Plötzlich bog ein dunkles Wesen aus der Felsspalte hervor und kam auf sie zugerannt. Ein Pferd?

Ein Soldat fing das Tier ein und beruhigte es vorsichtig. Herodil kam heran und sah es sich genauer an. Ein stolzes Tier stand vor ihm. Es war wohl einige Tage lang getrieben worden und danach alleine und völlig ohne Erholung weitergerannt. Eine Stofftasche hing daran. Heroffad. Er hatte sein Pferd verloren. Wie sollte er dann jemals hier ankommen? Oder war er gar gestorben? Herodil versuchte, diesen Gedanken zu vergessen, und überließ dem Soldaten wortlos das Pferd. Er kehrte zurück zum Rand der Senke und hatte schon nach wenigen Minuten wieder vergessen, weshalb er sich eben Sorgen gemacht hatte. Seine Gedanken waren viel zu wirr von der Anspannung, die auf ihm lastete. Und bevor er sich erklären konnte, woher die Sorgen gekommen waren, war er schon mit der Frage beschäftigt, wieso er sich darüber Gedanken machte.

Langsam begab er sich weiter zum Rand der Senke und sprach mit dem einen oder anderen Soldaten. Sie alle wirkten zuversichtlich, indes auch genauso merklich angespannt. Einige versuchten, die Aufregung zu unterdrücken, andere ließen diesem unkontrollierbaren Drang freien Lauf. Beides machte ihre Lage nicht besser, da die einen umso angespannter wurden und die anderen nur noch mehr Unruhe ins Lager brachten.

Das frische Tageslicht schien die wartenden Feinde noch zu blenden. Jetzt oder nie. Sie mussten die Chance nutzen und versuchen, den Feind zu überrennen, während sie dieser kleine Vorteil noch schützte. In der Stille des Morgens formierte sich das Heer langsam und verteilte sich gleichmäßig geordnet in der Senke. Noch standen jegliche Reiter neben ihren Pferden, um nicht über den Rand der Senke hinaus sichtbar zu sein.

Herodil gab ein Handzeichen und so leise wie irgendwie möglich zogen sie die Schwerter. Das Aufsitzen auf die Pferde folgte.

Nervös hockten Tim und Finn am Rand der Senke. Sie spürten die Anspannung am ganzen Körper, die Gänsehaut durch die Angst, den Zorn, den aufsteigenden Blutdurst. Ja, sie spürten sogar ein bisschen Mut und Entschlossenheit.

Vorsichtig schielten sie gemeinsam über den Erdhügel hinüber zu den Stellungen der Begriske. In der Ferne waren Holzgestelle zu erkennen, doch viel mehr konnte man nicht sehen. Es war ungewiss, was auf sie zukommen würde und das machte sie höchstgradig nervös.

Hektisch kramte Tim in der Tasche, die er noch immer bei sich trug. Schnell hatte er das Brot hervorgekramt und biss noch einmal hinein. Es schmeckte abscheulich. Aber es lenkte ihn ab. Ach verdammt. Er zitterte. Irgendwie musste er sich beruhigen. Aber wie?

Er spürte das ekelhafte Gefühl des trockenen Brotes auf seiner Zunge. Dann kam der säuerliche Geschmack hinterher. Ein Soldat, der nun auf Heroffads Pferd ritt, sah zu ihm hinab und zuckte mit dem Kopf zur Seite. Tim verstand und packte das Brot wieder beiseite. Auch Finn rappelte sich auf und stieg ungeschickt auf sein Pferd auf, immer mit einem vorsichtigen Blick zu dem Erdhügel, über den sie gleich reiten würden.

Eine kurze Zeit des Wartens begann. Noch immer kaute Tim auf dem Brot. Nein, es war einfach zu ekelhaft. Schnell spuckte er das Stück aus und schloss angespannt die Augen. Ruhe!

„Bleib am Leben", lachte Finn zu ihm hinüber. Doch er nickte nur stumm. Ja, am Leben bleiben mussten sie. Mehr nicht. Am Leben bleiben und sich für alles rächen, was diese schrecklichen Kreaturen getan hatten. Vergeltung für Linhart. Vergeltung für den Durabor.

Und dann ging es los. Ein kurzes Signal tönte über die Ebene und die ersten Reihen setzten sich in Bewegung. Allen voran Herodil auf seinem Pferd. Umrahmt von seinen übrigen Freunden und schließlich dem Heer, ritt er todesmutig der Schlacht entgegen und schwang sein Schwert ermutigend in der Luft, jedoch ohne irgendwelches Kampfgebrüll.

Nach nur wenigen Minuten hatten sie die erste Reihe von Barrikaden erreicht. Völlig überrascht sprangen die Begriske auf und wurden durch schnelle Hiebe getötet. Es gab keine Verluste auf der Seite Norskoms zu beklagen und so stürmte man weiter durch die Reihen von Holzgestellen und kleinen provisorischen Schützentürmen. Selbst die zweite und dritte Reihe wurden ohne Probleme überwunden. Eigentlich war es auch keine große Sache, da es sich dabei nur um einzelne Holzgestelle handelte, die ohne jeglichen Sinn und Verstand zusammengezimmert worden waren. Die Pferde waren schneller über die Holzgerüste hinweggerannt, als irgendeiner der Feinde sie hätte erkennen können. Doch man schien sie schließlich doch schon aus der Ferne entdeckt zu haben.

Erste Pfeile sausten durch die Luft. Von der Mauer aus. Präzise getroffen ging ein erster Soldat nahe Herodil zu Boden und wurde von den Hufen des Pferdes, welches sein Hintermann vorantrieb, überrannt. Das monotone Galoppieren wurde nun nach und nach von den Pfeilen übertönt. Doch die wenigsten trafen.

Und dann setzte der Kampfesrausch ein. Aus den hinteren Reihen der Soldaten drückte es sich nach vorn zur vorpreschenden Front. Kampfgebrüll. Klappernde Schwerter. Johlende Rufe.

Herodils blick wanderte kurz über seine Schulter zu der sich düster voranwälzenden Wand von Pferden. Er sah blitzende Schwerter, düster dreinblickende Gesichter und vor Wut und Schmerz brüllende Mörder. Dann zuckte sein Kopf sofort wieder nach vorn. Oh, sie würden diese Begriske allesamt in Grund und Boden treten!

Weiter und weiter näherten sie sich der unüberwindbaren Mauer und zerschlugen die Befestigungen vor dieser. Schon bald waren sie gezwungen, an Tempo nachzulassen, und boten so ein leichteres Ziel. Weitere Pferde und Soldaten gingen zu Boden. Erste Schüsse ihrerseits trafen einzelne Begriske auf der Mauer, die rücklings über den Rand fielen und laut unten auf dem Boden aufschlugen, wo sie zumeist noch mindestens eine weitere Kreatur zerquetschten.

Der Blutrausch hatte sie alle bereits gepackt. Kämpfen oder sterben. Keine schwere Wahl. Metall traf auf Metall und Blut wurde mit Blut vergolten.

Besonders die Gruppe um Herodil stieß schnell vor und erreichte so als Erstes den schmalen Streifen zwischen den Barrikaden und der Mauer.

Überwältigt trabten sie weiter auf die Mauer zu und blieben einige Dutzend Meter vor dieser stehen. Tief schwarzes Gestein und dicke Holzstämme ragten meterhoch in den Himmel. Oben standen die Begriske in sicherer Entfernung zum Schlachtfeld und schossen Pfeil um Pfeil in die Menge. Wie sollten sie dieses Hindernis überwinden?

Hinter ihnen kämpfte das Heer. Pfeile flogen hin und her und immer mehr Soldaten entschieden sich, tatsächlich von ihren Pferden abzulassen und zu Fuß weiterzukämpfen. Auch wenn die Position des Reiters einen Vorteil im Schwertkampf bot, so waren sie auf den Pferden leichtere Ziele für die schnellen Pfeile.

Herodil war klar, jeder einzelne Rekrut, der nicht starb und nur verwundet wurde, litt deutlich mehr, da die Klingen und Pfeile vergiftet waren. Wo hatte er sein Volk nur hineingezogen? In den sicheren Tod? Hinein in Leid, Schmerz, Elend und Untergang?

Der Pfeilhagel nahm ab. Offenbar begriffen die Schützen auf den Mauern, dass sie kaum noch Soldaten trafen und nur ihre Pfeile verschwendeten. Tatsächlich waren in dem wilden Durcheinander auf dem Vorplatz der Mauer mehr Soldaten der Feinde als Krieger Norskoms zugrunde gegangen. Unter den dunklen kaum erkennbaren Massen waren Hunderte der Begriske von

Pfeilen getroffen worden und nur wenige der Soldaten. Sie waren zu schnell und zu wendig.

Ohne jeglichen Verstand und ohne überhaupt über eine Taktik nachzudenken, hatte man von der Mauer aus in die Menge gefeuert und nicht an die eigenen Krieger gedacht. So ein schlecht ausgebildetes Heer würde sich wohl zum Großteil selbst dem Erdboden gleichmachen.

Erste Begriske begannen, zur Mauer hin zu fliehen. Anscheinend hatten sie ebenso Angst vor dem Pfeilhagel und der absoluten Übermacht des Heeres der Berge. Sie schienen völlig überrascht von den wartenden Kriegern zu sein, die Herodil vorangeführt hatte, von denen sie ebenso niedergeschlagen wurden, wie es ihnen mitten auf dem Schlachtfeld geblüht hätte.

Einige Dutzend rannten ihnen entgegen und lagen schon wenige Sekunden später erstochen auf dem bereits blutverschmierten Boden. Doch im Kampfesrausch spürte man keinen Tod und roch kein Blut. Es ging nur noch darum, zu siegen und das eigene Leben nicht zu verlieren. Leben oder sterben. Mehr Optionen gab es hier nicht mehr. Leben und töten oder sterben.

Plötzlich ertönten wieder die Geräusche, die sie in der vergangenen Nacht mehrmals gehört hatten. Ein lauter Knall. Wie ein Felssturz.

Ächzen und Knarzen aus dem Gebirge. Und es wurde immer lauter. Plötzlich kam ein riesiger Fels über die Ebene geflogen und brach ein Loch in die obersten Meter der Mauer. Staub drang in der Ferne aus dem Gebirge hinaus und breitete sich mit rasanter Geschwindigkeit einige Meter hoch über dem Boden aus. Ein weiterer riesiger Stein kam durch die dichten Staubschwaden geflogen und erschien völlig überraschend aus der dicken dunklen Wand aus kleinen Staubkörnchen.

Einer der Felsen am Rand der Ebene brach auf und hob sich hinauf in die Höhe. Dann knallte er mit vielfacher Geschwindigkeit wieder hinab und Steine schossen durch die Luft. Risse zogen sich durch den felsigen Boden und erneut hob sich ein anderer riesiger Stein. Anschließend richtete sich eine Steinwand auf und erhob sich viele Hundert Schritt in die Höhe.

Ein Steinwesen! Es griff tatsächlich nach einem Felsen und schleuderte ihn der Mauer entgegen. Ein weiteres Loch wurde in diese hineingeschlagen und mindestens ein Dutzend der Begriske stürzte in den Tod.

Drei, nein vier weitere dieser Kreaturen kamen aus dem Gebirge gekrochen, begleitet von einem kleinen Punkt. Laut dröhnend näherten sie sich der Mauer und der Schlacht. Auch der kleine Punkt kam mit rasanter Geschwindigkeit näher und schon nach kurzer Zeit konnte man klar und deutlich erkennen, was, nein, wer diese winzige Gestalt war. Heroffad!

Hatte er etwa diese Steinriesen hierhergeführt?

Schon nach kurzer Zeit hatte er die Gruppe erreicht und fügte sich in den Kampf ein. Als er sich schließlich bis zu Herodil herangearbeitet hatte, brüllte er laut über das Geschehen hinweg. „Wir haben nur wenige Stunden! Wir müssen, sobald diese Wesen die Mauer zertrümmert haben, dort hindurch. Sie werden die Begriske nicht lange aufhalten können, da sie bald zerfallen werden, wenn sie das Gebirge zu lange verlassen!“ Herodil nickte und schlug einen weiteren Begrisk zu Boden. „Wir können aber nicht alle gleichzeitig durch das Loch hindurch. Irgendwer muss mir die Verfolger vom Leib halten, während das Heer langsam vordringt.“ Heroffad sah sich bedenkend in der Runde um. „Adelgar, du kommst mit. Und du, Dragomir, du auch.“

Ein Pferd eines toten Reiters kam aus dem Gefecht gerannt. Schnell sprang Heroffad davor und hielt es mit wilden Gesten auf, um sich schließlich darauf zu schwingen. „Ich wusste, du kehrst zu mir zurück!“, flüsterte er zu dem Pferd und band eine mit Blut verschmierte Tasche wieder richtig am Sattel fest. Es war also wirklich sein Pferd gewesen, das am Morgen zu ihnen gelaufen war.

Währenddessen tobte weiter der Kampf zwischen den unübersichtlich angeordneten Holzgestellen. Wie in Raserei schlugen sich die Soldaten durch die Reihen, während die Begriske auf der Mauer das Weite suchten. Eingeschüchtert durch die riesigen Steinwesen kletterten sie die Leitern hinab und gelangten auf die riesige Ebene hinter der Mauer, auf der viele weitere von ihnen warteten. Riesige Steine hatten die Mauer an einigen Stellen bereits durchschlagen und Krieger dahinter zerquetscht.

Vor der Mauer drängte das ebenso große und noch fast vollständige Heer Norskoms zur Mauer und folgte der Spur der Zerstörung hin zu den Steinriesen.

Das unbändige Gebrüll und die Todeslaute erfüllten die Umgebung und nach dem mehrstündigen Kampf blieb endlich eine Phase der Erholung, während sie warten mussten, dass die Riesen die Mauer endlich zerstört haben würden. Die Pferde wurden zur Ruhe gebracht und zum Rand der Ebene geführt, damit sie nicht weiter der grässlichen Schlacht ausgeliefert waren. Eine kurze Ruhephase setzte ein.

* * *

Kühler Wind schlug ihnen ins Gesicht. Leicht benommen von dem Schock hing sie auf dem warmen Pferd, das entlang der Felsen durch das Gebirge trabte. Zwar war der Wind angenehm, doch in der Nacht war es viel zu kalt gewesen, da dieser stete Lufthauch alle Wärme fortblies.

Seit einigen Tagen schwieg sie nur noch. Sie wusste nicht, was sie sagen sollte, was sie sagen konnte und was sie sagen durfte, erst recht nicht. Sie fühlte sich grausam und wusste nicht, wie es weitergehen sollte. Genauso sah sie wahrscheinlich auch bereits aus. Durchnässt von Regen und Schlamm und mit völlig zerzausten Haaren hing sie willenlos auf dem Pferd. Beinahe schlafend, gleichzeitig auch halb wach. Ohne sich zu widersetzen, war sie diesem Mann gefolgt und machte auch keine Anstalten, sich von ihm zu entfernen. Wohin hätte sie denn auch gehen sollen? Ihr war doch plötzlich alles genommen worden.

Auch der Mann schwieg seit Tagen. Was hatte er vor? Wo brachte er sie hin? Er musste doch irgendein Ziel oder eine Mission haben. Half er ihr oder fügte er ihr Schaden zu?

Benommen klammerte sie sich an dem dunklen Umhang fest und sehnte sich zurück in ihre Heimat. Zurück in ihr gemütliches Bett oder den schönen Garten. Zu den Kindern. Zu den Eltern sogar. Ja, dahin wollte sie zurück. Würde sie diesen Ort jemals wiedersehen?

Ihre Eltern waren ja nun tot. Sie hatte sie mit eigenen Augen sterben sehen und das durch die Hand dieses Mannes. Sollte sie ihn hassen? Oder hatte er etwa Gründe für seine Taten, die so viel höher lagen, dass sie das einfach nicht verstand?

So wie sie sich fühlte, dachte sie beinahe eher daran, dass ihr Verstand sie verlassen hatte. Furchtvoll klammerte sie sich an dem weichen Mantel fest und spürte die Wärme, die durch diesen hervordrang. Es war beinahe wie ein wohliges Bett. So weich und warm. Doch genauso, wie sie Mühe hatte, nicht vom Pferd zu rutschen, fiel es ihr schwer, den Mantel zu umklammern. Die Wärme entwich immer mehr und war schon bald völlig entschwunden.

Das schöne warme Gefühl verließ sie und so entfuhr auch der Mantel aus ihren Händen, die halb taub geworden waren, genauso wie ihre Gedanken. Wie in einem Echo nahm sie die Geräusche der Umgebung wahr und versuchte, sie zu begreifen. Völlig vergebens. Sie wusste nicht zu sagen, wo sie waren und genauso wenig konnte sie verstehen, was um sie herum geschah.

Langsam nahm sie wahr, wie der Felsboden in Erde überging und das Pferd an Tempo verlor. Dann blieb es stehen. Doch anders als sonst stieg der Mann nicht ab, sondern blieb wartend auf dem Pferd sitzen. Erst nach Minuten hatte sie das bemerkt und blickte über die Schulter des Mannes hinweg.

Eine dunkle Ebene lag vor ihnen. Pechschwarze Wolken am Himmel und totes Land erstreckten sich so weit, wie sie sehen konnte. Was wollten sie hier?

Sie hörte eine Stimme in ihrem Kopf. Eine tiefe warme Stimme, die sie nicht einzuordnen wusste. Wer sprach zu ihr? Wer?

Benommen stieg sie von dem Pferd und versuchte, der Stimme zu folgen, deren Worte sie nicht verstand. Sie drehte sich hin und her und sah niemanden außer dem Mann, der auf dem Pferd saß und in die Ferne blickte. Sein Gesicht war tief unter einer Kapuze verborgen. Sie wandte sich erneut der Ebene zu und versuchte, die Stimme zu begreifen. Sie zu fassen und ihre Worte zu verstehen. Worte. Stimme. Sätze. Was wollte die Stimme sagen?

Wie benebelt streckte sie einen Arm in die Höhe und griff ins Leere. Sie versuchte, die Stimme zu fassen, doch sie scheiterte. Sie war nirgends, doch auch irgendwie überall. Hin und her waberten die Worte durch ihren Kopf, doch sie begriff sie nicht. Sie erlangte sie nicht. Sie konnte einzelne Fragmente festhalten, doch keinen gemeinsamen Sinn erkennen. Sie konnte keine Sätze formen. Sie konnte nichts verstehen.

Dann spürte sie einen Druck im Bauchraum, der immer unangenehmer wurde, und sank langsam zu Boden. Hunger. Wasser. Seit Tagen hatte sie nichts gegessen und nichts getrunken, bis auf einige Regentropfen, die sie im Spiel mit den Lippen aufgefangen hatte.

Wie in einem wunderbaren Tanz hatte sie die feuchten Tropfen auf ihren Lippen gespürt und fröhlich gen Himmel gebetet. Die weichen wässrigen Blasen waren auf ihrem Gesicht zerplatzt und eine zunächst wundervolle entspannende Kälte hatte sich breitgemacht. So lange, bis diese angenehme Frische in unerträgliches nasses Unwohlsein umschlug. Den Durst hatte sie nicht gespürt, genauso wenig, wie sie den schleichenden Hunger wahrgenommen hatte.

Und anscheinend hatten sie auch keinen Proviant dabei. Sie nahm wahr, wie die dunkle Gestalt vom Pferd herabsprang. Es wurde dunkel um sie herum. Noch dunkler als bisher. Mit geschlossenen Augen sah sie Lichter an sich vorüberziehen. Einen sanften Ruck spürte sie. Wind. Kälte und wieder ein wenig Wärme. Wie auf einem weichen Kissen lag sie da auf dem Boden, den sie nach und nach als den ekligen toten Schlamm realisierte und dann völlig aus ihrer Umgebung verlor. Ihre Gliedmaßen hingen hinab, während sie aus einer fernen Traumwelt heraus wahrnahm, wie man sie von dem matschigen Boden aufhob.

Ihre Welt brach zusammen, so wie sie selbst. Sie spürte kein Oben und kein Unten. Links und Rechts und jegliche Richtung verloren Sinn und Existenz. Sie war ein flüssiger Haufen mitten in der unwirklichen Realität, die sie umgab. Sie wurde eins mit dem Nichts und spürte, wie es sie durchzog, wie das Nichts geradezu waberte und tanzte. Sie spürte die unbändige Macht des tiefen Sogs, von dem sie umgeben wurde, und sank immer weiter in die Welt der dunklen unergründlichen Schatten hinab.

Sie verlor die Realität. Sie verlor den Halt. Und weiter und weiter nahm sie die sie völlig weich umgebende Welt wahr. Sie sah nicht, sie hörte nicht, sie fühlte nicht. Doch sie erspähte vor ihrem inneren Auge schemenhaft eine wirre magische Welt.

Und dann umgaben sie Schatten. Dunkelheit. Sie hörte Stimmen. Sanft plätscherten diese vor sich hin und begleiteten sie durch ihren Traum. In tiefer Trance öffnete sie wieder ihre Augen und griff nach einer Schale aus Holz. Ohne darüber nachzudenken, griff sie danach und trank, was auch immer darin war. Sie spürte nicht, wie sie trank, sie steuerte nicht, wie sie trank. Sie tat es einfach. Sie musste es schlicht tun. Ihr Unterbewusstsein befahl es ihr, ohne ihren Verstand zu wecken. Ihre Wahrnehmung trübte sich weiter und so konnte sie erst recht nicht einordnen, was eigentlich geschah.

Wohlige Wärme durchzog sie und sie wurde immer wacher. Langsam begriff sie, dass sie trank und dass es irgendeine warme Suppe war. Wo war sie?

Doch der Gedanke war so schnell wieder verschwunden, wie er gekommen war. Sie legte sich hin. Die tiefe Trance kehrte zurück. Schwäche. Machtlosigkeit. Einsamkeit. Erneut erfüllte sie der Gedanke an die Heimat, die sie nicht wiedersehen würde.

Und plötzlich war sie wieder wach. Hellwach. Ruckartig starrte sie nach oben und fand sich geborgen auf einer weichen Schlafstatt wieder. Eine dicke Felldecke lag auf ihr und Schweiß tropfte von ihrer Stirn.

Wasser!, dachte sie, *Wasser!* Doch nichts geschah. Sie brachte keinen Ton heraus und starrte schockiert in Richtung Himmel. Wo waren die Götter nur, wenn man sie brauchte. Sie konnte sich nicht bewegen. Zu schwach. *Wasser!* Wo war nur der Regen hin? Hatte es nicht eben noch geregnet? *Wasser!* Und immer lauter dachte sie in sich selbst und schrie geradezu. So laut, wie sie noch nie gerufen hatte, brüllte sie nun in sich selbst. Nach Rettung suchend. Mit trockenen Tränen im Gesicht.

Langsam erkannte sie das Blätterdach über sich. Sie war im Wald. War sie hier sicher?

Die Blätter verschwanden und Baumstämme erschienen. Jemand half ihr, sich aufzurichten. So hockte sie auf dem Boden und starrte benommen durch die Bäume hindurch in die Ferne. Weiter und weiter führten ihre Gedanken in die weite Welt hinaus. Sie verlor sich völlig zwischen den wirren Objekten, die sich vor ihr willkürlich verdrehten. Bäume, Blätter und Boden wurden eins und verworren sich zu einer völlig verwirbelten Welt, die sich nur langsam wieder zu ordnen begann.

Phantasien schweiften hin und her durch ihren Kopf. Erinnerungen und Träume vermischten sich. Die Realität verlor an

Konstanz. Von wilden Gedanken getrieben, raste ihr Blick durch die Welt und überflog Bäume, Berge und Täler. Sie träumte alle Geschichten, die ihr einst erzählt worden waren, und durchdachte jede Zeile, ohne sie zu verstehen. Sie reiste durch eine nahe ferne Welt. Doch dann kehrte sie schlagartig zurück, ohne sich dieser weiten Reise wirklich bewusst zu sein.

Eine dunkle Gestalt erschien vor ihren Augen und reichte ihre eine Schale. Erneut kehrte die Stimme in ihre Gedanken zurück.

Was sprach diese Stimme? Sie konnte die Gedanken nicht festhalten. Was wollte diese Stimme ihr sagen?

Erneut verschwand die Gestalt und sie trank die Schale aus, um sie schließlich beiseitezustellen und wahrzunehmen, dass vor einigen Sekunden ein Pferd an ihr vorübergaloppiert war. Sie sah sich um. Die Gestalt war fort.

Von alleine legte sie sich wieder hin und versuchte, ihre Gedanken zu ordnen. Was hatte die Stimme gesagt?

Wortfetzen kehren in ihre benebelten Gedanken zurück und durchbrachen schließlich den Schleier der Müdigkeit. Die Suppe hatte ihre Aufgabe getan und sie mit neuer Energie gefüllt. Worte. Sätze. Sinnlose Fragmente, die sie nicht zu ordnen wusste.

Was hatte die Stimme gesagt? *Bald wieder da*, schallte es plötzlich laut durch ihre Gedanken. *Bald wieder da*. Wer hatte das gesagt? Die Gestalt? *Geh nicht fort*. Langsam ergaben die Worte einen Sinn. Die Sätze klangen vollständig. Doch was hatte das zu bedeuten? Sie verstand nicht.

Sie schloss die Augen. Stille. Sanftes Rauschen. Die Blätter bewegten sich im Wind. *Ich bin bald wieder da. Geh nicht fort. Du bist hier sicher*. Die Worte kreisten durch ihre Gedanken und verschwanden nicht mehr. Doch was sollte das bedeuten? Was sollten ihr diese Worte sagen?

Plötzlich verstand sie alles. Jemand schien sie fortgebracht zu haben. Sie war in Sicherheit. Wo war sie? Wer würde da zurückkommen? Und wieso sollte sie nicht fortgehen? Warum?

Sie vergaß nach und nach diese Gedanken und lauschte dem Rauschen der Blätter. Wie wohlig warm ihr dabei wurde. Wie geborgen sie sich fühlte. Sie war im Wald. Und allein. Sie war so schrecklich hilflos. Sie wusste nicht, wo sie war. Sie wusste nicht, wer sie hierhergebracht hatte. Es war ein schreckliches Gefühl der Hilflosigkeit, das sich breitmachte. Regungslos lag sie da und konnte sich nicht dazu durchringen, sich auch nur einen Millimeter zu bewegen.

Wann würde wer hierher zurückkehren?

Vielleicht musste sie sich erst einmal beruhigen. Die Wärme und Geborgenheit genießen.

Müdigkeit übermannte sie erneut. Auch wenn sie sich seit Stunden anscheinend nicht wirklich bewegt hatte, war sie schrecklich müde geworden. Sie ließ den Wind über ihr Gesicht streifen und genoss das sanfte Gefühl, das dadurch entstand. Sie fühlte sich geborgen und sicher, obwohl sie irgendwo mitten im Wald war und nicht wusste, was hier mit ihr geschehen würde.

Sie schloss die Augen. Schlafen. Und Warten. Das waren die zwei Lösungen, die ihr nun nur noch einfielen. Entspannt darauf warten, dass sie wer auch immer hier wieder aufsuchen würde.

Der Wind frischte auf und zog durch die Blätter der Bäume. Sie war wohlig in die Felldecke eingehüllt und wartete. Sie wartete darauf, dass derjenige zurückkehrte, der sie hiergelassen hatte. Wer würde das wohl sein?

* * *

Das Heer begann, sich wieder zu ordnen. Die Bogenschützen machten sich für erste Schüsse bereit und mit der Hand am Schwertgriff warteten die Soldaten neben der Mauer.

Erneut stürmten sie auf die wenigen verbliebenen Begriske vor der Mauer zu und ein weiterer Kampf brach aus. Um ihr Leben bangend, warfen sich die Soldaten vor die Klingen und schlugen mit aller Kraft zu. Die Rüstungen zerbarsten unter den kräftigen Hieben, während sich Dellen und Beulen in die harten Klingen drückten. Ein Schwall von Blut ergoss sich binnen weniger Stunden über die gesamte Ebene. Die Männer stellten sich tapfer gegen diese Kreaturen und achteten stets auf eine gesunde Distanz zu den steinernen Wesen, die die schier undurchdringbare Mauer vor ihnen zertrümmerten.

Von Schutt und Blut verdreckt, schlug sich Mann um Mann durch das Getümmel und durchbrach die Reihen der Gegner. Kaum einer fiel den ungezielten Schwerthieben der Begriske zum Opfer. Sie waren untalentiert, genauso wie die meisten Soldaten im Heer Norskoms. Doch es gab einen feinen Unterschied. Die Art des Kampfes.

Während die Menschen geschickt hin und her huschten und auswichen, waren die Begriske so gut wie unbeweglich in ihren stählernen Rüstungen. Sie holten weit mit ihren Klingen aus. So waren sie viele Sekunden angreifbar, bis sie einen Hieb platzieren konnten, der meist sein Ziel, das sich bereits viele Meter entfernt hatte, verfehlte.

Stundenlang kämpfte Front gegen Front. Doch die Verhältnisse änderten sich kaum noch. Die Menschen behielten die Überhand und hielten mit einigen wenigen gekonnten Aktionen ihre Stellung. Nur wenige Hundert Meter von der Mauer entfernt warteten sie auf das Durchschlagen der dicken Verteidigungsanlage.

Dann war es geschafft. Die Steinriesen hatten die Mauer durchbrochen. Mit vielen mächtigen Schlägen hatten sie die dicken Wände durchdrungen und so inzwischen ein breites Loch in die Mauer geschnitten, durch das sich bisher keiner hindurchtraute. Doch nun begannen die Steinriesen, zu zerfallen. Steine und Sand rieselten hinab und die Farbe wich aus dem dicken Gestein. Der graue Fels zerbröckelte in Abertausende kleine Steine, die langsam wie dicke Regenschwaden hinabglitten. Schuttberge entstanden, die weiter zu Sand und Erde zerfielen.

Der Zauber war gewichen, ihr Auftrag erfüllt. Nach und nach wurden Schutt und Erde eins mit dem Untergrund und schienen förmlich in diesen hinabzusickern. Nach nur wenigen Sekunden war der Boden wieder genauso flach und unberührt, wie wenige Augenblicke zuvor. Die Kolosse waren zu Boden gegangen und wurden schließlich eins mit dem Durabor. Ab jetzt war das Heer Norskoms wieder ganz auf sich allein gestellt. Alleine gegen Tausende Krieger, die hinter der Mauer auf sie warteten.

Es war so weit. Die Begriske stürmten durch die Lücke in der Wehranlage. Ihnen entgegen rannten die Soldaten Norskoms. Eine Pfeilsalve wurde abgegeben und die ersten Reihen der Begriske gingen zu Boden. Weitere Schüsse folgten, bis erste Soldaten mit lautem Gebrüll auf ihre Feinde trafen und weitere Salven zu riskant wurden.

Heroffad zog mit seinen beiden Begleitern fast unbemerkt am Geschehen vorbei. Anfangs mischten sie sich unter die Soldaten und schlugen sich durch die Reihen der unzähligen Feinde. Schließlich erreichten sie den Rand des Loches und huschten schnell hindurch, um sich schließlich hinter den Trümmern zu verstecken, an denen Hunderte Begriske vorbeimarschierten.

Schwerter klirrten einige Meter von hier entfernt aufeinander und sowohl Menschen als auch Begriske starben. Zu Dutzenden und Hunderten. Doch plötzlich ebbte der Strom der wartenden blutrünstigen Gegner ab.

Vorsichtig spähte Adelgar über die Trümmer. Kein Begrisk war mehr in der Nähe. Sie schienen allesamt durch das Loch hindurchmarschiert zu sein. Sie verließen ihr Versteck und sahen sich um.

Hinter ihnen lag die Mauer, von ihnen aus bereits einige Hundert Meter entfernt. Und tatsächlich schienen haufenweise Begriske kurz vor der Lücke in der Mauer zu stehen und hindurchzudrängen.

Sie drehten ihre Köpfe nach links. Vor ihnen lag eine riesige Ebene. War hier nicht einst der Wald gewesen?

Es war dunkel. Lediglich einige Feuerstellen und Fackeln erhellten die Ebene, die durch die dicken schwarzen Wolken am Himmel vom Tageslicht abgeschirmt war. Vereinzelt stiegen letzte Rauchschwaden aus den unzähligen Lagern, in denen wohl eben die letzten Feuer gelöscht worden waren.

An anderen Stellen waren die Senken von Trümmern und Kadavern gefüllt. Felsen und Bruchstücke der Mauer waren hinabgestürzt und hatten mit den vordersten Reihen der Gegner kurzen Prozess gemacht. Ein kurzer lauter Knall und es war vorbei mit diesen Kreaturen.

Es roch nach Blut und Tod. Der widerlichste Gestank, den sie sich überhaupt vorstellen konnten, stieg ihnen entgegen. Rötlich glänzte der Boden und war übersät mit Holz und anderen Trümmern. Einst waren hier zahllose Bäume gewesen und viele kleine Siedlungen. Nun war es eine trostlose tote Felswüste.

Am Horizont konnte man einen großen schwarzen Umriss erkennen. Die Festung. Dort wollten sie hin. Das war ihr Ziel. Doch irgendwie mussten sie an den übrigen Kriegern vorbei, die immer noch zu Tausenden auf der Ebene zu lauern schienen. Eine unbezwingbare Masse von bösartigen tödlichen Kreaturen. Doch sie mussten diese überwinden und ihr Ziel erreichen, wo auch immer sie das finden würden.

Dunkle Schatten bewegten sich dort draußen. Dort, auf der toten Ebene versteckte sich irgendetwas. Und eigentlich wollten sie gar nicht wissen, was das genau war. Sie wollten nur ungesehen daran vorbei und das Zentrum des ganzen Problems vernichten. Und das schien wohl in dieser Festung zu warten.

* * *

Noch immer wartend, stand Ephnies starr auf dem höchsten Turm seiner Festung. Umhüllt von Dunkelheit und Wärme, die aus dem Boden durch das Mauerwerk hier hinauf strömten. Die stete Hitze war angenehm, da sie vom Wind über die gesamte Festung gleichmäßig verteilt wurde.

Mit wachsamem Blick zur Mauer im Nordosten konzentrierte Ephnies seine Kraft. Pure Anspannung und Entspannung machten sich zugleich in ihm breit und er schien nach jeglicher Macht zu greifen.

Es gab Mächte, die er noch nicht zu kontrollieren wusste. Viele Mächte. Er wusste, selbst wenn er die Kontrolle über diese Welt erlangen würde, wäre dies nur ein sehr geringer Teil aller Kräfte, die sich in jeglichen Welten verborgen hielten. Er war ja noch nicht einmal dazu in der Lage, selbst eine Welt zu erschaffen oder eine völlig alleine zu zerstören.

Dies waren Mächte und Kräfte, die er noch nicht zu kontrollieren, geschweige denn anzuwenden wusste. Er wusste nicht einmal, wie er sie beschwören konnte. Er kannte lediglich Zyriu, der dazu in der Lage zu sein schien. Doch er war sich sicher, dass selbst dieser gefallene Elb nur einen Bruchteil aller magischen Formeln kannte. Vermutlich konnte niemand alle Kräfte kontrollieren. Es gab Welten und Wesen, die noch weit über ihm standen. Diese konnten vielleicht im Ansatz damit dienen, Hunderte oder Tausende Zauberformeln anzuwenden, zu verstehen und zu beherrschen.

Es gab die Welt der Götter. Mit unermesslicher Macht überhäuft, thronten sie in irgendeiner abgeschotteten Welt und ließen die Menschen nach ihrem Willen wirken. Diese aus deren Sicht niederen Kreaturen arbeiteten hart und praktisch ohne Pause.

Sie versorgten die Götter über ihre Gebete mit Kraft und speisten sie von ihren eigenen Tellern, ohne es überhaupt zu merken. Sie priesen ihre Parasiten und waren auch noch dankbar für jeden kleinen Fingerzeig. Für die Götter war es ein Leichtes, eine Hungersnot über das Land zu bringen und sich dann daran sattzusehen, wie die Menschen beteten, dass dies ein Ende habe. Dann wedelten sie einmal mit der Hand und alles Elend hatte ein Ende. Auf die eine oder die andere Art und Weise. Es kam ganz auf die Laune der Götter an.

Waren sie gut gelaunt, so schenkten sie den Menschen Halt und erretteten sie aus ihrer Not. War ihnen eine göttliche Laus über die Leber gelaufen, so warfen sie mit Fluten oder weiterer Dürre um sich und schon bald hatte es mit den Menschen ein Ende.

Momentan schienen die Götter ziemlich gleichgültig mit den Menschen umzugehen. Sie ließen es einfach zu, dass er ganz alleine diese Welt und ihre Bewohner penetrierte und tötete, wenn er wollte.

Geräusche drangen von den Befestigungen über die Ebene zu ihm. Die Menschen schienen seine Armee erreicht zu haben.

Wie ein dunkles Band zog sich seine unüberwindbare Mauer am Horizont entlang. Von hier war sie kaum zu erkennen, doch seine magischen Fähigkeiten erlaubten es ihm, einen genaueren Blick aus der Ferne darauf zu haben, auch wenn sein Blick momentan getrübt wurde.

Aufregung und das durchgängige Warten beraubten ihn der nötigen Konzentration, die er benötigte, um so weit in die Ferne sehen zu können. So sah auch er nur grobe Umrisse seiner Mauer und einige Bewegungen, die auf einen Kampf schließen ließen. Doch so ganz deuten konnte er die Bilder nicht, die er da sah.

Die tote Ebene vor ihm war prächtig expandiert. Genau bis zum ehemaligen Waldrand waren sie vorgedrungen und hatten so mit der Mauer diese Linie nachgezogen. Nördlich seiner Festung am Waldrand hatten sie begonnen, sie zu bauen, und sie dann bis hinüber zum Gebirge gezogen, wo sie dann beinahe abrupt endete. Ihnen waren schlicht Holz und Stein ausgegangen.

Aus den letzten Resten hatte er vor einer ganzen Weile schließlich die Barrikaden vor der Mauer errichten lassen, bei denen wohl gerade der Kampf im Gange war.

Plötzlich war ein lautes Donnern über der Ebene zu hören. Es schien aus derselben Richtung zu kommen, in der der Kampf stattfand. Lautes Rumoren begann und dumpf war ein Knacken zu hören.

Es musste schrecklich laut rund um die Schlacht sein. Hier hörte man nur leise Geräusche. Das Rumoren hielt eine ganze Weile an und auf der Ebene begannen sich einzelne Trosse in Bewegung zu versetzen, was er daran sah, dass in der Ferne die Feuerstellen erloschen. Rund um seine Festung blieben die Begriske jedoch in Stellung und warteten.

Sie warteten auf seine Befehle oder auf herbeikommende Gegner. Sie gehorchten allesamt nur ihm. Millionen oder gar Milliarden von Kreaturen standen unter seinem Befehl und taten nur, was er ihnen gebot zu tun.

Es war schlicht seine Aufgabe, ja sein Privileg, sie in den Kampf zu schicken und sie zur stärksten und größten und unbezwingbarsten Streitmacht zu erheben, die diese Welt jemals gesehen hatte und jemals sehen würde. Diese Armee würde die letzte sein, die durch diese Welt marschierte und Angst und Schrecken verbreitete und gleichzeitig Angst und Schrecken schließlich ein für alle Mal ein Ende setzen würde. Und zwar ein phänomenales, lautes Ende.

Dann sollte dies endgültig vorüber sein. Diese Welt würde zerstört werden, durch Zyriu, den gefallenen Elben. Es war ein mächtiger Pakt, den sie geschlossen hatten. Und dies nur, damit er sein Ziel erreichte und damit Zyriu jegliche Beweise und somit diese Welt vernichten konnte. Und das Werkzeug dafür war seine Armee.

Es war ein erhabenes Gefühl. Die Macht und die Schlagkraft, die in dem von ihm geschaffenen Heer steckten, beeindruckten ihn selbst. Es war schon fast schade, dass er diese Schöpfung opfern musste, für einen schlichten Kampf und die Vernichtung dieser Welt. Doch das war es ihm wert. Für seinen Willen und seinen Sieg war dieser Preis mehr als angemessen.

Stumm blickte er geradeaus und wartete auf den Moment, in dem Heroffad sterben würde. Diese Schlacht würde er nicht überleben. Das stand für ihn fest.

* * *

Mit flachem Atem sprangen sie hinter einen Felsen. Schnell verstecken. Kopf runter. Sie mussten leise sein und durften auf keinen Fall auffallen.

Eine Gruppe Begriske marschierte hinter ihnen vorbei auf die Mauer zu. Die Schritte knirschten laut auf den Kieseln und man hörte genau, in welcher Entfernung sie waren. Die Rüstungen klirrten in einem gleichmäßigen Takt, genauso wie die Schwerter an ihren Gürteln.

Diese Kreaturen waren von dicken Metallplatten geschützt und trugen vergiftete Klingen bei sich, scharfkantige Schwerter mit einem Widerhaken an der Spitze. Jeder einzelne Schlag konnte verheerende Folgen haben und jeder einzelne Treffer würde ausnahmslos tödlich sein.

Mit düsterem Blick marschierten diese Kreaturen über die tote Ebene, auf der einst Abertausende große Bäume gewachsen waren. Langsam folgten sie einem praktisch unsichtbaren Pfad hinüber zur Mauer, um sich dort dann Stück für Stück zum Schlachtfeld heranzutasten.

Kaum war die Gruppe vorübergezogen, sprangen die drei wieder auf und rannten weiter. Weiter der Festung entgegen. Mit Vorsicht, aber auch mit ebenso viel Eile, denn umso früher sie den Kern des Übels vernichteten, desto weniger ihrer Soldaten würden sterben müssen. So die grobe Rechnung. Weniger Zeit hieß weniger Kampf und somit auch weniger potenzielle Tote.

Sie waren bereits weit von der Mauer entfernt und hatten gut ein Drittel der Strecke geschafft. Immer näher kamen sie den feindlichen Lagern, in denen die Kreaturen darauf zu warten schienen, dass man sie in den Kampf schickte.

Überall lagen hier Knochen herum. Vermutlich durchquerten sie gerade ein zerschlagenes Dorf oder zumindest die Überreste davon. Holz ragte hier und da aus dem Boden und eine große Feuerstelle war deutlich zu erkennen. Eine alte Holzbank lag beiseitegestoßen und verkohlt auf dem Boden. Ausgerissene Baumsetzlinge, tote Tiere. Alles war übersät mit den Spuren eines Massakers. Vermutlich eines von vielen.

Ringsherum war Zeug verstreut, das die Begriske zurückgelassen hatten, und es stank widerlich. Tod und Elend hatten hier geherrscht. Zwar nur für kurze Zeit, doch in diesen Momenten umso intensiver.

Schnell hatten sie das Trümmerfeld durchquert und rannten weiter dem Feind entgegen. Sie folgten einem festgetretenen Pfad, der praktisch direkt auf die Festung zuzuführen schien. Sie hielten aber trotzdem stets einige Meter Abstand zu dem Weg, da dort immer wieder Begriske entlangmarschiert kamen, denen sie nicht unbedingt begegnen wollten. Aufgrund der schweren Rüstungen hörte man sie oft früh und so konnten sie sich schnell vor ihnen verstecken, was in der Dunkelheit nicht sehr schwer war.

Es schien ein unendlich langer Weg ins Verderben zu sein, dem sie hier folgten. Doch sie mussten das Böse schlagen und ihre Welt befreien – und zwar nachhaltig, damit die dunklen Mächte nicht noch einmal zurückkehren konnten und den folgenden Generationen Norskoms wieder versuchen würden, den Garaus zu machen.

Mit rasantem Tempo wurde die dunkle Silhouette am Horizont größer, genauso wie die Angst, auf Unmengen von Kriegern zu treffen und unaufmerksam genau in ihre Klingen zu laufen.

Langsam spürten sie auch die Wärme, die sich unter den Wolken angestaut hatte. Starke Hitze strömte durch den Boden und zog in ihnen hinauf. Ihr Ziel war noch eine ganze Strecke entfernt, allerdings würde es nicht mehr so lange dauern, es zu erreichen, wenn sie dieses Tempo weiterhin so wie jetzt halten konnten.

Die dunklen Wolken am Himmel hatten sich irgendwie ein Stück abgesenkt. Besonders am Rand ragten sie weit nach unten und berührten fast die obere Kante der Mauer. Immer wieder stürzten Fetzen der Wolken in die Tiefe und schnellten kurz danach wieder nach oben. Was war das nur für ein seltsames Zeug?

Erschöpft machten die drei eine Pause. Sie setzten sich auf den Boden und keuchten laut. Erschöpft schnappten sie nach Luft. Könnte Adelgar sich doch nur endlich in dieses Wolfswesen verwandeln und sie hinüber zu der Festung führen. Wieso waren seine Kräfte so aufgebraucht? Als hätte die göttliche Hilfe diese Welt verlassen.

Sie atmeten laut, so erschöpft waren sie von der Eile. Man höre kaum ein Geräusch außer dem eigenen Atmen.

Plötzlich tauchte eine Gruppe Begriske auf. Sie hatten sie gar nicht bemerkt. Im Gegensatz zu den Begrisken, die jetzt auf sie zumarschiert kamen und ihre Schwerter zückten.

Adelgar und Dragomir taten dasselbe und Heroffad begab sich in Kampfstellung. Sofort fuhren die beiden kampferprobten Männer auf die Kreaturen zu und stießen die ersten zwei gleichzeitig um. Schnell zogen sie ihre Schwerter wieder heraus und rammten die toten Körper beiseite, wodurch sie einen weiteren Begrisk mit umstießen und mit der Klinge seines Begleiters erstachen.

Fast synchron fuhren ihre Klingen wieder in die Höhe und trafen auf die frisch geschliffenen Schwerter der Begriske. Mit einem Hieb war das instabile Metall entzweigebrochen und mit einem zweiten Hieb der Kontrahent um seinen hässlichen Kopf kürzer gemacht.

Heroffad sammelte Kraft. Und dann wagte er es. Mit einem kräftigen Blitz rammte er die Begriske beiseite und durchfuhr sie mit einem Sturm aus winzigsten Steinen, die gekonnt um seine eigenen Begleiter herumflogen. Binnen kürzester Zeit waren die gut fünfzig Begriske tot und der Blitz, den Heroffad noch erzeugt hatte, fuhr in die Wolkendecke, die augenblicklich aufbrach.

Endlich fiel wieder etwas Licht auf den toten Boden und für einige Minuten konnten sie die Frische genießen. Die warme Luft zog nach oben ab und eine leichte Kühle war zu spüren. Das war mehr als angenehm. Es war ein kurzer Moment, der sie an die zurückersehnte Normalität erinnerte. Sie dachten an ihre kühle Heimat in den Bergen. Doch diese war in weiter Ferne. Genauso wie der Frieden und das Ende der Schlacht, das sie so schnell wie möglich herbeiführen mussten.

Adelgar steckte sein Schwert beiseite. Er musste sich doch irgendwie verwandeln können?

Die menschliche Gestalt wich langsam. Adelgars Gesichtszüge schwanden und verzogen sich zu einer spitzen Schnauze. Wilde Augen erschienen, die dunkel und schwarz wie die Nacht glänzten. Graues Fell spross aus der Haut heraus und überzog ihn schon bald wie ein flauschiger Mantel, während seine Kleidung von der Fellpracht durchdrungen wurde und das Schwert zu Boden fiel. Das sanfte Licht funkelte auf den dünnen samtigen Haaren und schon erhob sich ein stolzer Wolf in die Höhe. Das Licht schien ihm Kraft gegeben zu haben. Vielleicht konnten sie sich so schneller durch die Reihen der Begriske schlagen. Doch er konnte nur einen seiner Begleiter auf dem Rücken tragen. Dragomir konnte er doch nicht einfach so zurücklassen. Und

Heroffad war derjenige, der den Feind niederstrecken sollte, und vermutlich überhaupt der Einzige, der das konnte.

Plötzlich kühlte der Boden rasant ab. Ein angenehm frischer Wind umwehte sie. Und dann erschien wieder der Reiter, den sie zuletzt in Horngart aus der Ferne gesehen hatten. Weit in der Ferne erkannten sie ihn schemenhaft. Auf dem dunklen Pferd sitzend kam er ihnen immer näher. Anmutig bewegte sich das Tier auf sie zu. Geradezu gleichmäßig schreitend, eilte es über die Ebene und trug den ruhig darauf sitzenden Reiter in rasanter Geschwindigkeit am Geschehen vorbei.

Der Umhang des Reiters flatterte im Wind der Bewegung hin und her. Das Klappern der Hufe schallte weit über die Ebene und fiel ihnen mit als Erstes auf. Es waren klirrende Geräusche, die so weit entfernt wirkten, obwohl das Pferd schon so nah bei ihnen war. Schließlich blieb der Reiter dann wenige Meter vor ihnen stehen.

Wortlos blickte die Gestalt in Richtung der Festung und das Pferd schnaubte laut. Eine Dampfwolke kam aus den Nüstern und es scharrte mit den Hufen auf dem kargen Stein. Ebenso wie alle anderen Geräusche, die das Tier von sich gab, wirkten diese gedämpft, jedoch real. Wie aus weiter Ferne nachhallend, erreichten die Töne ihre Ohren. Seltsame unerklärbare Klänge unter diesen Bedingungen. Sie waren sprachlos. Was wollte der Reiter hier? Er schien geradezu auf sie zu warten.

Vorsichtig trat Heroffad nach vorn. Der Reiter stieg von seinem Ross und streckte ihm die Zügel entgegen. Sollte er etwa auf das Pferd aufsteigen? Kurz entschlossen griff er nach dem dicken schwarzen Lederband und schwang sich auf den tiefschwarzen Rappen. Der Reiter trat beiseite. Die Kapuze seines Mantels war tief in sein Gesicht gezogen und er wandte sich gen Festung. Die Arme verschränkte er vor der Brust und nickte.

Dragomir hob das Schwert vom Boden auf, das neben Adelgar zu Boden gefallen war, und schwang sich schnell auf den

Rücken des Wolfes und so rannten sie im Eiltempo auf die Festung zu.

Mit schnellen Schritten entfernten sie sich von der dunklen geheimnisvollen Gestalt, die wortlos an Ort und Stelle stehen blieb und sich keinen Millimeter bewegte und näherten sich der Festung. Das dunkle Pferd voran und der Wolf hinterher.

Das Tier bewegte sich mit kräftigen, aber beinahe lautlosen Schritten über die Ebene hinweg. Schnell wie der Wind. Leise und unauffällig. Würden sie nicht geradewegs auf die Feinde zusteuern, dann hätten sie sicherlich unbemerkt an ihnen vorbeiziehen können. In einiger Entfernung wären sie völlig still an den wartenden Kreaturen vorbeigelaufen und keiner hätte sie gesehen oder gehört, bevor sie schon wieder Hunderte Meter weiter weg waren.

Nach kurzer Zeit trafen sie auf die ersten feindlichen Stellungen. Hohe Feuer loderten in der Mitte der einzelnen Lager und rund herum saßen meist in Kreisform die Horden von Kriegern. Bestien, soweit das Auge reichte.

Doch die Begriske ließen sie passieren. Erschrocken sprangen sie vor dem Pferd davon, wurden von irgendeiner magischen Kraft zu Boden gepresst und erstickten an der Energie, die das Pferd auszustrahlen schien. Die mächtige Front, vor der sie furchtsam gestanden hatten, ließ sich von einem Windhauch niederpressen. Sie streckten Tausende Kreaturen mit bloßer Bewegung nieder.

Ein leichter blauer Glanz zog sich über den Boden und warf die Begriske um, die sich dem Tier in den Weg stellten oder sich einfach nur zu nah an dem Pfad befanden, den sich das Pferd von alleine suchte. So schnitten sie sich eine breite Schneise durch die Heerlager und stürmten weiter und weiter auf die dicken Mauern der Festung zu.

* * *

Nach stundenlangem Kampf hatten die Soldaten Norskoms endlich die Mauer passiert. Tausende von Gegnern hatten sie niedergestreckt und so betraten sie nun eine riesige freie Ebene. Unweit von der Mauer entfernt sammelten sich weitere Begriske für den nächsten Schlag. Sie schienen darauf zu warten, dass die verwundeten Menschen an den Giften, mit denen die Klingen benetzt waren, einen qualvollen Tod gestorben waren.

Die Reihen des Heeres hatten sich schon deutlich ausgedünnt, jedoch waren mindestens zehnmal oder zwanzigmal mehr Begriske als Menschen gestorben, da diese Kreaturen deutlich weniger intelligent waren, als es selbst die naivsten Soldaten im Heer der Menschen sein konnten.

Vor ihnen erstrecke sich totes Land. Eine riesige Fläche, übersät mit Steinen und toten Körpern. Was war nur aus dem Wald geworden? Alles war verschwunden. Es war hier einst so wunderschön gewesen. Mit den Bäumen und den vielen Tieren, die hier überall durch die Büsche krochen. Menschen hatten hier gelebt. Sie schienen alle vertrieben oder auch getötet worden zu sein.

Die Ebene wirkte kahl, während hinter ihnen die riesige Mauer emporragte und dahinter das satte Grün einer Wiese leuchtete, die sich inzwischen aber auch eher zu einem blutroten Matschfeld verwandelt hatte. Und das alles nur wegen eines Kampfes gegen eine eingefallene parasitäre Horde.

Aggression machte sich breit. Wie konnte eine fremde Macht es nur wagen, ihrer Welt so etwas anzutun? Der Feind musste dafür büßen. Norskom musste einfach siegen. Für die gute Sache. Für Freiheit und Frieden. Diese Schlacht durfte nicht verloren werden.

Das Heer nahm Stellung ein. Erneut bereit zum Zuschlagen standen sie an der riesigen Mauer und füllten die gesamte Lücke aus. An der Spitze standen die immer noch unversehrten Begleiter Herodils. Hoffend für Heroffad standen sie direkt an der Front und warteten auf den Erstschlag der Feinde. Wann würden diese sich wohl in Bewegung setzen?

Tim und Finn waren allerdings irgendwo in der zurzeit entvölkerten Zone zwischen den beiden Fronten verschollen.

Gemeinsam kauerten sie zwischen Unmengen toter Begriske und suchten einen Weg zurück zu ihren Begleitern. Über den Hügel toter Kreaturen hinweg sahen sie beide Stellungen. Die Begriske lauerten auf der einen Seite und starrten blutdürstig zum Heer Norskoms. Und umgekehrt lagerte das Heer der Berge auf der anderen Seite und versuchte, sich zu erholen.

Eine ganze Weile waren sie auf dem Schlachtfeld voneinander getrennt gewesen. Doch der Zufall hatte sie schlussendlich gemeinsam hierher in diese Senke zwischen all den Kadavern geführt.

„Geht es dir gut?“, fragte Tim besorgt, als er eine Platzwunde an Finns Schläfe entdeckte.

Dieser folgte den Blicken seines Freundes und tastete mit seiner Hand seinen Kopf ab, nur um dann vor Schmerz sofort davon abzulassen. „Ging mir schon mal besser“, stöhne er genervt. „Und ist bei dir noch alles dran?“

Nun ließ Tim seinen eigenen Blick an sich auf und ab wandern, zählte seine Finger und Gliedmaßen und nickte dann erstaunt. Finn lächelte kurz, bevor ihm seine Schmerzen wieder einzufallen schienen.

„Wir müssen her weg!“, stellte Tim fest. „Sonst sitzen wir hier völlig allein fest und werden als erste von den Begrisken geköpft, wenn die beschließen, über diesen Haufen hier zu klettern.“

Finn stimmte mit einem Nicken zu und blickte Tim hinterher, der sich sofort auf den Weg gemacht hatte. Konzentriert krochen Tim und Finn über die Kadaver hinweg. Hier und da zuckten die verletzten Körper noch. Doch fast alle der Begriske in dieser Gegend waren tot. Nur vereinzelt sahen sie tote Menschen zwischen den Kreaturen. Norskom war noch stark. Kaum Verluste. Das war ein gutes Zeichen.

Finn stieg nur Momente später auf eine Anhöhe und verschaffte sich einen Überblick über ihren langen Weg, soweit es angesichts des chaotischen Schlachtfelds ging. Norskom hatte sich weit zurückgezogen. Wieso hatten sie das so versäumt? Hatten sie sich zu zweit wirklich so weit durch die Reihen der Begriske geschlichen?

Auf der anderen Seite erblickte er die Stellungen der Begriske, die sich irgendwo in der Dunkelheit unter den schwarzen Wolken verkrochen hatten. Hier und dort blitzten Schwerter und Rüstungen im Fackelschein auf. Doch hauptsächlich erkannte man von hier eine durchgehende dunkle Linie von hässlichen Kreaturen, die im Kampfesrausch zu ihnen herüber starrten.

Finn wandte sich wieder ab und blickte von dem Haufen hinab zu Tim, der sich angestrengt über die wabbelig unter ihm nachgebenden Leiber bewegte. Eines stand für sie beide fest: *Ihr* Blutdurst war jedenfalls erloschen. Eher hatten Panik und Angst gewonnen. Das Töten der Begriske wurde körperlich immer anstrengender und drohte, nach so langer Zeit zu gefährlich zu werden. Sie wollten nicht mehr kämpfen müssen.

Urplötzlich stürzte eine dunkle Kreatur vom Himmel herab. Mit schwarzen Flügeln und einem ebenso schwarzen Körper bäumte sie sich über den beiden Männern auf und gab ein seltsames kreischendes Geräusch von sich. Scharfe Klauen erschienen plötzlich und schienen nach Finn greifen zu wollen.

„Duck dich!“, rief Tim und stürzte sich mit seinem Schwert auf die Kreatur, während Finn sich erschrocken auf den Boden warf. Die scharfen Klauen fegten knapp über ihn hinweg, während Tim mit einem kräftigen Schlag die dunkle Kreatur verwundete. Was war das? Es war kein Vogel oder sonst irgendetwas aus dieser Welt. Es musste ein dunkler Dämon sein.

Zielgerichtet schlug Tim erneut auf das Wesen ein, das sich aufbäumte und ein Stück weit in den Himmel hob. Mehrere andere Kreaturen kamen vom Himmel aus der dunklen Masse über ihnen geflogen und stürzten sich auf die Kadaver auf dem Schlachtfeld. Bald regnete es Rüstungen und dergleichen, die die Gestalten einfach fallenließen. Wie Geier zerrissen sie die toten Begriske.

Finn rappelte sich wieder auf und zog sein Schwert. Rücken an Rücken beobachteten sie das Schauspiel, das sich um sie herum zutrug. Wieder kam eine der Kreaturen aus der wirr flatternden Masse hervor und stürzte sich auf die beiden Männer.

Ein kräftiger Hieb setzte der Kreatur schwer zu, sodass sie nicht mehr fliegen konnte. Tim stürzte sich auf das Wesen und rammte ihm sein Schwert in den Körper. Einfach irgendwo dort, wo ein Herz zu vermuten wäre. Sofort zappelte die Kreatur wild, zerfiel in Zigtausende kleine Fetzen und verschwand spurlos.

Finn tat es ihm gleich und wehrte eine zweite Kreatur ab. Hell klirrend traf sein Schwert auf die scharfen Klauen der fliegenden Gestalt. Sofort wurde er mehrere Meter beiseite geschleudert. Erschrocken fand sich Finn auf dem Boden wieder, erneut mit einer gefährlichen Kreatur vor sich, die es auf ihn abgesehen hatte.

Von der Seite kam Tim gesprungen und schlug der unaufmerksamen Gestalt den Schädel ab. Wieder verschwand das Wesen spurlos. Sofort kam er zu Finn geeilt und half ihm vom Boden auf. Keine neue Verletzung. Gut. „Bleib am Leben“, keuchte Tim leise und wandte sich sofort wieder ab.

Die fliegenden Gestalten verschwanden wieder vom Schlachtfeld und kehrten in die dunklen Schwaden über ihnen zurück. Aufmerksam beobachteten Tim und Finn diese Bewegungen am Himmel und eilten dann schnell über das etwas geleerte Schlachtfeld weiter zu ihren Soldaten zurück. Schnell sprangen sie über Felsen und die wenigen verbliebenen Leichen hinweg. Sie mussten Schutz hinter ihren Reihen suchen und für eine Weile rasten.

Der Tag war fast vorüber. Sie brauchten eine Pause. Jeder von ihnen konnte deutlich erkennen, wie die Kräfte die Soldaten nach und nach verließen.

Herodil gab den Befehl, sich zur Rast zu setzen. Vereinzelte Soldaten hielten Wache, sodass sie der Feind nicht in der Nacht überraschend angreifen konnte, auch wenn sie mit derartiger List gar nicht wirklich rechneten.

Ruhe kehrte auf dem Schlachtfeld ein. Langsam verschwand das Licht am Horizont, doch Kälte würde hier nicht einkehren.

Erschöpft legten sich die ersten Soldaten nieder. Proviant wurde ausgeteilt, den die letzten Männer von der Ebene vor der Mauer hierherbrachten. Sie mussten wirklich ein seltsames Bild abgeben. Tausende Soldaten umzingelt vom Feind, die aber trotzdem seelenruhig ihr Abendbrot aßen. Stets das Ziel im Blick. Es war ein Hauch von Frieden mitten auf dem Schlachtfeld, das direkt neben ihnen den Tod darstellte.

Man trank, aß und sang gemeinsam. Man ließ den Tag ausklingen und sprach nicht über das, was man gesehen hatte. Ein wenig Ablenkung. Eine kurze Phase der Ruhe.

Viele hatten heute schockierende Szenen gesehen, die sie ihr Leben lang nicht vergessen würden. Sterbende Freunde. Tote Körper. Sie hatten Dinge erlebt und gespürt, die niemand sonst nachvollziehen konnte.

Rache. Auge um Auge, Zahn um Zahn. Erstach ein Feind einen ihrer Kumpanen, so wurde er nur kurz darauf selbst erstochen und seine Begleiter direkt danach. Sie waren schlagfertig und wurden von der unerschöpflichen und nicht begreifbaren Kraft der Hoffnung getrieben. Die Hoffnung, zu überleben. Die Hoffnung, Norskom zu retten. Die Hoffnung, zurück in die Heimat zu kommen.

Sie waren allesamt in den sicheren Tod marschiert und würden nun alles daran setzen, aus dem anscheinend mehr als sicheren Tod ein unsicheres Überleben zu machen. Man klammerte sich an letzte kleine Grashalme. Man suchte Auswege.

Am Abend beriet man sich über die weitere Vorgehensweise. Welche Möglichkeiten hatten sie?

Sie waren weiterhin in der Unterzahl und das würde vermutlich auch noch lange so bleiben. Der Strom der Gegner schien nicht enden zu wollen. Sehr lange würden sie so einen frontalen Kampf nicht mehr aushalten. Sie mussten sich einen Vorteil verschaffen. Wie auch immer sie das anstellen wollten.

Sie waren eingekesselt und konnten nicht einfach um die Feinde drum herum marschieren oder sich nach hinten aus dem Staub machen.

Bevor sie die Mauer in irgendeiner Richtung umrundet hätten, wären sie von den Feinden eingeholt und getötet worden. Sie wussten, wie langsam das Heer vorankam, und ebenso, dass die Soldaten erschöpft waren. Nach den vielen Stunden des Kampfes würden sie niemals irgendwo entlangmarschieren und sich feige von hinten auf diese Ebene schleichen.

Sie fanden keine weiteren Lösungen mehr. Doch irgendwie mussten sie das kleine bisschen Zeit, das sie gewonnen hatten, sinnvoll gebrauchen können. So nutzte man die letzten Minuten des Tages, um zur Ruhe zu kommen und zu schlafen.

Trotzdem blieb ihnen die bevorstehende Aufgabe vor Augen. Sie mussten das gesamte feindliche Heer vernichten und quer über die Ebene zu der Festung vordringen. Doch das war ein weiter Weg. Sie hatten ja nicht einmal einen sinnvollen Plan erdacht. Sie standen einfach da und würden die Schlacht um die Stellung an der Mauer sinnlos fortsetzen, ohne überhaupt irgendetwas erreichen zu können. Ehe sie damit beginnen können würden, über die Ebene zu marschieren, wären sie schon längst tot und von den Begrisken dem Erdboden gleichgemacht worden. Es war eine schlicht unmöglich zu bewältigende Aufgabe für sie geworden. Oder lag das nur an ihren Gedanken? Waren sie von sich selbst nicht überzeugt genug? Wo war die Euphorie, mit der sie das Böse stürzen wollten? Würden sie jemals bis zu der Festung vordringen?

* * *

„Und dein Plan wird funktionieren?“, hallte eine laute Stimme in den Gewölben nach. Dunkel glänzte das feuchte Gestein, welches hier unten in die feinsten Formen geschlagen worden war. Wasser plätscherte in der Ferne, wohl am Rand der Gewölbe, die sich in jede Richtung meilenweit erstreckten, sodass man deren Ende nicht sehen konnte.

Fast in der Mitte des riesigen Höhlensystems, welches sich unter ihrem gesamten Reich erstreckte, stand Tethrin, ein Urvater der gefallenen Elben. Gehüllt in einen dunklen Umhang und die Arme schlaff herabhängend sah er mit trüben Blicken in die tiefen Grotten hinein.

Wie die meisten gefallenen Elben hatte er dunkelblaue Augen. Eine der wenigen Farben, die man hier fand. Im Kontrast zum Mantel standen seine hellen langen Haare, die bis weit über seine Schultern reichten.

Spielerisch ließ er eine kleine Kugel aus Kristall durch die Luft springen und folgte der Spur der Magie, welche ihn so stark gemacht hatte. Wild spielten die Lichtreflexe auf der Oberfläche der Kugel und schufen immer neue Begeisterung für dieses Spiel. Das fahle Licht ihrer Welt brach sich überall auf der Oberfläche und ließ hier und da einen kleinen Regenbogen entstehen.

„Ja, Vater“, erklang die stolze Stimme Zyrius im Hintergrund. Nur wenige Meter von Tethrin entfernt stand er hinter einer der vielen Säulen, die jede für sich eine eigene Geschichte erzählten. Oft waren Gesichter oder ganze Kreaturen in die Säulen eingraviert und so konnte man von Säule zu Säule gehend die Geschichte der gefallenen Elben ansatzweise nachvollziehen. „Die Menschen schlagen sich bisher gut. Umso mehr Krieger auf beiden Seiten sterben, desto wahrscheinlicher ist es, dass sich das Relikt offenbart."

Nachdenklich griff Tethrin nach dem schwebenden Kristall und betrachtete ihn von allen Seiten. Dann ließ er einen kaum sichtbaren Blitz durch die Kugel fahren und sie zersprang in Millionen kleinster Scherben, die dann eine Weile lang in der Luft schwebten. Langsam sanken die kleinen Partikel nach unten und glitzerten dabei in vielen Farben. Mit hellen Geräuschen rieselten sie hinab, um dort wie Wassertropfen weiter und weiter zu zerspringen und nach einem kurzen Moment zu verschwinden.

„Wer ist er, dieser Ephnies?", fragte der Elb weiter, während er interessiert das Produkt seiner eigenen Magie beobachtete.

Mit ruhigen Schritten trat Zyriu näher heran und blieb direkt neben seinem Vater stehen. „Ich habe nicht viel finden können, denn ich habe nicht die geringste Ahnung, woher er stammt, doch ich habe Spuren entdeckt, die darauf hinweisen, dass er Herr von Unterwelt ist. Wie auch immer er dies geschafft hat, aber er hat diese Welt zu seinem Eigen gemacht."

Erstaunt verzog Tethrin sein Gesicht. Der Herr Unterwelts war daran interessiert, die Welt der Menschen zu vernichten? Seltsam. Dieser Ephnies schien keine Ahnung von klugen Schachzügen zu haben. Erkannte er denn nicht, dass sie ihn gnadenlos ausnutzten? Was wollte der Herr Unterwelts nur mit der Menschenwelt anfangen? Lediglich seine Macht demonstrieren? So zog er doch nur unnötig Aufmerksamkeit auf sich und würde nach einigen weiteren Gräueltaten von den Göttern getötet. Keines dieser Wesen mochte es, wenn man ihnen ihre kleinen Spielzeuge entwendete oder versuchte, ihnen die Kontrolle darüber zu nehmen. Die Menschen waren ihr persönliches Experiment.

„Und du bist dir vollkommen sicher?“

„Ja!“, rief Zyriu direkt in Tethrins Worte hinein, „ja, auf jeden Fall bin ich mir sicher.“

„Was wirst du tun, wenn dein Plan scheitert oder du dich geirrt hast?“, fragte Tethrin und sah Zyriu fordernd an.

Dieser zuckte mit den Schultern. „Vielleicht töte ich ihn. Ich weiß es noch nicht so ganz. Ich denke, das ist eine der besten Möglichkeiten. Dann würden wir auch noch ohne große Mühe nebenbei den Zugang zu Unterwelt erhalten.“

Tethrin nickte und rollte mit den Augen. Ohne große Mühe. Natürlich. Es schien immer alles so einfach zu sein aus Zyrius Sicht. Nichts war einfach. Alles zog Konsequenzen nach sich. Wieso handelte Zyriu immer so unbedacht. Er schien nicht viel besser zu sein als dieser Ephnies.

„Hast du eigentlich wirklich vor, die Welt der Menschen zu zerstören?“, stichelte Tethrin weiter. „Du weißt, dass uns das einen nicht sehr kleinen Haufen Ärger einbringen wird.“

„Nein – das werde ich nicht“, antwortete Zyriu.

Sein Vater wusste nichts von dem Pakt zwischen ihm und Ephnies. Kaum würden sie das Relikt erhalten haben, wäre ihm alles Weitere egal. Er würde sterben, da er den Pakt brechen würde. Auch Ephnies müsste sterben und sie erhielten dann den Zugang zu Unterwelt, da sie indirekt an seinem Tod beteiligt wären.

Unterwelt wäre der perfekte Ausweg für sie. Es gab dort unzählige Kreaturen, die es zu beherrschen galt. Mächte und Wissen lauerten dort, die kaum jemand kannte. Würden sie diese Welt erschließen, so wäre ihre Macht unumstößlich und sie hätten endlich einen Weg gefunden, die Welt der Elben zu erobern und vielleicht ihrer eigenen anzufügen. Diese feigen machtscheuen Elben sollten endlich den Nutzen der dunklen Mächte verstehen.

Seit Jahrtausenden wollten sie diese ihnen so verwandten magischen Wesen auf ihre Seite ziehen, sie aus ihrer wohlklingenden, von allen möglichen Düften umwobenen Welt herausreißen und ihnen endlich einmal zeigen, wie man Magie wirklich nutzen konnte. *Sinnvoll* nutzen konnte, vor allem. Auch wenn das wieder Tod und Verderben bedeutete, doch dann wäre das Ziel der Urväter endlich erreicht. Eine homogene Welt der Elben, die sich in allen Künsten und jeglichem Wissen vereinte und über Alles und Jeden gebot. Sie sollten die höhere Instanz sein und schon bald nach jeder Macht greifen können, die sie haben wollten.

Jeder Mensch, jedes Tier, jede Pflanze. Alles, was sich in irgendwelchen Welten finden ließ, all das sollte ihnen zu Füßen liegen und ihnen gehorchen. Jegliches bisschen Materie. Sämtliche Energie und Magie. Ja, sie sollten mächtiger als alle der erhabenen Götter zusammen sein und auch diese Welt endgültig beseitigen. Sich über alles erheben. Alles aus den Wurzeln reißen und schließlich vernichten, was sich ihnen in den Weg stellte.

Und schon bald würde es so weit sein.

Ihr Ziel, es war zum Greifen nah.

* * *

Mit einem deutlich spürbaren Ruck blieb das Pferd vor der steinernen Mauer der Festung stehen. Sie hatten sie tatsächlich erreicht. Doch wie sollten sie nun in die Festung gelangen? Vor ihnen ragte schließlich eine Dutzende Meter hohe Mauer empor, die so gut wie unbezwingbar schien.

Heroffad stieg von dem Pferd. Ebenso stand Dragomir wieder auf eigenen Beinen und Adelgar verwandelte sich zurück in einen Menschen. Die wilden kantigen Konturen seines Körpers schwanden zusammen mit dem Fell, unter dem die Kleidung zurückkehrte. Bald blickten nicht mehr die Augen eines Wolfes der Mauer entgegen, sondern die menschlichen von dem Adelgar, den Dragomir und Heroffad bisher während ihrer Reise kennengelernt hatten. Er ignorierte die neugierigen Blicke. Für ihn war es Normalität, das Leben als tierischer Mensch und als menschliches Tier. Schließlich gab Dragomir ihm sein Schwert zurück, sodass Adelgar es wieder an seinen Gürtel binden konnte.

Sie liefen ein Stück um die Festung herum und fanden schließlich ein winzig kleines Loch unter der Mauer. Vorsichtig quetschten sie sich hindurch. Ein ekliger Gestank drang aus der Festung heraus durch das Loch und ihnen entgegen. Das mürbe Gestein unter ihnen konnten sie einfach ein Stück weit zerbrechen, um besser durch den Gang zu passen.

Es stank schrecklich nach Tod und Kadavern und allem möglichem verwesenden Zeug. Hier und da lagen Überreste von toten Tieren oder auch von Menschen. In dem Zustand, in dem sich diese Körper bereits befanden, konnte man das kaum noch unterscheiden. Vermutlich lagen die ebenso lange hier, wie es diese Festung gab, also bereits ein halbes Jahr, wenn nicht gar schon länger. Ihr Zeitgefühl war schließlich über die Monate auch nicht gerade besser geworden.

Vorsichtig tasteten sie sich weiter durch den schmalen Schacht voran und immer weiter dem fahlen Licht entgegen. Und schließlich erreichten sie einen Innenhof.

Das riesige Holztor war verschlossen und auf dem kargen Boden lagerten auch hier Dutzende Begriske. Sie suchten schnell eine Möglichkeit, um auf die Mauer hinauf zu gelangen, und fanden schließlich eine Leiter, nur wenige Meter von ihnen entfernt. So krochen sie an der Mauer entlang und kletterten schließlich an den dunklen Steinen entlang der Leiter hinauf.

„Hoffentlich versuchen die nicht wirklich, sich bis hierher durchzuschlagen", meinte Dragomir, der erstaunt über die weite Ebene blickte, nachdem sie endlich die Mauer erklommen hatten. „An diesem Heer kommt kein Mann aus Norskom jemals lebend vorbei." Völlig erschrocken ließ er seinen Blick weiter am Horizont entlangwandern und war wie gefangen in seinem Schock.

Heroffad nickte. „Hoffen wir es."

Einen kurzen Moment rasteten sie auf der Mauer, um wieder Energie zu sammeln. Niemand außer ihnen war hier oben und so blickten sie kurz über die weiten Ebenen.

Millionen von Kriegern schienen dort unten zu warten. An denen waren sie eben einfach so fast unbemerkt vorbeigehuscht. Hier und da sah man das Flackern der Feuerstellen. Fahnen konnte man erkennen. Kreaturen, die sich bewegten. Überall haufenweise Lager dieser Bestien.

Doch auch diese schienen von ihrem Herrn nicht besser behandelt zu werden, als diese Kreaturen es mit den Menschen taten. Hier oben an der Mauer hingen Überreste verwester Begriske. Kadaver, aufgehängt an Seilen. Waren sie erhängt worden? Als Strafe? Sollten sie dem Heer Respekt und Gehorsam vermitteln? Offenbar schien es zu wirken, denn trotz der sicheren Aussicht, durch die Klingen der Menschen zu sterben, drängten die Begriske in die Schlacht und marschierten kreuz und quer über die Ebene vor der Festung. Stück für Stück bewegten sie sich dem Kampf und ihrem Tod entgegen. Genauso, wie es Heroffad und seine zwei Begleiter vermutlich auch taten.

Schon setzten sie sich wieder in Bewegung. Sie rannten über die Mauer und erreichten nach kurzer Zeit einen Wachturm, der glücklicherweise nicht besetzt war. Sie rissen die Luke am Boden auf und kletterten die Leiter hinab, bis in einen Gang, der hinüber zum Kern der Festung führte.

Die Wände bestanden aus dunklem Gestein. Es war irgendein seltsames Material. Nicht aus dieser Welt. Kohlrabenschwarz und stabil wie kein anderes Gestein. Es wirkte porös, genauso wie der Fels es unter der Mauer gewesen war, wobei hier das Gestein nicht so einfach nachgab.

Der Gang endete an einer Tür, die sie sofort auftraten. Schnell rannten sie weiter durch die Gänge, sodass sie völlig überrascht in einem Saal auf eine weitere Horde Begriske trafen. Geschockt blieben sie sofort stehen und Heroffad breitete die Arme aus, um seine beiden Begleiter zum Stehen zu zwingen. Mit weit aufgerissenen Augen standen sich die drei Menschen und die ebenso überraschten Begriske kurz gegenüber und bewegten sich nicht. Es hoffte wohl jeder, von dem anderen nicht wahrgenommen worden zu sein oder sich diese Begegnung nur einzubilden.

Schnell zogen sie ihre Schwerter und rannten auf die Viecher los. Sie wollten es schnell hinter sich bringen und durften schlicht keine Zeit verlieren, sonst würden viele weitere Soldaten sterben, nur weil sie sich nicht beeilt hatten. Die kurze Pause auf der Mauer war wahrscheinlich schon zu viel des Guten gewesen. Eile war jetzt das oberste Gebot.

Bereits in Gewohnheit rammten Dragomir und Adelgar synchron die ersten beiden Gegner um und stießen sie beiseite. Mit einer Drehbewegung nahm Adelgar Schwung auf und stieß sein Schwert mit aller Kraft einem weiteren der Wesen durch die Brust. Mit einem Ruck hatte er es wieder herausgezerrt, machte einen großen Schritt nach vorne und duckte sich dabei, sodass zwei Schwerthiebe über ihn hinweg sausten und die zwei Klingen über ihm zusammenkrachten. Sofort schlug Dragomir einer der beiden Kreaturen den Kopf ab und stieß sie beiseite, sodass Adelgar freies Feld hatte, um das zweite Wesen mit einem Ruck senkrecht nach oben schnell zu erledigen.

Mit mehreren Hieben entzweiten sie gemeinsam die Klinge eines weiteren Begrisks und stießen ihn beiseite, sodass er von einem seiner Begleiter aufgespießt wurde, der unter der Last gegen die Wand geschmettert wurde. Mit dem nun verrenkten Arm lag er bewegungslos da und versuchte, sich wieder aufzurichten, was Adelgar mit einem weiteren kräftigen Stich zu verhindern wusste.

Die kurze Atempause, in der sich Dragomir und Adelgar wieder orientierten, nutzte Heroffad und schoss erneut einen Blitz den Feinden entgegen. Dieser verfehlte jedoch sein Ziel. Mit voller Wucht krachte der Stoß gegen die Wände und ein Riss durchzog den Raum.

Alle standen still. Einen Atemzug lang bewegte sich niemand, doch dann kippe eine der Leichen an der Wand um. Laut klirrte die Rüstung auf den Boden und der Riss zischte weiter die Wand hinunter und durch den Boden hindurch. Stille kehrte ein. Erneut Regungslosigkeit. Der Boden knirschte leise vor sich hin.

Dann sackte der Teil des Raumes, in dem sich Dragomir und Adelgar befanden, beiseite. Mit einem Ruck riss es die Wand weg und der Boden sackte in eine Staubwolke. Kurz verweilte der Teil des Raumes in dieser schrägen Lage. Er war auf die Etage darunter gekracht, die nun aber auch langsam nachgab. Mit erneutem Knarzen und einem ruckartigen Riss in der Wand löste sich auch dieser Boden, sodass er mit rasanter Geschwindigkeit noch einmal viele Meter in die Tiefe stürzte. Völlig überrascht fielen die beiden Männer zusammen mit den drei übrigen Begrisken in die Tiefe. Heroffad starrte in die Staubwolke. Irgendwo unten in der Eingangshalle mussten sie gelandet sein. Viele Meter unter ihm.

Steine bröckelten von der Kante hinab und klapperten Stück für Stück in die Tiefe.

Verwirrt blickte Heroffad zu der nun nicht mehr erreichbaren anderen Tür. Sie würden schon zurechtkommen. Mit einem Windhauch stieß er die Tür auf und sprang mit aller Kraft über das Loch im Boden auf die andere Seite. Er musste selbst weitersuchen. Irgendwie musste er sein Ziel erreichen und dem Herrn dieser Festung den Garaus machen.

Geradeso konnte er sich mit den Armen Halt an der Türschwelle verschaffen und sich dort festklammern. Er warf seinen Stab durch die Tür in den folgenden Gang und zog sich langsam hoch. Mit aller Kraft schaffte er es, sich aufzurappeln und von alleine in den Flur zu zerren. Schnell stand er auf, klopfte den Staub von seinem Gewand und schnappte seinen Stab, der ein paar Meter vor ihm lag.

Mit schnellen lauten Schritten raste er durch die Gänge, immer weiter in der Festung hinauf. Irgendwo musste doch eine Art Thronsaal sein. Vielleicht hielt sich die gesuchte Person ja dort auf.

Die Gänge waren verlassen. Nichts bewegte sich dort. Totenstille. Es war nahezu unheimlich in den leeren dunklen Gängen, was ihn noch mehr zur Eile antrieb. Er hatte schnell eine Treppe erreicht und lief hinauf. Es war eine Wendeltreppe, die in einen Turm zu führen schien. Vielleicht konnte er sich ja von dort oben orientieren. Irgendwie musste er sich in dieser elenden riesigen Festung erst einmal zurechtfinden.

Wo hielt sich die Zielperson auf? Und wer war es überhaupt?

Es waren die letzten wichtigen Fragen, die sich immer noch nicht geklärt hatten, selbst so kurz vor dem Ende dieser Angelegenheit. Er wusste nicht ganz sicher, mit wem er es zu tun haben würde. Genauso wenig wusste er, wie er denjenigen besiegen konnte.

Da hatten sich einfach so viele Fragen gestellt. Keiner wusste, wer ihr Feind war oder woher er kam. Keiner konnte sagen, wieso er hierhergekommen war. Man wusste nichts über die Motive und die Ziele, die ihr Feind verfolgte. Pure Rachlust konnte es sein. Vielleicht auch nur Hass auf die Menschen. Oder vielleicht fand auch nur irgendjemand Gefallen daran, die Menschen leiden zu sehen. Es konnte eine Prüfung der Götter sein. Vielleicht sollten die Menschen ihre Stärke beweisen. Niemand wusste das zu beantworten oder zu entscheiden, wie man am besten agieren sollte. Also hieß es, einfach weiterhin querfeldein zu rennen, was das Zeug hielt, und die Zielperson zu finden. Wo auch immer dieser Ort sein mochte.

* * *

Stöhnend erhob sich Dragomir und reichte Adelgar die Hand. Mit einem kräftigen Ruck zog er ihn nach oben. Dann klopfte er sich den Staub von seinem Mantel und sah sich um.

Neben ihnen waren die Begriske von ihren eigenen Schwertern aufgespießt worden. Mit ihren verbeulten Rüstungen lagen sie regungslos da. Verrenkt und tot. Kein schönes Ende, aber das hatten diese Kreaturen auch nicht anders verdient.

Blut quoll aus den Wunden und glänzte dunkel auf dem Boden des Saales. Mit ausgeschlagenen Zähnen und gebrochenen Knochen waren diese Wesen hier gelandet und ebenso sahen sie auch aus. Kompletter Matsch.

Gerade löste sich ein weiterer Fels aus den Räumen über ihnen und sauste in die Tiefe. Nur wenige Meter neben Adelgar und Dragomir schlug der viele Tonnen schwere Klotz auf dem Boden auf und zerdrückte eine der Leichen neben ihnen. Ein seltsames quietschendes Geräusch war zu hören, doch dann schien es vorüber zu sein. Die Begriske waren definitiv tot.

Sie befanden sich in einem großen Saal. Auf der einen Seite war anscheinend ein großes Eingangstor und auf der anderen führten Treppen in die Tiefe. Über ihnen klaffte das Loch in der Decke. Sie waren durch zwei weitere Etagen hindurchgefallen und hatten den Boden dadurch mit in die Tiefe gerissen. Der Staub legte sich langsam und verteilte sich einige Meter weit auf dem gefliesten Boden, über den sich ein großer Riss ausgebreitet hatte.

„Wir müssen hier irgendwie raus“, sagte Dragomir, „obwohl, wir sollten Heroffad suchen.“

Adelgar schüttelte den Kopf. „Er wird sein Ziel schon alleine finden. Wir können ihm da nicht helfen. – Einfach hier raus, das müssen wir.“

Nachdenklich ließ Dragomir einen Blick durch die sie umgebende Festung wandern. Es war ein anscheinend wirr gebautes Konstrukt aus vielen miteinander verbundenen Gängen und

Räumen. Hoffentlich fand sich Heroffad hier zurecht. Was würde geschehen, wenn er wieder auf eine solche Horde traf, wie sie eben gerade? Würde er sich völlig allein wehren können?

Seine Gedanken wanderten hin und her, genauso wie seine Augen, die schließlich wieder auf das große Loch in der Decke des Raumes trafen. Angesichts dieses Schadens war klar, was für eine Kraft Heroffad besaß. Irgendwie würde er es schon schaffen, sich durch diesen fremden Ort zu schlagen. Immerhin war er ein alter und mächtiger Magier. Er würde schon wissen, was er da tat, und sich nicht so einfach umbringen lassen.

Nickend senkte Dragomir den Kopf. „Na gut." Dann setzte er sich in Bewegung, geradewegs zu einer der Treppen, die nach oben führten. Adelgar folgte ihm eilig und so stiegen sie die Wendeltreppe wieder bis zu einem der Türme empor, die man von außen bereits hatte sehen können.

Es war ein weiter Weg. Und da sie sich in dieser Festung nicht auskannten, konnten sie von Glück sagen, dass sie praktisch auf Anhieb den richtigen Weg gefunden hatten und schon bald auf einem der Türme angelangt waren, der eigentlich eher eine freie Plattform war.

Diesmal waren sie auf der anderen Seite der Anlage gelandet, sodass sie nicht die große Ebene sahen, sondern den Waldrand. Anscheinend hatten die Feinde sich keinen Deut um diese Seite des Waldes geschert. Vielleicht hatten sie es tatsächlich konkret auf Norskom abgesehen. Friedlich und unberührt lag der lebendige Teil des Waldes vor ihnen. Ein wundervoller Anblick. Nach all der Zeit sahen sie endlich einmal wieder Leben anstatt Tod.

Es erschien unglaublich, in der Ferne lebende Bäume zu erkennen. All die Zerstörung, die sie auf den vielen Meilen seit der Mauer gesehen hatten, schien bisher nur dafür gesprochen zu haben, dass vom Durabor im Norden kein einziger Zweig mehr am Leben war.

Großflächig war der Wald im Norden zerstört worden. Nur wegen der Machtlust eines Einzelnen, der hier in dieser Festung hauste und in ganz Norskom und den anliegenden Ländereien sein Unwesen trieb und Unruhe stiftete. Alles war zerstört, verkohlt und tot. Alles, was einst Teil des großen Durabors gewesen war. Es war einfach weg. Verbrannt und vernichtet.

Sie hatten bislang noch nichts zur Rettung dieses Waldes beitragen können, aber vielleicht konnte dies wenigstens Heroffad. Vielleicht konnte sich der Durabor erholen und wieder zu einem Hort des Lebens werden.

So wirkte dieser ferne Streifen im Westen bald wie ein neuer Quell der Hoffnung. Dort hatte das Böse bislang keine Wurzeln schlagen können. Dort lebten noch Tiere und Pflanzen. Dort glänzte noch das sanfte Grün der Blätter. Und dank ihnen würde all dies hoffentlich bald wieder für den gesamten Norden gelten.

Sie kämpften für das Leben. Sie kämpften für die Freiheit. Sie kämpften für die Rache.

Und mit Heroffads Hilfe trennten sie nur noch wenige Stunden von ihrem Sieg. Da waren sie sich sicher. Er würde für immer das Dunkel aus dem Durabor vertreiben.

Unentschlossen standen sie dort draußen und warteten. Wollten sie Heroffad wirklich einfach zurücklassen? Sie hatten ihn erfolgreich bis in die Festung eskortiert. Hoffentlich stieß ihm hier nichts zu. Doch im Grunde waren sie zuversichtlich. Heroffad war ein kluger Mann mit viel Erfahrung. Er würde schon zurechtkommen.

Heroffad hatte immer Rivalen und Gegner gehabt. Und immer war er mit ihnen zurechtgekommen. Bösartige Feinde hatte er verjagt und kleine Störenfriede mit klugen Worten besänftigt. Es war immer alles gutgegangen. Und das würde sich auch jetzt bestimmt nicht ändern.

* * *

Das Heer hatte sich in Bewegung gesetzt. Weit in den Nordosten waren sie gezogen. Irgendwo in die Nähe der Mauer. Vielleicht hatte das gegnerische Heer die Mauer tatsächlich umgangen.

Ein seltsames Wesen näherte sich der Festung. Zuvor war ein Lichtstrahl durch die dicke schwarze Masse am Himmel gefallen, kurz danach war das Wesen aufgetaucht und vor einiger Zeit neben seiner Festung stehen geblieben. Nur kurz hatte er weggesehen, schon war es spurlos verschwunden.

Anschließend liefen drei Männer über die Mauer und er hätte wetten können, dass einer von ihnen Heroffad war. Suchte er ihn tatsächlich? Stürzte er sich wagemutig in den Tod? So ein Narr. Er musste doch wissen, dass er ihn niemals entkommen lassen würde. Einen Kampf auf Leben und Tod würde er entfesseln und diesen würde Heroffad verlieren.

Erhobenen Hauptes starrte er weiter gen Horizont und wartete. Geräusche waren aus den Tiefen der Festung zu erahnen und immer wieder hatte er das Gefühl, Schritte zu hören. Schritte, die von Mal zu Mal lauter wurden. Schritte, die er nicht ganz zu deuten wusste. Jedoch hoffte er, dass sie tatsächlich demjenigen gehörten, den er töten wollte. Dann hatte das hier bald ein Ende und er konnte sich größeren Angelegenheiten widmen. Er würde endlich zu Ende führen, was er vor langer Zeit begonnen hatte. Es wurde langsam wirklich Zeit, das zu tun. Er konnte schließlich doch nicht ewig sein Leben hier fristen und seine wertvolle Zeit damit vergeuden, darauf zu warten, dass es die Menschen zustande brachten oder auch wenigstens Heroffad es schaffte, zu sterben. Es war ein langer Weg gewesen, der viel Kraft und Mühe gekostet hatte. Durchhaltevermögen hatte es gebraucht und Durchsetzungskraft. Bald würde sich das alles auszahlen.

Er genoss die Wärme, die der Wind zu ihm hochtrieb, und konzentrierte seine Kräfte. Völlig angespannt stand er so auf dem Turm und wartete. Schreckliche Anspannung. Schließlich atmete er deutlich hörbar aus und ließ dieses eklige Gefühl der Reglosigkeit von sich fallen. Erst jetzt, da der Tod Heroffads unmittelbar bevorstand, zog sich die Zeit noch unendlicher in die Länge. Das Warten wurde immer unerträglicher. Und er war so schrecklich untätig, da er einfach nichts machen konnte in dieser Zeit. Alles war bereit. Er war bereit. Und somit war es nicht mehr die Hektik, die ihn außer Rand und Band brachte, sondern die Tatenlosigkeit.

Er hatte Tage und Wochen gewartet, doch das war ihm niemals so lang vorgekommen, wie das jetzt der Fall war. So schrecklich vergeudete Zeit. Zeit, die er durchaus sinnvoll hätte nutzen können.

Die halbe Nacht war vergangen. Ob Heroffad noch vor dem Morgen den Weg hier hinauffinden würde? Vielleicht sollte er das Ganze ein wenig beschleunigen, ihm ein Zeichen geben. So konnte er auch gleich seine Kräfte beweisen, die er über die vielen Jahrzehnte gesammelt, erprobt und perfektioniert hatte. Viele Tage und Monate hatte er damit zugebracht, alte Zauberformeln in dicken alten Büchern zu suchen. Beschreibungen verschiedenster magischer Kräfte hatte er gelesen und versucht, diese nachzuahmen. Das meiste war ihm gelungen. Und das konnte er nun bald unter Beweis stellen.

Immer wieder hatte er begonnen, nach der Quelle aller Magie zu suchen, doch diese konnte er einfach nirgends finden. Er musste sich weiter der simplen dunklen Magie hingeben. Alles probieren und einfach weiter und weiter lernen und üben.

Und mit der Zeit hatten sich seine Kräfte so immer weiter verfestigt und eingeprägt. Er wollte immer mehr davon. Hatte alles Mögliche gelernt. Und irgendwann wäre auch er in der Lage, so mächtige Zauber, wie die Elben sie kontrollierten, zu weben und zu beherrschen.

Mit einem Mal ließ er einen kräftigen Blitz in die Höhe schnellen. Ein Loch brannte sich in die dunkle Schicht fliegender

Kreaturen und das Licht des Vollmondes fiel hinab auf die Festung, die nun in dunkel glänzendem Blau erstrahlte.

Ihm selbst gefiel die Vorstellung, wie das Bauwerk wohl aus der Ferne aussehen mochte. Es musste einen beeindruckenden Anblick darbieten.

Gleichzeitig glommen die Flammen in der schwarzen wabernden Schicht über ihm noch eine Weile weiter. Es war ein wundervolles Bild. Der helle Mond, umgeben von einem roten Ring, stand am Himmel.

Ephnies überlegte. Heroffad hatte immer diesen Stab bei sich. Hoffentlich verschaffte ihm das keinen Vorteil. Einst hatte sein Lehrmeister auch ihm beigebracht, stets die Magie nur durch einen Gegenstand wirken zu lassen, da sie sich so besser kontrollieren ließ. Er hasste das. Es war so unnötiger Ballast, der ihn seiner Aufmerksamkeit beraubte. Er verwarf den Gedanken wieder und blickte in die Ferne.

Sie war so wunderschön, seine Welt des Todes.

* * *

Ein greller Blitz fuhr in die Wolkendecke, sodass ein Loch entstand und das helle Mondlicht hindurchschimmerte. Adelgar spürte wieder diese Kraft. Die Kraft, die ihn auch durchströmt hatte, als das Tageslicht auf sie geschienen hatte.

Er nutzte die Chance. Schnell verwandelte er sich wieder in den Wolf und ließ Dragomir aufsitzen. Dragomir packte das Schwert und schon versetzten sie sich in Bewegung.

Sie waren den Turm wieder hinabgestiegen, auf der Mauer entlanggerannt und durch das Loch unter eben jener Steinmauer wieder auf die Ebene gelangt. Keines der Wesen hatte sie dabei gesehen. Glücklicherweise. Obwohl sie in größter Eile und völlig unvorsichtig durch die Festung gerannt waren, war wohl wirklich kein einziger Blick auf sie gefallen.

Das Pferd hatte auf sie gewartet und bahnte ihnen nun wieder den Weg über die Ebene. Mit wenigen kraftvollen Schritten steigerten sie ihr Tempo.

Erneut blickte Adelgar hinüber zu dem Leuchten des Mondes in der durchbrochenen Wolkendecke. Es faszinierte ihn. Irgendeine Macht schien sie zu bewachen. Eine mächtige Kraft, deren Ursprung keiner kannte und den sich auch niemand herleiten konnte. Etwas Großes, das sie beschützte und ihnen wieder Energie verlieh.

Mit starken Schritten durchbrachen sie erneut die Reihen der Feinde und näherten sich so dem Punkt, an dem sie dem dunklen Reiter begegnet waren. Rasend schnell ging es über die Ebene hinweg. Eine weite Strecke lag vor ihnen, die sie aber schon in wenigen Stunden überquert haben würden.

Noch immer kampierten Tausende Begriske überall auf der Ebene verstreut und warteten auf den Befehl, in die Schlacht zu ziehen. Doch noch war es nicht so weit, noch mussten sie warten. Wahrscheinlich kochte der Blutdurst in diesen Kreaturen immer weiter hoch und sie wollten schon längst einmal einen Menschen angreifen. Wahrscheinlich war jedes einzelne dieser Wesen darauf getrimmt, zu töten und Leid zu ertragen und sich daran sattzusehen. Schreckliche Kreaturen waren das.

Dragomir krallte sich mit all seiner Kraft im dichten Fell des Wolfes fest. Er genoss den schnellen Wind, der ihnen entgegenwehte. Endlich mal ein wenig Abkühlung.

Bis hierher war doch tatsächlich alles gelungen.

Sie waren weitestgehend unversehrt, mal von einigen Kratzern und Beulen abgesehen, sie hatten ihr Ziel so gut wie erreicht, Heroffad führte seinen Plan zu Ende und das Heer Norskoms schien immer noch intakt zu sein. Es hatte bisher alles bestens funktioniert.

Erleichtert, dass sie die Hilfe der Kräfte dieses Pferdes hatten, ging es durch die feindlichen Stellungen hindurch. Der blaue

Glanz zog sich erneut über den Boden und ließ die Begriske zugrunde gehen. Der Wind blies durch das Fell des Wolfes, das in der Dunkelheit silbrig grau erschien. Es war ein wundervolles Glänzen. Schimmernd wie der Mond selbst. Ein wenig grau, beinahe wie Staub. Doch es wirkte fast metallisch. Beinahe wie die Rüstungen der Begriske. Doch im Gegensatz zu diesen plumpen Kreaturen wirkte das weiche, sich im Wind bewegende Fell eher elegant und anmutig.

Wie unter einem magischen Licht schien sich das Fell stets anzupassen. Mal glänzte es strahlend hell und dann wieder silbrig matt. Wie in einem steten Wandel, der aber auf simple Art und Weise nur durch das Licht verursacht wurde.

So einfach war hingegen die Kraft des Pferdes und erst recht dessen Intelligenz nicht zu erklären. Woher nahm das Pferd diese Fähigkeiten? Waren auch hier dunkle Kräfte am Werk? Wo sie doch eigentlich gerade gegen das Böse und seine dunkle Magie ankämpften. Vielleicht war der Reiter eigentlich ihr Feind, aber auch der Feind von diesem Heeresführer und deshalb half er ihnen? Es konnte gut sein, dass er sich, sobald dies alles ein Ende hatte, gegen sie stellte. Sie kannten ihn nicht und erst recht nicht seine Kräfte, die sie momentan noch schützten.

Hier hinter dem Pferd und dessen Magie waren sie so sicher. Es war tatsächlich ein kleines bisschen Frieden in diese Welt zurückgekehrt. Aber auch nur für sie.

In der Zwischenzeit schlugen sich die Soldaten und Begriske gegenseitig die Köpfe ein. Sie mussten so schnell wie möglich wieder zu dem Heer dazustoßen.

Das Pferd korrigierte die Richtung ein wenig mit einer Kurve nach rechts. Um sie herum lag nun das Brachland, das bereits sämtliche Begriske verlassen hatten. Vereinzelt erkannte man zurückgelassene Banner und erkaltete Feuerstellen.

Während hinter ihnen die Festung zunehmend kleiner wurde, konnte man am Horizont auf der anderen Seite schon immer besser die Mauer und andeutungsweise das Loch darin erkennen.

Im Eiltempo näherten sie sich dem Schlachtfeld und bemerkten, dass die dunkle Wolkendecke hier tatsächlich tiefer hing als im Zentrum der Ebene. Seltsame Geräusche drangen aus der dicken schwarzen Schicht über ihnen hervor. Fast wie ein lautes homogenes Rauschen wirkte das Ganze, doch es waren deutlich einige Flügelschläge zu erkennen und hin und wieder Laute, als würden Tiere miteinander darin kommunizieren.

Es konnte natürlich gut sein, dass einfach die Geräusche vom Boden dort oben reflektiert wurden. Das wäre zumindest eine plausible Erklärung. Das Pferd bog schließlich mit einer scharfen Kurve ab und lief auf eine Gestalt zu. Der schwarze Reiter war immer noch am selben Ort, an dem sie ihn zuletzt gesehen hatten. Sofort schwang er sich auf sein Pferd und begleitete den Wolf mitsamt Dragomir noch einige Minuten.

Gemeinsam schweigend, rasten sie gen Schlachtfeld und schwelgten allesamt in Gedanken. Mit einigem Abstand zur eigentlichen Schlacht würden sie auf die Mauer treffen und dann irgendwie dort durchbrechen. Aber vielleicht änderten sie diese Auffassung noch, denn von hier konnten sie kaum einschätzen, wie die Lage dort jetzt inzwischen war.

Der dunkle Reiter blickte strikt zur Mauer hinüber und sah sich keinen Moment lang um. Er sah seine Begleiter nicht an und er blickte nicht zurück, um zu gucken, ob sie vielleicht verfolgt wurden. Doch wahrscheinlich war ihm das in Begleitung dieses Pferdes über die Zeit sowieso egal geworden, da es ja jegliche Feinde mit seiner Magie sofort zu töten schien.

Wie praktisch diese Kräfte waren. Besonders auf Dauer. Dieser Reiter konnte sich mehr als glücklich schätzen, auf diese Kraft getroffen zu sein. Woher er dieses Pferd wohl hatte? Hatte es die Kräfte schon immer? Oder hatte der Reiter all dies bewerkstelligt? Wenn ja, dann war er wahrscheinlich sogar ein noch Tausende Male mächtigerer Magier als Heroffad.

Was das doch für Dimensionen waren, in denen sie sich momentan bewegten. Sonst redete man davon, ein paar Stunden weniger Zeit zu brauchen oder vielleicht doppelt so schnell zu sein. Unter den Magiern sahen sie lediglich die Möglichkeit, in Tausendfachen zu unterscheiden. Aber das lag vermutlich auch einfach daran, dass sie sich kein bisschen damit auskannten. Sie konnten schlecht einschätzen, wer besser war und welche Mühe es tatsächlich machte, was zu erlernen und umzusetzen. Es konnte genauso gut sein, dass Heroffad zwar weniger Kräfte beherrschte, diese aber umso mächtiger waren. Doch wer konnte das schon mit Gewissheit sagen. Sie selbst wussten ja nicht einmal, wann sie das Schlachtfeld erreichten und was sie dort erwartete.

Seit mindestens eineinhalb Stunden rannten sie bereits über das tote Land unter ihnen. Sie würden den Kampf bald erreichen. Die Geräusche, die zu ihnen drangen, sprachen zumindest dafür, dass das Kampfgeschehen nicht mehr allzu weit weg sein konnte. Lautes Scheppern, Rufe, Schreie, brechendes Holz und zerberstendes Metall. All das kristallisierte sich aus der Menge von Geräuschen hin und wieder heraus. Bald würden sie selbst wieder Teil dieser Masse sein. Sie würden wieder auf Begriske einprügeln und Hunderten dieser Kreaturen den Garaus machen.

Doch noch genossen sie das Gefühl der Freiheit, die allmählich kühler werdende Luft im Gesicht und den Gedanken, das Richtige für die Menschen und ihre Zukunft zu tun.

* * *

Mit der hellen Klinge in den Händen stand er auf der dunklen Ebene und blickte sich um. Rings um ihn herum hatten sich Begriske versammelt. Lauernd standen sie nah um ihn herum. Er führte das glänzende Schwert vor sich hin und her, wohl um die Gefahr wissend, die ihn hier umgab. Rings um ihn herum taumelten die Begriske umher und ließen sich durch das herumwirbelnde und in hellen Tönen surrende Schwert auf Distanz halten.

Gekonnt drehte er sich immer wieder hin und her und ließ die Spitze der Klinge durch die Luft wandern. Sie schnitt die Luft laut sausend entzwei und scheuchte die Kreaturen immer wieder fort. Er hatte kaum eine Mühe dabei, während die Begriske schon bald erschöpft zu sein schienen.

Nach einigen Stunden des Wartens kehrte sein Pferd endlich zurück. In Begleitung des Gestaltwandlers und seines Kumpanen. Der Magier schien zu fehlen. War er im Kampf gefallen? War alles verloren für die Menschen?

Dafür war jetzt keine Zeit. Ruckartig erreichte ihn sein Pferd, das die Horde von Begrisken in den Erdboden stampfte und er schwang sich mit einer schnellen flüssigen Bewegung auf den Sattel, sodass das Pferd sofort weitereilte. Eine Weile folgte er schweigend den beiden Menschen, die ebenso über die Ebene preschten. Sie wollten wohl zurück zu dem Schlachtfeld und ihren Kumpanen helfen. Dafür würde er ihnen noch eine Weile Geleitschutz bieten, damit sie auf dem Weg dorthin niemandem zum Opfer fielen.

Starr blickte er nach vorn und überlegte, wann sie nah genug am Schlachtfeld waren, dass er sicher sein konnte, dass den beiden nichts bis dorthin zustieß und er trotzdem noch weit genug weg war, um nicht gesehen zu werden. Auch wenn es ihm eigentlich egal sein konnte. Schließlich wusste niemand, wer er war.

Kurz entschlossen verließ er dann nach einigen Minuten die beiden Krieger und bog mit einer schnellen Kurve beiseite ab. Er riss die Zügel herum und das Pferd folgte dem Befehl sofort. Laut wiehernd änderte der Rappe die Laufrichtung und zog gleich einem fernen eisigen Geist über die Ebene hinweg immer weiter nach Süden. Er musste zurück zu dem Mädchen, das er irgendwo mitten im Wald hatte zurücklassen müssen. Es war ein sehr schwerer und weiter Weg bis dort.

Stundenlang war das arme Mädchen nun schon allein im Wald. Völlig hilflos und ohne zu wissen, wo sie war und weshalb sie dort war. Aber noch mussten die Antworten warten. Noch durfte auch sie nicht erfahren, mit wem sie es zu tun hatte. Sie durfte nicht von seinen Zielen und dem Schicksal ihrer Welt erfahren. All das musste noch warten.

Es tat ihm fast leid, dass die Eltern hatten sterben müssen, aber angesichts des Auslösers dieser ganzen Angelegenheit und des Grundes, weshalb er sich überhaupt eingemischt hatte und sein Leben auch mit aufs Spiel setzte, war das mehr als angebracht gewesen.

Er war nun vermutlich der Letzte, der die Geschichte und die ganzen Intrigen kannte und genau wusste, was wahr und was falsch war. Langsam hatte er es durchschaut. Und irgendwie musste er dem endlich ein Ende setzen. So konnte es einfach nicht weitergehen. So war nun schon ein Teil des Plans erfüllt. Ein weitaus größerer Teil wartete allerdings noch. Es gab immer zwei Hälften bei so einer Sache. Erst einmal das Nehmen, doch dann hieß es auch noch, an das Geben zu denken. Und das war weitaus schwieriger.

Bisher hatte er alles gut durchdacht und es war auch alles halbwegs so verlaufen, wie er es geplant hatte. Es hatte nur länger gedauert als gedacht. Dabei hatte er doch schon den Verlauf der Geschehnisse stark beeinflusst und zu beschleunigen versucht.

Vielleicht lag es daran, dass sie seine Identität nicht kannten und sich nicht erklären konnten, wer ihnen half. Doch eigentlich dürfte das an der Stelle nichts zur Sache tun. Er half ihnen und fertig. Mehr mussten die Menschen bisher nicht wissen.

Im Grunde wusste er auch, mit wem er es später zu tun haben würde. Er wusste, wem er was verraten durfte. Außer es ginge irgendetwas schief. Doch angesichts der Tatsache, dass bisher auch alles so gelaufen war, wie er es geplant hatte, würde das wohl kaum geschehen. Wieso sollte jetzt so plötzlich alles scheitern?

Nachdenklich saß er so weiterhin auf seinem Pferd, das sich von ganz allein seinen Weg über die Ebene suchte. Um Feinde musste er sich ja kaum Gedanken machen. Doch trotzdem machte er vorsichtshalber einen großen Bogen um die Mauer.

Er wollte im Süden nahe dem Fluss in sicherer Entfernung an der Mauer vorüberreiten. Dann würde er bald die Grenze zum großen südlichen und noch lebendigen Teil des Waldes erreichen. Das Böse hatte sich wirklich sehr weit ausgebreitet. Fast den kompletten Norden des Durabors hatte es überwuchert und vernichtet.

Ein komplettes System aus Menschen, Tieren und Pflanzen war dort zusammengebrochen. Es würde Jahrhunderte, ja gar Jahrtausende brauchen, ehe sich dieser Teil der Landschaft wieder erholt hätte.

Umso wichtiger war es, dass die Zerstörung endete. Doch er selbst würde sich auf den Weg in einen sichereren Teil ihrer Welt machen. Auch wenn er persönlich dort nicht lange bleiben würde. Er hatte zu tun. Schließlich musste er den zweiten Teil erfüllen. Doch das Wichtige bei der Reise nach Süden war, dass es dem Mädchen wieder besser ging. Sie musste in Sicherheit sein und erst nach Ende aller Probleme zurück in ihre Heimat gelangen.

Dann würde er ihr alles erzählen und ihr erklären, was es mit diesem ganzen Aufwand auf sich hatte. Doch noch musste er sich gedulden und auch das Mädchen musste noch auf Antworten warten. In ihrer jetzigen Verfassung würde sie sowieso kein Wort verstehen. Er musste auch so schon hoffen, dass sie nicht weggelaufen war, sondern seine Worte verstanden hatte und geblieben war, wo er sie zurückgelassen hatte.

Eilig zog er im Laufe des Abends an der Mauer vorüber. In gut zwei Meilen Entfernung konnte er die dunkle schemenhafte Fassade erkennen und betrat schon kurz darauf den lebendigen Wald. Irgendetwas war im Hintergrund geschehen. Die Wolkendecke war plötzlich verschwunden. Er hatte aber überhaupt nichts davon mitbekommen, so sehr war er in Gedanken versunken gewesen. Es schienen auch keine Wachen mehr auf der Mauer zu sein. Die waren bestimmt alle zu dem Schlachtfeld abgezogen worden.

Langsam wurde es immer interessanter, diesen wirren Schachzügen zu folgen. Das Böse hatte doch trotzdem keine Chance gegen den starken Willen der Menschen. Bisher hatte immer das Böse verloren und die gute Seite der Menschen gesiegt.

Plötzlich betrat er den Wald. Links und rechts und überall sonst nur noch Bäume. Das Pferd wurde von alleine ein wenig langsamer.

Er selbst hatte schon längst wieder vergessen, wo genau er das junge Mädchen zurückgelassen hatte. Doch das Tier hatte sich den Weg gemerkt und folgte seinem Instinkt. Schnurgerade steuerte es zwischen den Bäumen hindurch und so erreichte er im Laufe des Abends eine versteckte Lücke zwischen den Bäumen.

Seelenruhig schlief das Mädchen auf den Blättern, bedeckt mit der Felldecke, die er ihr überlassen hatte. Eigentlich war es ein völlig unnötiger Umweg gewesen. Das fiel ihm erst jetzt auf. Ursprünglich hatte er vorgehabt, von Norden herein auf die Ebene zu gelangen. Er hatte dort kurz Rast gemacht, doch das Mädchen war ohnmächtig geworden.

Da er sie dort unmöglich hatte zurücklassen können, war er meilenweit an der Mauer vorbei in den intakten Teil des Waldes geeilt. Stunden des Reitens, die das Mädchen das Leben hätten kosten können. Zum Glück war das nicht passiert und sie hatte diese Tortur überlebt.

Erst war er bis zum Fluss gelangt. Dort hatte er Rast gemacht und das Mädchen ein wenig mit Wasser versorgt. Als es begann, ihr besser zu gehen, hatte er schnell in einen großen dichten Lederbeutel Wasser gefüllt und war weiter in den dichten Wald hineingeritten.

Er hatte Feuer gemacht, damit es nicht so kalt war, Suppe zubereitet und das Mädchen stundenlang versorgt. Irgendwann merkte er, dass es ihr besser ging. Sie trank die Suppe von alleine, auch wenn sie abwesend wirkte. Er hatte sich schnell verabschiedet und dann war er auch sofort mit dem Pferd aufgebrochen.

Sein Ziel vor Augen war er schnell verschwunden und hatte auf der Ebene die Menschen getroffen, die er gesucht hatte. Ja, selbst dieser brenzlige Teil des Planes war aufgegangen.

Doch nun war er erst einmal zurück bei dem Mädchen und half ihr. Sie schlief seelenruhig und so wartete er still, bis sie wieder aufwachen würde. Dann hieß es aufbrechen, immer weiter nach Süden reiten und hoffen, dass sie keine Fragen stellte.

* * *

Mit aller Kraft, die sie aus Aggression schöpften, schlugen die tatsächlich noch vielen verbliebenen Soldaten auf die Begriske ein.

Die ganze Nacht war es ruhig gewesen. Doch in der zweiten Hälfte, als die verwundeten Soldaten gerade ihre schmerzerfüllten letzten Minuten erlebten, schlug eine Wache Alarm. Die Begriske setzten sich in Bewegung und gingen auf das Heer los.

Sofort hatten sie sich taktisch bis in die Lücke in der Mauer zurückgezogen und zunächst die übrigen Pfeile verschießen lassen. Allein dadurch waren schon Hunderte Gegner zu Boden gegangen. Doch nun hatten sie freie Hand. Jeder Bogenschütze war angewiesen worden, sich ein Schwert eines Toten zu nehmen, und war jetzt Teil der Frontkämpfer.

Mit schnellem Tempo waren die Begriske nähergekommen, waren dann aber auch genauso schnell gescheitert. Langsam baute sich eine neue Mauer auf. Dieses Mal aus besiegten Feinden, die denen somit selbst im Weg lagen. Ihre nicht durchdachte Taktik ging erstaunlicherweise auf. Wie auch immer sie das geschafft hatten.

Meist gelangten die Begriske bereits ermüdet auf die andere Seite des riesigen, schwer zu durchquerenden Haufens und wurden dann direkt niedergestochen. Norskoms Heer erlitt kaum Verluste an diesem Tag, während aus der Ferne mehr und mehr Feinde nachströmten.

Die gesamte Ebene war am Vortag noch mit Lagern der Kreaturen gespickt gewesen. Überall waren Feuerstellen und Banner gewesen. Heute rückten nach und nach weitere Truppen aus der Ferne an und schlossen sich dem Todeskommando der Begriske an, das nur auf seinen eigenen Untergang zurannte.

Die Feuerstellen, die man am Abend am Horizont hatte erahnen können, waren allesamt verschwunden. Sicherlich lagerten in der Ferne, nahe der Festung, noch viele weitere Begriske, aber die konnte man von hier keineswegs erkennen.

Immer mehr dieser Kreaturen kamen angestürmt und fanden dann ein jähes Ende. Die Reihen der Feinde dezimierten sich. Und das immer schneller. Je mehr Feinde die Soldaten besiegten, desto mehr Mut schöpften sie. Sie kämpfen unermüdlich und mit immer weiter wachsender Hoffnung. Es war die größte Schlacht aller Zeiten oder die letzte. Und ihnen war es wohl wirklich durchaus lieber als die Helden Norskoms in die Geschichte einzugehen, als für die Henker dieses alten Reiches auf dem Schlachtfeld zu stehen. Sie wollten ihre Heimat retten und davon würde sie nichts und niemand abhalten.

Plötzlich tauchte ein Wolf auf. Er rannte mit rasanter Geschwindigkeit über das Schlachtfeld hinweg und verschwand dann irgendwo am Rand der Mauer. Ambros ahnte, um wen es sich da handeln musste. Adelgar war zurückgekehrt! Sie hatten wohl gesiegt. Das Böse hatte sich doch aber noch gar nicht zurückgezogen. Irgendwas konnte da nicht stimmen.

Nur kurze Zeit später war Adelgar zusammen mit Dragomir an der Spitze der Schlacht angelangt und gab all seine Kraft im Kampf gegen die Begriske, die in Scharen auf die zugelaufen kamen.

„Wo ist Heroffad?“, brüllte Ambros über das Geschehen hinweg.

„Keine Ahnung!“, rief Adelgar zurück. „Er ist noch in der Festung. Wir haben ihn dort verloren. Aber er wird das schon alleine schaffen.“

Ambros nickte und widmete sich wieder dem Gefecht, das noch gut eine Stunde andauerte. Es waren ermüdende Minuten. Niemand schien so wirklich das Fehlen Heroffads bemerkt zu haben, was vermutlich auch besser so war. Die Hoffnung durfte nicht verloren gehen. Kraft aus Überlebenswillen und Aggression. Das war das, was in der Luft lag und sie antrieb. So würden die den Kampf gegen das Böse bald gewinnen. All das Elend würde endlich ein Ende haben und Norskom zu alter Größe zurückgelangen.

Langsam kehrte das Tageslicht zurück. Erste lange Schatten zogen sich über die freie Ebene vor der Mauer und helle Strahlen schienen auf das Heer zwischen den Trümmern der zerstörten Wehranlage. Langsam wärmte sich die Umgebung auf. Wenn es so weiterging, würden die Begriske in ihren eigenen unpraktischen Rüstungen gekocht, bevor sie überhaupt die Front der Schlacht erreichten.

Obwohl es gerade einmal Frühling war, brannte die Sonne dieses Jahr so warm wie nie zuvor. Es war einfach schrecklich heiß geworden. Der Schnee war rasant verschwunden, das Gras schnell gewachsen. Jegliche Pflanzen waren ausgesät und sprossen überall rund um Horngart bereits in die Höhe. Weizen, Mais und all das andere Getreide, Kartoffeln und vieles mehr.

Obwohl im Westen des Gebirges aufgrund der brandschatzenden Feinde viel Ernte ausfallen würde, bräuchten sie sich keinerlei Sorgen um ihre Versorgung machen. Ebenso viele Menschen waren gestorben, wie Land vernichtet worden war. Genauso lange, wie sie brauchen würden, um das Land wieder urbar zu machen, würde es dauern, bis wieder so viele Menschen diese Nahrung brauchten.

Doch sie mussten ebenso bedenken, dass es Norskom nun erst einmal eine Weile lang nicht sehr gut gehen würde. Der Norden des Waldes und die wichtigen Handelszentren waren zerstört, mitsamt den Wegen. Doch diese Zerstörung würde nun auch über die Begriske hinwegziehen und sie wieder dorthin zurückschicken, wo sie hergekommen waren. Sie sollten wieder in den dunklen Kammern ihrer fernen Heimat vor sich hin vegetieren und sich ja nie wieder in dieser Welt blicken lassen, wenn sie es nicht riskieren wollten, ein für alle Mal von Norskom zerschlagen zu werden.

Die Schlacht war einseitig geworden. Monoton fuhren die Schwerter auf die Feinde nieder. Es war immer dasselbe Spiel. Warten, bis der Feind da war. Zuschlagen. Einen Schritt nach hinten machen, damit er vor den Füßen zu Boden ging.

Immer weiter zog sich das Heer so zurück. Immer weiter durch die Lücke in der Mauer hindurch. Vor ihnen türmten sich die toten Körper der Begriske auf und stanken wie ein Friedhof, aus dem die Toten wieder auferstanden waren und nun hin und her wandelten. Ein grauenvoller Geruch, den sie aber in der Raserei kaum bemerkten.

Und schon folgte die nächste Kehrtwende. Ein dumpfes Geräusch zog über die gesamte Ebene. Jede Bewegung stoppte für kurze Zeit. Augenblicklich lugten sie alle hinüber zu der Festung.

Kleine Lichtblitze sah man aus der Ferne, die nach und nach mal heller und mal dunkler wurden.

Plötzlich verschwand das Licht, um daraufhin mit mindestens doppelter Helligkeit noch einmal kurz zurückzukehren. Eine Welle, die durch die Wolkenschicht zog, war zu erkennen. Als sie das Schlachtfeld erreichte, gingen alle Begriske zu Boden, doch es war lediglich ein monotones Brummen zu hören, das ebenso schnell durch die Soldaten Norskoms hindurchrauschte, dort aber nichts veränderte.

Die dunklen wabernden Schwaden über ihnen wurden brüchig. Licht fiel auf die Ebene, genauso wie die dunklen Kreaturen, die die toten Begriske mit sich rissen. Helles Surren war zu hören. Bald schlug es in einen Klang von kreischenden Geräuschen um, als würden Schwärme von Vögeln sich auf ihre Beute stürzen. Von einer Minute auf die andere war das Schlachtfeld frei von Kadavern und die dunklen Gestalten sausten in Richtung der Festung.

So dauerte es nur wenige Sekunden, bis der Himmel wieder frei war und im satten Hellblau des Morgens erstrahlte. Erneut erklang ein dumpfes Geräusch. Ein kurzer Ruck durchfuhr den Boden. Und dann kehrte Stille ein. Erwartungsvolle Stille.

War das alles? War es tatsächlich vorbei? Hatte Norskom ein weiteres Mal gesiegt?

* * *

Heroffad stieg weiter und weiter einen Turm hinauf. Er hatte deutlich Blitze erkennen können, als er durch einen Spalt in der Wand hinausgeblickt hatte. Deren Zentrum musste auf diesem Turm sein.

Eilig rannte er die Wendeltreppe hinauf und erreichte schließlich eine Plattform, die den Turm oben flach abschloss. Wind schlug ihm ins Gesicht und die letzten Strahlen des Mondlichtes drangen durch ein Loch in der Wolkendecke zu ihm hinab, sodass der Boden unter ihm in einem satten Blau erstrahlte. Die weißen Anteile in dem Gestein zogen helle Linien durch das ansonsten monotone Schwarz. Es war ein wunderschönes Spiel der Farben, was sich ihm dort oben bot.

Dann entdeckte er eine Person am anderen Ende der Plattform. Mit dem Rücken zu ihm stehend, blickte sie über die weite Ebene hinüber zu dem Schlachtfeld, von dem aus er eben gekommen war.

„Es ist doch ein wunderschönes Schauspiel, nicht?“, flüsterte eine raue Stimme gegen den Wind. „Sie marschieren zu Tausenden auf und schaffen es nicht, mein Reich einzunehmen.“ Er spürte, wie der Blick dieser Person über dessen Schulter hinweg zu ihm drang und ihn aufmerksam durchbohrte. Die Person drehte sich um und Heroffad erkannte ein altbekanntes und so verhasstes Gesicht.

Es hatte sich bestätigt. *Ephnies!*, sauste es durch Heroffads Gedanken. Er hatte tatsächlich Recht gehabt. Alle seine Vermutungen waren korrekt gewesen.

„Du lebst doch tatsächlich immer noch im Wahn. Du kannst diese Welt nicht beherrschen!“, warf er ihm entgegen.

Fordernd grinste Ephnies zurück und stand starr am Rand der Plattform. Er durfte nicht zögern – das war Heroffad klar. Dies alles musste ein Ende finden. Wie aus dem Nichts ließ Heroffad einen Blitz auf ihn zu zucken, doch Ephnies wendete diesen ohne jede Bewegung ab.

„Vergiss nicht, Ephnies – du warst mir damals unterlegen und wirst es auch jetzt sein.“

Ein Feuerball folgte aus den Händen von Ephnies. „Du solltest keine so großen Töne spucken!“, rief er zurück und lachte.

Heroffad schüttelte den Kopf. „Du weißt nicht, was hier für Mächte am Werk sind. Rufe dein Heer zurück und du kannst fliehen. Ansonsten bist du in einigen Tagen oder Wochen ein toter Mann!“

„Aber erst nach dir!“, fauchte Ephnies und eine Welle von spitzen Sandkörnern kam von der Ebene herauf auf Heroffad zugeflogen.

Gekonnt nahm Heroffad dem Sand die Energie und schickte eine Feuerwand zurück, die Ephnies wiederum mit Pfeilen aus Luft beantwortete.

„Du wirst es niemals schaffen, die Welt der Menschen zu vernichten!“, brüllte Heroffad über die Plattform.

Mit den Augen rollend stand Ephnies auf der anderen Hälfte. „Das muss ich auch gar nicht“, erwiderte er mit gedrückter angestrengter Stimme, während er erneut einen starken Feuerball formte. „Und das habe *ich* auch nicht vor.“ Skeptisch blickte Heroffad zu ihm herüber. „Du weißt genau, was mein Ziel ist!“

Mit einem gekonnten Wink mit dem Stab zertrennte Heroffad die Feuerkugel. „Du bist und bleibst ein nachtragender Psychopath!“

„Du hast sowas von Recht“, grinste Ephnies nickend und trat einen weiteren Schritt nach vorn.

„Ist es denn nur die Rache, die dich antreibt?“, fragte Heroffad über die wirren Geräusche hinweg.

Kopfschüttelnd sprang Ephnies beiseite, als ihm ein Blitz entgegenschnellte. „Was denkst du denn? Natürlich nicht! Es ist das Leid. Das Leid, das ungebändigt durch mich wirken kann! Ich zeige allen meine Macht!“

„Du bist verworren wie eh und je! Denk doch erst nach, bevor du dich in Mächte hineinwagst, die du nicht zu kontrollieren weißt!“, fauchte Heroffad.

Als sie plötzlich beide gleichzeitig einen Energiestoß freisetzten, löste deren Aufeinandertreffen eine Explosion aus. Beide wurden zu Boden gedrückt und der Turm bebte laut. Der Boden kippte ächzend beiseite und die Wände darunter gaben nach.

„Du Narr!“, brüllte Ephnies. Sie beide rutschten nacheinander in die Tiefe und von der Plattform. Sie stürzten frei hinab in den sicheren Tod. Allen voran flog Heroffads Stab, der in einem hohen Bogen über die Mauern in die Tiefe polterte und zerbarst.

Keiner von beiden zögerte lange. Mit einem weiteren kräftigen Schlag stürzten sie aufeinander zu, sodass sich all die angestaute Energie entlud. Von der kräftigen Detonation wurden beide Magier sofort in die Höhe geschleudert, weit über die Türme der Festung hinweg, während die steinerne Plattform dumpf grollend durch das Dach der Festung stürzte und in einer gigantischen Staubwolke versank.

Selbst diese Höhe konnte die beiden Magier nicht voneinander trennen, sodass sie im selben Moment aufeinander zurasten und im Kampfesrausch zusammenstießen. Augenblicklich verdunkelte sich der Himmel, während sich all die Kraft in einem heißen Lichtblitz entlud. Sofort pulsierte die Luft dröhnend um sie herum und übertrug ihre Schläge in den Boden.

Die Mauern wackelten heftig und zeugten so von dem Beben, das sie mit ihrer unkontrollierten Kraft auslösten. Der Untergrund bebte dabei so stark, dass die Kraft der Erschütterung allemal gereicht hätte, um die Berge der Riesen zum Einsturz zu bringen. Risse zogen durch den Erdboden und verschluckten alles, was sich ihnen in den Weg stellte. Bäume, Büsche und Teile der großen Festung stürzten in die nun entstandene unendliche Schlucht.

Aber von all dem bekamen die beiden Magier kaum etwas mit. Sie waren in ihrer Raserei gefangen und fanden sich nur Momente später in einer heiß glühenden Blase der Magie wieder, die alles um sie herum verbrannte. Feuer züngelte um sie herum. Es schlug durch die Gänge der Festung hindurch, bahnte sich seinen Weg bis hinab in die Keller des Gebäudes und hinterließ nichts als Tod.

Was sich auf dem Erdboden befand, wurde von der Schlucht verschluckt. Was am Himmel war, wurde von der Kugel aus purer Macht und Magie verbrannt. Verschiedene Wesen stoben aus der Festung und rannten in ihr Verderben, welches sie innerhalb der Mauern ebenso im Feuer gefunden hätten. Sie stürzten in Risse und verschwanden in den unendlichen Tiefen der Schlucht.

Nur wenige schafften es für einen Moment, dem Unheil zu entkommen. Lange währte ihr Glück jedoch nicht. Die beiden Magier stürzten sich im Kampf erneut aufeinander und ließen so eine noch stärkere Flamme durch die Luft gleiten, die jedes Leben nahe der Festung in Asche aufgehen ließ. Zischend suchte sich das Feuer seinen Weg und breitete sich bis hin zum nahegelegenen Teil des unberührten Durabors aus. Der Wald fing kurz Feuer und lag schnell in einem heißen Hauch des Todes, der erst nach einigen Minuten wieder abebbte.

Unterdessen rangen die beiden Magier erbittert in einer Zeitspalte, die für sie Stunden währte, von außen jedoch einem Augenzwinkern gleichkam. Ihre Angriffe entluden sich nach außen in bedrohlich brodelnden Flammen und dem stets pulsierenden Beben des Untergrunds. Ein Sog des Todes und der Zerstörung.

So kämpften sie lange und erbittert mit züngelnden Flammen, Schwertern aus purer Magie und ihrem bloßen Willen. Jeder hatte seine Stärke, die er ausnutzte, aber auch seine Schwäche, die der Andere zu finden versuchte.

Verbittert dreinblickend warf sich Heroffad auf seinen Kontrahenten. Es musste ein Ende finden! Hier und jetzt! Für immer! Er dufte Ephnies keine Chance mehr lassen, sich erneut davonzuschleichen und umso stärker zurückzukehren. Hierauf hatte man ihn ein Leben lang vorbereitet. Hiervor hatte ihn sein Meister im Totenbett gewarnt.

Mit enormer Kraft drang sein magisches Schwert durch den Äther und stieß kurz darauf laut surrend auf Ephnies. Wie befürchtet tat sich jedoch nichts. Keine Verletzung. Keine Regung.

Wie erstarrt stemmte sich Heroffad gegen den Griff der Waffe und drückte sie, so fest er nur konnte, gegen den Brustkorb seines Gegners. Bis die Waffe zu vibrieren begann. Erst zuckte sie nur leicht hin und her. Doch bald schwang sie unkontrollierbar auf und ab, nur um dann in Tausenden Splittern zu zerbersten.

Auch Ephnies war sich der Lage bewusst. Es war ein Kampf um Leben und Tod. So wusste auch er seine Karten auszuspielen. Nur prangten auf diesen Karten düstere Zeichen. Symbole, die von dunkler Magie zeugten.

Er spürte deutlich, dass Heroffad ihm unterlegen war. Seit er seinen Stab im Fall verloren hatte, wirkte er unkonzentriert. Seine Angriffe verfehlten ihre Ziele und ließen mit den offensichtlichsten Schwachstellen eine Abwehr zu. Ephnies erkannte diesen Vorteil für sich. Er war es gewohnt, unkontrollierbare Kräfte wirken zu lassen. Wenn er wollte, könnte er Heroffad mit einem Zwinkern töten. Aber noch spielte er mit ihm. Noch ließ er ihn in dem Glauben, kurz vor der Errettung der Menschen zu stehen.

Und wieder schoss ihm ein Gedanke durch den Kopf. Dies mochte der perfekte Augenblick sein, um sein kleines Spiel bis zum Ende zu spielen. Er hatte sich danach gesehnt, seinen Widersacher leiden und nach dem Tod flehend vor ihm knien zu sehen.

Sein Pakt mit Zyriu verbot es ihm nicht, sich Zeit zu lassen. Und diese hatte er gerade sicher gewonnen! Er war Herr der Lage. Er war Herr des Durabors. Er war mächtiger, als Heroffad es je sein konnte! Es war Zeit, seinen größten Wunsch in die Tat umzusetzen.

Dunkle Wolken verwoben sich mit der Umgebung und umspannen sie beide. Nur langsam formten sie sich zu Gestalten und Gegenständen. Es waren Schergen der Düsternis. Dämonen und Geister. Tote und Todbringer. All die dunklen Kreaturen, von denen die Ammen den Kindern grausige Geschichten erzählten, um ihnen Angst vor den Sünden der Welt einzubläuen.

Eine schwere Axt fuhr durch die Luft und verfehlte Heroffad nur knapp, sodass sie wabernd in der Wolke aus Magie verschwand. Die Dämonen wirbelten rasend umher. Einer schlug hier zu, der andere dort.

Konzentriert bewegte sich Heroffad zwischen all den Angriffen umher und beobachtete dabei Ephnies genau. Er war offenbar sehr damit beschäftigt, die dunklen Geister mit seiner Magie am Leben zu halten. Er hatte angestrengt die Augen geschlossen und zuckte nur hin und wieder mit dem Gesicht. Lange konnte er dieses Spiel nicht treiben, sonst würde er erschöpft zusammenbrechen.

Endlich sah Heroffad seine Chance. Behände setzte er sich in Bewegung und formte erneut eine magische Waffe. Es sollte nur einen Stoß brauchen und Ephnies wäre tot!

Mit schnellen Bewegungen huschte er zwischen den Dämonen umher, die ihn allesamt mit ihren Schlägen verfehlten. Und endlich war sein Ziel zum Greifen nah. Es waren nur Zentimeter, die ihn von Ephnies trennten. Er holte mit dem rechten Arm aus und ließ den giftig glänzenden Dolch hervorblitzen, den er in kürzester Zeit in das Genick des dunklen Herrschers rammen würde. Endlich sollte es ein Ende haben.

Er sprang kräftig in die Luft und packte den Griff der Waffe, so fest er nur konnte. Dann visierte er sein Ziel an, holte aus und blieb plötzlich in der Luft hängen.

Ein Ruck riss ihn empor. Er konnte nur beobachten, wie sich die Augen von Ephnies öffneten und eine langsam grinsende Fratze zu ihm hinaufspähte. Unmöglich! Es war geschehen, wovor ihn Erpinos einst gewarnt hatte. Er hatte Ephnies unterschätzt!

Einer der Dämonen zerrte ihn an seinem rechten Arm in die Höhe. Kurz darauf packte er auch den anderen Arm des Magiers und hielt ihn ausgestreckt in die Höhe.

Heroffad konnte nur im Augenwinkel wahrnehmen, wie seine Hände die Kraft verloren und der Dolch surrend hinab in die Tiefe stürzte. Kurz darauf erschien Ephnies vor ihm.

„Willst du sterben?“, grinste er. „Oder willst du leiden?“

Mit fragendem Blick starrte Heroffad ihm in die Augen. Kein Blinzeln. Aber auch kein Wort. Der Schmerz des festen Griffs raubte ihm den Atem.

„Ich will, dass du leidest“, hauchte Ephnies, „ich will, dass du dem Untergang dieser Welt aufmerksam zusiehst.“

Wütend atmete Heroffad tief ein und aus und versuchte, sich von dem festen Griff der Kreatur zu befreien. Doch an ein Entkommen war gar nicht mehr zu denken.

„Und noch viel schöner wird es sein, wenn du selbst dabei hilfst“, lachte Ephnies und schien sich angestrengt auf etwas zu konzentrieren.

Es dauerte nicht lang, bis Heroffad begriff, was der Magier ihm gegenüber trieb. Er spürte ein Drücken in seinem Schädel. Dunkle Worte hallten in seinen Ohren nach. Gedanken, die er nie zu denken gewagt hätte. Und sofort wurde ihm klar, was hier gespielt wurde.

Ephnies versuchte, die Gedanken von Heroffad zu manipulieren. Es würde nicht lange dauern, würde aber viel Kraft in Anspruch nehmen. Er würde das Gute in ihm zerstören und ihn auf die verdorbene Seite der Magie ziehen. Aber nur so weit, dass er trotzdem noch ein Gewissen hätte. Nur so weit, dass er in seinem tiefsten Inneren trotzdem noch den gleichen Schmerz verspüren würde, wenn er eigenhändig seine einstigen Freunde töten sollte.

Er würde ihn in kurzer Zeit auf das Heer Norskoms hetzen und alles vernichten lassen, was ihm je lieb und teuer gewesen war. Und während Heroffad sein Werk verrichtete, würde er ihm genüsslich dabei zusehen, um ihm danach langsam seine Erinnerung zurückzugeben und ihm dann einen letzten Wunsch zu gewähren: seinen eigenen Tod!

Vor Panik nach Luft schnappend versank nun aber auch Heroffad in tiefer Konzentration. Er durfte nicht zulassen, was Ephnies mit ihm trieb. Aber er hatte schon längst keine Chance mehr. Er wusste, dass er verloren war. Erneut schnappte er schmerzerfüllt nach Luft. Und da war er, der Moment, den er sich erhofft hatte.

Eine kleine Unaufmerksamkeit seines siegessicheren Kontrahenten später ließ er einen letzten Kraftstoß entfahren und erschuf ein zeitweiliges Portal nach Unterwelt. Er würde sie fort von hier schicken. Fort vom Durabor. So, dachte er, würden sie beide für einige Zeit kein Unheil in der Welt anrichten können. Ein letzter kurzer Hilfeschrei, den niemand wahrnehmen konnte. Es war der letzte kurze Tribut, den er Norskom zukommen lassen konnte. Es würde den Sieg bedeuten. Die erneute Freiheit des Reiches. Doch es würde auch heißen, dass der Wahnsinn noch lange kein Ende hatte.

In demselben Moment, in dem sie in die Unterwelt drangen, stand die Zeit still. Nichts bewegte sich. Die Schlucht versiegelte sich von selbst in einem kurzen Moment der Stille. Die dunkle Festung löste sich in pure Luft auf. Dann floss die Zeit im normalen Tempo weiter und brachte all das Getöse mit sich, das sich innerhalb der vielen Stunden gesammelt hatte. Die Energiekugel verschwand rasch und die riesigen Unmengen von Magie und Kraft brachen aus dem kleinen Raum aus. Mit rasanter Geschwindigkeit rasten sie ruckartig von dieser Stelle fort und verbreiteten sich in der Umgebung.

Die Welle der gewaltigen Menge an Magie schwappte durch die Wolken und riss jegliches Leben aus den Wesen, die nun von ihrem Herrn zurückgelassen wurden.

Ohne die Befehle, die magische Kraft und direkte physische Anwesenheit ihres Meisters waren sie in dieser Welt nicht überlebensfähig. Innerhalb von Sekunden gingen sie zugrunde. Es waren ihre letzten Bewegungen, ihre letzten kleinen Zuckungen, bevor ihnen die Macht und die Magie ein Ende setzten.

Tausende von Begrisken fielen tot um und wurden kurz darauf von den Monstern in den Wolken gepackt und mit nach Unterwelt gezerrt. Millionen von Kreaturen taten ihren Dienst und erfüllten die ihnen zuletzt zugedachte Aufgabe. Sie räumten auf, was zu Unterwelt gehörte. Rasant konzentrierte sich alles in einem winzigen Punkt, dort, wo die Festung gestanden hatte.

Der Waldbrand erlosch. Ruhe kehrte ein. Sie waren fort.